Lea Diamandis

Kupferblut

Gezeichnete der Dunkelheit

Dunkelstern Verlag

Dunkelstern Verlag GbR
Lindenhof 1
76698 Ubstadt-Weiher
http://www.dunkelstern-verlag.de
E-Mail: info@dunkelstern-verlag.de

Illustrationen: Dunkelstern Verlag unter Verwendung von Grafiken von www.unsplash.com und www.pixabay.com

Druck: booksfactory (PRINT GROUP Sp. z o.o./
ul. Cukrowa 22/71-004 Szczecin (Polen))

ISBN: 978-3-910615-37-3

Ungekürzte Taschenbuchausgabe.
2.Auflage

Für Julia,

weil du immer an mich und meine Geschichten glaubst und mich siehst, wie niemand sonst es kann.

Triggerwarnung

Dieses Buch nutzt Inhalte, die bei einigen Leserinnen und Lesern Unwohlsein hervorrufen oder eventuelle persönliche Trigger darstellen könnten. Eine genaue Auflistung der inbegriffenen Themen bzw. Szenen ist am Ende dieses Buches zu finden, da sie explizite Spoiler zur Geschichte enthält.

Kapitel 1
Die Königin

Blassorange Farbe tropft von meinen Fingerspitzen, vermischt mit kräftigem Karmesinrot. Als hielte ich die Sonne in den Händen, die an einem Wintermorgen über dem Blätterdach des Goldwaldes aufgeht und Nisha, der Herrcherin der Nacht, einen Dolch in das dunkle Herz stößt.

Eilig wische ich meine Finger an einem bereitgelegten Stofflappen ab. Fahles Licht des späten Nachmittags beleuchtet mein neuestes Werk, das vor mir auf dem hölzernen Arbeitstisch liegt. Die Maske ist aus geschliffenem Ahornholz, die Seiten zieren Blumen in einem Farbenspiel von Sonnenblumengelb bis hin zu Kirschrot. Federn in derselben Farbe sind um die Kopfpartie aufgeklebt. Lady Vissers, die Tochter des Bürgermeisters, heiratet eine Adelstochter aus Bellonna, der Hauptstadt des Vier-Länder-Bündnisses. Vereint unter der Krone meiner Heimat, der Kupferdynastie, mit ihrem Regierungssitz in Bellonna, besteht das Bündnis aus den vier großen Reichen des Kontinents: meiner Heimat, der Kupferdynastie, im Herzen des Kontinents, den Goldenen Städten im Süden, dem Bronzenen Reich im Nordwesten und der Eisendynastie im Nordosten. Seit die sterblichen Völker und die alten Gottheiten in Bellonna, der kupfernen Hauptstadt, als Schauplatz der finalen Schlacht den Krieg gegen die Drachen verloren haben, verhüllt das dort wohnhafte Volk sein Gesicht hinter Masken, während wir in Guldheim keine tragen. Obschon die alten Gottheiten schlafen, möchte niemand riskieren, dass sie ihm ins Antlitz sehen.

Ein Gefühl, das warmem Sonnenlicht gleicht, sammelt sich in meiner Brust. Lady Vissers hat nicht meinen Vater, den Schneidermeister, beauftragt, ihr eine Maske, ein Kleid und Schuhwerk für ihre Hochzeit zu fertigen. Sondern mich, seine Tochter, die im ersten Lehrjahr ihrer Ausbildung ist.

Jetzt, da die Farbe auf dem Ahornholz trocknen muss, wende ich mich einer Lage karmesinroten Stoffes zu. Meine Auftraggeberin wünscht sich, einen Sonnenaufgang am Leib zu tragen, als Symbol ihres Neubeginns in Bellonna.

Ich greife nach der Schere, die neben mir auf der Arbeitsplatte liegt. Ein Kribbeln breitet sich von meinen Fingerspitzen in meinem ganzen Körper aus. Beinahe ziehe ich die Hand zurück, als hätte ich mich verbrannt. Dabei bin ich es gewohnt, das alte Familienerbstück in den Händen zu halten. Die Schere stammt aus einer vergessenen Zeit, als unser Kontinent Byr'daear noch über reine Magie verfügt hat. Jetzt ist sie stumpf, gelblich statt strahlend golden. Das sanfte, von der Schere ausgehende Kribbeln treibt mir eine Gänsehaut über den Rücken. Es gleicht einer Klagemelodie, als sehne sich die Schere nach ihrer einstigen Magie. Meine kupferne Narbe, die sich von meinem Schulterblatt meine Wirbelsäule hinab zieht, fängt für einen Herzschlag Feuer. Zugezogen habe ich sie mir im Alter von sieben Jahren, als ich am schlammigen Ufer des Goldflusses ausgerutscht und in die Fluten gestürzt bin. Beinahe wäre ich ertrunken. Die Erinnerungen sind blass und doch mein ewiger Schatten. Dahlias Augen, die mich am Ufer erwartet haben, verfärben sich in meinen Albträumen manchmal in ein tiefes Grün, in dem ein ganzes Universum lauert.

Als ich mit acht Jahren zum ersten Mal die goldene Schere in den Händen gehalten habe, habe ich Vater von der Tonfolge in traurigem Moll erzählt. Er hat mir mit blassem Gesicht und vor Schock geweiteten Augen das Versprechen abgenommen, nie wieder zu erwähnen, was die

Schere in mir auslöst. Die Magie sei fort, seit die Gottheiten verschollen sind. Verschwunden mitsamt ihren vier göttlichen Artefakten, die es einst ermöglicht haben, Magie in Gegenstände zu binden und sie für uns Sterbliche nutzbar zu machen. Seitdem schweige ich, wann immer ein Gegenstand mir eine längst vergessene Melodie vorsingt. Vater hat unsere Unterhaltung in den vergangenen neun Jahren nie mehr erwähnt. Manchmal bohrt sich sein Blick intensiv in meinen, als wisse er etwas, das mir verborgen bleibt. Ich wünsche mir, das Kribbeln abzustellen. Die Tropfen der Magie, die ich mir einbilde, zu vergessen. Die Magie ist tot, die göttlichen Artefakte sind verschollene Relikte aus einer vergangenen Zeit. Der Schere hat das wohl niemand gesagt.

»Soleya!«

Erschrocken zucke ich zusammen, die Schere gleitet mir aus der Hand. Klirrend fällt sie zu Boden. Das Kribbeln verlässt meine Adern. Die Erinnerungen an jenen Tag vor neun Jahren zerfallen zu Staub.

»Beim Auge der Sonne, Soleya!« Schnellen Schrittes eilt Linn an meine Seite und lehnt sich mit dem Rücken an den hölzernen Arbeitstisch. »Was hast du mit dem Stoff vor?«

»Mit dem Stoff?«, wiederhole ich ihre Worte. Ich bücke mich, hebe die Schere mit klammen Fingern auf und ignoriere das Kribbeln mit zusammengebissenen Zähnen. Mein Blick fällt auf den karmesinroten Samtstoff, der von einem sauberen Schnitt zerteilt wird. Mit glühenden Wangen wende ich den Blick ab. »Noch habe ich nicht zu viel abgeschnitten«, verteidige ich mich.

Linn schnaubt belustigt. »Ich habe den Stoff rechtzeitig gerettet.« Sie streicht sich die schneeweißen Locken hinter ihre spitzen Ohren. »Wir haben nur diese eine Lage karmesinroten Samtstoff und Weylin ist erst in einem Mond berechtigt, neuen zu kaufen …«

»… aber das Kleid muss am Ende dieser Woche fertig sein, einen Fehler darf ich mir nicht erlauben«, beende ich ihren Satz.

Linn tritt näher zu mir, bis sich unsere Schultern berühren. Ich lehne mich an sie, auf der Suche nach Halt. »Wenn du deine eigene Schneiderei in Bellonna eröffnen möchtest, darfst du mit deinen Gedanken bei der Arbeit nicht abschweifen.«

Ein gedehntes Seufzen dringt über meine Lippen. »Ich weiß.«

Mein Blick gleitet aus dem runden Fenster, vor dem mein Arbeitstisch steht. Eine Einbuchtung aus glattem Holz, abgeschlossen von Kristallglas, ohne Nägel oder Schrauben. Guldheim, unser Dorf, ist aus reiner Magie entstanden, jedes Haus besteht aus einem einzelnen Stück Holz. Glatte Dächer kommen ohne einen Nagel aus, vereinzelt sprießen Blätter, die sich im Bernsteinorange eines frühen Herbstes färben, aus ihnen. Gesäumt wird das Dorf von Bäumen mit kräftigen goldenen Stämmen und kristallenen Blättern, die dem Goldwald ihren Namen verleihen. Dahinter ragen die Mauern Bellonas als ein Schemen aus Kupfer im Abendrot auf. Die Stadt der Masken und der Regierungssitz des Vier-Länder-Bündnisses wirkt wie von einem Zauber erschaffen. Wann immer Bellonnische Kundschaft Vaters Schneiderei betritt, hänge ich an ihren Lippen, sammle ihre Geschichten und versuche, einen Blick in ihre Augen zu erhaschen, die ihr wahres Selbst hinter den Masken aus Glas, Holz, Metall oder Stoff spiegeln.

»Wohin sind deine Gedanken jetzt schon wieder unterwegs?« Eine Mischung aus Seufzen und Lachen rollt über Linns Lippen, vermutlich bemerkt sie meinen sehnsüchtigen Blick aus dem Fenster.

»Du hast recht, ich sollte mich konzentrieren.«

Schweren Herzens wende ich mich von der Silhouette Bellonnas ab. Ich begegne Linns Blick, ihre stahlgrauen Augen betrachten mich kalkulierend. In diesem Augenblick bin ich mir fast sicher, dass ich ein offenes Buch für sie wäre, selbst wenn ich eine Maske trüge. Wir kennen einander seit zwölf Jahren. Damals sind Linns Eltern aus dem Mondscheingebirge auf einer der Silberinseln, der Heimat der Frostelfen, nach Guldheim geflohen.

Die Frostelfen und ihr Gegenstück, die Baumelfen, sind die ältesten Völker des Kontinents. Doch auch sie sind machtlos gegen das Verschwinden der Magie. Die Anhängerschaft der Festung der gestohlenen Künste hat Linns Familie, so wie viele Sterbliche aus anderen Dörfern, aus ihrer Heimat vertrieben. Dass jemand versuchen könnte, ein ganzes Volk auszulöschen, nur um Zugang zu dessen Territorium zu erhalten, ist mir unbegreiflich. Jetzt herrscht die Festung der gestohlenen

Künste über die gesamten Silberinseln im Westen des Festlands, und treibt dort ihr Unwesen.

Linn und ich sind Nachbarinnen und rasch beste Freundinnen geworden. Nach der Schulzeit haben wir unsere Lehre in Vaters Schneiderei gemeinsam begonnen.

Ich zwinkere ihr zu. »Dann ist es deine Aufgabe, mich abzulenken, bevor ich mich in neuen Tagträumen verliere.«

»Na schön.« Ein Schmunzeln umspielt ihre schmalen Lippen. »Uns stehen einige interessante Aufträge bevor. Während du dich um die Garderobe für Lady Vissers kümmerst, soll ich ein Hochzeitskleid für eine Kaufmannstochter schneidern. Die ersten Bestellscheine für Kleidung für das Erntefest liegen ebenfalls auf Weylins Schreibtisch. Danach steht Yule vor der Tür, zwischen den Festtagen wird uns sicher nicht langweilig.«

»Bestimmt nicht«, pflichte ich ihr bei und schenke ihr ein Lächeln. Zum Yulefest findet ein Ball im Palast der vier Türme, dem Regierungssitz in Bellonna, statt. Süßer Schmerz durchfährt mich. Was würde ich dafür geben, an einem solchen Ball teilzunehmen!

Aus dem Augenwinkel linse ich aus dem Fenster. Die kupferne Stadt am Horizont versinkt im Abendrot. In spätestens einer Sonnenlänge wird sich ein Mantel der Stille über Bellonna und Guldheim senken. Die goldenen Bäume schimmern bereits, wie von Silbertau überzogen. »Ich mache mich wieder an die Arbeit, bis Mutter mich zum Abendessen ruft.« Mit einer zittrigen Handbewegung deute ich auf das Fenster. »Du solltest vor Inkrafttreten der Ausgangssperre heimkehren.«

Bei Nacht, wenn Nisha, die Mutter der Drachen, ihr Unwesen treibt, ist es in allen Städten des Vier-Länder-Bündnisses untersagt, die Straßen zu betreten. Ausgewählte Leute der Stadtwache sind von der Regel ausgenommen, sorgen für Ordnung, nehmen es mit den Gefahren auf und schnappen Ausreißer. Wer sich der Ausgangssperre widersetzt, riskiert einen grausamen Tod. Es heißt, die Anhängerschaft der Festung der gestohlenen Künste und ihre Drachen lauern darauf, dass jemand im trügerischen Schutz der Finsternis an sie denkt. Dann schlagen sie zu. Bei der bloßen Vorstellung daran erschaudere ich. Ich meide die Nacht nach dem Vorbild von Sahar, Nishas Zwillingsschwester, der Göttin der Sonne, und unserer Schutzgöttin, und bleibe in der Dunkelheit im Haus, in dessen Inneres diese nicht vordringen kann.

Linn schiebt die Unterlippe vor. »Du verzichtest freiwillig auf meine Gesellschaft?«

»Wenn es um Leben und Tod geht – ja«, erwidere ich mit Nachdruck in der Stimme.

»Punkt für dich.« Ihre schmalen Lippen kräuseln sich zu einem Lächeln, das ihre Augen in mattem Silber erstrahlen lässt. »Ich hoffe, du kommst ohne mich gegen deine Tagträume an.« Sie zieht mich in eine flüchtige Umarmung. Ich atme ihren Duft nach Fichtennadeln und warmem Holz ein. »Gute Nacht, Soleya.« Mit diesen Worten verschwindet sie lautlos aus der Schneiderei.

Ich lasse mich auf den hölzernen Stuhl sinken und fokussiere mich auf den karmesinroten Samtstoff, der im Öllampenschein gespenstisch schimmert. Wenn ich zu viel abgeschnitten hätte, wäre das nicht auszudenken! Das Kleid muss perfekt werden. Lady Vissers soll ihren neuen Bekanntschaften in Bellonna berichten, wessen geschickte Hände ihre Garderobe gefertigt haben. *Nicht abschweifen, Soleya!* Ich fahre mir durchs Haar. Das Ziepen meiner Kopfhaut bringt mich in den Moment zurück. Ich greife nach einer Lage Stoff in strahlendem Sonnenblumengelb und breite sie vor mir aus. Lady Vissers soll den Sonnenaufgang bekommen, den sie sich wünscht. Einen Farbverlauf von Karmesinrot bis hin zum Sonnenblumengelb.

Ich möchte nach der Schere greifen, da ertönt ein schwaches Klopfen an der Tür.

»Herein«, rufe ich, rapple mich auf und verlasse das Hinterzimmer.

Der Verkaufsraum ist ordentlich gehalten. Auf Schneiderpuppen und in Regalen sind die neuesten Kleider und Masken ausgestellt. Sie sind nach Farben sortiert. Der Schein eines prasselnden Kaminfeuers erhellt den Raum und spendet ihm wohlige Wärme. Auf dem Verkaufstresen stapeln sich Pergamentblätter, die ich eilig an die Seite schiebe.

Die Holztür mir gegenüber schwingt auf und eine Frau tritt, auf den Schwingen des brausenden Abendwinds, hinein. Mir stockt der Atem.

Mein Gegenüber trägt ein bodenlanges, langärmliges Kleid in purem Gold, wie aus den Strahlen der Sonne gewoben. Beinahe muss ich die Augen zusammenkneifen, um mich vor seinem blendenden Glanz zu schützen. Die Haare in mattem Rauchschwarz sind zu einem kunstvollen Knoten geflochten. Vereinzelt blitzen Blüten aus Gold und Kupfer zwischen den Locken hervor. Ihre Haut, auf die ich an ihren Händen und Schlüsselbeinen einen Blick erhasche, ist von einem warmen Goldbraun, als fließe Sonnenlicht statt Blut durch ihre Adern. Eine Maske aus reinem Gold, ohne Verzierungen, verdeckt ihr Gesicht. Je näher sie mir in anmutigen Schritten, als schwebe sie über den Boden, kommt, desto deutlicher erkenne ich ihre Augenfarbe, die flüssigem Honig gleicht. Intensiv bohrt sich ihr durchdringender Blick in meinen.

Ein warmer Schauder rieselt über meine Haut. Vor mir kommt die schönste Frau zum Stehen, die ich je gesehen habe. Gleichzeitig fühle ich mich schutzlos und nackt, als falte ihr Blick die Schichten meines Selbst auf, um all meine verborgenen Geheimnisse zu lesen. Sie ist so eindrucksvoll, dass ich das Gefühl habe, sie könne in mich hineinsehen. Ich habe Mühe, nicht zurückzuweichen oder zu rufen, dass ich keine Magie spüren kann, obgleich die Schere außerhalb meiner Reichweite im Hinterzimmer liegt.

Ich verknote meine schwitzigen Finger ineinander und ermahne mich, tief in den Bauch zu atmen. Woher soll sie von der goldenen Schere und all den anderen Gegenständen wissen? Sie mag von grausamer Schönheit sein, doch die Fremde hat sicher nicht kurz vor Inkrafttreten der Ausgangssperre die Schneiderei aufgesucht, damit ich sie anstarre.

»Womit kann ich Ihnen dienen?«, frage ich und zwinge Stärke in meine Stimme. Innerlich verfluche ich mich. Ja, mein Gegenüber ist schön. Das bedeutet nicht, dass ich mich wie eine Närrin aufführen muss. Unzählige Male habe ich Kundschaft hinter dem Verkaufstresen bedient. Nichts hat sich verändert. Dennoch liegt, anders als sonst, knisternde Anspannung in der Luft, als warte ein Gewitter darauf, sich über uns zu entladen.

»Ihr seid Soleya Armitage? Die Meisterschülerin von Weylin Armitage?«, fragt die Fremde. Ihre Stimme klingt weich und kratzig, wie ein Dolch, der in einer Scheide aus Samt steckt, darauf lauernd, direkt auf mein flatterndes Herz zu zielen.

»Ja«, antworte ich zögernd.

»Es tut mir leid, dass ich Sie zu dieser späten Stunde störe, doch ich brauche ein Kleid.« Sie senkt die Stimme, eine Düsternis schwingt in ihren nächsten Worten mit. »Meine Familie ist vor zehn Jahren ums Leben gekommen, ich plane ein großes Fest zu ihrem Todestag.«

Ihre Worte erfüllen mich mit dem Gefühl, zu fallen und niemals auf dem Boden aufzukommen. Der rettende Genickbruch bleibt mir verwehrt. Ich muss etwas Aufmunterndes sagen, das der Fremden ihren Schmerz nimmt. »Das tut mir leid –«

»Nicht doch«, fällt sie mir ins Wort. »Vor allem meine Tochter hat mir mehr gegeben als jeder andere vor oder nach ihr, obwohl sie nur neun Jahre unter der Sonne verbringen durfte. Jetzt wacht Sahar über sie und sie lebt für immer auf der Sonnenseite dieser Welt.«

Ihr Tonfall klingt so verschwörerisch, dass ein warmes Gefühl in meinen Verstand sickert. Ich spüre, dass sich ein Lächeln auf meinem Gesicht ausbreitet. Die Fremde zieht ein Medaillon aus der Innenseite ihres Kleides. Die Oberfläche ist aus mattem Silber, die Inschrift unleserlich. Im Licht der Abendsonne, das die Schneiderei erfüllt, gleicht sein Strahlen den Sternen am nächtlichen Firmament.

»Das Medaillon ist die einzige Erinnerung an meine Tochter, die mir geblieben ist«, erklärt mein Gegenüber.

Ein elektrisierendes Kribbeln zuckt durch mich hindurch. Ehe ich mich ermahnen kann, mich nicht zu bewegen, streifen meine Fingerspitzen das kühle Silber. Das Kribbeln wird stärker, als würde ein Gewitter in meinen Adern wüten. Donnergrollen trägt einen Schrei zu mir heran, der in meinem Kopf nachhallt. Eine Gänsehaut kriecht von meinen Fingerspitzen, meinen Arm hinauf, bis über meinen Rücken. Die uralte Narbe scheint aufzuplatzen, Flammen zucken meine Wirbelsäule hinab. Das Silber, das noch immer meine Finger berührt, ist siedend heiß. Ich ziehe meine Hand zurück. Der Nachhall des Gewitters pulsiert durch meine Adern.

»Verzeiht«, stammle ich und widerstehe dem Impuls, meine Finger aneinander zu reiben, die unangenehm brennen.

Die Fremde macht eine wegwerfende Handbewegung. »Neugierde ist menschlich«, erwidert sie in einem Tonfall, aus dem ich ein Lächeln herauszuhören glaube, das mir hinter ihrer Maske verborgen bleibt. »In fünf Tagen erwarte ich ein Kleid wie aus Mondlicht gewoben, das zu ebendiesem Medaillon passt, und meiner Tochter und mir auch in der dunkelsten Nacht den Weg weist.«

Ein Kloß bildet sich in meiner Kehle. Fünf Tage. Lady Vissers Garderobe muss in sieben Tagen für die erste Anprobe bereit sein. Der Kloß gleicht Flammen, die meinen Hals hinabkriechen, als ich ihn hinunterwürge. »Das ist –« *Unmöglich*, möchte ich sagen. Das Wort zerfällt in meinem Mund zu Asche. Die flüssigem Honig gleichenden Augen hinter der Maske ziehen mich in ihren Bann, ich möchte mein Gegenüber nicht enttäuschen.

»Überlegt es Euch gut.« Sie streckt eine Hand nach mir aus.

Bevor ich zurückweichen kann, streicht sie mir eine Haarsträhne aus dem Gesicht. Ich erschaudere. Mein Blick verliert sich in ihrem.

»Man sagte mir auch, Ihr wollt eine Schneiderin in Bellonna werden.« Mit der freien Hand greift sie in eine der eingenähten Taschen ihres Kleides. »Wenn Ihr mir meinen Wunsch erfüllt, soll Euch der Eure gewährt sein.« Sie legt einen weißen Umschlag vor mir auf den Verkaufstresen. Darauf prangt ein Siegel, das die vier göttlichen Artefakte zeigt: ein Diadem aus Kupfer, ein Zepter aus Silber, ein Medaillon aus Gold und ein Schwert aus Bronze. Darunter prangen die Initialen A V in verschnörkelter Schrift. Das Siegel und die Initialen von Aleydis Vaewing, der Königin des Bündnisses. Mein Kopf fühlt sich wie leergefegt an, nur ein einzelner Gedanke gräbt sich hartnäckig darin fest – vor fast zehn Jahren sind ihr Ehemann, König Jeldrik, und ihre beiden Töchter bei einem Anschlag der Festung der gestohlenen Künste ums Leben gekommen. Aleydis hat als Einzige überlebt.

Meine Knie werden weich. Ich stütze mich Halt suchend auf dem Verkaufstresen ab. Mein Herz vergisst seinen Takt, dann setzt es zu einer raschen Melodie an. Die Welt um mich herum erstrahlt in neuen

Farben, als hätte jemand Sahar persönlich Eintritt in die Schneiderei gewährt. »Aber … das kann nicht … wie konntet Ihr … Ihr seid –« Ich beiße mir auf die Zunge, ehe sich meine Worte weiter überschlagen. Mit hämmerndem Puls blicke ich auf, die honigbraunen Augen der Fremden funkeln amüsiert. »Verzeiht, Eure Majestät.« Ich entziehe meine Wange ihrer Hand und mache einen tiefen Knicks, ohne meinen Blick von ihr abzuwenden.

»Entschuldige den Spaß, den ich mir mit dir erlaubt habe, Soleya. Sei unbesorgt, vor der Tür zur Schneiderei wartet meine Leibgarde auf mich. Ich wünsche keine Störenfriede bei diesem wichtigen Treffen.« Sie klopft mit ihren golden lackierten, langen Fingernägeln auf den Briefumschlag. Dabei betrachtet sie forschend mein Gesicht, als suche sie dort nach etwas. »Was sagst du, nimmst du mein Angebot an?«

Ein warmes Gefühl prasselt durch meine Adern und setzt sich in meinem Herzen fest. Königin Aleydis Vaewing möchte, dass ich ihr ein Kleid schneidere. Die entsprechenden Papiere, um Bellonna zu betreten, sind zum Greifen nahe. Ich spüre, dass meine Mundwinkel nach oben zucken und Hitze in meine Wangen schießt. »Natürlich, meine Königin. Es ist mir eine große Ehre und ich habe nicht vor, Euch zu enttäuschen.«

»Ich hatte gehofft, dass du zustimmst«, sagt sie mit honigsüßer Stimme. Den Briefumschlag lässt sie zurück in die Tasche ihres Kleides gleiten. »Ich sollte mich auf den Heimweg machen, bevor Nisha ihre Schergen schickt, um mich zu holen. Wir sehen uns in fünf Tagen, sobald der Morgen mein Kommen zulässt.« Mit diesen Worten macht sie auf dem Absatz kehrt. Eine goldene Sonne, die mit dem Abendrot verschmilzt, das sie hinter der Tür zur Schneiderei empfängt. Hinter ihr fällt diese mit einem dumpfen Aufschlag ins Schloss und lässt mich mit einer Stille zurück, als sei die Königin nie hier gewesen.

Mehrere Herzschläge lang bin ich erstarrt. Mein Verstand möchte nicht begreifen, nicht wahrhaben, was soeben geschehen ist.

Habe ich mich in einem Tagtraum verloren?

Wie in Trance gleitet mein Blick zum Verkaufstresen. Auf dem dunklen Holz liegt ein einziges Pergamentblatt in der Farbe milchigen

Mondlichts. In kupferner Tinte steht darauf:

Ich erwarte das Kleid in fünf Tagen bei Anbruch der Morgendämmerung. Sobald Nisha die Welt verlassen hat, erscheine ich zu einer ersten Anprobe. Von allen weiteren Arbeiten ist Soleya Armitage freigestellt. Sollte ihr jemand beim Schneidern ungefragt zur Hand gehen, werde ich es wissen. Wenn ihre Arbeit so hervorragend ist, wie alle sagen, darf sie ihre Ausbildung im Palast der vier Türme abschließen. Gezeichnet, Ihre königliche Majestät, Aleydis Vaewing von Bellonna.

Darunter prangt das königliche Siegel, die Initialen der Königin in Form einer Rosenblüte.

Eine Mischung aus erfreutem Schluchzen und glockenhellem Lachen dringt über meine Lippen. Die Königin möchte, dass ich ihr ein Kleid schneidere. Fünf Tage sind ein Wimpernschlag, doch ich werde nicht versagen. Ich schmecke bereits Rauch und knisternde Elektrizität auf der Zunge – in Guldheim ist Strom teuer, in Bellona mangelt es nicht an ihm. Ich spüre eine Maske, die mir ein zweites Gesicht gibt. Eines, das meine Gedanken und meine Verbindung zu reiner Magie für immer verbirgt.

Ein Gefühl, das süßem Honig gleicht, breitet sich in meinen Adern aus, schlägt seine Zelte in meinem Herzen auf und durchströmt meinen ganzen Körper. Ich fühle mich leicht, als würde ich mit jedem Wimpernschlag davonschweben. Über die hölzernen Häuser Guldheims und den Goldwald, bis nach Bellonna, direkt in den Palast der vier Türme.

Von weit her dringen rasende Schritte an meine Ohren, schlitternd nimmt die Person zwei Stufen auf einmal. »Soleya!«

Tintenschwarze Wolken verdunkeln die Sonne in meinem Herzen, als hätte die Stimme meines kleinen Bruders sie dorthin gemalt. Die Blase, die ich mir erschaffen habe, platzt.

Firan poltert die Treppe herunter, die unsere Wohnung mit der Schneiderei verbindet. Vor mir angekommen, bleibt er schwer atmend stehen. An seinen Wangen ist die Haut erdbeerrot statt pfirsichfarben, seine dunkelblonden Haare sind zerzaust und der Blick aus seinen jadegrünen Augen fragend. »Wieso stand bis gerade eben eine königliche

Kutsche vor unserem Haus? Gardisten und Gardistinnen haben die Tür bewacht. Sie hatten Waffen. Vater hat mir verboten, mich ihnen zu nähern und nachzufragen.« Er unterbricht seinen Redefluss, um tief Luft zu holen. »Vater und ich sind an den Treppenabsatz geschlichen.« Er tritt von einem Fuß auf den anderen. »Gut, ich bin ihm nachgeschlichen, aber er hat mich nicht weggeschickt. Was die Frau mit der Maske zu dir gesagt hat, haben wir nicht verstanden.« Er stellt sich auf die Zehenspitzen, reckt das Kinn und streckt die Brust raus. Firan ist dreizehn, sein nächster Wachstumsschub steht ihm noch bevor. Er reicht mir knapp bis zum Kinn. Der Anblick entlockt mir ein leises Lachen, das ich rasch als Husten tarne. In seinem Redefluss treibend, bemerkt Firan das Geräusch scheinbar nicht. »Wenn sie eine Gefahr gewesen wäre, hätte ich es mit ihr aufgenommen und dich verteidigt.«

Ich streiche ihm durch die unordentlichen, dunkelblonden Wellen. »Daran habe ich keinen Zweifel.«

Ein Lächeln huscht über seine Lippen. »Sie hat dich nicht angegriffen und Vater hat gesagt, ich soll euch nicht unterbrechen, falls es sich um einen wichtigen neuen Auftrag handelt.« Er legt den Kopf schief und betrachtet mich mit fragendem Blick. »Wer ist die Fremde gewesen und was hat sie von dir gewollt?«

Das warme Gefühl in meiner Brust kehrt zurück. Diesmal verdunkelt ein schwarzer Fleck die Sonne in meinem Inneren. Wenn ich nach Bellonna gehe, muss ich meine Familie zurücklassen. Ich deute auf den Zettel. »Lies selbst«, fordere ich Firan mit sanfter Stimme auf.

Er leistet meiner Aufforderung mit zusammengekniffenen Augen Folge. Bei jedem Wort, das er liest, wird er blasser um die kleine Stupsnase. Sein zittriger Herzschlag zeichnet sich unter dem grauen Hemd ab, als er zu mir aufblickt. »Königin Aleydis Vaewing möchte, dass du ihr ein Kleid schneiderst«, stammelt er. Es ist eine Feststellung, keine Frage.

Ich zwirble eine dunkelblonde Strähne um den Zeigefinger. »Ja«, wispere ich, unsicher, ob mein donnernder Herzschlag meine Stimme übertönt.

»Du bist die beste Schneiderin, die ich kenne und ich weiß, dass das Kleid ihre Vorstellungen übertreffen wird.«

Seine Worte entfachen eine strahlende Kerze der Hoffnung in meiner Brust. Die Gewissheit, dass mein kleiner Bruder an mich glaubt, nimmt mir einen Teil der Zweifel von den Schultern.

»Ich weiß, dass es dein Traum ist, eine Schneiderei in Bellonna zu eröffnen, … dass du dort leben möchtest –« Mit jedem Wort verliert Firans Stimme an Stärke. »Aber ich dachte, wir besorgen uns gemeinsam die entsprechenden Papiere und besuchen die Stadt der Masken zusammen.« Er schiebt die Unterlippe vor. »Wenn jemand geht, egal wohin, wieso kann *sie* nicht gehen?«

Die Kerze erlischt. Ein Leben in Bellonna ist mein Traum. Der Preis, den es zu zahlen gilt, wird mir bewusst, als ich in Firans glanzlose, jadegrüne Augen blicke. Ich überbrücke die Distanz zwischen uns, ziehe ihn in eine feste Umarmung und spüre seinen rasenden Herzschlag durch den Stoff meines Kleides. »Dahlia wird früher oder später ebenfalls ausziehen«, beantworte ich seine Frage bezüglich unserer Schwester mit einem Kloß im Hals. »Ich werde nicht für immer fortgehen. An den Wochenenden möchte ich meine Familie besuchen. Und Linn.« Ich streiche ihm über das Haar. »Vielleicht gefällt es mir nach der Ausbildung in Bellonna nicht und ich übernehme eines Tages Vaters Schneiderei. Guldheim ist meine Heimat. Ihr seid meine Heimat, Fir. Mutter, Vater, Linn und du.«

Meine Träume von der kupfernen Stadt und davon, hinter die Masken der Einwohnerschaft zu sehen, sind die eines jungen Mädchens, das mehr von der Welt sehen möchte. Doch der Gedanke, das Dorf am Saum des Goldwalds, umgeben von Wiesen mit Wildblumen in allen Regenbogenfarben, Tälern und abgelegenen Waldstücken, die Firan und ich gemeinsam erkundet haben, nie wiederzusehen, schmerzt. Bellonna ist nicht weit von Guldheim entfernt. Selbst wenn ich Arbeit in einer dortigen Schneiderei finde, bis ich eines Tages meine eigene eröffne, bleibt meine Familie mein Halt.

Als ich Firans Herzschlag spüre, der langsam eine ruhige Tonfolge anstimmt, weiß ich, dass ich zurückkehren werde. Immer.

***

Der Geruch von Zimt, Äpfeln, Honig und Schokolade liegt in der Luft. Ich atme ihn tief ein. Jeden Bissen meines Pfannkuchens lasse ich auf der Zunge zergehen. Der warme Teig, die weichen Äpfel und der kühle Honig vermischen sich in meinem Mund zu einer wahren Geschmacksexplosion. Was das Volk Bellonnas wohl zu Abend isst? Mit einem Stich in die Brust muss ich mir eingestehen, dass es sicher nicht Vaters Spezialpfannkuchen sind.

Der süßliche Geruch wird von angespannter Stille überlagert. Soeben habe ich meine Erzählung, wieso die Königin unsere Schneiderei betreten hat, beendet.

Mutter fährt sich unruhig durch die Haare, bis sich zahlreiche Strähnen aus ihrem dunkelblonden Haarknoten lösen. Sorge und Stolz kämpfen um die Vorherrschaft in ihrer Miene.

Vater erbleicht. Sein Blick verhakt sich mit dem meinen wie damals, als er mich vor der Schere gewarnt hat.

Dahlia betrachtet die Tischplatte. Das hellbraune Haar fällt ihr ins Gesicht, wodurch ich ihre Miene nicht deuten kann. Ihre Hände, die in der Lage sind, in vollkommener Ruhe ein Schwert zu schmieden, zittern.

Firan schaufelt ein Stück Pfannkuchen nach dem anderen in seinen Mund. Sein Kauen ist das einzige Geräusch. Geschmolzene Schokolade tropft aus seinem Mundwinkel – er schwört darauf, sie mit den Pfannkuchen zu kombinieren. Jetzt ist der Anblick ein Stich in mein Herz. Vorausgesetzt, ich enttäusche die Königin nicht, sind es solche kleinen Details, die mir am meisten fehlen werden.

Mutter fasst sich als Erste. Der Stolz gewinnt den Kampf gegen die Sorge und gleitet über ihre Züge. »Das kommt sehr plötzlich. Deine Ausbildung hat gerade erst begonnen, aber wenn sich jetzt schon in Bellonna herumspricht, welches Talent du besitzt, solltest du diese Chance nutzen.«

Mir fällt ein erster Stein vom Herzen. »Danke.«

»Ich wusste, dass dein Talent nicht lange unentdeckt bleibt. Du hast vom Meister gelernt.« Vater setzt ein mattes Lächeln auf, das seine Augen nicht erreicht. »Dennoch wünschte ich, es wäre zu einem späteren Zeitpunkt dazu gekommen.« Seine Stimme klingt hohl. »In fünf Tagen, vor deiner Abreise, müssen wir«, er trinkt einen Schluck Apfeltee, ehe er fortfährt, »dringend noch einmal miteinander sprechen.«

Die Schere liegt unten im Hinterzimmer. Dennoch durchfährt mich ein unangenehmes Prickeln, das den zwei Wespenstichen gleicht, die ich mir im Sommer bei einem Waldspaziergang mit Firan zugezogen habe. Etwas sagt mir, dass es bei diesem Gespräch nicht um das Schneidern gehen wird. Ich ringe mir ein Lächeln ab. »Ohne einen Rat von dir mache ich mich sicher nicht auf den Weg nach Bellonna.«

Vater seufzt. »Wenn du fort bist, muss ich mir einen zweiten Lehrling suchen.«

»Darüber wird Linn nicht allzu erfreut sein«, murmle ich. Ich bin diejenige gewesen, die sie zu einer gemeinsamen Lehre in der Schneiderei überredet hat. »Dass sie die Garderobe für Lady Vissers an meiner Stelle fertigstellen und in den nächsten fünf Tagen meine Aufgaben übernehmen muss, sollte ich ihr schonend beibringen.«

»Das wird Linn schon verkraften«, erwidert Vater sanft, ehe er sich bei Firan erkundigt, ob er seine Hausaufgaben gemacht hat, als sei das Thema meines möglichen Umzugs nach Bellonna erledigt.

Dahlia schiebt ihren Stuhl zurück, macht auf dem Absatz kehrt und verschwindet schnellen Schrittes aus dem Esszimmer. Mein Magen zieht sich zusammen. Irgendein Wort hätte sie sagen können. Dass sie froh ist, falls ich verschwinde, hätte genügt.

Falls …

Der Umzug ist keinesfalls in Stein gemeißelt. Ich bin eine passable Schneiderin, keine Frage. Wieso sollte die Königin mich auswählen, wenn sie jede haben könnte? Was, wenn mir meine Tagträume Steine in den Weg legen? Bin ich ohne Linn, die mich rechtzeitig aus ihnen ins Jetzt zurückholt, aufgeschmissen?

Zweifel schlagen in Wellen über mir zusammen und drohen, mich in finstere Fluten hinabzuziehen. Ich senke den Blick. Niemand soll die Furcht, die sich den Weg an die Oberfläche bahnt, in meinen Augen lesen.

Ich bin nur ein Mädchen aus Guldheim. Was, wenn ich nicht nach Bellonna passe? Ein Schmutzfleck auf der kupfernen Fassade der Stadt, nichts weiter.

Was, wenn eine Maske nicht ausreicht, um mein wahres Selbst zu verbergen? Eine Maske lässt die Augenpartie frei. Die Seelenspiegel eines jeden Maskenträgers bleiben von ihr unberührt. Meine Narbe glüht auf, ich presse meinen Rücken gegen die Stuhllehne. Wage nicht, zusammenzuzucken. Ein Kribbeln erfüllt mich bis in die Haarspitzen. Was, wenn die Soleya hinter einer Maske sichtbar wird, die das Flüstern von Gegenständen hört, deren Magie sie längst verlassen hat?

Kapitel 2
Ein Kleid aus Sternenlicht

Schwarze Linien bilden den ausgestellten Rock der Frau, deren Zuhause ein weißes Pergamentblatt ist. Ich setze den Bleistift an, und möchte ein Spitzenmuster zeichnen. Statt feiner Linien bringe ich nur ein verwischtes Zickzackmuster zustande.

Reiß dich zusammen, Soleya! Wieso müssen deine Hände ausgerechnet jetzt so sehr zittern?

Ich drücke so fest mit dem Bleistift auf, dass seine Spitze abbricht. Den ruinierten Entwurf des Kleides, das die Fäden meiner Zukunft in den Händen hält, schiebe ich zu seinesgleichen. Zehn Pergamentblätter tummeln sich neben mir auf dem Arbeitstisch.

Meine Gedanken sind, Blätter im Wind gleichend, davon gewirbelt. Haben mich nicht schlafen lassen. Einige Sonnenlängen habe ich mich hin und her gewälzt. Ruhelos, ein Spiegel des Sturms in meinem Inneren. Die Umarmung des Schlafes ist mir verwehrt geblieben.

Ich habe die Nacht sinnvoll nutzen wollen, bin nach unten in die Schneiderei gegangen und habe begonnen, erste Entwürfe zu zeichnen. Entweder meine Finger versagen mir den Dienst oder meinen Ideen fehlt das gewisse Etwas. Jetzt sehen die Wolken hinter dem Fenster wie Zuckerwatte aus, die von strahlendem Kornblumenblau zerrissen wird. Als glühend goldene Scheibe erhebt sich Sahar über den fernen Dächern Bellonnas. Die Nacht hat Guldheim aus ihren Klauen freigegeben, ohne dass ich einen brauchbaren Entwurf gezeichnet habe.

Zweifel fressen, einem Rudel Wölfe gleich, an mir. Ich betrachte meine feingliedrigen Finger. Sind sie in der Lage, Wunder zu wirken? Ein Kleid zu schaffen, das einer Königin und ihrer verstorbenen Familie würdig ist?

Schritte dringen durch die dünne Holzdecke zu mir nach unten. Meine Familie erwacht an einem neuen Tag, an dem sie alle ihrer Routine nachgehen. Nur meine Welt ist aus dem Gleichgewicht geraten.

Ich schließe die Augen, massiere mir die Schläfen und atme tief in den Bauch. Langsam zähle ich von zwanzig rückwärts, bis sich meine Atmung beruhigt hat.

Sogleich fische ich ein neues Pergamentblatt aus dem Stapel, setze den Bleistift an und zeichne die elfte gesichtslose Frau. Ihre Silhouette geht mir leicht von der Hand. Wenngleich sie eine leere Hülle bleibt. Eine Stellvertreterin aus Blei und Pergament, die sich für einen Wimpernschlag das Kleid einer Königin überwirft. Wollte ich die wahrhaftige Königin Aleydis Vaewing auf einem Pergamentblatt einfangen, würde ich scheitern. Wenn sie Guldheim an Festtagen besucht, geht das Raunen um, die Königin sei unter ihrer Maske entstellt. Der Unfall, bei dem ihre Familie gestorben ist, soll Brandnarben hinterlassen haben, die sich von ihrem Haaransatz, ihre Wange hinab ziehen. Früher habe ich dem Raunen kaum Beachtung geschenkt, jetzt lodert Wut in meinen Adern auf. Die Königin ist die anziehendste Frau gewesen, in deren Gegenwart ich mich je aufhalten durfte. Sollte sie Brandnarben haben, tut das ihrer Schönheit keinen Abbruch. Ich schüttle den Kopf, um den Gedanken loszuwerden. Die Wut in meinen Adern erlischt. Um Königin Aleydis und den Unfall ranken sich viele Geschichten, fast alle sind in Blut geschrieben. Welche davon der Wahrheit entsprechen, weiß nur die einzige Überlebende: sie selbst.

Gedankenverloren betrachte ich die Gesichtslose. Sie braucht keine Maske, um ihr wahres Selbst zu verbergen, Augen als Seelenspiegel fehlen ihr. Aus ihrem leeren Gesicht schaut mich niemand an. Gleichzeitig ist der ovale Kopf voller verborgener Geheimnisse.

Die hungrigen Wölfe lassen von mir ab. Meine Zweifel verlieren sich mitsamt der Zuckerwattewolken im Morgenwind.

Behutsam setze ich den Bleistift an. In fließenden Bewegungen gleitet er über das Pergament. Ein seidenes Korsett, an den Schultern ausgestellte Ärmel sowie ein hoher, mit Rüschen besetzter Kragen. An der Taille liegt das Kleid eng an, danach umspielt es die Beine der Gesichtslosen, als sei der Stoff ein kleiner Wasserfall. Die Seide ist mit einem Muster aus Sternen bestickt, das weder einen Anfang noch ein Ende besitzt – ähnlich den Silberpunkten am nächtlichen Firmament. Ein Farbverlauf von Rabenfederschwarz über mattes Silber bis hin zu Zartgrau zieht sich von oben nach unten über den Stoff. Eine Maske aus tintenschwarzer Spitze, überzogen von funkelnden Diamanten, die sich ebenso im Stoff des Kleides wiederfinden, rundet das Kleid ab.

Als ich den Bleistift absetze, haben die Sonnenstrahlen draußen die Wolken durchbrochen. Morgenlicht fällt durch das Fensterglas, durchdringt meine Haut und erfüllt mich mit Wärme. Wenn das fertige Kleid halb so atemberaubend aussieht wie die Zeichnung vor mir, ist es perfekt.

Mit einem Lächeln auf den Lippen betrachte ich meinen Entwurf. Die Müdigkeit ist fort, am liebsten möchte ich mich sofort an die Arbeit machen und die Zeichnung zum Leben erwecken.

Näherkommende Schritte hallen auf dem Holzboden nach. Ich drehe mich vom Fenster fort. Vater tritt durch die Tür, die den Verkaufsraum mit dem Hinterzimmer verbindet. In den Händen hält er ein Tablett, das er vor mir auf dem Arbeitstisch abstellt.

Mein Magen rumort, als der Geruch von frischem Honig, warmem Brot und dampfendem Kaffee meine Nase kitzelt. Das Frühstück hätte ich beinahe vergessen.

»Ich weiß, wie es ist, von der eigenen Inspiration wachgehalten zu werden«, sagt Vater mit einem sanften Lächeln. »Frühstücken solltest du trotzdem.« Seine haselnussbraunen Augen beäugen meinen Entwurf kritisch.

Ich halte den Atem an. Mit klammen Fingern greife ich nach der Kaffeetasse und umklammere sie. Stellvertretend für mein Selbstvertrauen, das ich gerade erst zurückgewonnen habe.

Vater legt mir eine Hand auf die Schulter. »Dein Entwurf kann sich sehen lassen.«

Ich atme aus. »Danke.«

»Du bist meine Tochter und hast von mir gelernt, seit du eine Schere, Nadel und Faden halten konntest.«

Der Stolz, der in seiner Stimme mitschwingt, entlockt mir ein leises Lachen. »Ich kann es kaum erwarten, den Entwurf Wirklichkeit werden zu lassen«, erwidere ich.

Er schiebt das Tablett demonstrativ in meine Richtung. »Bevor du gefrühstückt hast, lasse ich dich nicht ins Lager, um nach passenden Stoffen zu suchen.«

Ein Seufzen kann ich mir nicht verkneifen. »Von mir aus.«

Im Verkaufsraum schwingt die Tür knarrend auf.

»Das muss Linn sein«, murmelt Vater. »Sie wird ein Auge auf dich haben.« Sanft drückt er meine Schulter, die Geste flutet mich mit neuer Energie. »Ich muss mich um eine Bestellung kümmern. Neue Schuhe mit Stahlkappen für den Hufschmied.« Mit diesen Worten lässt er mich im Hinterzimmer zurück.

Ich bleibe nur lange genug allein, um einen Schluck Kaffee zu trinken. Linn wechselt rasche Worte mit Vater, dann betritt sie den Raum, als sei ein Drache hinter ihr her. Ihre Wangen sind gerötet, einzelne Strähnen schneeweißen Haars haben sich aus ihrem Fischgrätenzopf gelöst. »Wieso hast du mir nichts gesagt?« Mit vor der Brust verschränkten Armen sieht sie zu mir herab, während auf ihren schmalen Lippen ein Lächeln liegt, das ihre Empörung Lügen straft.

Mit Vater hat sie im Verkaufsraum nicht lange genug gesprochen. »Woher weißt du …« Ich fahre mir durchs Haar. »Firan.«

Sie nickt. »Kaum hatte Nives ihm die Tür geöffnet, hat er davon erzählt.« Linns jüngerer Bruder Nives und Firan sind im selben Alter und gehen jeden Morgen zusammen zur Schule. Strahlende Silberkristalle treten an die Stelle von Linns Augen. »Ich kann nicht glauben, dass du ein Kleid für die Königin schneidern sollst.« Sie löst ihre verschränkten Arme, tritt an meine Seite und zieht mich in eine Umarmung. »Dann wird dein Traum schneller wahr, als du gedacht hast.«

Ihre Euphorie ist so ansteckend, dass ich lachen muss. Meine Zweifel sind für diesen Augenblick vergessen, als hätte Linns Umarmung sie in Rauch aufgelöst. »Dafür muss das Kleid perfekt werden – innerhalb von fünf Tagen.«

Linn löst sich aus der Umarmung. Ihre Miene ist mit einem Mal ernst. »Das wird es. Und ein bisschen hasse ich es, das zu sagen. Wenn du nach Bellonna gehst, wirst du mir fehlen.«

»Ich werde dich besuchen«, verspreche ich ihr. Darüber, lange von Linn und meiner Familie getrennt zu sein, möchte ich jetzt nicht nachdenken. »Weißt du, was du noch mehr hassen wirst? Die Garderobe für Lady Vissers, die du fertigstellen musst.«

Linn verdreht die Augen. »Wenn es sein muss«, stöhnt sie.

»Sonst werde ich nicht rechtzeitig mit dem Kleid fertig.«

»Na schön, aber nur weil du es bist«, murmelt sie zähneknirschend, dann hellt sich ihre Miene auf. »Zeigst du mir jetzt endlich deinen Entwurf?«

»Weil du es bist«, wiederhole ich ihre Worte und deute auf meine Zeichnung. Nach einem schnellen Frühstück wird sie hoffentlich erste Formen in der Wirklichkeit annehmen.

***

Ein Fluss aus Sternenlicht ergießt sich über meine Finger. Ich stecke den Stoff mit einer Sicherheitsnadel fest. Anschließend gehe ich im Kreis um die Schneiderpuppe herum und überprüfe, ob die Rüschen gleichmäßig fallen. Perfekt. Das Kleid aus meinen Gedanken nimmt Form an.

Die Maße der Königin haben hinten auf dem Zettel, den sie mir hinterlassen hat, gestanden. Ich hoffe, das Kleid wir ihr gefallen *und* passen. Wenn ich mir die falsche Schneiderpuppe ausgesucht habe, wäre das ein Desaster.

Ich zwinge meine Gedanken zur Ruhe, beuge mich über den Arbeitstisch und öffne die schmale Schatulle voll funkelnder Diamanten, die mich dort erwartet. Meine Fingerspitzen kribbeln erwartungsvoll. Jetzt gilt es, fehlerfrei zu arbeiten. Bringe ich einen Diamanten falsch auf dem Stoff an, ist die Arbeit von drei Tagen dahin und ich muss von vorne anfangen. Die Körner in der Sanduhr fallen schneller als ich dachte. Einen Fehler darf ich mir, so kurz bevor das letzte von ihnen den Boden erreicht, nicht erlauben.

Ich greife nach einer silbernen Pinzette, nehme behutsam einen der Diamanten auf und tunke ihn in den Bottich mit durchsichtigem Leim, den Vater aus dem Saft der Mondblume herstellt. Meine Finger hören auf zu zittern, je näher der Diamant dem Stoff kommt. Ich setze ihn an den vorbestimmten Platz, und ein erster Stern glimmt an dem seidenen Firmament auf.

Sein Funkeln überträgt sich auf mich, treibt mir ein Lächeln auf die Lippen und verbrennt meine Sorgen. Ich werde nicht scheitern.

Schon bald trägt die Schneiderpuppe ein Kleid, wie aus flüssig gewordenem Sternlicht gewoben. Mit angehaltenem Atem betrachte ich mein Werk. Wenn die Maske halb so schön aussieht, sehe ich erstmals, was sich hinter den Mauern Bellonnas verbirgt.

Verlier dich nicht in Tagträumen, Soleya. Nicht so kurz, bevor sie Wirklichkeit werden.

Wie aus dem Nichts schlingt jemand einen Arm um meine Schulter. Ich zucke zusammen, entwinde mich der Umarmung und funkle Vater wütend an. »Können Linn und du euch nicht wenigstens bemerkbar machen?«

Um seine Mundwinkel zuckt es. »Dann könnten wir dich nicht heimlich bei deiner Arbeit beobachten.« Diesmal lasse ich seine Umarmung zu, lehne mich hinein und atme seinen Duft ein. Er riecht nach Farbe, vermutlich hat er soeben Stoffe bemalt. »Das Kleid sieht großartig aus. Die Königin wird es lieben.«

Einem warmen Kaminfeuer gleich, prasseln seine Worte durch meine Adern.

Sanft löst er die Umarmung. Das Lächeln verlässt seine Lippen, um

Platz für eine ernste Miene zu machen. »Du wirst in zwei Tagen nach Bellonna reisen.«

»Die Königin hat das Kleid noch gar nicht gesehen«, unterbreche ich ihn. »Und die Maske ist nicht fertig.«

»Ich bin Schneidermeister und habe das Kleid gesehen. Vertrau mir«, gibt er mit einem matten Lächeln, das seine Augen nicht erreicht, zurück. »Wir müssen miteinander sprechen, Soleya.« Er senkt die Stimme. »Ich weiß, dass du eine stärkere Verbindung zu letzten Spuren reiner Magie hast als andere. Du bist besonders sensibel.« Ein Ruck geht durch seinen Körper, als müsse er Knochenarbeit leisten. »Und, dass dir einst magische Artefakte Schmerzen bereiten. Obwohl sie nach dem Sternschuppenfall und dem Krieg ihre Kräfte verloren haben.« Er legt eine Hand auf meine Wange, sein Blick verhakt sich mit meinem. Ich wage nicht, zu atmen. »In Guldheim weiß kaum jemand, dass das möglich ist, womöglich sind deine Mutter, du und ich die Einzigen. Es *sollte* nicht möglich sein. Pass auf, wem du in Bellonna deine Sensibilität offenbarst.«

Seine Worte legen mir ein schweres Gewicht auf die Schultern. »Was, wenn mir in Bellonna jemand helfen kann?«, frage ich mit zerbrechender Stimme. Was, wenn jemand dafür sorgen kann, dass es aufhört? Das Flüstern. Der Schmerz. Alles.

Abgründe schimmern in seinen hellbraunen Augen. Damals, nach dem Unfall, sind es Dahlias Augen gewesen, die den seinen gleichen, und mich auf diese Weise angesehen haben. »Versprich mir, vorsichtig zu sein und such nur nach Antworten, wenn du keinen anderen Ausweg siehst. Manchmal ist es einfacher, einen Teil deines Selbst hinter einer Maske zu verbergen.«

»Ich werde vorsichtig sein«, verspreche ich ihm, um eine feste Stimme bemüht.

»Gut.« Sein Griff gibt mich frei. »Kümmere dich um das Kleid. Du möchtest die Königin nicht enttäuschen.«

Er lässt mich allein, bevor ich etwas erwidern kann.

Meine Sensibilität, wie er es genannt hat, *möchte* ich niemandem offenbaren. Eine Maske zu tragen, erscheint mir immer verlockender. Doch kann diese nur mein Gesicht verbergen. Nichts, was in meinem Blut darauf lauert, aus mir herauszubrechen.

***

Ein blasser Morgen taucht Guldheim in dichten Nebel. Links und rechts von Firan und Linn flankiert, stehe ich im Türrahmen der Schneiderei. Wir können nicht weiter als wenige Fuß schauen. Zu dicht ist der Nebel. Wann erscheint die Königin? Die Anspannung in der Luft ist auf der Zunge zu schmecken. Linn fährt sich in fahrigen Bewegungen durch das schneeweiße Haar. Firan wippt aufgeregt auf den Fußballen.

Die beiden spiegeln mein Inneres. Äußerlich starre ich wie betäubt den Nebel an, in meiner Brust schlägt mir das Herz bis zum Hals. Elektrisierende Blitze knistern in meinen Adern.

Heute ist mein großer Tag. Das Kleid und die Maske stehen im Vorraum der Schneiderei für die Königin bereit.

Zuerst dringt das Rattern von Kutschenrädern auf den Pflastersteinen an meine Ohren. Gefolgt von einem Raunen, das einem Schwarm Wespen gleicht, und zielsicheren Schritten.

Ich rolle meine Schultern nach hinten und bemühe mich um eine aufrechte Körperhaltung. Firan und Linn stehen starr neben mir, unsere Schultern sind eng aneinandergepresst. Zittere nur ich oder wir alle?

Drei Gestalten materialisieren sich aus dem Nebel. Zwei Gardistinnen in kupfernen Uniformen, von der Kleidung bis zu den Masken, mit kahl rasierten Schädeln flankieren die Königin. Ihr Kleid und ihre Maske schimmern wie reines Sonnenlicht, das den Nebel durchdringt. Als seien Linn und Firan Luft, verschmilzt ihr Blick mit meinem.

Mein Herz droht, mir aus der Brust zu springen. In meinem vernebelten Verstand ist gerade genug Platz für die Gewissheit, dass ich einen Knicks machen muss. Firan und Linn tun es mir gleich.

Eine Armlänge vor uns bleibt die Königin stehen.

»Willkommen, Eure Majestät«, sage ich um eine Stimme bemüht, die einer Königin würdig ist. »Es ist mir eine Ehre gewesen, Euch ein Kleid zu schneidern und ich hoffe, es genügt Euren Ansprüchen.«

»Die Freude ist ganz meinerseits«, erwidert sie mit honigsüßer Stimme. Ihr Blick zuckt zu Linn und Firan. »Wer ist unser Publikum?«

»Firan ist mein Bruder und Aislinn meine beste Freundin«, antworte ich. »Wenn ihre Anwesenheit unerwünscht ist –«

»Aber nein«, winkt die Königin ab.

Ich atme auf. »Ich möchte Euch nicht länger warten lassen. Lasst uns eintreten.«

Ich werfe Firan einen scharfen Blick zu. Er versteht und öffnet die Tür. »Nach Ihnen, Eure Majestät.« Seine Stimme klingt hohl.

Die Königin sieht ihn mit warmem Blick an, den er nicht erwidert, ehe sie die Schneiderei betritt.

Linn, Firan und ich folgen ihr.

Das Kleid steht, auf einer Schneiderpuppe, in der Mitte des Raumes und zieht die vollkommene Aufmerksamkeit der Königin an. Wie eine Berglöwin ihre Beute, umkreist sie die Schneiderpuppe.

Mein Herz schlägt unruhig, im Takt ihrer Schritte.

Linn streckt eine Hand nach mir aus. Ich schiebe sie weg. Vor der Königin darf ich mir nicht erlauben, Schwäche zu zeigen.

Nach endlosen Herzschlägen wendet sich die Königin mir zu. Ihr Blick nimmt mich gefangen, ich falle in einen Abgrund, voll gleißenden Sonnenlichts. Wage nicht, zu atmen oder mich zu bewegen. In diesem Augenblick gehe ich über ein Drahtseil. Ein Wort der Königin genügt, um mich auf die andere Seite zu bringen oder in die Tiefe stürzen zu lassen.

»Das Kleid übertrifft all meine Vorstellungen. Es ist perfekt.« Warm sickern ihre Worte in mein Herz, nisten sich dort ein und treiben es zu einer hoffnungsvollen Melodie an. »Ich hoffe, du hast gepackt, Soleya. Wir brechen gleich auf.«

Kapitel 3
Hinter der Mauer

Ich starre mein Spiegelbild so energisch an, dass ich erwarte, dass es mich jeden Augenblick ermahnt, damit aufzuhören. Jede Facette des Gesichts, das mir seit siebzehn Jahren vertraut ist, präge ich mir ein. Welliges Haar, dunkelblond mit einzelnen goldenen Strähnen, das bis über die schmale Brust fällt. Jadegrüne Augen mit einem veilchenblauen Ring um die Pupille und winzigen azurblauen Sprenkeln. Ein herzförmiges Gesicht mit einer schiefen Nase und eine feine Narbe, wie ein Sprung in pfirsichfarbenem Porzellan, die sich von meiner rechten Augenbraue bis zu meinem Haaransatz zieht. Anders als die Narbe auf meinem Rücken, ist sie für jeden sichtbar. Zugezogen habe ich sie mir bei einem Sturz von einem der höchsten Bäume im Goldwald, im Alter von zehn Jahren.

Die Erinnerung flutet meine Adern mit einem Gefühl wie Sonnenlicht, das meinem Spiegelbild ein Lächeln auf die schmalen Lippen treibt.

Behutsam, als wolle ich das Mädchen im Spiegel nicht erschrecken, gleitet mein Blick an mir herab. Ein Seidenkleid in der Farbe erster Triebe junger Bäume im Frühling fällt mir in Kaskaden bis zur Mitte der Oberschenkel. Es lässt meine Augen reiner Jade gleichen, hat Mutter gesagt, nachdem ich es fertig genäht habe.

Ein letztes Mal huscht mein Blick über mein Gesicht, als wolle ich sichergehen, dass ich mich selbst in der Stadt der Masken nicht vergesse. Ich schließe die Augen. Mein Herzschlag dröhnt mir in den Ohren, als der weiche Seidenstoff der Maske meine Haut berührt.

Blinzelnd öffne ich die Augen.

Das Gesicht einer Fremden mit meinen jadegrünen Augen betrachtet mich forschend. Eine seidene, jadegrüne Stoffmaske verbirgt ihre Gesichtszüge. Darauf sind filigrane goldene Äste und Zweige gemalt, die funkelnde Blätter tragen. Ein Stück Guldheim, das ich hinter die Mauer mitnehmen werde.

Meine Kehle ist staubtrocken. Schlucken nützt nichts. Die Wunde in meinem Inneren bleibt. Fühlt es sich so an, wenn Träume wahrwerden? Als würde ich von zwei gegensätzlichen Sturmfronten auseinandergerissen?

»Soleya!« Besorgnis schwingt in Mutters Stimme mit.

Ich muss mich sputen.

Rasch greife ich nach dem Reisebeutel, in den ich das Nötigste gepackt habe. In Bellonna kann ich mir von meinem Lohn das meiste neu kaufen. An freien Tagen werde ich nach Guldheim zurückkehren, um weitere meiner Sachen mitzunehmen.

Der vertraute Duft nach Farbe, Wildblumen und frischem Honig, der meinem Zimmer seit jeher anhaftet, durchströmt meine Lungen. Ob meine Familie den Raum, in dem ich siebzehn Jahre meines Lebens verbracht habe, unberührt lässt? Was, wenn Dahlia ein größeres Zimmer möchte?

Kopfschütteln verwerfe ich den Gedanken. Die Maske wiegt schwer auf meinem Haupt und bringt mich ins Jetzt zurück.

Ich habe keine Zeit, mich gebührend zu verabschieden oder mich in Wehmut zu verlieren.

Mein Herz spielt eine traurige Melodie und die Welt versinkt in Grautönen, als ich mein Zimmer hinter mir lasse und die glatten Stufen nach unten in die Schneiderei gehe.

Rasende Schritte nähern sich mir … und ebben abrupt ab.

»Soleya?« Firan starrt mit großen Augen zu mir hinauf, seine Haut ist ungesund bleich.

Mein Magen zieht sich zusammen. Erkennt er seine große Schwester hinter der Maske nicht? »Besser, ich gewöhne mich jetzt daran, eine Maske zu tragen«, sage ich mit sanfter Stimme und einem Lächeln, das mir auf den Lippen brennt.

Er legt den Kopf schief. »Wenn du uns besuchen kommst, nimmst du sie ab, ja?«

Ich verstrubble seine dunkelblonden Haare. »Versprochen.«

Ein flüchtiges Lächeln huscht über seine Lippen. »Wann kommst du uns besuchen?«

Etwas in mir zerreißt. Tränen verkleben meine Wimpern und den Stoff meiner Maske – dahinter bin ich kaum in der Lage, zu atmen. Die Luft schmeckt abgestanden. Ich ziehe meinen kleinen Bruder in eine feste Umarmung, atme seinen Geruch nach Laub, regennassem Holz und verblühenden Wildblumen ein, und lausche der raschen Melodie seines Herzschlags. »Noch in diesem Mond«, verspreche ich ihm. Sanft löse ich die Umarmung, sodass Firan mir ins Gesicht sehen kann. Hoffentlich erkennt er die Ehrlichkeit in meinen Augen. »Sobald ich mich in Bellonna eingelebt habe.«

Diesmal zucken seine Mundwinkel nach oben und das Lächeln, das sich auf seinem Gesicht ausbreitet, erreicht seine jadegrünen Augen. »Ich sorge dafür, dass Dahlia sich nicht in deinem Zimmer herumtreibt«, raunt er mir zu.

»Firan, Soleya.«

Beim Klang von Mutters Stimme fahren wir auseinander.

»Ich werde dich vermissen«, sage ich mit bröckelnder Stimme, ehe ich mich meinen Eltern zuwende.

Mutter nimmt mich in den Arm, sie riecht nach Tinte, Pergament und Staub, vermischt mit einem Hauch verlorener Kindheit. »Pass auf dich auf, Soleya«, flüstert sie. »Ich bin stolz auf dich.«

Tränen legen sich, einem kristallenen Strick gleichend, um meine Kehle. Rasch schlucke ich sie herunter. Verhindern, dass meine Sicht verschwimmt, kann ich nicht. »Danke, Mama«, erwidere ich. »Pass auf, dass Firan ohne mich keinen Ärger macht.«

»Versprochen.« Mit diesen Worten lässt sie mich los.

Sogleich zieht Vater mich in eine feste Umarmung. »Vergiss nicht, was du von mir gelernt hast.« Seine Stimme klingt wie eine alte Schere, an der mit jedem Wort mehr Rost frisst. »Und versprich mir, dass du niemandem von«, er senkt die Stimme, »dem Vorfall mit der Schere erzählst.«

Ich beiße mir auf die zitternde Unterlippe. »Versprochen.«

Nachdem wir uns aus der Umarmung gelöst haben, schnellt mein Blick zu Dahlia. Hellbraune Haarsträhnen fallen ihr ins Gesicht, tiefe Ringe liegen unter ihren Augen, und sie knabbert an ihrem Daumennagel, unter dem eine Schicht Asche haftet.

»Mach es gut, Dahlia«, wispere ich.

Ihre Schultern beben unter einem tiefen Atemzug. Für den Bruchteil einer Sekunde treffen sich unsere Blicke. Ein Schmerz, der mir durch Mark und Bein geht, spiegelt sich in dem tiefen Haselnussbraun, das mich empfängt. »Es tut mir leid.«

Ich möchte fragen, was ihr leidtut, da liegt eine Hand auf meiner Schulter. Die mir auf der Zunge liegende Frage zerfällt zu Asche. Ich wirble herum, halte mich an Linns Lächeln fest, und atme ruhiger. »Ich bin ein wenig neidisch auf dich, aber ich gönne dir von Herzen, dass dein Traum wahr wird.«

Ich zwinkere ihr zu. Sie sieht mich stirnrunzelnd an. Ich unterdrücke ein Seufzen. Natürlich, unter der Maske sieht sie die Geste nicht, daran muss ich mich erst gewöhnen. »Vielleicht bist du die Nächste, die die Königin auswählt, nach Bellonna zu kommen«, erwidere ich und ziehe sie in eine flüchtige Umarmung. »Pass auf meine Familie auf.«

»Wenn du mir im Gegenzug alles erzählst, was du in Bellonna erlebst«, murmelt sie in mein Haar.

»Natürlich.« Ich schlucke. »Ich werde dich vermissen.«

»Ich dich auch.« Ein letztes Mal drückt sie mich an sich, dann versetzt sie mir einen sanften Stoß. »Lass die Königin nicht warten.«

Mein Herz stolpert. Ich atme tief in den Bauch, dränge die Tränen fort und wage nicht, mich nach meiner Familie umzudrehen. Zum Glück radiert die Maske jegliche Furcht aus meinen Zügen. Um eine gerade Körperhaltung bemüht, verlasse ich die Schneiderei. Der Duft von Farbe, Stoff und Wildblumen liegt kurz in der Luft, dann fällt die Tür hinter mir zu und schließt mich aus meinem alten Leben aus.

Draußen empfängt mich lauer Wind, dem der Duft verblühender Rosen und nahenden Regens anhaftet. Reinigend durchströmt er meine Lungen und macht mich bereit für ein Abenteuer.

Guldheim und meine Familie sind mein sicherer Hafen, zu dem ich immer zurückkehren werde. Jetzt ist es an der Zeit, den Sprung in das unergründliche, azurblaue Wasser zu wagen und zu hoffen, dass ich schwimme, statt unterzugehen.

Wie auf Kommando sind zwei königliche Gardistinnen in kupferner Uniform an meiner Seite, kaum habe ich die Schneiderei verlassen. »Seid Ihr aufbruchsbereit?«, fragt eine dumpfe Stimme hinter einer der identischen Masken aus glattem Metall.

Benommen nicke ich. Ich bin Schneiderin, keine Adlige. Eine Eskorte brauche ich nicht.

Auf dem Weg zu der Kutsche am Wegesrand ändert sich meine Meinung. Neugierige Blicke bohren sich, Pfeilspitzen gleichend, in meine Haut. Ein Raunen geht durch die Menge. Ich halte den Kopf hoch erhoben, drehe mich nicht nach der Einwohnerschaft Guldheims um, und frage mich dennoch, was sie sehen. Ein einfaches Mädchen in Verkleidung, das einem zerbrechlichen Traum nachjagt? Oder eine vielversprechende Schneiderin, die für Größeres bestimmt ist?

»Die Königin erwartet Euch«, verkündet eine der Gardistinnen vor der Kutsche angekommen. Die vier Pferde, allesamt Dunkelfüchse, die sie ziehen, scheinen mit ihren kupfernen Rüstungen ein Teil von ihr zu sein.

»Vielen Dank«, stammle ich.

Unbeholfen klettere ich in das Innere der Kutsche. Weiträumige Fenster durchfluten sie mit dem bernsteinorangenen Licht der herbstlichen Nachmittagssonne. Die beiden Kutschenbänke sind aus hellbraunem Leder, dazwischen steht ein kleiner Tisch. Mein Magen grummelt, als der Geruch von Kaffee und Mandelkeksen an meiner Nase zupft, vermischt mit süßem Rosenduft, dessen Ursprung ich nicht zuordnen kann.

Auf der rechten Bank sitzt die Königin mit übereinandergeschlagenen

Beinen. In ihrem goldenen Kleid gleicht sie einem einzelnen Stern in finsterster Nacht.

Ich mache einen ungelenken Knicks, vor Aufregung wird mir ein wenig schwindelig. Die Königin bringt mich persönlich nach Bellonna und ich darf die Fahrt mit ihr in derselben Kutsche verbringen. Der Gedanke fühlt sich viel zu schön an, um das zu hinterfragen.

»Willkommen, Soleya.« Ehrliche Freude tränkt ihre Worte. »Setz dich.«

Kaum bin ich ihrer Aufforderung nachgekommen, setzt sich die Kutsche in Bewegung. Lautlos, als schwebe sie über den Kiesweg, der Guldheim mit der Hauptstraße verbindet, die nach Bellonna führt.

»Ich hoffe, du konntest dich trotz unseres schnellen Aufbruchs von deiner Familie verabschieden.«

»Sicher.« Meine Stimme klingt kraftlos.

Zart wie Schmetterlingsflügel streichelt die Königin meinen Arm mit den Fingerspitzen. Die plötzliche Berührung erfüllt mich mit einem zittrigen Gefühl und alle feinen Härchen auf meiner Haut stellen sich auf. Ich wage nicht, meinen Arm fortzuziehen, … wenn ich ehrlich bin, möchte ich ihn nie wieder fortziehen. Süßer Rosenduft flutet meine Lungen, das Parfum der Königin.

»Verzeih mir«, sagt sie mit sanfter Stimme. »Ich weiß, wie es ist, die eigene Familie zu verlieren.« Hinter der Maske gleichen ihre Augen süßem flüssigem Honig. »Sei versichert, dass du sie bald wiedersiehst.« Diesem letzten Satz haftet ein Hauch von Wehmut an.

»Verzeiht«, stammle ich. »Es war nicht meine Absicht, Eure Wunden aufzureißen.« Eine Welle von Scham überrollt mich und treibt mir Hitze in die Wangen. Ich möchte den Kopf einziehen, mich klein machen. Vor der Königin darf ich mir dies nicht erlauben. Abgehackt atmend lasse ich mich von ihrem Blick gefangen nehmen. Leichter als gedacht. Warm und sanft strahlen mir ihre Augen entgegen. »Natürlich werde ich meine Familie wiedersehen …«

»Sei unbesorgt.« Ihre Stimme ist der Sonnenstrahl, der den dunklen Fleck vertreibt, der mein Herz trübt. »Meine Töchter und meinen Ehemann mag ich verloren haben, doch ich trage sie in meinem Herzen. Dank des Kleides aus deiner Hand werde ich ihren zehnten Todestag gebührend feiern, mit all meinen Freundinnen und Freunden. Denn das ist mein Volk für mich.« Unter der Maske sind ihre Lippen unsichtbar. Wie sie wohl aussehen? Das Lächeln, das sich unter dem rosenroten Stahl verbergen muss, schwingt in ihren Worten mit. »Dich zähle ich genauso zu meinen Freundinnen und freue mich, dich in Bellonna, dem Herzen meines Herrschaftsgebietes, willkommen zu heißen.«

Mehr als ein »Danke« bringe ich nicht über die Lippen. Die Maske nimmt mir nicht länger die Atemluft, sondern fühlt sich leicht an. *Ich* fühle mich leicht. Die Worte und die Berührung der Königin haben mir eine Last von den Schultern genommen.

Reines Gold schließt den Riss in meinem Herzen, vertreibt den Anflug von Wehmut und macht Platz für elektrisierende Neugierde.

***

In strahlendem Kupfer hebt sich die Mauer, die Bellonna umgibt, von dem azurblauen Herbsthorizont ab. Der Duft von Gras, Laub und Herbstregen hat die Luft verlassen. Stattdessen atme ich Rauch ein, als hätte ein Feuer mein altes Leben niedergebrannt. Was ich aus der Asche erbaue, liegt an mir.

Die Königin wechselt rasche Worte mit einer Grenzwache.

Gebannt starre ich aus dem Fenster. Das schmiedeeiserne Tor öffnet sich, Schwingen eines Adlers gleichend. Lautlos gleitet die Kutsche hindurch, auf die Straßen Bellonnas, die sich in einem Muster aus Kupfer und Gold vor uns gen Horizont erstrecken.

Ich betrete eine neue Welt, gezeichnet in den Farben meiner Träume.

Hinter der Fensterscheibe zieht sie in rasender Geschwindigkeit an mir vorbei. Ein Brandzeichen in meinem Herzen hinterlässt sie dennoch, gemischt mit dem Gefühl knisternder Aufregung und reinen, goldenen Glücks.

Wir durchqueren den äußeren Ring Bellonnas. Goldene Pappeln säumen die Straße. Dahinter verbergen sich imposante Häuser aus Sandstein, verziert mit fließenden Linien, floralen Ornamenten, kleinen Statuen, die Tiere, Menschen oder Elfen zeigen, und Familienwappen.

Wie in Guldheim sind sie nicht erbaut worden, sondern gewachsen. Nicht nur die Natur, auch Metalle und Rohstoffe konnten einst mithilfe entsprechender magischer Artefakte beherrscht werden. Wie in meinem Heimatdorf scheinen die Gebäude zu atmen. Die geschwungenen fließenden Linien, üppigen Schnörkel und vielfältigen Dekorationen geben mir das Gefühl, umringt von Freundinnen und Freunden zu sein, auf deren Lippen jeweils ein warmes Lächeln liegt. Ich habe in der Schule viel über Bellonnas Architektur gelesen. Jetzt sehe ich sie mit eigenen Augen. Ich weiß, dass alles hier keine Einbildung ist, und fühle mich dennoch in einem wunderschönen Traum gefangen.

Je näher wir dem Stadtkern kommen, desto enger schmiegen sich die Häuser aneinander. Kutschen gleiten an der unseren vorbei. Die Personen auf dem Bürgersteig daneben sind ein Malstrom aus Kleidern und Anzügen in metallisch schimmerndem Stoff von Tintenschwarz über Königsblau und Lindgrün bis hin zu Milchweiß. Im inneren Ring der Stadt, nahe des Palastes der vier Türme, werden die Stoffe hochwertiger. Samt, Seide und Brokat. Meine Finger kribbeln, auf der Suche nach einem Bleistift, um eine Skizze aus den Eindrücken zu schaffen. Für ein Kleid, das Bellonnas Einwohnerschaft einfängt. Ihre Masken mögen ihre Gesichter vor mir verbergen. In der Kleidung an ihren Leibern spiegeln sich die Personen, die sie zu sein hoffen und welche die Außenwelt in ihnen sehen soll.

Ich berühre den Stoff meiner Maske mit den Fingerspitzen, als wolle ich mich vergewissern, dass sie mein Gesicht nicht verlassen hat. Ich spüre sie nicht mehr. Mit jedem Atemzug, gefangen hinter Seidenstoff, verschmilzt sie mit dem Mädchen dahinter. Das Antlitz, welches das Volk Bellonnas erblickt, wenn es der Kutsche nachsieht – das *bin* ich.

Smaragdgrüne Hecken mit purpurroten und puderrosafarbenen Rosen lösen Häuser und Pappeln ab. Sie flankieren die Kutsche auf dem Weg zu einem kupfernen Tor, dessen Streben nach dem Herbsthimmel greifen. Leise knarzend schwingt es auf, die Kutsche rollt hindurch.

Ich recke den Hals und schaue so weit aus dem Fenster, wie es mir das kühle Glas ermöglicht.

Mir stockt der Atem.

Hinter dem Palast der vier Türme ist Bellonna blass. In strahlendem Kupfer nimmt er den gesamten Horizont ein, umgeben von saphirblauen Wasserfluten, aus Sandstein gewachsen auf einer kleinen Insel. Wehmut keimt in mir auf. Firan hätte den Palast sicher gerne erkundet und ein Abenteuer daraus gemacht, und Vater hätte in Bellonna Inspiration für neue Kleidungsstücke und Farbkombinationen gefunden. Es ist an mir, ihnen in meinen Briefen jedes Detail zu beschreiben.

Die vier namensgebenden Türme des Palasts sind Erinnerungen an die göttlichen Artefakte der alten Gottheiten. Kupfern, mit einem Muster, das einer Holzmaserung gleicht, umgeben von Ranken, das Dach geformt wie eine filigrane Krone – Vanyas Diadem, Göttin allen Lebens und der Natur, Schutzpatronin der Baumelfen. Silbern, einem verschlungenen Pfad gleichend, übersät von kleinen Figurinen, Farrens Zepter, Göttin des Schicksals und Schutzpatronin der Frostelfen. Golden, verspiegelt und glatt, verziert von Dusans Medaillon, Gott der Wahrheit und Schutzpatron der Menschen. Bronzen, nach oben hin schmal mit spitzem Dach, das an ein geschliffenes Schwert in tödlichem Glanz erinnert, Ìomhairs Schwert, Gott des Krieges und Schutzpatron der Zwerge.

Wie gebannt haftet mein Blick an dem kupfernen Turm. Erinnert er mich aufgrund seiner Holzmaserung an meine Heimat? An Guldheim? Nur aus Kupfer? Wüsste ich es nicht besser, hielte ich Vanyas Turm für einen Baum. Sonnenlichtstrahlen brechend, bringt er eine vergessene Melodie in mir zum Klingen.

»Beeindruckend, nicht wahr?«

Ich höre die Stimme wie durch ein Vakuum, als sei die sprechende Person an der Oberfläche und ich unter Wasser.

Nein, kein Wasser.

Ein Schauder aus Eis rinnt über meine Haut, macht meine Glieder starr. Wasserfluten schlagen über mir zusammen.

»Soleya –«

Warme Finger auf meinem Oberarm. Eine helfende Hand, die mich aus den Fluten zieht.

Ich erwarte Augen, in denen sich Galaxien verbergen, voller smaragdgrüner Sterne. Stattdessen schaue ich in warme honigbraune. Die Erinnerung entlässt mich aus ihrem frostigen Griff.

»Sehr sogar«, antworte ich mit belegter Stimme.

»Ich hoffe, dir wird dein neues Zuhause gefallen.«

Ich stutze. »Neues Zuhause?«

»Als königliche Schneiderin in der Ausbildung steht dir ein Bett im Palast der vier Türme zu«, erklärt die Königin.

Ihre Worte drängen mich in ein Kleid, das mir zu eng ist. Ich habe nie davon gehört, dass Bedienstete niederen Ranges im Palast leben. Ich presse die Lippen zusammen und sperre die Worte dahinter ein.

Aus dem Augenwinkel linse ich zu dem kupfernen Turm. Sonnenlicht bricht in der an massives Holz erinnernden Fassade. Warm und einladend, umgeben von einem Gefühl von Zuhause. Das Gefühl warmen Sommerwinds nistet sich in meiner Brust ein – es hätte mich schlimmer treffen können …

Eine Dienerin in einem blassroten Kleid mit einer schlichten Maske aus Stoff in derselben Farbe öffnet die Kutschentür. Sie hält der Königin ihren Arm hin und hilft ihr aus der Kutsche.

Mir bietet sie diesen ebenfalls an. Ein wenig überfordert lasse ich mir von ihr nach draußen helfen.

Neben dem Palast der vier Türme, über den mein Blick schweift, als wolle ich mir jedes Detail einprägen, fühle ich mich furchtbar klein und gleichzeitig beschützt. Die alten Gottheiten mögen verschwunden sein, doch hier fühle ich mich ihnen nah. Als wachten sie von einem fernen Ort aus über mich. Zumindest Vanya soll in einem fernen Wald schlafen, der seither als Schlafender Wald bekannt ist und aus dem niemand Sterbliches je lebendig zurückgekehrt ist. Natürlich sind das nur Legenden.

Mit einer einladenden Handbewegung bedeutet mir die Königin, ihr zu folgen.

Flankiert von ihrer Garde, passieren wir den Platz vor dem Palast sowie ein weiteres Tor. Ich stolpere neben der Königin her und zupfe am Stoff meines Kleides. Für wen halte ich mich, neben ihr herzugehen und mich von ihrer Garde schützen zu lassen? Ein mulmiges Gefühl zwickt mir in den Magen, bis ich den warmen Blick honigbrauner Augen auf mir spüre. Meine Zweifel lösen sich auf und machen freudiger Erwartung Platz, die meine Schritte sicherer werden lässt.

Bis wir die Brücke mit kupfernen Streben betreten.

Starr richte ich meinen Blick nach vorne und hoffe, die Wassermassen können mich auf der Brücke nicht erreichen. Ich halte den Atem an, als Erinnerungen an gewaltige Fluten meine Lungen füllen. Sie haben mich an einen Ort ohne Zeit katapultiert. Ich habe mir eingebildet, feingliedrige Finger auf meinen Wangen zu spüren und in Augen, einem Universum gleich, zu schauen. Als ich aufgewacht bin, ist dort natürlich Dahlia gewesen.

Die schwere Palasttür fällt hinter uns zu und sperrt das Wasser mitsamt meinen dunklen Erinnerungen aus. Mein rasender Herzschlag beruhigt sich.

Wir befinden uns in einer weiträumigen Halle. Geometrische Ornamente und Blumenranken zieren die Wände. Der Boden ist aus so glattem Kupfer, dass ich mich darin spiegle. Spiegel mit unterschiedlichsten Rahmen hängen an den Wänden, von überallher sieht mein Spiegelbild mich an. Ein Gefühl der Beklemmung legt sich um meinen Brustkorb. Eilig wende ich den Blick ab. Eine verschlungene Wendeltreppe führt, gegenüber von mir, in schwindelerregende Höhe. Dahinter erstreckt sich ein weiträumiger Gang, von dem zahlreiche Türen abgehen.

»Du bist sicher müde, Soleya«, erklingt die sanfte Stimme der Königin neben mir. »Ich schlage vor, eine meiner Dienerinnen zeigt dir dein Zimmer in der Etage, die Bediensteten zusteht. Dort kannst du dich ausruhen.« Schatten spiegeln sich in den honigbraunen Augen hinter der Maske. »Morgen erwartet dich meine Nichte für einen ersten Auftrag. Für Fragen hat sie sicher ein offenes Ohr.« Ein dunkler Unterton schwingt in ihren Worten mit. Über die Nichte der Königin, die Kronprinzessin, weiß ich nur, dass sie ein Jahr älter als ich und die Tochter von Prinzessin Jessamine, der Zwillingsschwester des verstorbenen Königs, ist.

Mehr als ein »In Ordnung, meine Königin« kommt mir nicht über die Lippen, meine Gedanken fließen nicht schnell genug, um den Tonfall der Königin zu hinterfragen oder über meinen morgigen Auftrag nachzudenken. Als ich einen Knicks mache, wird mir bewusst, wie steif meine Glieder sind. Mein Schlaf ist seit Tagen zu kurz gekommen. Müdigkeit schleicht sich an mich heran und möchte mich in eine Umarmung ziehen.

Ich folge einer Dienerin, die stumm bleibt, die Wendeltreppe nach oben. Dicht an die Wand gedrückt, um nicht zu fallen. Sie führt mich in die zweite Etage, wo mich ein schier endloser Gang erwartet. Dort öffnet sie die Tür, auf der die Nummer achtzehn prangt, mit einem großen kupfernen Schlüssel.

Dahinter erstreckt sich ein in Waldgrün bis hin zu Jade sowie Erdtönen gehaltener Raum. Verschlungene Ornamente an den Wänden erinnern an Wildblumen, auf die Bettwäsche sind purpurrote Rosen gezeichnet. Neben dem Bett steht ein Schrank aus goldenem Holz mit einem Schreibtisch sowie einem Stuhl aus demselben Material und einem großen Spiegel. An der gegenüberliegenden Wand befindet sich ein Spinnrad, was mir ein Lächeln auf die Lippen treibt.

»Wenn Ihr etwas braucht, lasst es mich wissen«, sagt die Dienerin. »Das Essen wird Euch heute auf Euer Zimmer gebracht. Ab morgen könnt Ihr mit den anderen Bediensteten in ihrem Speisesaal auf der ersten Etage speisen.«

Ich schenke ihr ein Lächeln. »Vielen Dank.«

Sie lässt mich allein, die Tür fällt ins Schloss.

Ich lasse mich auf dem Bett nieder, ziehe mit den Fingerspitzen jede Blumenranke und jedes Blütenblatt einzeln nach und spüre, dass meine Lider schwer werden. Eine Decke eiserner Müdigkeit stülpt sich über mich. Morgen werde ich den Palast erkunden – das klingt nach einem guten Plan. Meine nächsten Gedanken verlieren sich im Wind, als ich nach hinten auf die Matratze sinke.

Kapitel 4
Die Kronprinzessin

Sonnenlicht bohrt sich gleißenden Pfeilen gleich in meine Augen. Habe ich vergessen, die Vorhänge zuzuziehen? Benommen rolle ich mich auf die Seite. Die Matratze ist viel zu weich. Statt Gräsern, Harz und Wildblumen liegt ein fremder, knisternder Duft in der Luft, der an ein herunterbrennendes, prasselndes Kaminfeuer erinnert.

Schlaftrunken blinzle ich gegen die Helligkeit an. Verschwommene Schemen formen sich zu hölzernen Möbeln, die mit ihren künstlichen Holzmaserungen und Blumenranken einem Gemälde des Goldwalds gleichen.

Die Königin. Der Palast. Natürlich.

Plötzlich hellwach, als hätte mir jemand kaltes Wasser ins Gesicht gespritzt, setze ich mich auf. Ich bin vollständig bekleidet und todmüde ins Bett gefallen. Dem Stand der Sonne nach zu urteilen, ist früher Morgen. Heute soll ich die Kronprinzessin kennenlernen, mehr als ihren Namen, Likah Vaewing, kenne ich nicht. Sie zu verärgern, kann ich mir an meinem ersten Tag als königliche Schneiderin in der Ausbildung nicht erlauben.

Der Schlaf sitzt mir in den Gliedern, als ich in das angrenzende Badezimmer tappe. Ich streife Kleid und Maske ab. Das Mädchen dahinter hat violette Augenringe und ist kränklich blass, feine Adern zeichnen sich unter der pfirsichfarbenen Haut ab. Eine rasche Katzenwäsche muss genügen. Danach stecke ich mein Haar zu einem losen Knoten hoch, ziehe ein schlichtes, mahagonifarbenes Samtkleid mit langen Ärmeln über und bin dankbar, mein müdes Gesicht hinter einer Maske zu verbergen.

Als ich mich der Zimmertür nähere, erklingt ein Klopfen. Ich erstarre in der Bewegung. »Herein«, rufe ich.

Die Tür schwingt auf, dahinter kommt eine junge Frau zum Vorschein. Sie trägt ein himmelblaues Kleid, dessen Stoff mit funkelnden Schmucksteinen bestickt ist, und eine Maske in derselben Farbe. Ihr weizenblondes Haar ist zu einem Zopf geflochten, die Augen hinter der Maske schimmern azurblau. »Guten Morgen, Soleya.« Ihre helle, klare Stimme gleicht einem wolkenlosen Frühlingsmorgen und klingt jünger, als ich vermutet habe. »Ich hoffe, deine erste Nacht im Palast war erträglich.«

Ich beuge die Knie, möchte einen Knicks machen …

Das leise Kichern meines Gegenübers lässt mich innehalten. »Kein Grund für Förmlichkeiten. Mein Name ist Minell. Ich bin Schneiderlehrling im zweiten Lehrjahr und stehe mit dir auf einer Stufe.«

Mit glühenden Wangen bringe ich mich in eine aufrechte Position. »Entschuldige bitte.« Verlegen zwirble ich eine Haarsträhne, die sich aus meiner Hochsteckfrisur gelöst hat, um den Zeigefinger.

»Nicht doch«, winkt Minell ab. »Der Palast kann einen im ersten Moment erschlagen.« Sie senkt verschwörerisch die Stimme. »Damit kenne ich mich aus.«

Meine Anspannung fällt von mir ab, ich atme aus. »Gut zu wissen.«

Sie nickt in Richtung der Tür. »Kommst du?«

Einvernehmlich nickend schließe ich mich ihr an. Wir folgen dem Gang, in Richtung der Wendeltreppe.

»Also?«, fragt Minell. »Wie war deine erste Nacht?«

»Ich bin todmüde ins Bett gefallen. Die ersten Sonnenstrahlen haben mich geweckt.«

Wir folgen den Treppenstufen nach unten, ins Erdgeschoss, wo wir einen zweiten Gang entlanggehen. Geometrische Formen in zartem Grün zieren die beigen Wände. Diener und Dienerinnen, die uns entgegenkommen, heben grüßend die Hände. Minell erwidert jede Geste mit leuchtenden Augen.

»Das kommt mir bekannt vor«, antwortet sie. »Ich bin mir sicher, dass du dich gut einleben und bald zurechtfinden wirst.« Sie reckt das Kinn. »Mir wurde die ehrenvolle Aufgabe erteilt, dich zum Frühstück zu begleiten. Dort triffst du Elara, die königliche Schneidermeisterin.«

Bevor ich nachfragen kann, was mich bei diesem Treffen erwartet, öffnet Minell die Tür am Ende des Ganges. Ich finde mich in einem kleinen Speisesaal wieder, in dem geschäftiges Treiben herrscht. Die Dienerschaft läuft hektisch zwischen hölzernen Tischen und Stühlen hin und her. Die Schlange vor dem Buffet erscheint mir endlos. Die Tabletts, die von dort zu den Tischen balanciert werden, schwanken gefährlich.

Das laute Treiben dröhnt mir, einem Schwarm Wespen gleich, in den Ohren. Ich trete näher an Minells Seite, als könne sie mich von der Dienerschaft abschirmen. Ohne Begleitung wäre dies der Moment, in dem ich zurück in mein Zimmer stürme. Vorausgesetzt, ich verliefe mich nicht in den Gängen.

Zielsicher führt mich Minell zum Buffet, auf dem Weg stoße ich mehrmals beinahe mit fremden Körpern zusammen. Nicht aufnahmefähig für die endlose Auswahl an Speisen und Getränken, belade ich mein Tablett blind. Anschließend navigiert mich Minell durch die Menge, bis zu einem kleinen Tisch, direkt neben dem Fenster.

Zwei der Stühle sind leer, auf dem dritten sitzt eine Frau mit nachtschwarzem, graumeliertem Haar, das über spitze Ohren fällt – eine Baumelfe. Sie trägt ein zinnoberrotes Kleid und eine metallene Maske in derselben Farbe. Dahinter betrachten mich stahlgraue Augen forschend. »Setzt euch.« Ihre Stimme klingt rau.

Minell kommt der Aufforderung nach, ich tue es ihr gleich.

»Willkommen im Palast der vier Türme, Soleya.« Die ältere Dame betrachtet mich intensiv. Unruhig schlage ich die Beine übereinander. »Mein Name ist Elara, ich habe bereits als königliche Schneiderin gearbeitet, als die Schwiegereltern der Königin auf dem Thron saßen.«

Ich drehe meine Kaffeetasse zwischen den Händen, um meinen zitternden Fingern etwas zu tun zu geben. »Freut mich.«

Elara neigt den Kopf. »Ich wüsste zu gern, welche ihrer adligen Bekanntschaften eine Empfehlung für dich ausgesprochen hat. Die Königin begibt sich nicht täglich hinter die Mauer, um eine junge Schneiderin zu sich zu holen. Minell hat sich vor einem Jahr um ihre Ausbildung beworben, wie alle Lehrlinge vor ihr, zu meiner Zeit als Schneidermeisterin und als Lehrling.«

Unbehagen kriecht durch meine Glieder. Ich trinke einen Schluck Kaffee, mein Mund fängt Feuer. Tapfer schlucke ich die siedend heiße Flüssigkeit herunter. »Zahlreiche Adlige haben die Schneiderei meines Vaters aufgesucht«, antworte ich. »Wer die Empfehlung ausgesprochen hat, wollte die Königin nicht verraten.«

Elara schnaubt. »Natürlich nicht. Wenn sie eines ist, dann geheimnisvoll.« Ihre Stimme wird sanfter. »Sorge dich nicht. Ich habe das Kleid für die Trauerfeier, das du geschneidert hast, gestern Abend nach eurer Ankunft in Augenschein genommen. Du bist hier goldrichtig.«

Warmer Stolz vertreibt das Unbehagen aus meinen Gliedern. Hinter der Maske zupft ein Lächeln an meinen Mundwinkeln und ich richte mich gerader auf dem Stuhl auf. »Danke.« Ich probiere einen Löffel Grießbrei, der mit einer Vielzahl Brombeeren garniert ist. Er schmeckt frisch, weder zu süß noch zu sauer.

»Danke mir nicht«, wiegelt sie ab. »Behalte deine passable Arbeit bei und sei fleißig.«

»Vor allem, da dein erster Auftrag Prinzessin Likah gilt«, fügt Minell mit gesenkter Stimme hinzu.

Der Grießbrei bleibt mir im Hals stecken, ich würge ihn wie einen Stein herunter. »Wieso?«, stoße ich hervor.

»Die Prinzessin geht gerecht mit ihrer Dienerschaft um, falls du dir deswegen Sorgen machst«, antwortet sie. »Das mag daran liegen, dass sie die ersten acht Jahre ihres Lebens nicht im Palast, sondern im Landhaus ihrer Mutter verbracht hat.« Sie seufzt tief. »*Das* ist gleichzeitig das Problem. Ihr neues Leben ist ihr ein Dorn im Auge.«

»Es ist mehr die Tatsache, dass sie sich im Palast nicht wohlfühlt«, entgegnet Elara. »Prinzessin Likah war, als Dritte in der Thronfolge, nie dazu bestimmt, den Thron zu besteigen. Bis der Unfall alles verändert und Königin Aleydis ohne ihre Töchter zurückgelassen hat.« Sie trinkt einen Schluck dampfenden mintgrünen Tee, von dem das Aroma beißender Kräuter ausgeht. »Ich bin einigen Königinnen begegnet. Sie bekommen nicht die Möglichkeit, gänzlich zu erblühen und verwelken zu schnell. Dieses Leben hat sich Prinzessin Likah sicher nicht gewünscht. Als sie in den Palast eingezogen ist, ist sie ein ungestümes Mädchen gewesen, das von dem plötzlichen Tod zahlreicher Familienmitglieder verstört gewesen ist und auf der Flucht vor der Realität ihre Nase in Büchern vergraben hat. Erst ist ihr Vater der Knochenwelke erlegen, ein Jahr später sind ihr Onkel und ihre Cousinen gestorben. Heute ist Prinzessin Likah noch immer ungestüm und versucht, der Königin das Leben zu erschweren. Interesse an Politik oder ihrem Unterricht hat sie nicht. Die Königin hat ihre Nichte nie vollends akzeptiert, vor allem nicht als ihre Kronprinzessin.«

»Wieso nicht?«, höre ich mich mit leiser Stimme fragen. »Sie ist ein Teil ihrer Familie –«

»Sie ist nicht Prinzessin Aeryn.«

Ich beiße mir auf die Unterlippe. »Was hat Prinzessin Aeryn damit zu tun?«, wispere ich. »Was ist damals geschehen?«

»Prinzessin Aeryn ist Königin Aleydis' Goldkind gewesen. In den Augen der Königin stand Aeryn in allem, was sie tat, eine Stufe über ihrer Zwillingsschwester. Es begann, nachdem Aeryn im Alter von drei Jahren bei einem Sturz die Haupttreppe hinab beinahe ums Leben gekommen wäre. Darüber, dass ihr bis auf eine Narbe an der Schläfe nichts fehlte, war die Königin natürlich erleichtert. Nur hat sie vor Erleichterung vergessen, dass sie noch eine zweite Tochter hatte, oder das arme Mädchen hat von Anfang an nicht in das Bild der Königin von einer würdigen Thronfolgerin gepasst.« Rauchwolken ziehen in ihren Augen auf. »Ihre zweite Tochter hat mir leidgetan. Sie hing an ihrem Vater, König Jeldrik, während die Königin ihr nie die Aufmerksamkeit geschenkt hat, die Aeryn bekam. Sie war ein stilles Mädchen, das mit vier Jahren lesen konnte, ihre Nase in verstaubten Büchern vergraben und gleichzeitig Mitglieder der königlichen Garde gefragt hat, ob sie ihr den Umgang mit Waffen beibringen. Wenn ihre Cousine zu Besuch gewesen ist, ist sie ein wenig aufgeblüht, sie stand Likah sehr nahe und die beiden haben nur Unfug im Kopf gehabt. Aeryn war die Selbstbewusste, die ihrer Mutter überallhin gefolgt ist. Augenscheinlich die geborene Königin.« Sie senkt den Blick und schaut in ihre Teetasse, als seien in der mintgrünen Flüssigkeit Antworten auf die Fragen zwischen den Zeilen verborgen. »Vor zehn Jahren hat das Königspaar seine Töchter auf eine Rundreise mitgenommen. Ich bin nicht dabei gewesen, die einzige Überlebende, welche die ganze Wahrheit kennt, ist Königin Aleydis selbst.« Ihr Blick nimmt mich gefangen, zieht mich in eine Geschichte, die sich lebendig anfühlt, wenngleich ihre Protagonistinnen längst zu Staub zerfallen sind. »Die Reisegesellschaft wurde von der Anhängerschaft der Festung der gestohlenen Künste überfallen. Sie sollen Drachen dabeigehabt haben, die ein Gewitter heraufbeschwören konnten, das die ganze Reisegesellschaft auf einen Schlag ausgelöscht hat. Die Familie der Königin muss sofort tot gewesen sein, die Leiche des Königs ist die Einzige gewesen, die aus mehr als verkohlten Knochen bestand. Wie die Königin den Angriff als Einzige überlebt hat, weiß nur sie selbst.«

Die Erzählung schlägt als Flutwelle über mir zusammen. Wasser durchströmt meine Lungen, macht meinen Atem kurz. Der salzig bittere Geschmack von Algen liegt mir auf der Zunge. Ich erschaudere … oder Blutgeschmack. Das heiße Porzellan der Kaffeetasse drückt gegen meine Handflächen, mein Anker im Jetzt.

Elaras Erzählung hat einen Riss in meinem Herzen hinterlassen. Tiefes Mitgefühl für die ungewollte Zwillingstochter tröpfelt durch meine Adern. Vermischt mit Wehmut und Bewunderung für ihre Mutter. Die Königin hat mehr durchstehen müssen, als ich je begreifen werde. Ihren Schmerz trägt sie als unzerstörbare Krone. Hinter der Maske der Frau, die ihr Volk als enge Freundinnen und Freunde bezeichnet, und mir meinen Traum erfüllt hat, verbirgt sich eine Kriegerkönigin.

Die Narben der Vergangenheit haben die Königin, anders als mich, stärker gemacht. Und doch … es ist nicht gerecht. »Wieso hat die Anhängerschaft der Festung das getan?«, frage ich mit angespannter Stimme, meine Kaffeetasse fest umklammernd. Der Appetit ist mir vergangen.

»Gerüchten zufolge soll die Königin etwas besessen haben, das sie in ihren Besitz bringen wollten – um jeden Preis.« Elaras Stimme klingt dumpf. »Das Vorhaben muss geglückt sein. Andernfalls hätten sie die Königin sicher nicht verschont.«

Minells angespannte Muskeln zeichnen sich deutlich unter ihrem Kleid ab. »Braucht die Anhängerschaft der Festung einen Grund, um grausam zu sein?«, zischt sie. »Dass sie die Königin verschont haben, ergibt wenig Sinn. Aber die Anhängerschaft stiehlt die Magie anderer Lebewesen. Nicht die *Drachen* sind die Monster.«

»Du hast recht«, pflichtet Elara ihr bei. »Es ist nur ein Murmeln, aber schenkt man Gerüchten Glauben, wollte die Anhängerschaft ein magisches Artefakt in ihren Besitz bringen, das die Königin bei sich trug.«

Ein heißes Prickeln zwischen meinen Schulterblättern ermahnt mich, nicht zu viel zu sagen. »Die magischen Artefakte besitzen keine Macht mehr, seit die alten Gottheiten fort sind«, stammle ich. Das harte Holz des Stuhls sticht in die Narbe auf meinem Rücken.

»Deshalb ist es nicht mehr als ein Murmeln«, erwidert Elara in beschwichtigendem Tonfall. »Dennoch gibt es Gerüchte, dass die Festung nach den vier göttlichen Artefakten sucht, um sie ein für alle Mal zu vernichten, während die Königin die reine Magie befreien möchte. Aber das ist natürlich vollkommener Unsinn.« Sie deutet auf meine prall Gefüllte Schüssel Grießbrei. »Iss, Soleya. Für deinen ersten Arbeitstag musst du bei Kräften sein.«

Mit klammen Fingern führe ich einen Löffel zum Mund. Der Grießbrei schmeckt fade, als Stein sammelt er sich in meiner Kehle. Mithilfe eines Schlucks Kaffee spüle ich ihn herunter.

Während wir unser Frühstück aufessen, sprechen Minell und Elara über den neuesten Tratsch aus dem Palast.

Das Echo ihrer vorherigen Worte wiegt zu schwer auf mir, um ihnen zu folgen. Es dringt tief in meine Knochen ein. So schnell werde ich es nicht mehr los.

***

Nach dem Frühstück begleitet mich Minell zu den Gemächern der Kronprinzessin, die sich im Westflügel befinden. Vor einer Flügeltür, die die hintere Wand eines verschlungenen Ganges einnimmt, sind zwei Gardistinnen positioniert. Ausdruckslos starren mich ihre kupfernen Masken an.

Minell berührt mich sanft am Arm. Meine zügigen Schritte stoppen im selben Augenblick wie ihre.

»Weiter komme ich nicht mit«, erklärt sie. »Sag den Gardistinnen, dass dich die Königin schickt.« Sie holt einen kupfernen Briefumschlag aus der Innentasche ihres Kleides. »Zeig ihnen dieses Schreiben, sollten sie dich nicht zur Kronprinzessin lassen.«

»Danke«, sage ich mit belegter Stimme. Anstalten, mich zu bewegen, mache ich nicht. Meine Beine scheinen mit dem purpurnen Samtteppich verwachsen.

Minell versetzt mir einen sanften Schubs, in Richtung der Tür. »Du schaffst das.« Ihre Augen funkeln so entschlossen, dass sich ein Teil der Kraft darin auf mich überträgt. »Zum Mittagessen hole ich dich hier ab.«

Ich deute einen Knicks an. »Einverstanden.« Mit diesen Worten laufe ich die letzten Schritte zur Tür. Die glockenhelle Melodie von Minells Lachen stärkt mir den Rücken.

Erhobenen Hauptes, als sei ich genau dort, wo ich hingehöre, trete ich den Gardistinnen gegenüber. Der Briefumschlag droht, aus meinen schweißnassen Fingern zu rutschen. Hören die Gardistinnen meinen donnernden Herzschlag? Hoffentlich nicht.

»Was wünscht Ihr von Prinzessin Likah?« Die Stimme der Gardistin gleicht, gefangen hinter der Maske, einem fernen Glockenschlag.

»Die Kronprinzessin hat nach einer Schneiderin verlangt«, antworte ich hastig und halte ihr den Briefumschlag hin.

Sie entreißt ihn meinen eisigen Fingern. Rasch öffnet sie ihn, überfliegt die Zeilen und tritt zur Seite.

Ich atme tief aus. Das ist einfach gewesen.

»Tretet ein.« Sie klopft in einem melodischen Rhythmus, der sicher einstudiert ist, an die Tür.

Einige angehaltene Atemzüge später öffnet sich diese, und die Kronprinzessin steht im Türrahmen. Mahagonifarbene Locken mit Strähnen von dunklem Rot über kühles Braun bis hin zu Schwarz fallen ihr bis auf die Schultern. Ihr Spitzenkleid ist wie aus der Nacht gewoben, aus feinster Seide, die in Kaskaden bis zur Mitte ihrer Oberschenkel fällt. Die Maske, die schief auf ihrem Gesicht sitzt, als hätte sie diese gerade erst aufgesetzt, hat die Farbe von Rabenfedern, einzelne ebensolche sind an den Stoff angenäht. Dazwischen schimmert eine einzige mirabellenorange Feder im Sonnenlicht, das aus ihren Gemächern in den Flur strömt. Hinter der Maske schimmern eisblaue, wachsame Augen.

Ich mache einen raschen, tiefen Knicks. »Eure Hoheit –«

»Ich nehme an, du bist die Schneiderin, nach der ich verlangt habe.« Die Worte klingen gepresst.

»Ja, eure Hoheit.«

Ein gedämpftes Seufzen dringt hinter der Maske hervor. »Hör auf, Eure Hoheit zu sagen und komm.« Sie dreht sich auf dem Absatz um und betritt ihre Gemächer.

Ich folge ihr, wie es sich für eine Dienerin gehört, wenngleich mich ihre Worte perplex zurücklassen, in ein Empfangszimmer, das doppelt so groß wie mein Schlafzimmer im Palast ist.

Die Wände sind in einem kühlen Rauchgrau gestrichen, als liege eine Schicht Asche in der Luft. Ornamente, die sich zu Vögeln formen, finden sich in den Wänden sowie auf den ebenhölzernen Möbeln wieder. Die schwarzen Vorhänge sind weit geöffnet, was den Raum mit Wellen gleißenden Lichts flutet. Mit dem Rücken zum Fenster steht ein tintenschwarzes Sofa, davor ein Beistelltisch, leer bis auf eine Schale Mandelkekse. Obwohl der Spätsommer Bellonna noch nicht losgelassen hat, prasselt ein kleines Feuer im marmornen Kamin, als habe der Herbst bereits seine Klauen im Fleisch der Welt vergraben. Seine Hitze klebt mir mein Kleid wie eine zweite Haut an den Körper.

Die Kronprinzessin lässt sich mit übereinandergeschlagenen Beinen auf dem Sofa nieder, nimmt sich einen Mandelkeks aus der Schale und betrachtet mich dabei, als sei ich ein Paar Schuhe, von dem sie nicht weiß, ob sie es kaufen möchte oder nicht.

»Womit kann ich Euch dienen?«, traue ich mich, die Stille zu durchbrechen.

Sie beißt eine Ecke des Kekses ab. »Du hast meiner Tante ein Kleid für die Trauerfeier geschneidert, nicht wahr?«, fragt sie mit vollem Mund.

Ich nicke stumm.

Missbilligend schüttelt sie den Kopf, ich trete instinktiv einen Schritt zurück, während der Blick aus ihren eisblauen Augen ein Stechen auf meiner Haut hinterlässt.

»Diese Feier ist Blödsinn.« Sie knirscht mit den Zähnen. »Wozu den Toten gedenken? Die Lebenden sind hier – *ich* bin hier und versauere in diesem verdammten Palast.« Missbilligend schaut sie den Samtstoff des Sofas an, als wolle sie ihn mit ihrem Blick verbrennen. Bis sich Nebel über die Frostschicht in ihren Augen legt. »Sie gedenken dem Tod der falschen Prinzessin, manchmal bin ich froh, dass *sie* nicht hier ist, um diesem Trauerspiel beizuwohnen ...« Seufzend hebt sie den Kopf und streicht den Stoff ihres Kleides glatt. »Genug davon, das geht dich nichts an. Wenn ich ihr schon beiwohnen muss, möchte ich, dass du mir ebenfalls ein Kleid für die Trauerfeier schneiderst.« Sie zwinkert mir verschwörerisch zu. »Ein *goldenes* Kleid.«

Gold ist in den vier Ländern des Bündnisses die Farbe eines Neubeginns. Wir heiraten in Gold. Früher haben die alten Gottheiten unsere Kinder in Gold gesegnet. Den Toten gedenken wir in den Farben des Nichts – Nuancen von Schwarz, Grau und Weiß.

Die Kronprinzessin legt den Kopf schief, vermutlich starren meine Augen hinter der Maske sie verwirrt an. »Gibt es ein Problem?«

»Natürlich nicht.« Meine Worte überschlagen sich. »Ich werde Ihre Maße nehmen und umgehend beginnen, Eur –« Mir fallen ihre Worte von vorhin ein, ich beiße mir auf die Zunge und schlucke den Titel herunter.

»Gut.« Ein Teil der Härte verlässt ihren durchdringenden Blick. »Du kannst gleich anfangen. In meinem Schlafzimmer liegt alles bereit.« In einer geschmeidigen Bewegung, einer Raubkatze gleichend, erhebt sie sich. Anmutig und tödlich. Ein heißer Schauder jagt über meine Haut.

Mit starren Beinen folge ich der Kronprinzessin in ihr Schlafzimmer, das in denselben Farben gehalten ist wie das Empfangszimmer. Von einem hohen Polsterbett mit schwarzer, von Ornamenten gezierter Bettwäsche, bis hin zu einer Vielzahl Bücherregale.

»Auf dem Schreibtisch liegen ein Maßband, Pergament und ein Stift«, erklärt die Kronprinzessin. »Mein Kleid kann ich selbst ausziehen.«

»Wie Ihr wünscht.«

Das Rascheln von Stoff begleitet mich auf dem Weg zum Schreibtisch. Ich greife nach dem Maßband. Auf dem Pergamentblatt daneben liegt ein Dolch mit schwarzem Griff und silberner Klinge, in die zahlreiche kleine Vögel eingraviert sind. Klauen legen sich um mein Herz. Was hat diese Waffe hier zu suchen? Ich strecke meine freie Hand nach ihr aus, möchte sie an die Seite schieben.

Meine Finger berühren siedend heißes Metall. Flammen kriechen über meine Haut, zerfressen sie und höhlen meine Knochen aus. Mein Atem geht stoßweise. Für einen Augenblick ist mir schwarz vor Augen. Die Narbe auf meinem Rücken brennt, als wolle sie meinen Körper in der Mitte zerschlagen. Das Echo eines Schreis hallt in meinen Ohren wider. Treibt die Flammen an, höher aufzulodern.

Blind stolpere ich nach hinten. Ein zweiter Schrei erklingt, diesmal leiser.

Eine Hand umschließt meinen Arm. Fingernägel graben sich in mein Fleisch. Der dumpfe Schmerz ist, im Vergleich zu den Flammen, beruhigend. Jemand zieht mich aus dem Feuer, bevor es mich verzehrt. Der Schmerz klingt ab, der Schrei verstummt und meine Sicht klärt sich.

Ich stehe vor einem ebenhölzernen Schreibtisch. Der Dolch glimmert hämisch im Sonnenlicht, das durch die Bogenfenster in den Raum fällt, als wolle er mich auslachen. Ich erschaudere.

»Ist alles in Ordnung?« Die Stimme ähnelt einer Dolchklinge, umwickelt von zarter Seide.

»Ich –«, setze ich an. Mein Herz stolpert. Die Stimme gehört der Kronprinzessin des Vier-Länder-Bündnisses. Was hat sie gerade gesehen? Was stimmt nicht mit mir? Wo ist das Loch im Boden, das ich brauche, um darin zu versinken? »Ich habe die Dolchklinge berührt und mich erschrocken.«

Die Hand dreht mich um. Ich habe keine andere Wahl, als in die eisblauen Augen der Kronprinzessin zu schauen, die mich fragend ansehen. »Zum Glück hast du dich nicht geschnitten. Es wäre ein Jammer, wenn deinen Fingern etwas zustößt und du nicht mehr schneidern könntest.« Mit zusammengekniffenen Augen betrachtet sie den Dolch. »Merkwürdig, ich verlege meine Habseligkeiten oft, aber ein Dolch mit Vögeln müsste mir in Erinnerung geblieben sein. Ich habe ihn nie zuvor gesehen.«

Ihr Murmeln wird zu einem Stechen auf meiner Haut. Wie ist der Dolch dann hierhergekommen? Ist er eine Warnung … weiß jemand, was ich bin, bevor ich es ganz herausgefunden habe?

Als die Kronprinzessin mich loslässt, atme ich tief ein und aus, als könne ich meine finsteren Gedanken so loswerden. In Windeseile hole ich mir das Maßband und beginne, ihre Maße zu nehmen.

Die Finsternis verschwindet nicht, verdunkelt den ersten Tag meines Traumes und nagt mit spitzen Zähnen an mir. Unausgesprochene Fragen zerfasern in meinem Kopf, ohne dass ich eine Antwort finde.

Da durchbricht sie der Schimmer eines einzelnen Sonnenstrahls. Ich wage nicht zu hoffen und doch wird mir leichter ums Herz.

Ich befinde mich in einem Palast mit einer riesigen Bibliothek. Wenn es möglich ist, reine Magie in stummen Artefakten, die einst magisch gewesen sind, zu spüren, sollten zwischen den Seiten Antworten auf mich warten … hoffentlich.

Kapitel 5
Magie zwischen Buchrücken

»Schau mal Dahlia, der Baumstamm sieht aus wie eine Brücke!« Aufgeregt ziehe ich meine kleine Schwester an der Hand mit mir. Ihre ist weniger feingliedrig als meine. Ich werde Schneiderin für die Königin, sie Schmiedin der königlichen Garde. Dennoch passen ihre rundlichen Finger perfekt mit meinen langen schmalen zusammen.

Dahlia zieht skeptisch die Augenbrauen zusammen. »Er sieht so aus, aber er ist keine«, sagt sie kleinlaut. »Sei vorsichtig.«

Ich verdrehe die Augen. Manchmal könnte man meinen, sie sei die Ältere.

Prüfend betrachte ich die Wassermassen des Goldflusses. Flüssigem Gold gleich schlängelt er sich durch das jadegrüne Tal. Der Frühling liegt in der Luft. Ultraviolette und mirabellenorangene Krokusse recken ihre Köpfe aus der Erde. Gräser sprießen aus dem Boden, den der lange Winter für den Neubeginn der Natur hergerichtet hat.

Wir nähern uns dem Baumstamm. Breit genug für meine schmalen Füße sieht er aus.

An dem gegenüberliegenden Ufer sprießen, zwischen den Krokussen, erste handgroße Walderdbeeren an einer kleinen Hecke. »Wenn du keine Walderdbeeren möchtest, bleiben mehr für mich«, beschließe ich und lasse Dahlias Hand los.

»Soleya, warte!«

Die Angst in ihrer Stimme packt mich bei den Schultern und will mich zurück an Dahlias Seite treiben. In Sicherheit.

Stattdessen setze ich einen Fuß auf den Baumstamm. Seine Oberfläche fühlt sich glitschig unter meinen Schläppchen an. Ich lasse mich nicht beirren, ziehe meinen zweiten Fuß nach oben und schwanke, einem dünnen Baumstamm im Sturm gleich, bis ich schwer atmend Halt finde.

»Soleya!«

»Es ist alles in Ordnung.« Über die Schulter hinweg schenke ich Dahlia ein aufmunterndes Lächeln. »Mir passiert nichts.« Ich strecke eine Hand nach ihr aus. »Kommst du?«

Sie beißt sich auf die Unterlippe, dann nickt sie. In tapsigen Schritten nähert sie sich dem Baumstamm. Ihre zitternden Finger entgleiten meinen beinahe. Ich packe fester zu, möchte sie zu mir nach oben ziehen. Dahlia ist ein Jahr jünger als ich, doch größer und schwerer.

Ihr Gewicht gleicht einem unbeweglichen Stein, der mich nach unten zieht. Ich gerate ins Wanken. Angst pulsiert in Wellen durch meinen Körper … um Dahlia … um mich …

Mein Arm entgleitet Dahlias Griff. Sie stolpert nach hinten, fällt rücklings in das frühlingsgrüne Ufergras und beginnt zu weinen. »Soleya«, wimmert sie.

Ist sie verletzt? Ich muss zu ihr! Sie trösten. Sofort. Ich wirble herum und mache die Rechnung ohne die glitschige Oberfläche des Baumstamms, mein linkes Bein knickt weg.

Für einen Augenblick hänge ich in der Luft. Breite die Arme aus, als könne ich, einem Vogel gleich, zum blassblauen Horizont schweben.

»Soleya!«

Meine Flügel brechen, mein Körper sinkt nach unten.

»So–«

Ich durchstoße eine schneidend kalte Wasseroberfläche. Alle Luft entweicht meinen Lungen. Mein Kleid saugt sich mit Wasser voll. Um mich herum ist gleißendes Gold, das mich an einen Ort ohne Zeit zieht, noch bevor ich das Bewusstsein verliere …

Schwer atmend schrecke ich auf. Mein Kopf dröhnt. Ich habe das Gefühl, zu fallen. Nicht atmen zu können. Da rollt mir ein Schluchzen über die Lippen. Rasselnd entweicht die Luft meinen Lungen.

Zitternd ziehe ich die Knie an den Körper, nehme meine Umgebung in mir auf und spreche mir stillen Mut zu. Ich befinde mich in meinem Schlafzimmer im Palast der vier Türme, weit weg vom Goldfluss. Dennoch fühlt sich mein Inneres wund an. Den Albtraum habe ich als Kind, nach jenem verhängnisvollen Tag, jede Nacht gehabt, und lange im Bett meiner Eltern geschlafen. Irgendwann bin ich stark genug gewesen, mich seinen Klauen zu entziehen. Wieso vergräbt er sie ausgerechnet jetzt in meinem Fleisch?

Meine Narbe steht in Flammen, als erinnere auch sie sich an jenen Tag, an dem ich sie mir zugezogen habe … aber wie? Bin ich auf den Steinen am Grund des Goldflusses aufgeschlagen? Haben sie mein Rückgrat zerrissen? Sollte ich dann nicht tot sein?

Ich vergrabe mein Gesicht in den Händen. Stumme Tränen rinnen über meine Wangen. In diesem zerbrechlichen Augenblick bin ich wieder acht Jahre alt. Gefangen im Körper eines siebzehnjährigen Mädchens, das morgen die Maske einer königlichen Schneiderin zu tragen hat.

Ein kleiner Hoffnungsschimmer flackert im finsteren Gold der Wassermassen auf.

Während der letzten zwei Tage habe ich keine Zeit gehabt, die Bibliothek aufzusuchen. Das sollte ich schleunigst ändern. Vielleicht finde ich dort nicht nur Antworten auf meine Fragen wegen des Vorfalls mit dem Dolch und dem Medaillon, sondern auch Hilfe im Kampf gegen meine Albträume.

Bevor ich zum zweiten Mal einen Sprung ins Land der Träume wage, schleicht sich ein Gedanke an mich heran.

Meine Narbe hat gebrannt, als ich die beiden Gegenstände berührt habe. Feuer breitet sich auf meiner Haut aus, wann immer ich Artefakte anfasse, die einmal magisch gewesen sind. Kann es sein, dass beide Phänomene miteinander zusammenhängen? Haben der Dolch und das Medaillon mich meinen Albträumen ausgeliefert?

***

In meiner Arbeit als Schneiderin finde ich kurzzeitige Ablenkung für meine wirren Gedanken. Goldene Kaskaden aus Stoff fließen zwischen meinen Fingern hindurch. Ich fixiere sie in Wellen mit einer Sicherheitsnadel, trete einen Schritt zurück und betrachte mein Werk mit kritischem Blick. Die letzten zwei Tage habe ich damit verbracht, den Stoff zu bemalen. Jetzt nimmt das Kleid für die Kronprinzessin langsam Form an.

Seit sie mir den Auftrag gegeben hat, habe ich sie nicht mehr gesehen. Ich beiße mir auf die Unterlippe. Schön, von mir aus, ich habe sie gemieden und gehofft, dass sie die Palastschneiderei nicht betritt, um nach ihrem Kleid zu sehen. Dabei ist unser Zusammentreffen, nach dem Zwischenfall mit dem Dolch, reibungslos verlaufen. Während ich ihre Maße genommen habe, schien sie genauso in Gedanken versunken wie ich und hat kein Wort mit mir gewechselt, danach hat sie mich entlassen. Den Abdruck des Dolches spüre ich noch immer in meiner Hand, als habe er dort ein Brandzeichen hinterlassen.

Das Echo hoher Absätze hallt über den hölzernen Boden der Palastschneiderei, Elara taucht neben mir auf. »Gute Arbeit.« Sie legt mir eine Hand auf die Schulter. »Obwohl ich nie verstehen werde, wieso die Kronprinzessin immer für Aufsehen sorgen muss.« Sie schüttelt missbilligend den Kopf, ein leises Schnauben wird von dem saphirblauen Stoff ihrer Maske aufgefangen. »Ein goldenes Kleid bei einer Trauerfeier –«

Ich schlucke. »Wird die Königin ein Problem damit haben?«

Sanft drückt Elara meine Schulter. »Sie erwartet von ihrer Nichte nichts anderes. Du bist die Auftragnehmerin und kannst nichts dafür. Sollte es dein Gewissen beruhigen, spreche ich gerne mit ihr.«

»Das würdest du tun?«, frage ich ungläubig.

»Sicher.« Ich höre ein Schmunzeln deutlich in ihrer Stimme mitschwingen. »Sie hat mir einen zweiten fähigen Lehrling beschert. Dich möchte ich so schnell nicht hergeben.«

Eine Kerze des Stolzes flackert in meiner Brust auf. Ihre Wärme flutet meine Adern und vertreibt die Albträume der letzten Nacht.

»Für heute hast du dir eine Pause verdient«, fährt Elara fort. Sie blickt über die Schulter. »Minell!«, ruft sie.

Das Rascheln von Stoff ist zu hören. Minell taucht zwischen den Schneiderpuppen auf und betrachtet uns mit geneigtem Kopf. »Was ist los?«

»Du hast für heute ebenfalls frei«, antwortet Elara. »In den letzten zwei Tagen hatte Soleya keine Gelegenheit, den Palast der vier Türme richtig kennenzulernen. Gib ihr eine kleine Führung.«

Minell ist sofort an meiner Seite, hakt sich bei mir unter und zieht mich von der Schneiderpuppe fort. »Mit dem größten Vergnügen.«

Ihr Enthusiasmus entlockt mir ein Lachen. »Wir sehen uns beim Abendessen«, rufe ich Elara zu, ehe ich mich von Minell aus der Schneiderei ziehen lasse.

»Also, Soleya, welchen Ort möchtest du zuerst sehen?«

»Die Bibliothek«, antworte ich, die Kerze in meiner Brust umklammernd, damit sie nicht erlischt. Ihr Feuer soll mir Mut machen, wenn ich mich womöglich grausamen Wahrheiten stelle, die zwischen den Zeilen geschrieben auf mich lauern.

***

Auf der Türschwelle zur Bibliothek stockt mir der Atem. Der Geruch von Pergament und nasser Tinte erinnert mich schmerzlich an Mutter. Staub liegt in der Luft und verstopft mir beim Einatmen die Lungen. Die hintere Wand ist komplett verglast, was die Staubflocken in kleine goldene Sterne verwandelt, die in der Luft tanzen. Mit dem Schmerz vermischt sich Neugierde, welche fremden Welten und vergessenen Zeiten sich zwischen all den staubigen Einbänden verbergen.

Bücherregale erstrecken sich bis zu der abgerundeten Decke. Die Wandstreben zieren Bilder, die aus Abenteuergeschichten entsprungen sind. Mutter hat einmal gesagt, alle Mythen besäßen einen wahren Kern. Verhält es sich mit den Bildern, die majestätische Drachen, funkelnde Schwerter oder Kriegerinnen in stolzer Rüstung, die eine Axt schwingen, zeigen genauso? Hat jemand diese Bilder aus dem Gedächtnis gezeichnet?

Hölzerne Leitern lehnen an den Regalen. Schilder verweisen auf verschiedene Abteilungen. Vor der Fensterfront führt eine ausladende breite Treppe in den nächsten Stock. Zwischen den Regalen laden Samtsofas aus Stoff, der einst kupfern gewesen sein muss und nun matt schimmert, zum Lesen ein.

Ich bin selbst in jungen Jahren nicht oft in Büchern versunken. Das Leben selbst schreibt die abenteuerlichsten und traurigsten Geschichten. Jetzt erfasst mich kribbelnde Neugierde. Welche Schätze verbergen sich inmitten der Regale?

»Was sagst du?« Minells Stimme hallt von der hohen Decke wider.

»Meine Mutter ist Geschichtslehrerin und würde diesen Ort lieben«, antworte ich.

Sie blickt mich mit zusammengekniffenen Augen an.

Rasch füge ich »Ich bin auch beeindruckt« hinzu.

Ein Lachen dringt hinter ihrer Maske hervor und bringt die azurblauen Augen zum Funkeln. »Wolltest du die Bibliothek bloß sehen oder bist du zum Stöbern hier?«

Mein Herzschlag beschleunigt sich. Die Schatten zwischen den Regalen zerfließen, nähern sich mir und drohen, mich zu ertränken. »Ich würde gerne etwas über magische Artefakte lesen.« Meine angespannte Stimme gleicht einer Bogensehne vor dem Schuss. »Meine Mutter interessiert sich für alte Geschichte, vor der finstersten Nacht und dem Sternschnuppenfall.«

»Das klingt langweilig«, murmelt Minell. »Aber wenn du darauf bestehst, finden wir sicher ein Buch.« Sie stellt sich auf die Zehenspitzen. »Versprich mir, das Buch erst am Abend zu lesen. Ich möchte dir den Garten zeigen, solange Sahar über uns wacht.«

»Einverstanden.«

Minell und ich brauchen eine Weile, bis wir uns in der Bibliothek zurechtfinden. Meine Begleitung ist, wenngleich sie seit einem Jahr im Palast lebt, nicht oft an diesem Ort gewesen. Schließlich finden wir die Abteilung für Magie. Die Bücher und Schriften sind alphabetisch geordnet.

Fachmännisch entscheide ich mich für das Buch, das am wenigsten staubig aussieht, *Magiesplitter* ist alles, was auf dem Einband zu lesen ist. Darunter prangen Zeichnungen der Artefakte der alten Gottheiten. Für den Anfang genügt das, ich kann jederzeit ein zweites Buch aus der Bibliothek ausleihen.

Als ich mich von dem Regal abwende, flackert mein Blick zu dem Buch, das neben *Magiesplitter* im Regal steht. Bei dem Anblick fühlt es sich an, als würde mein Rückgrat zertrümmern, ich zucke zusammen.

Minell greift nach meinem Arm. »Soleya?«

»Es ist nichts«, sage ich mit zitternder Stimme. Mein Rücken steht in Flammen. »Ich habe mir als Kind eine Verletzung zugezogen, die mir bis heute Probleme macht.«

»Sollen wir das Heilzentrum statt des Gartens aufsuchen?« Ihre Stimme klingt auf einmal ernst.

»Nein«, antworte ich. »Das sind Phantomschmerzen. Sie vergehen nach wenigen Augenblicken.« Ich sehe ihr fest in die Augen. »Ich würde gerne den Garten sehen, mich ins Gras legen und auf andere Gedanken kommen.«

»Das lässt sich einrichten. Aber versprich mir, dass du deine Phantomschmerzen im Auge behältst.« Sie neigt den Kopf. »Hast du alles?«

Aus dem Augenwinkel linse ich zu dem Buch, dessen silberner Einband mich magisch anzieht. Lettern sehe ich darauf keine. Nur einen altbekannten Dolch, der ein Brandzeichen in meiner Hand hinterlassen hat, und nun in meinem Rücken zu stecken scheint. Alles in mir zieht sich bei dem Gedanken daran, den Einband zu berühren, zusammen. Dennoch strecke ich eine zitternde Hand danach aus. Kein brennender Schmerz, sondern ein elektrisierendes Kribbeln, wie Blitze, die durch meine Nervenbahnen stürmen, dringt von meinen Fingerspitzen, meinen Arm hinauf, bis in jeden Winkel meines Körpers. Ein Flüstern erfüllt mich. Wenn ich es nicht besser wüsste, würde es einem Hilferuf gleichen. Dem letzten verzweifelten Wispern eines Lebenden, bevor der Tod ihn in auf seine letzte Reise mitnimmt. Ich konzentriere mich auf meine Atmung, verbannte das Wispern in den hintersten Winkel meines Bewusstseins, und lege das Buch auf *Magiesplitter* ab. Das Kribbeln klingt zu einem dumpfen Pochen ab, als meine Haut den Einband nicht mehr berührt.

»Ich habe alles«, sage ich unter keuchenden Atemzügen.

Minells skeptischer Blick bohrt sich in meine Haut. »Geht es dir gut?«

Ich bemühe mich um eine aufrechte Körperhaltung und nicke. »Ich bin von der Arbeit heute erschöpft, das ist alles«, antworte ich, und nachdem ich nichts weiter hinzufüge, nimmt sie meine Erklärung seufzend hin.

***

Hinter dem runden Fenster meines Schlafzimmers hält Nisha die Stadt der Masken in ihrem tödlichen Griff. Rauchgraue Wolken verhüllen die Sterne in dieser mondlosen Nacht. Die Turmuhr im nahen Zentrum der Stadt schlägt neunmal.

Den Nachmittag haben Minell und ich im Palastgarten verbracht. Im Gras liegend, die Augen geschlossen und umgeben von letzten Abschiedsgrüßen des Spätsommers, habe ich mich zurück in Guldheim gefühlt. Zuhause, bei meiner Familie.

Nach dem Abendessen habe ich ihnen einen Brief geschrieben. Natürlich gibt es über die zwei Tage, die ich im Palast der vier Türme verbracht habe, nicht allzu viel zu berichten. Dennoch fühle ich mich leichter, wenn ich meine Familie an meinem neuen Leben teilhaben lasse. Gleich morgen werde ich Elara fragen, wo ich den Brief abschicken kann.

Jetzt sitze ich mit angewinkelten Knien auf der weichen Matratze. Eine kleine Öllampe spendet schummriges Licht, das gerade ausreichend ist, um die Einbände der beiden Bücher zu erkennen.

Das Buch, dessen Einband der Dolch ziert, liegt neben der Öllampe auf dem Nachttisch.

Magiesplitter halte ich in den Händen. Eine kleine Staubwolke kommt mir entgegen, als ich den Einband aufschlage. Das Pergament ist milchig weiß, kaum eine Ecke vergilbt.

Ob ich ruhiger schlafe, wenn *Magiesplitter* mir die Hinweise gibt, die ich suche?

Das Herz schlägt mir bis zum Hals, als ich die ersten Seiten überfliege. Ein Inhaltsverzeichnis oder Angaben, wer das Buch verfasst hat, gibt es nicht.

Im ersten Kapitel geht es um den Mythos von Nisha und Sahar, die Herrscherin der Nacht und das Auge der Sonne. Zwillingstöchter der alten Gottheiten Vanya und Dusan. Aus Eifersucht darauf, dass ihre Schwester einen Platz an der Sonne innehatte, schuf Nisha die Drachen. Sie nahmen alle reine Magie des Kontinents in sich auf, bis selbst in den vier göttlichen Artefakten kein Tropfen übrig war. Die alten Gottheiten schliefen, ohne ihre Lebensquellen, ein und verschwanden. Ob die vier göttlichen Artefakte fort sind oder zerstört wurden, vermag niemand zu sagen.

Anders als in Mutters Schriften ist in *Magiesplittern* die Rede davon, dass die alten Gottheiten manchmal den Völkern erscheinen, wenn jemand an der Schwelle zum Tode steht.

Ich ziehe meine Knie enger an den Körper. Das stahlgraue Nachthemd wiegt schwer auf meinen Schultern, als sauge es sich bei jedem schnellen harten Atemzug mit Wasser voll.

Ein rutschiger Baumstamm.

Gleiten durch die Luft.

Wassermassen.

Gleißendes Gold.

Augen, in denen sich ein Universum spiegelt …?

Galaxien aus grünen Sternen, in die ich falle …?

Kopfschüttelnd verwerfe ich den Gedanken. Der naive Kindheitstraum einer Achtjährigen, bevor ihre kleine Schwester sie aus den Fluten des Goldflusses gezogen hat. *Dahlia* hat mich gerettet, keine Gottheit. In dem Malstrom aus Farben, zwischen goldenen Baumkronen, grünem Gras und haselnussbraunen Augen, und nicht bei klarem Verstand, habe ich ein Trugbild gezeichnet.

Fröstelnd ziehe ich meine Knie näher an den Körper und drücke sie gegen meine enge Brust, bis ich keuchend nach Luft schnappe.

Wenn Dahlia meine Retterin gewesen ist, wieso sieht sie mich seit jenem Tag mit anderen Augen an? Vielleicht hat sie Angst. Angst vor dem, was geschehen ist und was geschehen könnte.

Es tut mir leid.

Ihre letzten Worte an mich.

Was tut ihr leid? Dass ich gegangen bin und sie nie mit mir über jenen Tag gesprochen hat … oder etwas Größeres?

Mein windzerrissener Verstand, zwischen der achtjährigen und der siebzehnjährigen Soleya, fasst einen klaren Gedanken. Ich werde Dahlia einen Brief schreiben und sie nach jenem Tag fragen. Antwortet sie mir nicht, suche ich das Gespräch mit ihr, sobald ich sie in Guldheim besuche.

Ruhiger atmend blättere ich die Seite um.

Es folgt ein Kapitel über geteilte Magie. Die Anhängerschaft der Festung der gestohlenen Künste eignet sie sich über ein Blutritual an. Denke ich an Drachen, überzieht eine Gänsehaut meinen Körper. Lodernde Schwingen, Reißzähne, die Macht, ein Gewitter herbeizurufen. Zeitgleich pulsiert tiefes Mitgefühl durch meinen Körper. Es sind Sterbliche, die die Drachen zu Monstern machen, Elara hat recht. Auch heißt es, die Anhängerschaft der Festung sei auf der Suche nach Gezeichneten, die Teile magischer Artefakte in sich tragen. Was eine *Gezeichnete* ist, steht nicht dort.

Danach wird beschrieben, welche Magie den bekannten Arten von Drachen innewohnt. Unbrauchbar für mein Vorhaben, mehr über reine Magie zu erfahren.

Seufzend schließe ich das Buch und schiebe es zur Seite.

All meine Sinne richten sich auf das namenlose Buch aus. Jemand anders hält meine Fäden in den Händen, als ich den silbernen Einband mit den Fingerspitzen berühre. Vorbereitet empfange ich die zuckenden Blitze, als seien sie lang vermisste Freundinnen. Kribbelnd heiße Energie durchflutet meinen Körper, als sei ich das erste Mal in siebzehn Jahren in der Lage, wirklich zu sehen.

Das Auge der Wahrheit, steht in krakeligen Lettern auf der ersten Buchseite.

Dahinter befindet sich eine lange Wegbeschreibung, die ich nicht verstehe. Die Rede ist von einer Ruine, verborgen im Goldwald, wenn ich mich nicht irre.

Großartig, mehr Mythen, mehr Fragen, keine Antworten.

Ernüchtert blättere ich die Seiten des dünnen Buches bis zum Ende durch. Dort angekommen, werden meine Glieder starr wie Eis. Das Herz bleibt mir in der Brust stehen, ehe es in doppelter Geschwindigkeit zu rasen beginnt. Auf der letzten Seite prangt eine Zeichnung des Medaillons, das die Königin bei ihrem Besuch in der Schneiderei dabeigehabt hat.

Darunter steht in geschwungener Schrift: *Wem es gelingt, die Schichten des Raumes dort, wo alles seinen Anfang gefunden hat, mit dem Dolch aller Welten zu zerschneiden, wird mit dem Auge der Wahrheit sehen.*

Das Buch rutscht mir von den Knien, das Echo seiner Melodie bleibt, als spüre ich noch immer die Magie, die den Seiten einst innegewohnt hat. Eisige Finger folgen der Kontur meiner Wirbelsäule, meine Glieder erkalten. Bibbernd vor Kälte, ziehe ich die Daunendecke enger um mich, wenngleich der Frost in meinem Inneren haust.

Das *Auge der Wahrheit* und der *Dolch aller Welten*. Die zwei Artefakte haben Namen und müssen vor Nishas Triumph über die alten Gottheiten Magie in sich getragen haben.

Neun Jahre lang habe ich einen Teil meines Selbst ohne eine Maske verborgen. Seit drei Tagen trage ich eine. Jetzt fühle ich mich ohne sie schutzlos. Als bröckelten seit meiner Ankunft im Palast der vier Türme Steine aus einer Mauer, die ich um mich herum gebaut habe. Irgendetwas lauert in meinem Inneren und versucht, an die Oberfläche zu dringen. Ein Teil von mir, der in der Lage scheint, reine Magie in Artefakten zu spüren, die tot und stumm sein sollten.

Ich habe nach Gewissheit gesucht. Mir einen Weg gewünscht, gegen meine Albträume in den Kampf zu ziehen.

Stattdessen liege ich wach im Bett und mache mich nicht zu ihrer Gefangenen, indem ich die Giebel an der Decke zähle – es sind sechsundvierzig.

Kapitel 6
Narben

Bleierne Müdigkeit liegt mir auf den Schultern. Mein schlaftrunkener Verstand und ich versuchen, mit einem feinen Pinsel Sonnenstrahlen auf die Maske zu zeichnen, welche die Kronprinzessin bei der Trauerfeier tragen möchte.

»Soleya!«

Ich zucke zusammen und meine Hand verkrampft sich. Wo ein filigraner Sonnenstrahl in gleißendem Gold sein sollte, zieht sich eine Linie im Zickzack quer über die Maske. Genervt stöhne ich auf. Ich knalle den Pinsel auf den Tisch, goldene Funken besprenkeln den Arbeitstisch und die Maske.

»Wo bleibst du?«

Elaras Stimme klingt näher.

Ich wirble herum und zucke prompt zurück. Sie steht so nah vor mir, dass ich die fingerkuppengroßen silbernen Schmucksteine auf ihrer Maske zählen kann.

»Was ist los?« Ich stelle mich so hin, dass ich meinen Arbeitstisch vor Elara abschirme. Gestern hat sie meine Arbeit gelobt, das möchte ich nicht aufs Spiel setzen.

»Die Königin wünscht die Anwesenheit einiger Bediensteter im

Thronsaal.« Unsicherheit schwingt in ihrer Stimme mit. »Unter anderem deine.«

Ein warmer Schauder rieselt über meine Haut, seit meiner Ankunft im Palast habe ich sie nicht gesehen. Begleitet von Resignation in meiner Magengegend. Aus welchem Grund sollte die Königin mich sehen wollen, außer es geht um ein neues Kleidungsstück für sie … oder um etwas Schlimmes? »Wieso?«, frage ich mit angespannter Stimme.

»Das hat der Bote nicht gesagt.« Sanft, aber bestimmt greift sie nach meinem Ärmel. »Du solltest sie nicht verärgern. Lass sie nicht warten.«

Ich beiße mir auf die Unterlippe. »Dafür wird die Kronprinzessin verärgert sein, wenn sie ihre Maske sieht.«

»Du arbeitest heute Abend länger und kümmerst dich um das Problem.« Elara versetzt mir einen sanften Stoß, in Richtung der Tür.

So schnell mich meine Beine tragen, durchquere ich die Schneiderei, auf halbem Weg stammle ich ein »Danke«, das Elara mit einem Kopfnicken quittiert. Minells und Elaras Blicke kleben an mir wie Leim, bis die Tür hinter mir ins Schloss fällt.

Auf dem Gang erwartet mich ein Bote in kupferner Uniform. Wortlos schreitet er den Gang hinab, mir bleibt nichts anderes übrig als ihm zu folgen.

Meine Gedanken überschlagen sich. Was möchte die Königin von mir? Wieso sind Elara und Minell nicht in den Thronsaal eingeladen?

***

Der Thronsaal befindet sich im Erdgeschoss, im Nordflügel des Palasts. Als ich über die Schwelle trete, fühle ich mich wie in einer fremden prunkvollen Welt – das Herz des Palasts der vier Türme ist sein ganzer Stolz.

Die gesamte nördliche Fensterfront ist, wie in der Bibliothek, verglast und gibt den Blick auf Bellonnas kupferne Dächer frei, die im Mittagslicht schimmern. Wände in Kupfer, verziert mit Gemälden ehemaliger Herrscherinnen und Herrscher. Von einem Bild zu meiner Linken aus schaut mich ein Mädchen an, das nicht älter als neun scheint. Es gibt keine Maske, die das Kindergesicht verbirgt, in Bellonna beginnt das

Volk, sein Gesicht zu verhüllen, sobald vierzehn Sonnenjahre erreicht sind. Honigbraune Augen, rauchschwarzes Haar und ein warmer dunkler Hautton stehen im Kontrast zu dem kirschroten Kleid an ihrem schmalen Körper. Prinzessin Aeryn sollte keinen Platz zwischen ihren Vorfahren haben, die den Thron tatsächlich bestiegen haben. Dennoch scheint ihr Portrait im Mittagslicht am hellsten zu strahlen, als hebe es sich von den anderen ab.

Ein Teppich aus goldenem Samt führt zu einer Empore, auf welcher der Thron der Königin steht. Heute trägt sie ein Kleid in bleichem Puderrosa, das zarte Spitzenmuster erinnert an Rosenblüten, mit einer passenden Maske aus Stoff.

Vor ihr steht ein Bruchteil der Dienerschaft – drei Dutzend Personen in Uniformen und Kleidern verschiedener Farben. Mich eingeschlossen.

Mit hämmerndem Herzen geselle ich mich zu ihnen. Dabei fühle ich mich, als hafte die geballte Aufmerksamkeit der Königin auf mir. Als sei ich das Licht und sie die Motte, die von ihm angezogen wird – nicht umgekehrt.

»Willkommen«, beginnt sie mit honigsüßer Stimme. Ein warmer Schauder rieselt über meine Haut, als sei die Menschenmenge um mich herum verblasst und sie spreche zu mir allein. »Wie ihr wisst, jährt sich in diesem Sonnenjahr der Todestag meiner Tochter Aeryn, die dem Vier-Länder-Bündnis und vor allem der Kupferdynastie in nur neun Jahren ihres Lebens so viel gegeben hat, zum zehnten Mal. Jedes Sonnenjahr feiern wir ihre Erinnerung mit einer großen Trauerfeier. In diesem sollen die ganze Kupferdynastie und die Hauptstädte unserer Bündnispartner daran teilhaben.« Sie breitet die Arme aus, als wolle sie uns … nein, *mich* umarmen. »Wir brechen morgen bei Sonnenaufgang zu einer Reise durch die Städte und Dörfer des Königreichs auf, um Aeryn allerorts gebührend zu ehren. Ihren Vater und ihre Schwester natürlich auch. Aufgrund eurer Fähigkeiten habe ich euch, als meine treuen Freundinnen und Freunde, auserwählt, um diese Reise an meiner Seite anzutreten.«

Ein Raunen geht durch die Menge. Das aufgeregte Brausen des Herbstwindes, bevor die ersten Blätter fallen.

Ein warmes Gefühl nistet sich in meiner Brust ein. Die Frage, wieso ausgerechnet ich, wirbelt rasch im Wind davon. Ich habe der Königin ihr Kleid für die Trauerfeier geschneidert, das Kleid für Kronprinzessin Likah muss ich fertigstellen. Sicher möchte die Königin, dass ich die Kleider an den Festtagen getragen sehe. Unter der Maske zucken meine Mundwinkel nach oben. Ich stelle mich auf die Zehenspitzen und fühle mich größer, mächtiger. Nicht länger bin ich das Mädchen, das beinahe ertrunken ist, oder die verängstigte Frau, auf der Schwelle zum Erwachsenwerden, die von Albträumen heimgesucht wird.

»Ihr habt für den Rest des Tages frei. Bereitet euch stattdessen auf unsere Reise vor«, schließt die Königin. »Ihr seid entlassen.«

Synchron mit der Menge mache ich einen tiefen Knicks.

»Alle außer meinem neuesten Schneiderlehrling.«

Ich reiße den Kopf hoch, der Blick der Königin verschmilzt mit dem meinen. Honigbraune Augen ziehen mich in ihren Bann, während sie den Rest der Dienerschaft mit einer wegwerfenden Handbewegung fortscheucht.

»Womit kann ich dienen?«, frage ich mit zitternder Stimme.

»Sei nicht verängstigt.«

Die Königin erhebt sich von ihrem Thron. Mein Herz stolpert im Takt der Schritte, die sie näherkommt. Vor mir bleibt sie stehen und berührt behutsam meinen Arm. Ein Gefühl wie lauer Sommerwind sorgt dafür, dass sich alle feinen Härchen auf meiner Haut aufstellen. All meine Sinne richten sich auf die Königin aus.

»Ich habe festgestellt, dass du einen außergewöhnlichen Lesegeschmack besitzt. Der Bibliothekar musste es mir verraten, du hast zwei Bücher, die ich auf unsere Reise mitnehmen möchte, ausgeliehen.«

Ich senke den Blick. »Verzeiht … das wusste ich nicht.«

Mit der freien Hand hebt sie mein Kinn an, sodass ich sie ansehen muss. Goldener Sonnenschein spiegelt sich in ihren Augen. »Pack die Bücher an meiner Stelle ein.«

Ich atme aus, sie macht mir keine Vorwürfe. »Natürlich.«

Ihre Fingerspitzen folgen meinem Arm nach oben, ihre Berührung hinterlässt eine feine Gänsehaut. »Aeryn hat das Buch, dessen Einband der Dolch aller Welten ziert, geliebt. Nur es hat den Angriff, abgesehen von mir, überlebt.« Schatten verdunkeln ihre Augen. »Es gibt noch ein Buch, das meine Tochter geliebt hat. Nimm es mit auf die Reise und lies es dort. Es könnte dir gefallen.« Sie greift in eine versteckte Innentasche ihres Kleides.

Eine seichte Melodie, Vogelgezwitscher im Frühling gleichend, im Crescendo, dringt an meine Ohren. Das Buch, das die Königin mir entgegenhält, hat einen blasskupfernen Einband aus Samt. Darauf ist der altbekannte Dolch aller Welten abgebildet, dessen Anblick ein Stechen auf meiner Haut hinterlässt. Kupferne Finger zupfen an meinem Verstand und bringen eine fremde, vertraute Melodie in mir zum Klingen. Wie in Trance strecke ich meine Hand nach dem Buch aus, die Königin überlässt es mir. Warme, goldene Sicherheit stürmt durch meine Adern, vermischt mit einem Gefühl der Vertrautheit, als hätte ich einen Teil von mir gefunden, der siebzehn Jahre lang gefehlt hat, und vertreibt jegliche dunkle Gedanken.

»Und?« Sanft durchbricht ihre Stimme das Vakuum, das mich umgibt.

»Ich … ich weiß noch gar nicht, was darinsteht«, stammle ich. Das Glücksgefühl halte ich fest mit der Hand umschlossen.

»Lies heute Abend nicht darin. Du musst für unsere Reise ausgeruht sein.« Ein wissendes Lächeln klingt in ihrer Stimme mit, und lässt mich das Kinn heben. Sie spricht mit mir, als sei ich wahrhaftig ihre Freundin, nicht Teil ihrer Dienerschaft. »Ich bin mir sicher, das Buch wird dir Antworten auf einige Fragen bringen.«

Ein Gefühl, als habe ich saure Milch getrunken, zwickt mir in den Magen. »Antworten auf Fragen?«, stammle ich. Meine Narbe beginnt, unangenehm zu prickeln. Was, wenn die Königin Verdacht schöpft, dass etwas mit mir nicht stimmt? Andererseits … würde das nicht bedeuten, dass sie mir helfen könnte?

»Du interessierst dich für reine Magie, oder nicht?«

Ich möchte nach Luft schnappen oder etwas sagen und es abstreiten, da berühren ihre Finger meine Haut. Jegliches Misstrauen meinerseits erstickt im Keim. Die Königin möchte mir sicher nichts Böses, und dass ich die Bücher mitgenommen habe, legt ihre Vermutung nahe.

Zärtlich drückt die Königin meinen Arm, ehe sie mich loslässt. »Darin steht einiges, was du darüber wissen solltest.« Sie nickt in Richtung der Tür. »Für den Augenblick bist du entlassen. Vergiss die Bücher morgen nicht.«

»Sicher nicht. Vielen Dank, Eure Majestät.« Nach einem ungelenken Knicks mache ich auf dem Absatz kehrt und verschwinde aus dem Thronsaal. Mit einem warmen Gefühl, das durch meine Adern prasselt, und mehr Fragen als Antworten im Kopf.

Elara hat nicht gesagt, dass ich direkt nach der Besprechung in die Schneiderei zurückkehren soll. Frische Luft wird mir guttun.

Auf leisen Sohlen navigiere ich mich durch die labyrinthartigen Gänge, bis in den Palastgarten. Draußen angekommen, schließe ich die Augen, recke mich dem herbstlichen Sonnenlicht entgegen, als sei ich eine vertrocknete Pflanze und atme die kühle Herbstbrise ein. Der Duft verblühender Rosen, vermischt mit letzten Sonnenblumen und dem Versprechen eines baldigen Regenschauers, stürmt durch meine Adern. Meine wirren Gedanken fallen von mir ab. Ich ziehe meine Schläppchen aus, spüre das welke Gras unter meinen Füßen, und bin zuhause in Guldheim. Wenn ich nicht genau hinsehe, sind die Bäume um mich herum aus Holz statt Kupfer.

Auf halbem Weg um den Palast herum dringen Schritte schwer besohlter Stiefel an meine Ohren. Instinktiv drücke ich mich gegen den Stamm einer kupfernen Pappel, der unangenehm in meinen Rücken sticht. Ich tue nichts Verbotenes, dennoch kleben mir Schweißtropfen mein moosgrünes Kleid an den Rücken.

Zwei Gardisten tauchen hinter der nächsten Ecke auf. Die Herbstluft ballt sich zu einem Knäuel in meiner Kehle zusammen, das mich am Atmen hindert. Einer von ihnen hält ein Kind auf dem Arm. Die Haut des kleinen Mädchens ist ungesund blass. Als die Gardisten die Pappel passieren, erhasche ich einen Blick auf ihr Gesicht. Schwarze Puppenaugen starren ins Nichts. Eine silbrige Narbe zieht sich von ihrem Kinn nach oben und verschwindet unter ihrem Haaransatz. Die Haut darunter ist ungesund blass und wächsern, einzelne bläuliche Adern schimmern darunter im fahlen Sonnenlicht.

Meine Kehle fühlt sich rau an, als hätte ich Sand geschluckt. Bitterer Geschmack sammelt sich in meinem Mund. Starr, als Gefangene meines Körpers, starre ich den Gardisten hinterher.

Als sie außer Sichtweite sind, sinke ich am Pappelstamm entlang zu Boden, ziehe meine Knie an den Körper und atme unruhig ein und aus. Angst pulsiert in Wellen durch meinen Körper. Mein Herz hämmert hart gegen meinen Brustkorb.

Was haben Gardisten mit einem toten Mädchen im Palastgarten zu suchen? Wird so mit den Kindern der Dienerschaft umgegangen, wenn sie sterben? Und *woran* mag sie gestorben sein?

Nicht nur ihr Tod, sondern vor allem die silbrige Narbe verfolgt mich auf dem Weg zurück in den Palast.

Eine Narbe, die jener auf meinem Rücken, vom Farbton abgesehen, wie ein Spiegelbild geglichen hat.

***

Erste blassgoldene Sonnenstrahlen zerreißen die samtene Dunkelheit, hinter der sich winzige silberne Pfeilspitzen verbergen. Sahar schießt Nisha einen solchen ins Herz. Im Puderrosa eines neuen Morgens rinnt Blut aus der frischen Wunde. Bis zum Einbruch der Nacht wird sie sich schließen, bis es so weit ist, genießt Sahar die Vorherrschaft über das Firmament und leitet uns den Weg ins Ungewisse.

Die Luft auf dem Platz vor dem Palast der vier Türme schmeckt nach Herbst, ein Hauch von Regen liegt darin. Das Ende eines Kreislaufs, aus dem etwas Neues sprießen wird. Der Herbst ist der Tod, er zieht ins Land, ewig hungrig, und frisst alles, was er will. Unter dem Leichentuch des Winters schläft die Natur, bis sie im Frühling aufersteht. Eine kleine Hoffnung, aus der bis zum Sommer neues Leben wächst. Bald wird der Herbst unaufhaltsam ins Land stürmen, noch wehrt sich der Sommer gegen sein Heer aus Regen und Sturm.

Wohin mag mein Neuanfang mich führen? Der Palast der vier Türme ist nur vier Tage lang mein vorübergehendes Zuhause gewesen. Jetzt muss ich es verlassen, bevor wir einander richtig kennengelernt haben.

Wie lange wir unterwegs sein werden, hat die Königin nicht gesagt. Ich packe alles in meinen Reisebeutel, was ich besitze. Das muss reichen, und ich hoffe darauf, dass ich meine Kleidung unterwegs waschen kann. Wie viele Dörfer und Städte möchte sie, in der Kupferdynastie und darüber hinaus, besuchen?

Ein Gedanke trifft mich wie ein Schlag in den Magen. Nicht nur von Bellonna werden mich zahlreiche Sonnenlängen auf unbestimmte Zeit trennen...

Habe ich mich ausreichend von meiner Familie verabschiedet? Erreichen unsere Briefe die jeweils anderen, während ich unterwegs bin?

Tränen pochen hinter meinen Augen. Der Morgenhimmel verschwimmt zu einem Farbstrudel.

»Die Königin nimmt mir tatsächlich meinen zweiten Lehrling. Ich hätte wissen müssen, dass ein Haken an der Sache ist«, murmelt Elara neben mir, und hindert meine Gedanken daran, den sonnigen Herbsttag zu verdunkeln.

»Das bedeutet mehr Arbeit für mich«, bemerkt Minell.

Elara wirft ihr einen tadelnden Blick zu, was ihr ein Lachen entlockt.

Elaras Antwort ist ein Kopfschütteln. Dann tritt sie an meine Seite. »Pass auf dich auf, Soleya.« Sanft drückt sie meinen Arm. »Eine solche Reise ist nicht ungefährlich.«

»Nur nicht so optimistisch«, schnaubt Minell, ehe sie mich in eine feste Umarmung zieht. »Mitglieder der königlichen Garde begleiten euch. Niemandem wird etwas geschehen.«

Hat die Königin vor zehn Jahren dasselbe gedacht? Sich und ihre Familie in trügerischer Sicherheit gewogen? Ich schlucke die Frage, mitsamt wie Säure brennender Tränen, herunter.

Mit den Fingerspitzen berühre ich das Buch in der Innenseite meines Mantels. Eine wispernde Melodie im Crescendo umfängt mich, zieht mich in eine tröstende Umarmung und vertreibt das Gift aus meinen Adern... bis sich ein Stechen von meiner Narbe aus auf meiner Haut ausbreitet.

Für einen Wimpernschlag sind die puderrosa Striemen am Himmel silbern. Narben auf fahler wächserner Haut. Rasch senke ich den

Kopf. Mit bebenden Schultern starre ich meine Stiefelspitzen an. Ich habe nicht gewagt, das Buch zu lesen. Was, wenn zwischen den Zeilen grausame Wahrheiten verborgen liegen, die mehr Narben auf meiner Haut hinterlassen? Wenn das tote Mädchen mit der silbernen Narbe so ist wie ich, was bedeutet das für mich?

Stoßweise atmend suche ich Minells Blick, auf der Suche nach Ablenkung von meinen düsteren Gedanken versinke ich in ihren klaren, warmen Augen. »Wir haben uns nicht lange gekannt, aber ich werde euch vermissen.«

Minell stellt sich auf die Zehenspitzen. »Schreib uns zwischendurch. Ich möchte alles über deine Reise wissen.«

»Versprochen.« Ich hebe die Hand zum Abschied und sehe in ihren strahlenden Augen, dass Elara und Minell unter ihren Masken lächeln. Der Wunsch, einen Blick auf ihre Gesichter hinter den Masken zu erhaschen, wallt in mir auf. Sofort verwerfe ich ihn, in Bellonna wird mir dies niemals vergönnt sein, und ich muss mich an verhüllte Gesichter, eindrucksvoll und undurchschaubar, gewöhnen.

Bevor mir ein zweites Mal die Tränen kommen, wende ich mich ab. Lasse ein neues Leben, das mich nicht gewollt hat – *noch nicht?* – hinter mir und nähere mich unsicher den Kutschen.

Eine Gardistin tritt an meine Seite. »Du bist Soleya?«

Ich nicke.

»Du wirst, auf ihren Befehl hin, heute mit der Königin in ihrer Kutsche reisen«, fährt sie fort. »Sie hat gesagt, dass sie mit dir über ein Buch sprechen möchte, das sie dir gegeben hat.«

Meine unsicheren Schritte werden selbstbewusster. Der Morgenwind streichelt warm meine Haut und dringt in mein Herz. »Sehr gerne«, antworte ich.

Ich folge der Gardistin zur selben Kutsche, mit der die Königin mich aus Guldheim abgeholt hat. Rasch schlüpfe ich durch die geöffnete Kutschentür. Ernüchterung breitet sich in mir aus, die Kutsche ist leer.

Ich lasse mich auf der Bank, die dem Fenster am nächsten ist, nieder. Unruhig schlage ich die Beine übereinander. Meine Fingerspitzen streifen immer wieder den Einband des Buches. Soll ich es rausholen?

Warten? Hätte ich gestern Abend darin lesen sollen, der verhängnisvollen Begegnung und der Mahnung zum Trotz? Wollte mich die Königin testen? Einem Schwarm leuchtender Schmetterlinge gleich, schwirren meine Gedanken in alle Richtungen.

Bevor ich einen von ihnen greifen kann, erscheint die Königin in der Kutsche. Sie trägt ein schlichtes azurblaues Samtkleid mit einer passenden Maske, die von funkelnden Saphiren und Bergkristallen überzogen ist. Das rauchschwarze Haar hat sie zu einem Fischgrätenzopf geflochten, in den dieselben Juwelen eingesteckt sind. »Guten Morgen, Soleya«, sagt sie mit sanfter Stimme.

Ich springe von der Kutschenbank auf und mein Kopf verfehlt Decke nur knapp, ehe ich einen Knicks mache. »Guten Morgen, Eure Majestät.« Der Boden zu meinen Füßen schwankt, ich falle mehr zurück auf die Kutschenbank, als dass ich mich hinsetze. »Es ist mir eine Ehre, mit Euch gemeinsam zu reisen.«

Die Augen der Königin funkeln heller als die Juwelen, die ihre Maske zieren. »Ich dachte, du möchtest vielleicht über reine Magie sprechen.« Sie faltet die feingliedrigen Finger im Schoß. »Die Bücher hast du dabei?«

Nach einem raschen Nicken klaube ich sie aus meinem Reisebeutel zusammen und lege sie vor ihr auf den Tisch.

Die Königin lässt ihre Augen nicht von mir. Als spüre sie den magischen Sog nicht, der von zweien der drei Bücher ausgeht. Mir dröhnt die Melodie, die von ihnen ausgeht, mit jedem Herzschlag lauter in den Ohren.

»Woher kommt dein Interesse an reiner Magie?« Die Königin streckt eine Hand nach mir aus. All meine Sinne richten sich auf ihre Finger aus, bevor sie mich behutsam am Arm berühren. »Damit meine ich nicht, dass deine Mutter Geschichtslehrerin ist. Du bist nicht in ihre Fußstapfen getreten, sondern denen deines Vaters gefolgt.«

Sie klingt fast verschwörerisch, während sie das sagt. Meine Haut kribbelt angenehm warm, wo ihre Finger mich berühren. Vaters längst verklungene Worte hallen in meinem Kopf nach … ich soll niemandem erzählen, dass ich *vielleicht* reine Magie in einst magischen Artefakten spüren kann. Stumme Melodien, die allein ich höre und die darauf warten, dass sie jemand aus ihrem Gefängnis befreit. »Reine Magie ist mit den alten Gottheiten aus der Welt verschwunden.« Meine Stimme ist ohne Stärke, Hitze schießt mir in die Wangen. »Aber manchmal bilde ich mir ein, dass ich sie spüren kann. Nicht greifen. Doch da ist dieses Echo, wenn ich einst magische Artefakte berühre.« Ein bitterer Geschmack legt sich auf meine Zunge, meine Narbe pulsiert im Takt meines rasenden Herzschlags. »Das Echo bereitet mir Schmerzen.« Mit zitternden Fingern streichle ich den blasskupfernen Buchrücken. »Bei diesem Buch ist es anders. Es verschafft mir Linderung und auch sein goldener Zwilling hat mir keine Schmerzen bereitet, eher ein Gefühl der Aufregung.«

Der Griff der Königin wird fester, sicherer. Am Rande meines Bewusstseins rinnt etwas Warmes meine Haut hinab. »Ich habe mich nicht geirrt, als ich bei unserer ersten Begegnung Aeryn in dir gesehen habe.« Sonnenstrahlen brechen in ihren gleißend goldenen Augen. »In ihr hat dieselbe Gabe geschlummert. Sie ist in der Lage gewesen, reine Magie zu spüren und ihr Echo zu hören.«

Zähflüssigem Sirup gleich sickern die Worte in meinen Verstand. Es dauert einige Herzschläge, bis ich begreife, dass auf mir eine Gabe statt eines Fluches lastet. »Was bedeutet das für mich?«, frage ich mit belegter Stimme.

Die Königin legt den Kopf schief, kalkulierend betrachtet sie mich. Einen Atemzug lang ist das Sonnenlicht in ihren Augen so grell, dass es mich bei lebendigem Leib zu verbrennen droht. Ihre Schultern beben unter einem abgehackten Atemzug, ehe ihre Augen den vertrauten honigbraunen Schimmer annehmen. »Das möchte ich herausfinden. Seit sich Aeryns Gabe, die ich zuvor nur aus Erzählungen kannte, gezeigt hat, studiere ich reine Magie«, antwortet sie. »Mit dieser Gabe seid ihr womöglich in der Lage, die Festung der gestohlenen Künste mitsamt ihrer Anhängerschaft und allen Drachen auszulöschen.« Ihre Augen funkeln verschwörerisch. »Vielleicht können wir gemeinsam dafür sorgen, dass nicht bloß ein Echo in magischen Artefakten schlummert, sondern reine Magie auf den Kontinent zurückbringen.«

Mir stockt der Atem. »Ich … mein Fluch … ich meine, meine *Gabe* … ich soll dabei helfen?«, stammle ich, während sich für endlos scheinende Herzschläge die schwarzen Augen des toten Mädchens in denen der Königin spiegeln. Wenn es eine Gabe ist, wieso ist das Mädchen gestorben? Oder ist sie etwas anderem erlegen? Ich beiße mir auf die Zunge und schlucke die Worte herunter. Die Königin soll nicht wissen, dass ich etwas beobachtet habe, das nicht für meine Augen bestimmt gewesen ist.

Sie nickt sanft. Mit der freien Hand schiebt sie das blasskupferne Buch in meine Richtung. Das Echo, das von ihm ausgeht, schwillt zu einem Crescendo in melodischem Dur an. »Möchtest du nicht wissen, was darin steht?«

Statt zu antworten, schlage ich das Buch mit donnerndem Herzen auf. »Es geht um einen Ort im Schlafenden Wald«, murmle ich, vorsichtig, um keine Seite zu zerknicken, blättere ich weiter. »Jenen Ort, an dem Vanya ihre letzte Ruhe gefunden haben soll. Das Buch ist eine Wegbeschreibung.«

Die Königin nimmt mir das Buch aus den Händen, es entgleitet meinen Fingern, die Melodie verliert sich in einem Decrescendo. Mein Herz setzt einen Schlag aus. Als ich das Buch in den Händen gehalten habe, sind die Seiten voll von verschlungenen Buchstaben und Zeichnungen gewesen. In den Händen der Königin sind sie leer. Die Tinte fort, als hätte sie ein Regenguss mit sich gerissen.

»Das kann nicht sein.« Meine Stimme klingt hohl.

»Bei Aeryn ist es dasselbe gewesen. Ihr haben sich zuerst die Wege zum Auge der Wahrheit und dem Dolch aller Welten offenbart, bevor sie zwei weitere Wegbeschreibungen in dem kupfernen und dem silbernen Buch gesehen hat, die womöglich zu göttlichen Artefakten führen.« Die Königin drückt meinen Arm in stiller Bestätigung, die Furcht entlässt mich aus ihrem Klammergriff und macht Platz für ein Gefühl der Sicherheit. »Die Buchseiten offenbaren sich nur denjenigen, die in der Lage sind, reine Magie zu spüren.« Die Königin zwinkert mir zu. »Du bist mehr als eine Schneiderin, Soleya. Und ich finde, diese Reise ist eine wunderbare Gelegenheit, dem Schlafenden Wald einen

Besuch abzustatten.« Sie klappt das Buch zu und schiebt es neben sich auf die Sitzbank. »Dieses Gespräch bleibt unter uns.«

In ihrer Stimme schwingt eine Härte mit, die mich bis ins Mark erschüttert. Eine Gänsehaut breitet sich auf meinem Körper aus. Anspannung, Sicherheit und eine neue Art der Furcht kämpfen in meinem Inneren um die Vorherrschaft.

»Natürlich«, sage ich leise, untermalt von einem folgsamen Nicken. Welche andere Wahl hätte ich gehabt?

Ich hätte auf Vater hören sollen. Was, wenn ein falscher Schritt dafür sorgt, dass ich das Schicksal des Mädchens teile? Wird meine Gabe den sterblichen Völkern helfen oder mir mein Grab schaufeln? Und bin ich bereit, ihnen zu helfen, wenn ich womöglich einen hohen Preis dafür zahlen muss?

Kapitel 7
Gewittersturm

Der erste halbe Mond unserer Reise zieht dahin. Wir haben vier Dörfer der Kupferdynastie besucht. Während die Dörfer in der Nähe des Goldwaldes mich schmerzlich an Guldheim erinnert haben, ist mir in den übrigen leichter ums Herz geworden.

In einem von ihnen hat ein riesiger Turm aus buntem Glas über die Wohnhäuser gewacht. Das zweite hat sich in einer Talsenke befunden, und selbst jetzt, im Spätsommer, hat es von Wildblumen gewimmelt. Ein Überbleibsel der reinen Magie, die das Dorf erschaffen haben muss – wenn ich dem Prickeln meiner Narbe Glauben schenke. Die Kleidungsstücke und der Schmuck auf dem Fest haben aus Wildblumen bestanden, und auch ich habe mir einen Blumenkranz geflochten, und ihn wie eine Krone getragen. Ich bereue, dass ich nicht über meinen Schatten gesprungen bin und die Einwohnerschaft gefragt habe, wie sie ihre Kleidungsstücke fertigt.

In allen Dörfern hat das Volk mit der Königin ein Fest zu Ehren von Prinzessin Aeryn gefeiert. König Jeldrik wird von vielen erwähnt, die zweite Tochter scheint die Herzen des Volkes verlassen zu haben. Ich kenne ihren Namen nicht, niemand erwähnt diesen oder scheint sich daran zu erinnern, dass die Prinzessin einen stillen Schatten gehabt hat.

Die Abwesenheit meiner Familie schmerzt wie eine frische Wunde, und unter der Reisegesellschaft habe ich keine Kontakte geknüpft. Die junge Schneiderin, die am ersten Reisetag mit der Königin hat reisen dürfen, wird von allen skeptisch beäugt oder gemieden. Einsamkeit liegt als schwerer Mantel auf meinen Schultern. Die fremden Dörfer und die neuen Eindrücke sowie meine Arbeit, Kronprinzessin Likahs Kleid für die große Feier am Todestag des Königs und seiner zwei Töchter fertigzustellen, lenken mich in besonders ereignisreichen Augenblicken von dem Wesentlichen ab.

In den ersten Nächten habe ich mich in dem mir zugewiesenen Zelt hin und her gewälzt. Die Dienerinnen, mit denen ich es teile, haben mir mehrfach versichert, dass dünner Stoff ausreichend Schutz vor Nisha und ihren Schergen bietet. Ich versuche mein Bestes, um ihren Worten Glauben zu schenken, dennoch bin ich dankbar, wenn wir in einem Dorf rasten und in Gasthäusern nächtigen.

Des Nachts vergräbt Nisha ihre Reißzähne in der Welt, und meine finsteren Gedanken die ihren in mir. Seit unserem Gespräch am Aufbruchstag hat mich die Königin nicht mehr in ihre Kutsche gebeten, was einen Geschmack wie abgestandene Milch in meinem Mund hinterlässt. Mir steht es nicht zu, aus freien Stücken das Gespräch mit ihr zu suchen. Ich bin nicht ihre verstorbene Tochter, egal was mich mit ihr verbindet.

Gleichzeitig hat die Königin mir verraten, dass die Soleya hinter der Maske eine Gabe statt eines Fluches besitzt. In den Dörfern, in denen wir Rast machen, gehe ich auf die Suche nach Artefakten, in denen reine Magie schlummert. Natürlich nur, wenn es niemand mitbekommt. Manchmal spüre ich brennenden Schmerz, andere Artefakte versorgen mich mit Balsam für meine Wunden. Ein Muster erkenne ich nicht, auf den Seiten von *Magiesplitter* oder den zwei anderen Büchern verbirgt sich kein Hinweis darauf.

Jedes Mal, bevor meine Fingerspitzen ein Artefakt streifen, zieht sich alles in mir zusammen. Schmerz erwartend … oder Schlimmeres. Was, wenn eine Macht in mir schlummert, die jemanden verletzen oder töten könnte? Beim Gedanken daran wird mir kalt. Hoffentlich bin ich niemals gezwungen, das herauszufinden. Mit geschmiedeten Waffen kennen sich Dahlia und Firan aus, nicht ich. Alles in mir hat sich stets dagegen gesträubt, ein Schwert in einem Übungskampf zu ziehen, und auch auf eine Waffe unter meiner Haut verzichte ich gerne.

Nachts liege ich wach und träume von Narben auf wächserner Haut, und von Augen, in denen sich ein Universum verbirgt, in das ich falle.

***

Feiner wispernder Regen klopft eine Melodie an das Kutschenfester. Ich lehne meine Wange gegen die kühle Scheibe. Versuche, den Herbst einzuatmen, der hinter dem Glas auf mich wartet. Dahinter ist die Welt verschwommen, als hätte jemand einen Farbkasten über ihr ausgekippt. Haselnussbraun, Moosgrün, Blassblau und Schiefergrau erstreckt sich die Natur zum Horizont.

»Sollten wir nicht auf dem Weg nach Norden sein?«, erklingt die Stimme einer Dienerin, welche die Kutsche mit mir teilt.

»Ja«, antwortet ein Diener. »Dort liegt das nächste Dorf.«

»Wir kommen vom Kurs unserer Reise ab.«

»Ob die Königin davon weiß?«

»Wenn nicht, sollte sie jemand informieren.«

»Vielleicht möchte sie ein anderes Dorf aufsuchen.«

»In der Nähe ist kein Dorf, sondern das Blutmeer.«

Das Wort jagt mir einen siedenden Schauder über den Rücken. Auf den Wellen schlummern die Silberinseln – die Heimat der Festung der gestohlenen Künste.

»Nicht zwangsläufig. Auch der Schlafende Wald ist in der Nähe.«

»Eure Spekulationen sind sinnlos. Jetzt können wir die Königin nicht fragen.«

Ihr Gespräch widmet sich dem Fest, das vor zwei Nächten stattgefunden hat. Ihre Worte zerfasern, bevor sie an meine Ohren dringen.

Diesmal sehe ich die verschwommene Weite hinter dem kühlen Glas mit anderen Augen. Hat die Dienerschaft recht? Verlassen wir den Kurs unserer Reise?

Mein Herz stolpert. Das Buch mit kupfernem Einband wiegt schwer in der Innenseite meines Mantels. Darin steht etwas über den Schlafenden Wald. Ich zermahle den Gedanken zu Asche zwischen meinen Fingern, bevor er gänzlich Form annimmt. Nein, das ist unmöglich. Die Königin würde Prinzessin Aeryns Trauerzug nicht unterbrechen, um einem Hirngespinst nachzujagen.

Ist es das? Du kannst reine Magie spüren, schon vergessen?

Die Stimme in meinem Kopf klingt verzerrt – es ist meine und doch nicht. Eine Gänsehaut kriecht über meinen Körper.

Ich kann reine Magie spüren … das reicht längst nicht, um eine schlafende Göttin aufzuwecken.

Eine Welle bleierner Erschöpfung überrollt mich, ich sinke mit meinem ganzen Gewicht gegen das kühle Glas. Unsanft sticht es mir in die Wange. Als seien dort alle Antworten verborgen, wende ich mich dem regenverhangenen Horizont zu.

Es ist früher Nachmittag. Rauchgraue Wolken zieren den blassblauen Himmel und weinen feine Rinnsale. Dahinter erstreckt sich ein ultravioletter Streifen, der in ein unendliches, alles verzehrendes Schwarz übergeht.

Klauen packen mein Herz und drücken zu, bis ich keuchend nach Luft japse. Meine Lungen bleiben staubtrocken.

»Ist alles in Ordnung?«, fragt irgendjemand.

Zu mehr als einem Kopfschütteln bin ich nicht fähig. Meine Aufmerksamkeit haftet am Fenster.

Tintenschwarzen Wassermassen gleichend, fließt die Dunkelheit über den Horizont. In ihrer Zerstörungswut zerreißt sie die rauchgrauen Wolken in einzelne Fäden, die sich im Wind verlieren. Dem blassblauen Himmel entzieht sie seine Leuchtkraft. Kein Sonnenstrahl wagt, sich ihr in den Weg zu stellen. Ein dumpfes Grollen, wolfsähnlichem Knurren gleich, übertönt das sanfte Prasseln des Regens. Zwischen dem Tintenschwarz glimmt ein Blitz auf, einer gleißenden Klinge gleich zerreißt er die Finsternis. Für ein Blinzeln erkenne ich einen Schatten, der sich vom dunklen Horizont abhebt. Ledrige Schwingen, ein stromlinienförmiger Körper …

Quietschend bleibt die Kutsche stehen. Regenwasser spritzt am Fensterglas hinauf und nimmt mir die Sicht auf den Schatten. Hektisch blicke ich mich um.

Hinter ihren Masken sind die Gesichter der Dienerinnen und Diener, mit denen ich die Kutsche teile, ausdruckslos. Ihre nervösen Atemzüge verraten sie. Zwei sind aufgesprungen, ein dritter reißt die Kutschentür auf.

»Was geht hier vor sich?«

»Wieso halten wir an?«

»Wir sollten nach draußen und nachsehen!«

Die letzten Worte lösen meine Starre. Wenngleich es im Inneren der Kutsche sicherer sein mag, muss ich wissen, was Sache ist.

Wie ein aufgescheuchter Schwarm Fische, schießt die Dienerschaft aus der Kutsche nach draußen.

Ich stolpere als Letzte hinter ihnen her, hinein in ewige Nacht.

Angst schnürt mir die Kehle zu. Mein Herz flattert, einem eingesperrten Vogel gleich, in meiner Brust. In der Nacht herrscht Ausgangssperre. Nisha treibt ihr Unwesen, sobald Sahars Leuchten fort ist … Nisha, die Anhängerschaft der Festung der gestohlenen Künste …

Ein zweiter Blitz zerreißt die Finsternis. Zieht mich als einzelnes Licht an, als sei ich eine vertrocknete Pflanze, auf der Suche nach Wärme. Regentropfen perlen von meinen Wimpern, Nebelschwaden nehmen mir die Sicht.

Dennoch sehe ich die Kreaturen, die sich aus den Schatten lösen, in aller Deutlichkeit. Lederne Schwingen, die Fledermäusen gleichen. Schmetterlingsflügel, die in allen Regenbogenfarben schimmern. Flughäute. Spitz zulaufende Leiber. Von Schuppen oder Federn zwischen Tintenschwarz und Milchweiß bedeckt. Zähne, Klauen und Hörner blitzen als tödliche Warnungen in der Finsternis auf.

Drachen.

Kreaturen der Nacht, die ich auf Zeichnungen gesehen habe und aus Schauergeschichten kenne.

Ich zittere am ganzen Leib. Mein Instinkt möchte mich zur Flucht antreiben, doch ich bin gefangen in meinem erstarrten Körper. Als sei ich nicht mehr Teil dieser leeren Hülle und würde zusehen, wie eine andere Soleya in den tintenschwarzen Himmel starrt.

»Schützt die Königin!« Ein Ruf in weiter Ferne.

Schwere Schritte. Schreie. Befehle.

All das geht im Donnergrollen und den bestialischen Schreien der Drachen unter.

Einer Flutwelle gleich, überrollt uns das Gewitter. Ich sehe die Hand vor Augen nicht, bis ein Blitz zu meiner Linken die Finsternis zerreißt. Der Geruch von Rauch beißt sich in meiner Nase fest, vermischt mit verbranntem Fleisch. Ich wirble herum. Einer der Kutschenwagen steht in Flammen. Darunter liegt ein Körper, die Haut schält sich in Sekundenschnelle von den Knochen. Ich würge, schlucke die Galle herunter und wende meinen Blick ab.

Schrille Schreie erklingen. Gardistinnen und Gardisten ziehen um mich herum ihre Waffen.

Ein zweiter Blitzschlag, diesmal näher.

Meine Starre löst sich. Panisch stolpere ich zur Seite. Mein Herz droht, meinen Brustkorb zu zertrümmern. Ein Rauschen liegt in der drückenden Luft und vermag nicht, das Kampfgeschrei zu übertönen. Blind laufe ich weiter. Ich muss weg. Das ist der einzige klare Gedanke, den ich fassen kann.

Wie aus dem Nichts schießt eine blutrote Flamme vor mir aus dem Boden. Ihr Licht blendet mich. Ich schirme mein Gesicht mit dem Arm ab, stolpere nach hinten und verliere den Halt.

Ich schreie, als sich Kopfsteinpflaster in meine linke Körperhälfte bohrt, der Stoff meines Kleides zerreißt und meine Maske verrutscht. Ich sehe nichts. Hektisch zerre ich an dem grünen Stoff, bis er endlich zwischen meinen Fingernägeln zerreißt. Die Maske fällt, gierig möchte ich nach Luft schnappen.

Da schlägt direkt neben mir ein Blitz ein. Ich rolle mich zur Seite. Nicht schnell genug. Kutschenteile um mich herum fangen Feuer, ehe ich mich versehe, steht meine Hand in Flammen und ich stoße einen spitzen Schrei aus. Brennender Schmerz fährt durch meine Fingerspitzen, meinen Arm hinauf, bis in meine Schulter. Angst pulsiert in

Wellen durch meinen Körper. Ich krieche, auf einer Hand und Knien, nach hinten. Die Flammen erlöschen und lassen mich mit einem Pochen zurück, als würde mein Arm jeden Augenblick abfallen.

Das Kampfgetümmel scheint in weiter Ferne. Kutschenräder entfernen sich. Tränen und Asche verkleben meine Wimpern und nehmen mir die Sicht auf meine Welt, aus der immer größere Stücke herausbrechen – bis nichts mehr übrig ist.

Meine Glieder tragen mich nicht mehr, meine unverletzte Hand knickt weg. Zitternd falle ich auf die Seite. Spitze Steine reißen die Haut meiner Wange auf wie Pergament. Rote Tränen vermischen sich mit dem Regenwasser. Zu schwer, um mich auf die Knie zu stemmen, klebt mir der Schlamm mein Kleid an den Leib. Ich drehe meinen Kopf gen Himmel. Ein schmaler, ultravioletter Streifen zerbricht das Rabenschwarz in winzig kleine Splitter, die auf mich herabregnen.

Ein lähmendes Gefühl fließt durch meine Adern. Vertreibt die Angst mitsamt dem Schmerz und schließt mich in ein Vakuum. Das Kampfgeschrei, das Lodern von Schwingen und Feuer, das Klirren von Waffen, Kutschenräder, die sich entfernen. All das gerät in den Hintergrund.

In einer mechanischen Bewegung umfasse ich mit meiner unverletzten Hand das Buch mit kupfernem Einband. In der Innenseite meines Kleides ist es vom Regen verschont geblieben, ebenso wie die zwei anderen Bücher. Die Melodie reiner Magie ist das Letzte, was ich höre, bevor die Finsternis in Wellen über mir zusammenschlägt und mich in die Tiefe zieht.

Kapitel 8
Aiyana

Dröhnende Schritte nähern sich mir und ziehen mich aus dem schützenden Kokon der Finsternis. Brennender Schmerz durchfährt meinen linken Arm. Ich krümme mich zusammen, beiße mir auf die Zunge, um einen Schrei zu unterdrücken, und würge Blut herunter.

Blinzelnd öffne ich die Augen. Rauchschwaden nehmen mir die Sicht auf einen blassblauen Himmel. Der Gewittersturm ist fort. Eine Blüte der Hoffnung reckt sich aus der Finsternis in meinem Inneren. Heißt das, die Garde hat die Angreifenden in die Flucht geschlagen?

Da ertönen die Schritte ein zweites Mal. Schwer besohlte Stiefel treffen auf den schlammigen Boden. Ich spanne all meine Muskeln an, umklammere das Buch fester und lasse mich von seiner Melodie in Sicherheit wiegen. Jemand nähert sich mir. Eine Person, die mich retten möchte? Oder Schlimmeres?

Einem Erdbeben gleich, das droht, mir den Boden unter den Füßen fortzureißen, kommen die Schritte näher.

»Aiyana, wir müssen weiter!«, dringt eine fremde Stimme an meine Ohren. »Die Königin ist geflohen und wir haben das, was wir brauchen.«

»Nicht bevor ich den letzten Wagen inspiziert habe«, antwortet eine raue Frauenstimme.

»Beeil dich.«

Nadeln der Furcht bohren sich in mein wummerndes Herz, das schmerzhaft gegen meine Rippen schlägt. Die Königin ist fort. Sie hat fliehen können. Ich bin zurückgelassen worden, vergessen inmitten der Trümmer.

Die Person, die sich mir nähert, ist keine Freundin.

Instinktiv kneife ich die Augen zusammen, zwinge meinen Atem zur Ruhe und meinen zitternden Körper zu vollkommener Starre. Wenn sie denkt, dass ich tot bin, geht die Fremde hoffentlich.

Vor mir angekommen, ebben die Schritte ab. »Das kann nicht sein«, murmelt die Frauenstimme von vorhin, getränkt von einer Mischung aus Erstaunen und Entsetzen. »Na sieh einer an. Wer es findet, darf es behalten.«

Ehe ich mich versehe, entreißt jemand das Buch meinem schlaffen Griff. Seine Melodie wird leiser, mit ihrem Verschwinden kehrt der Schmerz zurück. Ein Zittern durchfährt mich und schwillt zu einem Beben an.

Die Frau, die mir das Buch entrissen hat, schnappt nach Luft. Ich halte den Atem an. Eine Hand streichelt zart wie Schmetterlingsflügel meine Wange und streicht mir mein regennasses Haar aus der Stirn. Die Berührung ist auf merkwürdige Weise tröstlich.

»Dich kann ich wohl nicht verstecken«, sagt eine angespannte Frauenstimme. »Hierlassen möchte ich dich nicht … na gut.« Sanft rüttelt sie meine Schulter, was meinen Puls in die Höhe treibt. »Hör auf, dich totzustellen.«

Mit rasendem Herzschlag öffne ich die Augen. Schwarze Schliere nehmen mir die Sicht, benommen blinzle ich sie fort, bis sie sich zu einer jungen Frau, die kaum älter als ich aussieht, formen. Abgründe schimmern in ihren honigbraunen Augen, das rauchschwarze Haar weht im Wind und gibt ihr, gemeinsam mit dem scharfkantigen Gesicht, etwas Wildes. Ihre dunkle Haut mit goldfarbenem Ockerton bildet einen warmen Kontrast zu ihrer weißen Uniform, auf der ein

Wappen prangt, das die weiße Silhouette eines Drachen zeigt. Schweißperlen glänzen auf ihrer Stirn, ihre Körperhaltung ist angespannt und ihr linkes Bein in einem seltsamen Winkel vom Körper weggestreckt, während sie neben mir hockt.

Ihr Blick verschmilzt mit meinem, mein Atem geht zittrig und hart. Stumm starren wir einander an, ihre Hand ist ein schweres Gewicht auf meiner Schulter, bis ich ihren bohrenden Blick nicht mehr ertrage und fortschaue. Auf das Buch in ihren Händen. Sein Wispern dringt an meine Ohren und macht mich mutig … oder leichtsinnig. Ich reiße den Kopf hoch. »Ich nehme dir das Buch nicht weg.« Es auszusprechen hinterlässt eine Narbe auf meiner Haut, ich halte ihr die zwei anderen Bücher als Friedensangebot hin. »Nimm sie alle, lass mich am Leben und verschwinde.«

Die Fremde zieht ihre Hand von meiner Schulter zurück und grabscht nach den Büchern. »Ja, ich möchte die Bücher *und* ob du es glaubst oder nicht, ich habe nicht vor, dich zu töten.« In einer fließenden Bewegung lässt sie die Bücher in der Innentasche ihrer Jacke verschwinden. »Unser Trupp hat alles, was er braucht. Ich *sollte* verschwinden.«

Verklungene Schreie hallen in meinen Ohren nach. Der Geruch von Rauch schnürt mir die Kehle zu, bis ich ein Aufstoßen nicht mehr unterdrücken kann. Die Fremde und ihr Trupp haben unsere Reisegesellschaft angegriffen. Der Angriff hat tiefe Narben auf meinem Herzen hinterlassen. Blut, Schreie und Rauch … wozu? »Ihr habt gerade gesagt, dass die Königin entkommen ist«, sage ich, bevor ich entscheide, zu schweigen. Wenn die Fremde mich töten möchte, kann ich mich ohnehin nicht wehren. »Was wolltet ihr von uns, wenn nicht ihren Tod?«

Ein Schatten huscht über ihre Miene, in ihren Augen zieht ein Gewittersturm auf. Ihr tödlicher Blick lässt mich erschaudern. »Das geht dich nichts an.« Donnergrollen schwingt in ihren Worten mit. Ihre Augenbrauen ziehen sich zusammen. »Es wäre einfacher, dich hier liegenzulassen. Du wirst mich in Schwierigkeiten bringen.« Sie deutet auf meine pochende linke Hand, die ich nicht anzusehen wage. »Lasse ich dich hier liegen, stirbst du vielleicht an einer Blutvergiftung.« Sie knirscht mit den Zähnen. »Ich kenne solche Wunden und ich weiß, wie es ist, mir selbst überlassen zu werden. Das wünsche ich niemandem.«

Benommen, als würde ich aus einem Traum erwachen, wende ich mich der Wunde zu. Mir dreht sich der Magen um. Die Haut ist verkohlt, einem Nachthimmel gleichend, der von purpurnen Sternschnuppen zerrissen wird. Splitter stecken zwischen getrocknetem Blut und rabenschwarzer Asche.

Ich reiße den Kopf herum, bevor ich mich der Übelkeit hingebe und mich übergeben muss. »Ich will deine Hilfe nicht. Du und dein Trupp habt uns angegriffen. Wir haben euch nichts getan«, presse ich in einer hoffentlich überzeugenden Imitation ihres Tonfalls hervor.

Sie legt den Kopf schief. »Hast du eine Wahl?«, gibt sie zurück. »Das nächste Dorf ist einen halben Tagesmarsch entfernt. Bis du seine Grenze erreichst, bist du längst tot.«

Ihre Worte hinterlassen einen dunklen Fleck in meinem Herzen. Das Pochen meiner Hand breitet sich in meinem Körper aus. Mein Kopf dröhnt. Verdammt, die Fremde hat recht.

Tränen schnüren mir die Kehle zu. »Wenn ich deine Hilfe annehme, wohin bringst du mich dann?«, frage ich mit zerbrechlicher Stimme. »Ich möchte nach Hause.«

»An einen sicheren Ort. Solange du dort bist, stehst du unter meinem Schutz.« Entschlossenheit liegt über ihren Zügen und hallt in ihren Worten nach. »Wenn es danach dein Wunsch ist, nach Hause zurückzukehren, finden wir gemeinsam einen Weg.«

Zittrig strecke ich eine Hand nach ihr aus. Kurz vor der ihren verharrt sie in der Luft. »Wieso sollte ich dir vertrauen? Du bist eine von ihnen, eine Anhängerin der Festung.«

Sie schluckt. »Das kann ich nicht abstreiten.« Beschämt berührt sie das Wappen auf ihrer Jacke, dann wandert ihre Hand dorthin, wo sie die Bücher verschwinden lassen hat. »Jede Medaille hat zwei Seiten. Vielleicht sind wir nicht so grausam wie du denkst und verfügen über Antworten auf Fragen, die du dir seit langem stellst.«

Ich schnappe nach Luft. »Fragen über reine Magie?«

Sie nickt mit ernster Miene, ehe ihre Gesichtszüge weich werden.

»Jetzt schwöre ich bei den alten Gottheiten, beim Schlafenden Wald und bei Vanyas Diadem, das dir kein Leid geschieht. Sonst möge mich Nishas Zorn holen.«

»Du sprichst von den alten Gottheiten«, stammle ich. Erst als ich von feinen Schwielen überzogene Haut unter meinen Fingerspitzen fühle, wird mir bewusst, dass ich die Hand der Fremden genommen habe.

»Nicht alle Anhängerinnen und Anhänger der Festung sind dort aufgewachsen«, erwidert sie mit einem milden Lächeln. Sie neigt den Kopf. »Ist das ein Ja?«

Ich nicke.

Schwankend stemmt sie sich aus der Hocke nach oben, offensichtlich darauf bedacht, ihr linkes Bein nicht zu belasten, ehe sie mich an der Hand auf die Füße zieht. Ihre Haut ist angenehm warm und ein Gefühl trügerischer Sicherheit stürmt durch meine Adern.

»Aiyana!«, ruft jemand. »Die anderen sind schon aufgebrochen. Wir sind die Letzten und sollten uns beeilen!«

Aiyana – den Namen habe ich vorhin schon einmal gehört. Die Angesprochene wirbelt herum. Ohne meine Hand loszulassen, schiebt sie sich vor mich.

Ich linse an ihr vorbei. Aus den Rauchschwaden löst sich eine schlanke Gestalt mit schulterlangem weißem Haar, unter dem spitze Ohren hervorlugen, und feinen Gesichtszügen. Als unser Gegenüber mich hinter Aiyana bemerkt, weiten sich die purpurroten Augen: »Was wird das?«

»Sie ist verletzt und wir nehmen sie mit, Gwyn«, knurrt Aiyana. »Keine Widerrede. Ich lasse sie nicht inmitten der Trümmer sterben, wenn ihr in der Festung jemand helfen kann.«

»Mach du das mit Larentia aus, wenn wir die Festung erreichen«, seufzt Gwyn, wendet sich auf dem Absatz um und wird vom Rauch verschluckt.

»Ich werde dir Probleme machen.« Es ist eine Feststellung, die mir über die zitternden Lippen kommt, keine Frage.

Aiyana dreht sich zu mir um und sucht meinen Blick. Ihre Augen sind honigbraun mit kleinen goldenen Sprenkeln, die an Sonnenfunken erinnern. Ihre purpurnen Lippen sind voll, ihre Nase schmal und ein wenig schief. In diesem Augenblick ist sie die schönste Frau, die ich je gesehen habe, als sie mich voller Entschlossenheit ansieht. »Kümmere dich nicht um Gwyn, dey ist mit den Regeln der Festung aufgewachsen und leistet ihnen für meinen Geschmack zu gerne Folge.« Ein Schmunzeln stiehlt sich auf ihre Lippen. »Ich bin der Meinung, Regeln sind dazu da, um sie zu brechen.« Sie stockt. »Ich habe dich gar nicht nach deinem Namen gefragt.«

»Ich heiße Soleya«, erwidere ich um eine feste Stimme bemüht. »Für den Augenblick habe ich keine Wahl und vertraue dir.«

Das entlockt ihr ein leises Lachen. »Komm, Soleya.« Sie spricht meinen Namen mit derselben Vorsicht aus, mit der sie meine Hand drückt. »Mit einer möglichen Blutvergiftung ist nicht zu spaßen.«

Ich lasse mich von ihr den von Trümmern übersäten Weg entlangführen. Dankbar für die Stütze. Meine Hand fühlt sich wie ein schweres Gewicht an, das mich auf den Boden zu ziehen versucht. Schwindel droht mich zu überwältigen. In blassblauen Regenpfützen sammelt sich Asche, der Geruch von verbranntem Fleisch und Rauch verlässt meine Lungen, je weiter wir gehen.

Jeder Schritt gleicht dem Waten durch Uferschlamm. Meine Hand brennt protestierend. Ich versuche mit zusammengebissenen Zähnen, meine Muskeln zu lockern.

Ein klarer Gedanke prasselt gewaltsam auf mich ein. »Du hast gesagt, das nächste Dorf sei einen halben Tagesmarsch entfernt.«

»Das stimmt«, gibt sie schmunzelnd zurück. »Und die Silberinseln sind weit draußen auf dem Blutmeer – wenn man mit einem gewöhnlichen Schiff dorthin reist.«

Sie muss nichts erwidern. Meine Beine wollen mich nicht mehr tragen, als ich in die kristallenen Augen eines Drachen blicke. Aiyana zerrt mich als totes Gewicht in dessen Richtung, während mein vernebelter Verstand versucht, zu begreifen, was ich sehe.

Der Drache liegt, die muskulösen Beine mit spitzen Klauen angewinkelt, auf einem vom Feuer unberührten Fleck Gras. Die Schuppen seines sehnigen Körpers haben die Farbe frisch gefallenen Schnees. Seine Flügel erinnern an einen Schwan und sind mit Federn besetzt, die in allen Regenbogenfarben schimmern. Am Kopf hat der Drache eine Mähne, wie aus Kristallen in Ultraviolett, Azurblau, Kirschrot, Sommerorange und Sonnenblumengelb gewoben. Auf seinem Kopf thront ein Geweih, welches das Sonnenlicht, einem Regenbogen gleich, absorbiert. Seine wachsamen Augen beobachten mich kalkulierend.

Ich bin eine Maus, die in die Augen eines Fuchses schaut. Darin lauert der Tod.

Mein Unbehagen bemerkend, zieht Aiyana mit dem Daumen Kreise auf meinem Handrücken. »Camai tut dir nichts.«

Ich schnaube. Mir ist, als atme ich dabei meinen Schmerz aus und lodernden Zorn ein, und mit dem kann ich in diesem Augenblick besser umgehen als mit Furcht. »Erst mein neues Leben im Palast, dann der Angriff und jetzt *das*. Ich hätte dir nicht folgen sollen.«

Um ihre Mundwinkel zuckt es. »Camai und ich sind durch ein Blutritual verbunden. Du stehst unter meinem Schutz.« Sie dreht ihr linkes Handgelenk so, dass ich es sehen kann. Unter der warmen dunklen Haut schimmern Adern in einem kühlen, milchigen Weiß.

»Natürlich –« Ich schneide eine Grimasse. »Ihr stiehlt die Magie der Drachen. Wie konnte ich das vergessen?« Mit zusammengezogenen Augenbrauen sehe ich Aiyana an. »Das heißt, du sorgst dafür, dass er mir nichts tut?«

Sie hebt eine Augenbraue. »Er?«

»Der Drache –«

»Sie*er«, verbessert Aiyana. »Drachen sind in der Lage, ihr Geschlecht zu wechseln. Für wilde Drachen benutzen wir männliche Pronomen, weil es *der* Drache heißt, für erwählte Drachen, die uns ihre Namen verraten haben, nutzen wir sie*er als Pronomen.«

Eine Armlänge von Camai entfernt bleiben wir stehen. Camai wäre in der Lage, mich mit einem Prankenhieb zu zerquetschen. Zitternd drücke ich meine Schulter gegen Aiyanas, sie lässt mich gewähren.

›Sei gegrüßt, Soleya. Mein Name ist Camai und ich besitze mentale Magie, die es mir ermöglicht, zu dir zu sprechen.‹ Das Echo einer alterslosen melodischen Stimme hallt durch meinen Kopf. ›Sei unbesorgt. Ich habe nicht vor, dir wehzutun. Freundinnen von Aiyana sind meine

Freundinnen. Für den Augenblick dulde ich dich auf meinem Rücken und bringe dich sicher an unser Ziel. Darauf gebe ich dir mein Wort.‹

Das Herz schlägt mir bis zum Hals. Ein Drache, der in Gedanken zu mir spricht, was kommt als Nächstes? Oder bin ich längst meiner Verletzung erlegen und in einem Fiebertraum gefangen? »D-Danke«, stottere ich.

»Camai hat zu dir gesprochen?«, erkundigt sich Aiyana.

Wortlos nicke ich.

»Das ist ein gutes Zeichen.«

Sie zieht mich mit sich, wir überbrücken die letzte Distanz zu Camai. Der massige Körper hebt sich wogend unter gleichmäßigen Atemzügen. Aiyana führt mich um den Drachen herum, bis wir neben ihrem*seinem Rücken stehenbleiben. Darauf befindet sich ein Sattel aus weißem Leder.

»Ich helfe dir.« Aiyana drückt meine Hand, ehe sie mich loslässt und hinter mich tritt.

Mein Verstand ist zu vernebelt, als dass ich protestieren möchte. Ich bilde mir ein, vor mir würde ein Pferd liegen, als sie mir mit einer Räuberleiter in den Sattel hilft.

In einer eleganten Bewegung schwingt sich Aiyana hinter mir in den Sattel. Durch den durchnässten Stoff meines Kleides spüre ich die Wärme ihres Körpers, der Duft von Vanille zupft an meiner Nase. Ich schlucke und widerstehe dem Impuls, mich an Aiyana zu schmiegen. Mithilfe zweier Gurte schnallt sie uns beide im Sattel fest.

»Vielleicht wird dir dein erster Flug auf einem Drachen gefallen«, flüstert sie mir ins Ohr.

Eine Erwiderung bleibt mir im Hals stecken. Die massigen Schwingen unter mir breiten sich aus. Der Drachenkörper schaukelt, einem Erdrutsch gleich. Ich kneife die Augen zusammen. Alle Luft weicht aus meinen Lungen. Ein Ruck geht durch Camais Körper. Beißender Wind streift meine Haut. Starke Arme ziehen mich an sich.

Da stoppt das Schaukeln, blinzelnd öffne ich die Augen.

Lautlos gleiten wir durch ein Meer milchig weißer Wolken, umgeben von kristallklarem Blau.

Ein kehliger Laut, eher ein Lachen als ein Schluchzen, entfährt mir.

Das Meer tief unter mir ist nicht bedrohlich, hier oben kann es mir nichts anhaben, und ich fühle mich leicht, als sei ich diejenige mit den Flügeln.

»Ich wusste, es wird dir gefallen«, wispert Aiyana mit Genugtuung in der Stimme.

Ich möchte ihr eine schlagfertige Antwort geben, da überrollt mich eine Welle der Erschöpfung. Ein letztes Mal zucken Flammen durch mein Handgelenk und fressen sich meinen Arm hinauf, bis in meine Schulter. Dann kippt der Himmel zur Seite und ich falle in dichten Nebel.

***

Eine sanfte Berührung an meiner Schulter. Warme Haut, dicht an meinem Rücken, und ein zittriger Herzschlag. »Soleya –«

Wispernder Wind spielt mit meinem Haar, unangenehm kühl streift er meine Wangen. Auf der Suche nach Wärme schmiege ich mich an den Körper hinter mir, den ich nicht zuordnen kann. Der Geruch von Salz liegt in der Luft. Wassertropfen spritzen mir ins Gesicht. Regnet es? Nein, die Tropfen kommen von unten. Ich spüre meine linke Hand nicht. Ist sie im Schlaf taub geworden? Wie, wenn ich auf dem Rücken liege?

»Soleya, du musst aufwachen.« Diesmal ist die Stimme lauter. Dumpf, wie durch ein Vakuum. Fremd und vertraut.

Blinzelnd öffne ich die Augen. Mein Herz schrumpft auf einen Punkt zusammen. Ein purpurroter Streifen zeichnet sich am Horizont ab, der Himmel blutet aus. Das Purpur zerfranst an den Rändern, wo es mit dem Rabenschwarz der Nacht verschmilzt. In feurigem Rot und gleißendem Gold versinkt die Sonne in veilchenblauen Wasserwellen. Für einen angehaltenen Atemzug erscheinen sie rot wie das Blut, das diesem Meer seinen Namen gibt – wenngleich sie eigentlich so genannt werden, weil hinter der natürlichen Grenze des Kontinents die Silberinseln lauern. Die Anhängerschaft der Festung, mit all dem Blut an ihren Händen.

Die Ereignisse der letzten... Sonnenlängen schlagen über mir zusammen. Wie lange habe ich geschlafen? Mein Herz setzt einen Schlag aus, ehe es in doppelter Geschwindigkeit weiterrast. Die Umarmung ist nicht länger tröstlich. Ich versuche, den Körper hinter mir fortzuschieben und scheitere. In mir ist kaum mehr ein Tropfen Kraft. Der Abendwind sticht, Messern aus Eis gleich, in meine Haut. Kalter Schweiß rinnt meine Stirn hinab, bis in meinen Mund. Ich würge ihn herunter.

Im Licht der untergehenden Sonne spiegelt sich die Silhouette eines Drachen, der mich holen kommt. Ich befinde mich bei Nacht unter freiem Himmel und bin Nisha schutzlos ausgeliefert.

Dazwischen mischen sich Bilder des Angriffs. In der Ferne grollt Donner, der längst fortgezogen ist.

»Soleya, beruhige dich«, flüstert eine sanfte Stimme, dicht an meinem Ohr. Starke Arme ziehen mich enger an sich. Nicht so fest, dass ich mich eingesperrt fühle, sondern schützend und sicher. Aiyana, fällt mir der Name meiner Begleitung ein. »Wir sind gleich am Ziel. Ich bringe dich auf mein Zimmer, dort wird sich jemand deine Wunde ansehen. Danach kannst du weiterschlafen.«

»Es ist Nacht –« Ich schlucke ein Schluchzen herunter. »Die Ausgangssperre –« Mit jedem Wort verliert meine Stimme an Stärke.

Aiyanas Finger streichen mir durch das verschwitzte Haar. »Du fliegst gerade auf einem Drachen, schon vergessen? Nisha kann dir nichts anhaben. Wir beschützen dich.«

»Versprochen?«, frage ich mit zerbrechlicher Stimme.

»Ja«, erwidert sie. »In der Festung bist du umso mehr in Sicherheit.«

›Ich gebe dir ebenfalls mein Wort‹, dröhnt Camais Stimme hinter meinen Schläfen, was mich erschaudern lässt.

Ich wage nicht, mich nach Aiyana umzudrehen, sie ist mir ohnehin viel zu nah. Stumm nicke ich und bin mir sicher, sobald ich den Mund öffne, breche ich in Tränen aus.

Aiyana scheint meine Antwort zu genügen. »Sobald du ausgeruht bist, überlegen wir uns einen Plan, um dich nach Hause zu bringen. Wenn das dein Wunsch ist«, erinnert sie mich.

Ich öffne den Mund, um mich zu bedanken. Über meine Lippen dringt nur ein erstickter Laut.

Aiyana zieht mich fester an sich, als müsse sie sich an mir festhalten, nicht umgekehrt. Ich lasse sie gewähren. Wenn sie mich vor Nishas Zorn schützen kann, bleibe ich besser in ihrer Nähe. Ihre Haut ist warm, ihr Herzschlag gleichmäßig, und ihr süßer Duft tröstlich, ein Teil der Kälte in mir taut auf.

Schweigend lenkt Aiyana Camai tiefer, bis die Drachenklauen die Meereswellen berühren. Gischt spritzt mir ins Gesicht, die Kälte jagt mir einen Schauder über den Rücken.

Am nächtlichen Horizont zeichnet sich eine Insel ab. In dem milchigen Silberlicht des Mondes ist die Festung der gestohlenen Künste ein Monster meiner Albträume. Mehr als ihre schemenhaften Umrisse und künstliches Licht, das in einigen Fenstern brennt, erkenne ich nicht.

Camai steigt höher, lässt die Meereswellen hinter sich, und schwebt hinauf zu den rauchschwarzen Nachtwolken, über die Festung hinweg. Ich wage keinen Blick nach unten.

Die Drachenklauen streifen eine ausladende Plattform, die aus einem Turmfenster ragt. Ich kneife die Augen zusammen, beiße die Zähne aufeinander. Der Aufprall des Drachen mit dem steinernen Boden erschüttert mich bis ins Mark.

Aiyana hält mich fest, bis sich mein hämmernder Herzschlag beruhigt hat.

»Gwyn!«, ruft sie. »Ich weiß, dass du hier oben wartest!«

Als ich die Augen öffne, steht Gwyn wenige Schritte von uns entfernt. »Kümmere dich um Camai. Danach schickst du Veris auf mein Zimmer. Sie muss sich Soleyas Hand ansehen. Ein wenig Nahrung schadet uns auch nicht.«

»Von mir aus«, seufzt Gwyn. »Du schuldest mir was.«

Aiyana schnaubt, ehe sie sich an mich wendet: »Ich steige als Erste ab, dann helfe ich dir.« Sie löst unsere Umarmung sowie die Gurte, ihr warmer Körper verlässt mich, als sie sich aus dem Sattel schwingt. Ein kalter Hauch durchzuckt mich. Zitternd halte ich mich am Sattel fest.

Da berühren zärtliche Finger mein Bein. »Bist du bereit?«

Bereit, den Rücken einer Bestie zu verlassen, die in meine Gedanken eingedrungen ist? Auf jeden Fall!

»Ja.« Zum ersten Mal seit langem klingt meine Stimme fest.

»In Ordnung«, erwidert sie. »Ich habe dich.«

Ich lehne mich in Aiyanas Berührung, sie zieht mich aus dem Sattel, und ich lasse mich fallen. Mein gesamtes Körpergewicht prallt gegen das ihre, ich knicke mit einem Bein weg. Meine Lungen krampfen sich zusammen. Aiyana taumelt einen Schritt nach hinten, dann hält sie mich fest. Ich atme ihren Duft ein und lasse mich von ihrer Wärme umhüllen, bis sich mein rasender Herzschlag beruhigt hat.

»Ich habe gesagt, dass ich dich habe«, stammelt sie ein wenig verlegen.

Ein Lachen dringt zwischen meinen Lippen hervor, bevor ich überlegen kann, es herunterzuschlucken.

Aiyana lässt mich los und wendet sich an Gwyn. »Kommst du klar?«

Im Mondlicht haftet Gwyns Haaren ein unwirklicher Schimmer an, die roten Augen gleichen einem Leuchtfeuer. Dey nickt, ein Lächeln huscht über deren schmale Lippen. »Geht schon.«

›Ich hoffe, dein erster Flug auf einem Drachen war angenehm.‹ Diesmal ist Camais Stimme ein Wispern in meinem Kopf. ›Auf bald, Soleya.‹

Kann Camai meine Gedanken lesen? Nein, dann wüsste sie*er die Antwort auf die Frage. Ich antworte nicht, presse die Lippen zusammen und versuche, an nichts zu denken. Sicher ist sicher.

Mit den Worten »Ich konnte sie nicht dort lassen und werde Larentia alles erklären«, verabschiedet sich Aiyana von Gwyn.

Wir verlassen den Dachvorsprung durch eine schmale steinerne Tür. Von dort führt eine Wendeltreppe nach unten, die von Fackeln beleuchtet ist, die sich entzünden, sobald wir sie passieren.

Ich fühle mich zu ausgelaugt, um mir den Weg zu merken. Labyrinthartige Gänge mit steinernen Wänden und geschwungene Treppen folgen aufeinander. Wann immer Schritte auf dem Gang erklingen, biegt Aiyana in eine andere Richtung ab.

Ich fröstle. Was geschieht in der Festung mit Eindringlingen?

Vor einer Steintür bleibt meine Retterin schließlich stehen. Sie holt einen rostigen Schlüssel aus der Innenseite ihrer Jacke, öffnet diese und lotst mich hindurch.

Silberlicht fällt durch ein kleines rundes Fenster in den Raum. Ein schmales Bett mit Rahmen aus hellem Holz und azurblauer Bettwäsche sowie ein Sofa in derselben Farbe und ein Schrank sowie ein Schreibtisch aus demselben Holz erwarten mich. Umgeben von Bücherregalen, die eng aneinander gedrängt die Wände ausmachen. Sogar auf den anderen Möbelstücken stapeln sich Bücher. Im fahlen Licht bin ich nicht in der Lage, die Lettern auf den Buchrücken zu entziffern. Dennoch fühle ich mich, als sei ich in Aiyanas Welt eingedrungen – eine Welt erfüllt von Träumen aus Tinten, aufbewahrt zwischen Pergament.

Sie schließt die Tür ab, ehe sie an meine Seite tritt. »Gleich kümmert sich jemand um deine Wunde«, sagt sie leise. »Setz dich ruhig auf das Bett oder das Sofa.«

Ich lasse mich auf die weiche Matratze des Bettes sinken und atme tief aus.

Aiyana entfacht die kleine Öllampe auf dem Nachttisch und lässt sie sich neben mir nieder. Das linke Bein streckt sie von sich weg, das rechte zieht sie auf die Matratze. Sie kaut auf ihrer Unterlippe, Sorge liegt über ihren Zügen und die goldenen Funken in ihren Augen erlöschen.

Die Stille, die sich über uns senkt, wird mit jedem Herzschlag lauter, droht uns zu ersticken. Das ertrage ich nicht. »Was ist los?« In der Stille ist mein Wispern ein Schrei.

Ein Ruck geht durch ihren Körper. Mit besorgt schimmernden Augen sucht sie meinen Blick. Bissspuren zieren ihre volle Unterlippe. Sie öffnet den Mund …

Ein Klopfen ertönt. Aiyana springt auf, in schwankenden Schritten läuft sie zur Tür, um diese zu öffnen.

Frustriert, keine Antwort zu bekommen, presse ich die Lippen zusammen.

Eine kleine zierliche Frau mit kastanienbraunem Haar, bronzener Haut und wachsamen veilchenblauen Augen tritt in Aiyanas Zimmer. Ihre Uniform ziert ein waldgrünes Wappen. In den Händen hält sie ein Tablett, die Schüssel darauf riecht verdächtig nach Milchreis. Mein Magen knurrt.

»Danke, dass du so schnell gekommen bist.« Aiyana schließt die Tür ab. »Veris, das ist Soleya. Soleya, Veris. Eine der begabtesten Heilerinnen der Festung.«

Veris verdreht die Augen. »Wohl eher die einzige Heilerin, die nicht zu Larentia läuft, sobald sie von einer Fremden hört.« Schnellen Schrittes nähert sie sich mir. Das Tablett stellt sie auf dem Nachttisch ab.

»Was ist passiert?« Eine Falte bildet sich auf Veris' Stirn. »Gwyn hat mir erzählt, dass Aiyana dich nach dem Angriff nicht zurücklassen wollte.«

Ich schlucke trocken. »Meine Hand ist … na ja … verbrannt«, stammle ich. »Aiyana hat gesagt, ich ziehe mir eine Blutvergiftung zu und dass ich womöglich sterbe, wenn mir nicht schnell geholfen wird.«

Ohne eine Aufforderung meinerseits, tastet Veris nach meiner Hand und dreht sie ins Licht.

Scharfer Schmerz schneidet sich meinen Arm hinauf. Ich kneife die Augen zusammen, beiße die Zähne aufeinander und entspanne mich erst, als eine stützende Hand auf meiner Schulter liegt.

»Das sind Verbrennungen zweiten und dritten Grades und ein paar gebrochene Knochen.« Veris spricht die Worte mit kühler Selbstverständlichkeit aus.

In mir zieht sich alles zusammen. Wenn meine Hand nie mehr verheilt, was wird aus meiner Ausbildung zur Schneiderin?

Vorausgesetzt, du schaffst es überhaupt nach Hause.

Ich spanne meinen Kiefer an, bis ein schmerzhaftes Knirschen ertönt, und vertreibe die höhnische Stimme aus meinem Kopf.

»Es war richtig von Aiyana, dich mitzunehmen«, fährt Veris fort. »Andernfalls hätte jemand deine Hand abnehmen müssen, um den Rest deines Körpers vor der Vergiftung zu retten.«

Ich spüre, dass sich Aiyana neben mir anspannt. Sie schnappt nach Luft, ihr kühler Atem kitzelt meine Wange.

Blinzelnd öffne ich die Augen und suche in Veris' Blick nach Aufmunterung. »Das heißt, du musst sie nicht abnehmen?«

Sie schüttelt den Kopf. »Was nicht heißt, dass die Behandlung nicht wehtun wird.«

»Behandlung?« Mein Blick zuckt zu dem Tablett auf dem Nachttisch. Milchreis, Beeren und grüner Tee. Heilsalben oder Verbände suche ich vergeblich.

Veris beantwortet meine implizierte Frage nicht. Stattdessen wendet sie sich meiner Hand zu und zieht deren Konturen behutsam nach. Ein Prickeln erfüllt mich dort, wo ihre Finger die Verletzung streifen. Nicht vor Schmerzen. Eher, als trage sie eine unsichtbare Heilsalbe auf.

Benommen starre ich meine Hand an. Smaragdgrün schimmernder Rauch umgibt Veris' Fingerspitzen, streichelt meine Haut und beginnt, das Blut abzuwischen. Brennender Schmerz durchfährt mich, als sich die Wunden zusammenziehen. Einem Verband gleich, legt sich der Rauch auf mein verbranntes Fleisch und haucht ihm mit seinem kühlen Atem neue Lebensenergie ein. Verkohlte Haut mit scharlachroten Rissen färbt sich im mir vertrauten Pfirsichton. Das Knacken meiner Knochen, als sie sich zusammenfügen, hallt in meinem ganzen Körper wider. Ich fahre in mich zusammen. Aiyanas Griff um meine Schulter wird fester, sicherer. Sie stützt mich, während das Knirschen meiner Knochen einen siedend heißen Schauder nach dem anderen über meine Haut jagt.

Veris lässt meine Hand los. Der Rauch gibt meine Hand frei und sickert in ihre Fingerspitzen zurück.

Bis auf ein abklingendes Pochen erinnert nichts an die Wunde. Mechanisch bewege ich einen Finger nach dem anderen. Ich atme auf. Meine Finger fühlen sich steif an, gebrochen oder schief ist keiner von ihnen – ich habe mein wertvollstes Werkzeug nicht verloren. Tränen der Erleichterung treten mir in die Augen.

»Danke.« Das Wort kommt mir mit einem zweiten Aufatmen über die Lippen. »Nur wie ist das möglich? Ich sollte zumindest eine Narbe haben.«

Veris sieht mich stirnrunzelnd an. »Verletzten zu helfen ist meine Aufgabe als Heilerin.« Da schleicht sich Erkenntnis auf ihre Züge, sie wirft Aiyana einen schneidenden Blick zu. »Du hast dir großen Ärger eingehandelt.«

»Ich weiß.«

Die zwei tonlosen Worte aus Aiyanas Mund treiben mich fort von ihr. Ich rücke von ihr ab und entziehe meine Schulter ihrem stützenden Griff.

»Hoffen wir, Larentia hat Nachsicht mit dir.« Veris betrachtet mich mit zusammengezogenen Augenbrauen. »Oder Soleya erweist sich als nützlich.« Sie nickt in Richtung der Tür. »Ich lasse euch allein und sorge dafür, dass niemand Verdacht schöpft. Vorausgesetzt, du sprichst morgen mit Larentia und erklärst ihr, wieso du eine Fremde hierhergebracht hast.«

Die Matratze gibt unter Aiyanas Gewicht nach, als sie aufsteht. Erst außerhalb meiner Hörweite wechselt sie flüsternde Worte mit Veris, die nicht zu mir durchdringen. Veris' Miene hat sich deutlich aufgehellt, als sie das Zimmer verlässt.

Unsicher schlage ich die Beine übereinander. Mein Brustkorb scheint zu klein für mein Herz, der Raum zu winzig für mich. Seine Wände nähern sich mir, die Decke senkt sich herab. Ich bin eingesperrt.

Aiyana ringt sich ein Lächeln ab, als sie sich mir zuwendet, die goldenen Lichtreflexe in ihren Augen bleiben erloschen. »Hör nicht auf Gwyn oder Veris. Ich habe sie in Schwierigkeiten gebracht, nicht du«, sagt sie mit Nachdruck in der Stimme.

Zu mehr als einem Schulterzucken bin ich nicht fähig.

Sie seufzt. »Ich schlage vor, du isst etwas und danach legst du dich schlafen.«

»Einverstanden.«

Mit klammen Fingern greife ich nach dem Tablett. Mein Magen rumort. Bedächtig langsam nippe ich an dem grünen Tee, der längst abgekühlt ist, wohltuend strömt er meine ausgedörrte Kehle hinab. Den Milchreis esse ich in kleinen Löffeln, konzentriere mich auf jede Beere, die in meinem Mund zerplatzt. Während ich esse, wiege ich mich in trügerischer Sicherheit, die mir eins der Gerichte meiner Kindheit verschafft.

»Ich habe dir eines meiner Nachthemden herausgesucht«, sagt Aiyana leise, als ich aufgegessen habe. »Du kannst dich in meinem Badezimmer umziehen.«

»Danke.« Das Wort klingt hohl. Ich nehme ihr das Nachthemd aus den Händen, ohne ihren Blick aufzufangen, und verschwinde im angrenzenden Bad.

Den Spiegel über dem Waschbecken ignoriere ich. Stattdessen blicke ich an mir herab. Mein Kleid hängt in Fetzen an meinem Körper, es ist übersät von Staub, Asche und Schlamm. Der Stoff weist zahlreiche Risse sowie Brandflecken auf. Meine Kehle schnürt sich zu. Das Kleidungsstück spiegelt mein wundes Inneres, das droht, aufzureißen.

Tränen steigen mir in die Augen, verschleiern meine Sicht auf das, was von meinem neuen alten Leben übrig ist. In mechanischen Bewegungen schäle ich mich aus dem Kleid. Mit jeder Lage Stoff, die meinen Körper verlässt, bohrt sich eine Scherbe in die Wunde in meiner Brust.

Aiyana hat versprochen, mich nach Hause zu bringen, … aber was, wenn nicht?

Das Kleid liegt zu meinen Füßen wie eine blutige Brandwunde. Ich halte mir eine Hand vor den Mund, verberge mein Schluchzen. Wer weiß, wie schalldicht die Badezimmertür ist …

Aiyanas blassblaues Nachthemd fällt locker bis über meine Knie. Dennoch fühle ich mich ohne das von Regenwasser vollgesogene Kleid nicht leichter.

Ich stolpere einen Schritt nach hinten, presse meinen Rücken gegen die Wand und ersticke zittrige Atemzüge unter vorgehaltener Hand. Tränen stechen mir, Eissplittern gleich, in die Augen. Ein kristallener Schleier nimmt mir die Sicht. Decke und Boden tauschen die Plätze, ich stütze mich an der Wand ab, um nicht umzufallen. Sobald ich einmal am Boden bin, stehe ich sicher nicht wieder auf.

»Soleya? Ist alles in Ordnung?«

Aiyanas Stimme bringt meine Blase zum Platzen.

Ich kratze die Reste meiner Würde zusammen und wische meine Tränenreste mit dem Handrücken fort. In zügigen Schritten verlasse ich das Badezimmer. Beinahe stoße ich mit Aiyana zusammen, die rasch einen Schritt nach hinten geht.

»Es ist alles in Ordnung«, beantworte ich ihre Frage, darum bemüht, das Zittern aus meiner Stimme zu verbannen. »Nur weiß ich nicht, was ich mit meinem alten Kleid machen soll.«

»Wir überlegen uns morgen etwas«, erwidert sie. »Jetzt ist es Zeit, zu schlafen.« Sie macht eine ausladende Handbewegung, in Richtung ihres Bettes. »Für heute Nacht gehört es dir. Ich schlafe auf dem Sofa.«

»Danke.« Ich atme tief durch, hebe den Blick und lasse ihn mit Aiyanas verschmelzen. »Nicht nur für den Schlafplatz. Für die Rettung … für alles.«

Zögerlich, wie erste Sonnenstrahlen bei Tageseinbruch, breitet sich ein Lächeln auf ihrem Gesicht aus, bis die Goldreflexe in ihren Augen funkeln. »Meine Versprechen halte ich.«

Ich spüre, dass meine Mundwinkel nach oben zucken. Zeitgleich durchfährt mich ein kalter Hauch. *Heute* mag Aiyana ihre Versprechen halten. Was ist mit morgen? Ich muss nach Hause.

»Morgen beantworte ich dir all deine Fragen, insofern ich Antworten besitze. Versprochen.«

»Danke.« Ich stocke. Hitze schießt mir in die Wangen. »Schon wieder.«

»Keine Ursache.« Plötzlich sieht sie so verlegen aus, wie ich mich fühle. »Schlaf gut.« Sie streckt eine Hand nach mir aus, überlegt es sich nach einem schweren Schlucken anders und lässt sie sinken.

»Du auch.« Ich nicke ihr zu, fühle mich noch verlegener, und flüchte in Richtung des Bettes.

Die Matratze schmiegt sich an meinen geschundenen Körper. Ich bilde mir ein, auf einer Wiese frischen grünen Grases zu liegen. Vanilleduft kitzelt meine Nase. Meine Lider flattern, Nebel umhüllt meinen Verstand. Auf sanften Schwingen gleite ich in das Land der Träume.

Kapitel 9
Nur eine Spielfigur

Ich befinde mich an einem Ort ohne Zeit. Meine Lungen sind leer. Schnappe ich nach Luft, ist dort nur Wasser.

Mein Rücken steht in Flammen. Fühlt sich an, als hätte ihn jemand mit einer Axt zerteilt. Meine Knochen schaben knirschend aneinander, als ich mich auf die Seite drehe.

Ein Schluchzen bleibt mir im Hals stecken. Wasser läuft mir aus dem Mund. Salzige Tränen vermischen sich mit den Tropfen.

Warme Fingerspitzen streicheln meine Wange. Ich beiße die Zähne zusammen, drehe den Kopf und erstarre beim Blick in funkelnde grüne Augen. Gleißend und tief, als verberge sich ein ganzes Universum darin, in dem ich versinke wie in den Wassermassen zuvor.

Mein Traum zerfällt zu Staub. Ich drehe mich auf den Rücken, vergewissere mich, dass er ganz ist, und atme tief aus. Kein Wasser in meinen Lungen. Mein Herzschlag beruhigt sich.

Hinter meinen geschlossenen Lidern tanzen Schatten, die sich zu Augen formen. Für einen angehaltenen Atemzug funkeln die Sterne gleißend grün, dann verformen sie sich zu flüssigem Gold.

Die Ereignisse des vergangenen Tages brechen über mich herein. Unsere Reisegesellschaft ist angegriffen worden. Die Königin hat mich zurückgelassen. Hätte Aiyana mich nicht gefunden, wäre ich inmitten der Trümmer an einer Blutvergiftung gestorben. Sie hat mich in die Festung der gestohlenen Künste gebracht … ich bin im Haus der Feindinnen und Feinde. Ein kalter Schauder läuft mir über den Rücken.

Ich kuschle mich enger in das weiche Kopfkissen, ziehe mir die Decke bis zur Nasenspitze hoch, und möchte mich für einen Augenblick in Sicherheit wiegen, bevor der neue Tag anbricht. Was immer er für mich bereithalten wird. Ich bin in der Festung nicht willkommen, gehöre nicht hierher und muss nach Hause. Aiyana hat mir einen Ausweg versprochen … und Antworten.

Benommen setze ich mich im Bett auf. Früher oder später überfallen mich die Schatten, lieber stelle ich mich ihnen freiwillig.

Ich fahre mir durch die Haare, öffne blinzelnd die Augen und gewöhne mich an den fahlen Lichtschimmer, der durch die veilchenblauen Vorhänge gedimmt wird.

Aiyana liegt zusammengerollt auf dem schmalen Sofa. Der gleichmäßige Rhythmus ihrer Atemzüge zeichnet sich unter der dünnen Decke ab, die sie bis zu ihrer Nasenspitze hochgezogen hat.

Solange sie schläft, spricht nichts dagegen, mich umzusehen.

Der letzte Rest Schlaf fällt von mir ab. Ich schwinge meine Beine über die Bettkante und tappe auf nackten Füßen durch das kleine Zimmer. Darauf bedacht, keinen Laut von mir zu geben, der Aiyana wecken könnte.

Der Lichtschein, der in das Zimmer fällt, erhellt die Bücherregale, als sei er der Scheinwerfer für eine Bühne. Auf leisen Sohlen schleiche ich in Richtung des Regals, das mir am nächsten steht, vorbei am Sofa.

Aus dem Augenwinkel linse ich zu Aiyana. Ihre Lider sind friedlich geschlossen, die Lippen im Schlaf leicht geöffnet und das rauchschwarze Haar fällt ihr in Wellen über die Wangen.

Bronzener Schimmer zieht meine Aufmerksamkeit an. Ich keuche auf. An der Sofalehne lehnt ein kupfernes Bein, das mit mir unbekannten Drähten und Zahnrädern versehen ist, und in einem schmalen länglichen Fuß endet. Die Knochenstruktur ist der eines Menschen nachempfunden.

»Du hast noch nie eine Prothese gesehen, was?«, erklingt eine schlaftrunkene Stimme neben mir.

Ich reiße den Kopf hoch. Im blassen Licht umgibt Aiyanas Augen eine tiefe Finsternis. Die Kälte im Raum nimmt schlagartig zu. »Nein«, stammle ich und zwinge mich, ihrem bohrenden Blick Stand zu halten. »Ich wusste nicht –«

»Dass ich nur ein Bein habe?« Bitterkeit tränkt Aiyanas Worte, sie kneift die Lippen zusammen. »Dasselbe Schicksal hätte deine Hand ereilt, wenn ich dir nicht geholfen hätte.«

Ich schnappe nach Luft. »Deshalb ist es dir so wichtig gewesen, mir zu helfen.«

Sie fährt sich durch das vom Schlaf wirre Haar. »Kann man so sagen.«

»Wie –«, setze ich an, der Rest des Satzes zerfällt in meinem Mund zu Asche.

»Du darfst fragen, wie ich mein Bein verloren habe. Alle in der Festung wissen davon und es ist mir nicht unangenehm.« Aiyanas angespannter Kiefer erzählt eine andere Geschichte. Sie richtet sich auf dem Sofa auf und klopft neben sich.

Ich komme der stillen Aufforderung nach und lasse mich dort nieder.

Aiyanas Muskeln zeichnen sich unter ihrem rauchgrauen Nachthemd ab. Sie atmet tief durch, sucht meinen Blick, hält ihn fest und beginnt mit bröckelnder Stimme, zu erzählen: »Als ich neun Jahre alt war, ist in unserem Dorf ein Feuer ausgebrochen. Meine Mutter ist im Feuer verschwunden, meine Schwester habe ich sterben sehen. Mein Vater hat dafür gesorgt, dass ich es nach draußen schaffe.« Tränennebel legt sich über ihre honigbraunen Augen. »Draußen angekommen, ist ein Teil der Hausfassade heruntergefallen. Meine Familie ist im Haus eingesperrt gewesen. Ich wollte den Trümmern ausweichen, aber sie haben mein Bein eingeklemmt. Der Rauch hat mich ohnmächtig gemacht.« Sie schluckt schwer, als befinde sich seit zehn Jahren verpuffter Rauch in ihrer Kehle. »Eine alte Frau hat mich gefunden, in ihrem Haus in einer nahen Küstenstadt bin ich aufgewacht. Mit Verbrennungen am linken Unterkörper.«

Mit zitternden Fingern zieht sie die Bettdecke nach oben, als sie ihr Nachthemd in die Höhe schiebt, halte ich den Atem an. Dort, wo ihr linkes Bein gewesen ist, befindet sich ein Stumpf. Vom Rest ihres Beines bis zu ihrem Bauch ziehen sich Narben, die an Asche erinnern, die von alles verzehrendem Feuer zerrissen wird. Die wulstigen Narben gleichen Ästen, die sich über Aiyanas warme dunkle Haut ziehen, und drohen, aus ihr herauszubrechen.

Aiyana beißt sich auf die Unterlippe und blickt an sich herunter. »Ich habe schnell eine Prothese bekommen, aber es hat drei Jahre gedauert, bis ich wieder laufen konnte.« Sie schiebt ihr Nachthemd über die Narben, unsere Blicke verschmelzen. Die tiefe Traurigkeit, die über Aiyanas Zügen liegt, ist ein Dolch in meinem Herzen. »Trotzdem habe ich mich der Aufnahmeprüfung der Festung gesellt. Camai hat durch das Blutritual einen Teil mentale Magie auf mich übertragen, der es mir erlaubt, die Prothese präziser zu steuern, zu laufen, zu kämpfen und auf dem Rücken meines Drachen zu fliegen.«

Ihre Worte bohren sich tief in mein Herz. Antworten zerfasern in meinem Mund, bevor ich sie greifen kann. Ich verliere mich in dem tiefen Honigbraun von Aiyanas Augen, bis mir die hoffentlich richtigen Worte über die zitternden Lippen kommen. »Du hast dich von deinem Schicksal nicht unterkriegen lassen. Das ist es, was zählt. Nicht die Anzahl deiner Narben.« Zögerlich rücke ich näher zu ihr, bis sich unsere Schultern berühren. »Für mich bleibst du meine Retterin. Deine Narben ändern nicht, wer du bist.«

Feine Sonnenstrahlen durchbrechen die Schatten über ihren Zügen. Zögerlich, als wolle es fragen, ob das in Ordnung ist, zupft ein Lächeln an ihren Lippen. »Danke.«

Ich schmunzle. »Es wurde Zeit, dass *du* dich einmal bei *mir* bedankst.«

Sie schneidet eine Grimasse. Das Funkeln in ihren Augen straft den empörten Ausdruck auf ihrem Gesicht Lügen.

Ein leises Lachen gleitet über meine Lippen, dann presse ich sie fest zusammen. Aiyana ist nicht die Einzige, deren Haut Narben zieren. Wenngleich ich mir nicht vorstellen kann, wie es ist, ein Bein zu verlieren. »Wir alle haben unsere Geschichte, die wir nicht allen zu lesen geben«, wage ich einen Schritt auf einen rutschigen Baumstamm über einem reißenden Fluss. »Das ist meine.« Ich drehe Aiyana den Rücken zu. Mit zitternden Fingern streiche ich mir das Haar aus dem Nacken, ziehe die Träger des Nachthemds herunter und offenbare ihr einen Teil der kupfernen Narbe, die mein Rückgrat zerteilt.

Aiyana atmet scharf ein. Ihr warmer Atem streift meine Haut und wird zu einer feinen Gänsehaut.

»Sie zieht sich meinen gesamten Rücken herunter«, schließe ich mit belegter Stimme.

Endlose Herzschläge vergehen, in denen ich keine Erwiderung bekomme. Weder ein Wort noch einen Atemzug. Mit jedem Augenblick, der wie Staub zwischen meinen Fingern zerrinnt, wird mir kälter. Fröstelnd ziehe ich die Träger wieder nach oben, schlinge mir die Arme um die Körpermitte und suche Aiyanas Blick.

Abgründe, die mich in die Tiefe reißen, schimmern in ihren Augen. Ihre Kiefernmuskeln sind angespannt. Eine Erschütterung, die ich nicht begreife, liegt über ihren Zügen.

»Hey«, wispere ich. »So schlimm sieht meine Narbe nicht aus.«

Ihre Starre löst sich. Das Lächeln hat ihre Lippen verlassen, an seine Stelle ist ein gequälter Ausdruck getreten. »Hat die Königin dir das angetan?«, fragt sie so leise, dass es kaum mehr als eine Lippenbewegung ist. »Das würde erklären, wieso du die drei Bücher bei dir hattest, als ich dich gefunden habe.« Sie beißt die Zähne knirschend zusammen. »War *das* das Ziel eurer Reisegesellschaft? Die Artefakte?«

Ihre Worte dringen als ferne Melodie an meine Ohren. Ich höre sie, kann die Noten jedoch nicht zu einer Tonfolge zusammensetzen, als fehlten die wichtigsten. »Nein«, antworte ich langsam, versuche, ruhig zu bleiben und jedes Wort mit Bedacht zu wählen. »Die Narbe stammt von einem Sturz in den Goldfluss, als ich sieben Jahre alt gewesen bin. Meine kleine Schwester hat mich aus den Fluten gerettet.«

Aiyana schluckt trocken, ihre Haut färbt sich äschern. »Das ist genauso wenig deine Schwester gewesen, wie die Narbe gewöhnlich ist«, antwortet sie. »Du hättest an jenem Tag sterben sollen. Du *bist* gestorben, Soleya.«

»Das kann nicht sein … du … du irrst dich«, falle ich ihr ins Wort.

Im Gegensatz zu dem Sturm, der in ihren Worten wütet, sind meine ein Windhauch.

Kein Wunder, dass sie mir keine Beachtung schenkt. »Das Muster, nach dem die alten Gottheiten vorgehen, ist uns unbekannt. Sie wählen Sterbliche, meist Kinder, die an der Schwelle zum Tode stehen, dazu aus, weiterzuleben.« Unruhig fährt sie sich durchs Haar, einzelne rauchschwarze Strähnen bleiben an ihren Fingernägeln hängen. »In den wenigen Schriften, die wir besitzen, nennt man euch Gezeichnete. Das auf deiner Haut ist keine Narbe, es sind winzige Splitter eines magischen Artefakts. Von Vanyas Diadem, wenn ich mir die kupferne Farbe ansehe.« Sie legt den Kopf schief. »Du bist in der Lage, reine Magie zu spüren.«

Es ist keine Frage, dennoch nicke ich. Dickflüssigem Honig gleich, sind ihre Worte in meinen Verstand gesickert. Sie drohen, den Boden unter meinen Füßen fortzuspülen. Mit angehaltenem Atem lausche ich Aiyanas Erklärung.

»Wenn die Königin dir das nicht angetan hat –«

Die Vorahnung, dass ich den in Blut geschriebene Teil dieser Geschichte noch vor mir habe, prickelt zwischen meinen Schulterblättern. »Was soll die Königin damit zu tun haben?«, unterbreche ich sie.

Aiyanas weicht meinem Blick aus und starrt ihre fest ineinander verschränkten Hände an. »Die Königin entführt Kinder, bringt sie an die Schwelle des Todes und überlässt es den alten Gottheiten, ob sie diese retten wollen. Die meisten von ihnen sterben.« Ihre Stimme bricht. »Die anderen sind meist nicht in der Lage, der Königin tatsächlich zu helfen. Meistens sterben sie später, an den Folgen des *Unfalls*. Die Körper von uns Sterblichen sind für reine Magie nicht geschaffen, sie zerspringen, wenn jemand versucht, sie mit ihr zu füllen.« Die Sätze spuckt sie aus, die folgenden Worte sind ein Knirschen, so fest sind ihre Zähne aufeinandergepresst. »Sie hat dasselbe ihrer eigenen Tochter angetan und wollte eines der göttlichen Artefakte mit ihrer Hilfe in ihren Besitz bringen …«

»… auf dem Weg dorthin hat die Anhängerschaft der Festung Prinzessin Aeryn getötet«, beende ich ihren Satz mit bitterem Geschmack auf der Zunge. Mein Verstand hat längst kapituliert. In den Schatten des Raumes spiegeln sich die Augen des toten Mädchens im Palastgarten. Das Silber, das dem Kupfer auf meiner Haut so ähnlich schien. Verdammt, Aiyanas Erklärung ergibt Sinn.

Auf leisen Pfoten schleicht sich ein Gedanke an mich heran. Abwartend wittert er meine Angst, bis er zum Sprung ansetzt und seine Klauen tief in mir vergräbt. Wusste die Königin von Anfang an, dass ich ein Gezeichnete bin? Hat sie mich deshalb gebeten, in den Palast zu kommen? Einen zweiten Schneiderlehrling hat Schneidermeisterin Elara zu jenem Zeitpunkt weder gewollt noch gebraucht.

Sie hat mich mit dem Dolch in Kronprinzessin Likahs Schlafzimmer auf die richtige Fährte gelockt. Ich sollte auf die Reise durch das Vier-Länder-Bündnis mitkommen, nicht Minell oder Elara.

Gabe hat sie es genannt, jetzt bin ich mir nicht mehr sicher und fühle mich furchtbar klein.

Schatten sickern an den Rand meines Blickfelds. Die Konturen von Aiyanas Zimmer werden unscharf, als schaue ich durch eine verschmutzte Fensterscheibe. Dennoch ist mir, als sehe ich erstmals klar. Die Bruchstücke, die Aiyana mir zur Hand gegeben hat, fügen sich nahtlos in das Bild ein, das ich nicht vollends erkennen konnte. Jetzt ist es gestochen scharf in meinen Verstand gebrannt.

Der Kloß in meiner Kehle brennt, ätzender Säure gleich, als ich ihn quälend langsam herunterschlucke. »Was hat die Königin mit den Gezeichneten vor?« Mir fallen die drei Bücher ein. Ein Schauder aus Eis gleitet meine Wirbelsäule hinab. Ich rücke so weit von Aiyana ab, wie es das Sofa zulässt. »Oder die Festung.« Meine Stimme spannt sich einer Bogensehne gleich an, die zum tödlichen Schluss gespannt ist, ihr Ziel ist mein eigenes ängstlich klopfendes Herz. »Ihr wollt die Gezeichneten doch auch in eurem Besitz haben. Sonst hättet ihr unsere Reisegesellschaft weder gestern noch vor zehn Jahren angegriffen.«

»Weder die Königin noch die Festung wollen die Gezeichneten. Nicht wirklich«, antwortet Aiyana zwischen zusammengebissenen Zähnen. »Die Splitter, die ihr in euch tragt, stammen von den göttlichen Artefakten. Sowohl die Königin als auch die Anhängerschaft der Festung glauben, dass die alten Gottheiten euch ausgewählt haben, um die verschollenen göttlichen Artefakte zu finden, reine Magie freizulassen und sie aufzuwecken.« Sie starrt einen Punkt in weiter Ferne an. Ihre Muskeln zittern vor Anspannung. »Die Königin möchte die Artefakte finden und reine Magie in die Welt zurückbringen, um gegen die Festung in den Kampf zu ziehen. Die Anhängerschaft der Festung möchte die göttlichen Artefakte aufspüren und sie ein für alle Mal vernichten.«

Ich ziehe meine Knie an den Körper, schlinge die Arme darum und mache mich so klein wie möglich. Mein Zittern überträgt sich als Beben auf meinen ganzen Körper. Schwarze Schlieren trüben mein Blickfeld. Klauen der Angst dringen in mein Herz und verseuchen es mit Gift, das sich in meinen Adern ausbreitet.

Ich bin eine Spielfigur. Die Spielfigur einer Gottheit in einem Spiel, dessen Regeln mir verborgen sind.

»Das heißt, du wirst mich der Obrigkeit der Festung auf der Stelle ausliefern.« Meine Worte klingen abgekämpft. Ich fühle mich wie betäubt, als passiere das hier einer anderen Soleya. Als würde ich jeden Augenblick aus diesem Albtraum aufwachen – ohne eine kupferne Narbe, die mich als Vanyas Spielfigur brandmarkt.

»Nein«, gibt Aiyana mit Nachdruck in der Stimme zurück.

Ich schnappe nach Luft. »Nein?«

Ein Keuchen entweicht ihren Lippen, als sie näher zu mir rückt. Hinter dem Tränennebel ist Aiyanas Gesicht verschwommen. Einzig ihre Augen durchbrechen die rauchschwarzen und kristallblauen Schlieren, goldenen Sternen gleich. Mit den Fingerspitzen streicht sie mir die Tränen aus den Augenwinkeln. So vorsichtig, als sei ich aus Glas und könne bei der kleinsten Berührung in winzig kleine Splitter zerbrechen.

Ich halte den Atem an, presse meinen Rücken gegen die Sofalehne und wage nicht, zurückzuzucken.

»Nein«, sagt sie ein zweites Mal. »Du bist diejenige, die von Vanya vor dem Tode bewahrt wurde. Nicht die Königin, nicht Larentia. *Du*, Soleya.« Ihr entschlossener Blick verschmilzt mit meinem. »Es ist deine Entscheidung, ob du dich auf die Suche nach dem Artefakt der Gottheit machst, die dich auserwählt hat.«

Ich klammere mich an ihren Worten fest wie eine Schiffbrüchige an der letzten Holzplanke, die sie über Wasser hält. Eine Mischung aus Aufatmen und Schluchzen dringt aus den Tiefen meiner Kehle.

»Ich werde weder Larentia noch Gwyn, Veris oder irgendjemandem sonst erzählen, dass du eine Gezeichnete bist. Wenn du es jemandem anvertraust, dann aus freien Stücken«, schließt sie.

»Versprochen?«, wispere ich.

»Fest versprochen.« Sie beißt sich auf die Unterlippe. »Ein anderes Versprechen, das ich dir gegeben habe, muss ich leider brechen.«

Neue Tränen pochen hinter meinen Augen. »Du kannst mich vorerst nicht nach Hause bringen.«

Sie nickt mit düsterer Miene. »Die Königin hält dich womöglich für tot, dennoch dürfen wir das Risiko nicht eingehen.«

»Was bedeutet das für mich?« Meine Stimme klingt wie ein zersprungenes Glas, aus dem mit jedem Wort mehr Scherben herausbrechen. »Kann ich meiner Familie wenigstens schreiben?«

»Wenn du entgegen aller Vernunft zurück nach Hause möchtest, halte ich dich nicht auf.« Ein wehmütiges Lächeln huscht über ihre Lippen. »Wenn nicht, sollten wir zumindest einen Weg finden, deine Familie zu kontaktieren.«

»Ich möchte nach Hause«, erwidere ich mit dünner Stimme.

»Jetzt zurückzukehren, wäre unvernünftig und würde uns beide in noch mehr Schwierigkeiten bringen.«

Die Worte hinterlassen neue Wunden in meinem Inneren. Doch meine Familie darf ich nicht mit meiner bloßen Anwesenheit als Gezeichnete in Gefahr bringen. Wenngleich ich zu gerne wüsste, was Dahlia an jenem verhängnisvollen Nachmittag gesehen hat …

»Kann ich in der Festung bleiben?«

»Dafür sorge ich.«

Ich habe bis zu Aiyanas Antwort nicht gewusst, dass ich laut gedacht habe. Meine Frage hat einen bitteren Geschmack auf meiner Zunge hinterlassen.

Die Festung – das Zuhause unserer Feinde.

»Gwyn und Veris sind der Meinung, dass ich dich in Schwierigkeiten bringe«, murmle ich. »Was bedeutet das? Was blüht Fremden, die ungefragt die Festung betreten?«

Aiyana seufzt gedehnt. »Normalerweise gibt es ein Aufnahmeritual, am Tag der Jahreswende, die einen Neubeginn bedeutet. Für die Natur *und* die Festung«, beginnt sie. »Fremde kommen normalerweise nicht hierher. Die ganze Wahrheit dürfen wir Larentia nicht erzählen, du bist genauso wenig dazu verdammt, ihre Spielfigur zu sein wie die der Königin.« Sie schenkt mir ein mattes Lächeln. »Ich lasse mir etwas einfallen. Bevor wir das Gespräch mit Larentia suchen, sollten wir frühstücken.«

Ich schlucke schwer. »Ich nehme an, das Frühstück wird uns niemand auf dein Zimmer bringen.«

Sie rollt mit den Augen. »Nicht, solange *ich* Veris etwas schulde«, erwidert sie. »Es gefällt mir nicht, dich allein zu lassen. Aber den Speisesaal kannst du nicht betreten, bevor Larentia dein Bleiben genehmigt hat. Dass ich auf meinem Zimmer esse und lese, ist nicht ungewöhnlich. Ich besorge uns etwas.«

»Danke.« Ich spüre, dass ein kleines Lächeln an meinen Mundwinkeln zupft. Dass Aiyana mir für den Moment den Rücken stärkt, erfüllt mich mit einem warmen Gefühl. Eine letzte Frage liegt mir auf dem Herzen. »Angenommen, ich darf in der Festung bleiben … ist es möglich, hier mehr über Gezeichnete und die göttlichen Artefakte herauszufinden? Damit ich *meine* Entscheidung treffen kann, was ich mit meiner Gabe anfangen möchte, statt nur eine Spielfigur zu sein.«

Schatten huschen über Aiyanas Züge. Sie muss kaum älter als ich sein. Jetzt wirkt sie älter, ihre Gesichtszüge härter und ihre Augen unergründlich. »Vermutlich.« Mehr als dieses vor Bitterkeit triefende Wort bekomme ich nicht zur Antwort. Sie wendet sich ihrer Prothese zu, die sie mit gekonnten Handgriffen anlegt.

Ein kalter Blitz durchzuckt mich.

Was, wenn Aiyana mehr weiß, als sie zugibt? Die drei Bücher wollte sie sicher nicht grundlos besitzen.

Egal, wie sehr ich mir wünsche, den Gedanken in den hintersten Winkel meines Bewusstseins zu verbannen, er verschwindet nicht. Zähem Leim gleich haftet er an mir, lange nachdem Aiyana mir Kleidung rausgesucht und das Zimmer verlassen hat, um etwas zu Essen zu besorgen.

Zeit allein, die ich nutze, um ein Bad zu nehmen. Sichtbare Spuren des gestrigen Tages verschwinden. Das Badewasser färbt sich in einer Mischung aus Blutrot und Schlammbraun. Die Wunden in meinem Inneren bleiben.

In eine graue Stoffhose mit einer azurblauen Tunika gehüllt und zurück in Aiyanas Zimmer, ziehen die Bücherregale meine Aufmerksamkeit magisch an. Sogar meine Narbe kribbelt.

Wenn ich mehr als nur eine Spielfigur sein möchte, muss ich das Spiel verstehen und es beherrschen lernen.

Kapitel 10
Bedingungen

Aiyana schiebt sich durch den Türspalt. Tief ausatmend zieht sie die Tür hinter sich zu, balanciert in der einen Hand ein Tablett und dreht mit der anderen den Schlüssel im Schloss. »Ich sollte neue Freundschaften knüpfen«, schnaubt sie. »Gwyn und Veris stellen zu viele Fragen.«

Ihre Worte und ihr zerknirschter Gesichtsausdruck entlocken mir ein Lachen.

Sie sieht mich mit verengten Augen an.

Ich schlucke mein Lachen herunter, ein Schmunzeln auf meinem Gesicht bleibt. Gleichzeitig reißt eine Wunde in meinem Inneren auf. Wann sehe ich Linn und Firan wieder? Oder Minell, die unter anderen Umständen sicher meine Freundin geworden wäre?

Aiyana lässt sich neben mir auf dem Sofa nieder. Das Tablett stellt sie zwischen uns ab. Der Duft von Kaffee, Honig und Äpfeln steigt mir in die Nase. Auf dem Tablett stehen zwei Tassen Kaffee sowie zwei Schüsseln Haferbrei mit Honig, Äpfeln und Zimt. Mein Magen rumort.

»Ich musste ihnen versprechen, dich gleich nach dem Frühstück zu Larentia zu bringen«, schließt Aiyana mit bitterem Unterton.

Ich taste nach der Kaffeetasse, deren wohlig warmes Porzellan Balsam für mein wundes Inneres ist. »Hast du keine Verpflichtungen?«, erkundige ich mich. Ich weiß nicht, was die Anhängerschaft der Festung den lieben langen Tag tut. Davon, Anschläge auf die Königin zu planen und sich der Magie von Drachen zu bedienen, einmal abgesehen.

»Vielleicht habe ich mich doch mit den richtigen Personen angefreundet.« Aiyanas Miene hellt sich auf. »Gwyn und Veris überlegen sich eine Ausrede, wieso ich nicht zum Kampftraining erscheine.«

Vorsichtig nippe ich an meinem Kaffee. »Kampftraining … mit Waffen oder mit Magie?«, überlege ich laut.

»Ersteres«, antwortet sie. »Nicht jede Art der Magie eignet sich für den Kampf. Dafür gibt es spezielle Trainingsstunden.« Sie isst einen Löffel Haferbrei. »Möchtest du etwas über das Leben in der Festung wissen?«

Früher oder später sollte ich mich mit dem Leben, das kurzzeitig das meine wird, auseinandersetzen. Ich zwirble eine Haarsträhne um meinen Zeigefinger. »Darf ich dich alles fragen, was ich möchte?«

Aiyana nickt. »Dass ich Antworten auf jede Frage habe, kann ich dir nicht versprechen.«

Ich esse einen Löffel Haferbrei, Äpfel, Zimt und Honig vermischen sich zu einer süßlichen Masse in meinem Mund. Betont langsam schlucke ich diese herunter und nehme all meinen Mut zusammen. »Ich möchte mehr über die Drachen erfahren«, beginne ich. »Woher kommen sie? Ist Nisha wirklich ihre Herrin? Wie und wieso bedient ihr euch ihrer Magie?« Mein Blick zuckt zu meiner Hand. Gestern dachte ich, meine Karriere als Schneiderin sei nur noch Staub im Wind. Jetzt ist die pfirsichfarbene Haut wund gewaschen, aber makellos. »Und wie funktioniert sie?«

»Das sind viele Fragen«, murmelt Aiyana mit vollem Mund, ehe sie ihren Haferbrei rasch herunterschluckt. »Mal sehen, ob ich dir zufriedenstellende Antworten geben kann.« Sie räuspert sich leise. »Von der Anhängerschaft der Festung werden die Drachen nicht als Kinder oder Geschöpfe Nishas angesehen. Sie sind aus kosmischen Partikeln entstanden und mit dem Sternschuppenfall auf den Kontinent gekommen. Drachen sind Kinder des Kosmos, die von einem fernen Ort stammen.« Ein harter Zug umspielt ihre vollen Lippen, ihre Augen leuchten wie

Sterne. »Was an der Geschichte dran ist, dass Nisha die alten Gottheiten stürzen wollte, um mehr Macht zu erlangen, wissen wohl nur die alten Gottheiten selbst. In der Festung glauben wir, dass uns die Drachen vor Nishas Zorn beschützen. Deshalb sind sie zu uns auf den Kontinent gekommen.« Sie zieht ihr gesundes Bein an den Körper, als wolle sie sich vor ihren eigenen Worten schützen.

Anders als ich. Mein Frühstück ist vergessen, all meine Sinne sind auf Aiyana ausgerichtet, so gebannt lausche ich ihr.

»Die Silberinseln haben sich von dem Bündnis, das auf dem Kontinent besteht, abgespalten, weil die anderen Reiche Jagd auf die Drachen machen wollten. Die Festung der gestohlenen Künste ist einst der Sitz der Regierung gewesen, die im Krieg gestürzt wurde. Seitdem werden die Silberinseln von einem gewählten Rat regiert«, fährt sie fort. »Anfangs ist es der Anhängerschaft der Festung nicht gelungen, mit den Drachen zu kommunizieren oder sich ihre Magie zu Nutze zu machen. Eine Frau, die heute als die Kriegerkönigin bekannt ist, war die Erste, die sich mit dem Blutritual an einen Drachen gebunden und sich einen Teil von dessen Magie angeeignet hat.« Sie schiebt den Ärmel ihrer Bluse nach oben, um mir die weiße Tätowierung auf ihrer dunklen Haut zu offenbaren. »Das Ritual basiert auf einer alten magischen Formel, die magische Energie von einem auf ein anderes Artefakt übertragen und sie darin binden soll. Der Drache sucht sich die Person aus, nicht umgekehrt. Die Drachenart, der Camai entstammt, wird als Flüsterer bezeichnet.« Mit den Fingerspitzen folgt sie der Kontur der Tätowierung. »Dass ein Flüsterer jemanden auserwählt, ist selten und die mentale Magie, die Camai mit mir geteilt hat, ist ein Bruchteil dessen, was Camai bewirken kann. Über Telekinese geht mein Talent als Flüsterin nicht hinaus. Wenn ich mich stark konzentriere, bin ich in der Lage, kleine Tiere dazu zu bringen, sich nach meinem Willen zu verhalten.« Ein Lächeln stiehlt sich auf ihre Lippen. »Camai kann in Gedanken zu dir sprechen und in deinen Geist eindringen – das wird mir auf ewig verwehrt bleiben.«

Blinzelnd erwache ich aus der Trance, in die mich Aiyanas Erzählung versetzt hat. »Beruhigend«, murmle ich zähneknirschend.

Das Lächeln verlässt Aiyanas Lippen. »Die mächtigste Flüsterin ist unsere Ratsvorsitzende und unser Oberhaupt der Festung, Larentia.«

Ich verdrehe die Augen. »Noch beruhigender.«

»Solange Dyrmerth, ihr Drache, nicht an ihrer Seite ist, dringt niemand in deinen Geist ein«, erwidert sie mit Nachdruck in der Stimme. Ihre Augen beginnen zu funkeln, ein verträumter Ausdruck huscht über ihre Züge, nimmt ihrem Gesicht die Härte und lässt sie jünger wirken. »Nicht jede Magie ist furchteinflößend. Ich stamme vom Kontinent, wie du, und bin beeindruckt gewesen, als ich gesehen habe, wie die Drachen ihre Magie wirken. Dieses wunderbare Gefühl wirst du auch bald erleben.«

Wunderbar ist so ziemlich das letzte Wort, mit dem ich den Anblick eines Drachen beschreiben würde. Dennoch nicke ich zögernd. Welche Wahl habe ich?

»Wenn ihr euch nicht mit euren Drachen beschäftigt, wie verbringt ihr eure Zeit in der Festung?«, frage ich nach einem großen Schluck abgekühlten Kaffees.

»Das kommt darauf an, wie lange du zur Anhängerschaft der Festung gehörst.« Aiyana streicht sich eine rauchschwarze Locke aus dem Gesicht. »Offizielle Rekrutinnen und Rekruten, die sich geteilter Magie bedienen und im Rang aufsteigen wollen, müssen mindestens vierzehn sein. In der Nacht zur Jahreswende findet eine Aufnahmeprüfung statt«, Sie senkt den Kopf, »über die ich Außenstehenden nichts verraten darf.« Mit entschuldigender Miene sucht sie meinen Blick.

Der Nachhall ihrer Worte ist frostiger Wind auf meiner Haut. »Das macht nichts.«

»Wenn uns ein Drache ausgewählt hat, trainieren wir unsere geteilte Magie und versuchen, mit den Drachen im Einklang zu funktionieren. Als seien wir eins.« Ihr Blick huscht zu ihrer Prothese. »Anfangs hat niemand daran geglaubt, dass ich meine erste Flugstunde überstehe.«

»Bis du ihnen das Gegenteil bewiesen hast«, erwidere ich, um einen aufmunternden Tonfall bemüht.

Sie lächelt flüchtig, als sei sie in der Erinnerung gefangen. »Das ist drei Jahre her, ich bin erst mit sechzehn Teil der Festung geworden.«

Blinzelnd kehrt sie ins Jetzt zurück. »Nicht jede Art der Magie ist im Kampf nützlich. Anders als magisch verstärkte Waffen aus dem Zeitalter der alten Gottheiten«, fährt sie fort. »Anfangs müssen wir uns im Umgang mit jeder Waffe, die die Festung besitzt, Prüfungen unterziehen. Später legen wir uns auf eine Kernwaffe fest.« Sie knirscht mit den Zähnen. Mit den Fingerspitzen klopft sie eine dumpfe Melodie auf ihrer Prothese, die unter einer schwarzen Strumpfhose verborgen ist. »Fernkampfwaffen sind praktischer für mich als Nahkampfwaffen. Ich bevorzuge Dolche.« Sie schluckt, als befinde sich ein Felsbrocken in ihrem Hals. »Je nach unserem Alter haben wir Unterricht. Geschichte, Astronomie, Arithmetik. Alles, was an einer Schule auf dem Kontinent ebenfalls unterrichtet wird.« Nachdem sie den letzten Löffel ihres Haferbreis gegessen hat, schiebt sie die leere Schüssel fort. »Wir Älteren unterrichten neue Rekrutinnen und Rekruten, vor allem im Umgang mit Waffen.« Für einige Herzschläge macht sie eine Atempause, betrachtet mich forschend, ehe sie mit dünner Stimme »Unsere Missionen, die uns auf den Kontinent führen, sind ebenfalls ein Teil unseres Alltags« hinzufügt.

Schwarze Schlieren trüben mein Blickfeld. Aiyanas Zimmer zerfasert. Schreie erklingen, ihr Echo dröhnt mir in den Ohren.

Ich erstarre. Mein Herz pocht schmerzhaft gegen meine Rippen und mein Atem geht schnell und hart.

Donnergrollen kündigt Blitze an, die die Luft zerreißen. Ihre glühenden Funken zerlegen die Welt in Schutt und Asche. Rauch füllt meine Lungen, sammelt sich als Knäuel in meiner Brust und stoppt den Takt meines Herzens.

Die Welt kippt zur Seite. Ich bleibe allein zwischen den Trümmern zurück. Ohne die Königin, die mich belogen und verlassen hat.

In der Ferne ertönt ein Klirren. Ich zucke heftig zusammen. Fingerspitzen berühren meinen Oberarm.

Mit hämmerndem Herzschlag entziehe ich mich der Berührung. Rücke von ihrer Quelle ab, bis mein Rücken gegen etwas Hartes prallt. »Lass mich in Ruhe!«

»Soleya«, wispert eine sanfte Stimme. »Ich habe das nicht gewollt, ehrlich.«

Die Stimme ist mein Anker, der mich ins Jetzt zurückholt. Die Schatten zerfließen, ziehen sich zurück und machen Platz für besorgt schimmernde, honigbraune Augen.

»Deine Entschuldigung macht nichts von dem, was die Festung getan hat, ungeschehen«, sagt eine tonlose Stimme, die aus meinem Mund kommt und mir doch vollkommen fremd ist. »Da sind Personen gestorben. Ihr tötet Unschuldige. Wie die Königin.« Ich balle meine Hände zu Fäusten zusammen. »Das ist ein Preis, den ich niemals zahlen würde, Aiyana. Ich gehe nicht über Leichen, um meine Ziele zu erreichen.«

Sie senkt den Blick, ein rauchschwarzer Vorhang verdeckt ihre Miene vor mir. Ihre Muskeln zittern vor Anspannung. »Ich hoffe, du bleibst diesen Prinzipien treu«, sagt sie leise. »Ich hoffe, du hast immer eine Wahl, dich ihnen nicht zu widersetzen.« Mechanisch hebt sie den Blick, der sich in meinen bohrt. »Die meisten von uns haben keine.«

Ihre Worte erschüttern mich bis ins Mark. Rasch halte ich die Scherben, die drohen, aus mir herauszubrechen, zusammen. »Ich weiß. Du hast den Angriff nicht befohlen und am Ende bist du diejenige gewesen, die mir geholfen hat.« Behutsam berühre ich sie am Arm, spüre, dass sie sich anspannt, doch sie entzieht sich mir nicht. »*Das* sind deine Prinzipien und vielleicht findest du einen Weg, dich von ihnen leiten zu lassen. Nicht davon, was andere von dir verlangen.«

Ein trauriges Lächeln zeichnet sich auf ihren Lippen ab. Sie atmet tief durch. »Du machst es mir unmöglich, wütend auf dich zu sein, weil du mich vermutlich bei Larentia in Schwierigkeiten gebracht hast, weißt du das?«

Mir wird ein wenig leichter ums Herz. »Das werte ich als Kompliment.«

Aiyana schnaubt belustig. Die Anspannung verlässt ihre Muskeln. »Es wird Zeit, herauszufinden, was meine Strafe ist«, bemerkt sie. »Ich sollte es nicht länger hinauszögern und wir sollten Larentia nicht mehr warten lassen.« Sie macht Anstalten aufzustehen. Prompt erstarrt sie. Ihr Blick huscht zu meinem Arm, eine leichte Röte breitet sich auf ihren Wangen aus.

Ihre weiche Haut und ihr sehniger Arm unter meiner Hand werden mir allzu bewusst. Ich beiße mir auf die Unterlippe. Mit glühenden Wangen ziehe ich meine Hand von Aiyanas Arm fort.

Sie schluckt und betrachtet ihre Schuhspitzen. Als hätte sie die Situation nicht minder in Verlegenheit gebracht als mich. Drückende Stille senkt sich über uns.

Gestern habe ich endlos scheinende Sonnenlängen eng an Aiyana gepresst verbracht, erinnere ich mich. Wärme rinnt über meine Haut, die Hitze meiner Wangen nimmt zu. Der Gedanke macht es, anders als erhofft, nicht besser.

»Wollen wir los?«, frage ich mit heiserer Stimme.

Aiyana blinzelt, ihre dichten dunklen Wimpern flattern. Die Röte verlässt ihre Wangen. Ihre Antwort auf meine Frage ist ein Nicken. »Auf dem Weg zeige ich dir einen Teil der Festung.«

***

Am Tag wagt sich kein Lichtstrahl in das Innere der Gänge, die einem Labyrinth gleichen. Dennoch scheinen die künstlichen Flammen heller, die Schatten in den Ecken kleiner. Das Gefühl, die Wände würden sich mir nähern und die Decke würde auf mich herabstürzen, bleibt aus.

Der Flammenschein zeichnet Muster auf die glatten Steine, die mich schmerzlich an die vertrauten Holzmaserungen in Guldheim denken lassen. In ihnen spiegeln sich Kristalle, weiß wie Schnee, grau wie Rauch und schwarz wie Asche.

»Die Festung ist aus dem Klippengestein gewachsen«, erklärt Aiyana. »Damals, als sie der Sitz der Königsfamilie gewesen ist, hat Magie nachgeholfen, das Gestein nach ihren Wünschen zu formen.«

Unbehagen prasselt durch meine Adern. In Guldheim hätte es niemals jemand gewagt, das Holz anzurühren. Es hat selbst entschieden, wie es wachsen möchte. Ich schlucke die Worte herunter. Wenn ich auf unbestimmte Zeit in der Festung bleiben möchte, bin ich gezwungen, mich anzupassen. Mir eine weitere Maske aufzusetzen, die mein wahres Selbst vor der Außenwelt verbirgt.

»Der Trakt, in dem wir uns befinden, ist der Ostturm. Darin sind alle Rekrutinnen und Rekruten untergebracht«, fährt Aiyana fort. Mein Unbehagen bemerkt sie nicht oder ignoriert es. »Der Speisesaal und mehrere Aufenthaltsräume befinden sich im Erdgeschoss.«

Wir folgen glatten Treppenstufen nach unten. Dort angekommen, befinden wir uns in einer Eingangshalle mit Wänden aus Kalkstein. Der Fußboden ist mit azurblauem Teppich ausgelegt. Buntes künstliches Licht in allen Regenbogenfarben bricht in den Salzkristallen, die sich in den Wänden verfangen haben. An den Wänden hängen Gemälde, die, wie ich wenig begeistert feststellen muss, verschiedene Drachenarten zeigen.

»Folgt man der rechten Treppe in der Eingangshalle nach oben, in den Ostturm, gelangt man in die Unterrichtsräume«, sagt Aiyana. »Hinter der Treppe liegt links die Bibliothek, rechts die Trainingsräume.«

Ob zwischen den Seiten der Bibliothek Antworten auf meine tausend Fragen verborgen sind? Meine Fingerspitzen kribbeln. Am liebsten möchte ich nachsehen.

Stattdessen führt mich Aiyana die breiten, glatten Treppenstufen nach oben. An einigen Stellen schimmert der Kalkstein klar wie Kristallglas, an anderen gleicht er mattem Stoff. Auf dem Treppenabsatz angekommen, stehen wir vor einer weiträumigen Flügeltür aus weißem Marmor.

»Das ist die Versammlungshalle des Rates«, erklärt Aiyana. »Dort haben nur Mitglieder Zutritt.«

Sie führt mich an der Tür vorbei, um eine Kurve, hinter der ein schmaler Gang wartet. Sobald wir sie passieren, flackern Lichtkugeln in schummerigem Blassorange auf. Hinter uns erlöschen sie sofort, als spüren sie, wenn sie nicht mehr gebraucht werden, was mir das Gefühl gibt, mich in Licht gehüllt fortzubewegen.

Der Gang mündet in einer unscheinbaren Tür aus milchigem Glas, das keinen Blick in die dahinter liegenden Räumlichkeiten erlaubt.

Ein Kloß bildet sich in meiner Kehle. Was wird Larentia mir antun, wenn sie mich nicht vorübergehend in der Festung aufnehmen möchte? Sicher lässt sie mich nicht einfach gehen. Und wohin *kann* ich schon gehen? Wenn stimmt, was Aiyana gesagt hat, würde mich die Königin sofort aufspüren.

Aiyana ist blass um die Nase, ihre dunklen Augenbrauen sind leicht zusammengezogen. »Soll ich klopfen?«

Ich schlucke den Kloß in meiner Kehle schwer wie einen Stein herunter, recke das Kinn und ringe mir ein Lächeln ab. »Ja.«

Zögerlich überbrückt Aiyana die Distanz zwischen uns und legt ihre Hand auf meinen Arm. Mit der Berührung verankert sich das Wissen, dass ich nicht allein bin, in meinem Inneren. »Wenn Larentia dir etwas antut, bekommt sie es mit mir zu tun«, sagt sie mit Nachdruck in der Stimme. Ihre Worte reinigen meine Lungen und geben mir die Kraft, freier zu atmen.

Aiyana löst ihre Hand von meinem Arm. Sie stellt sich vor die Tür und klopft dreimal in ungleichmäßigen Abständen auf das milchige Glas.

Ein Klicken, wie das Drehen eines Schlüssels im Schloss, ertönt. Mein Herz macht einen ängstlichen Satz.

»Larentia ist eine Flüsterin, schon vergessen?«, flüstert Aiyana mir ins Ohr.

Zu einer Antwort komme ich nicht. Die Tür schwingt lautlos auf und gibt meinen Blick auf einen Raum frei, der in strahlend weißes Licht gehüllt ist. Alle Möbel sind aus demselben Kalkstein wie die Festung, von den Regalen, voll mit zahlreichen Büchern, über den Schreibtisch, drei Stühle sowie einen schmalen Beistelltisch. Von dem Raum geht eine verschlossene schmale Tür ab. Die hintere Wand ist komplett verglast und gibt meinen Blick auf einen stahlblauen, von kleinen Wattewolken geschmückten Himmel frei. Dahinter erstreckt sich die unendliche azurblaue Weite des Blutmeers.

Am Schreibtisch sitzt eine kleine zierliche Frau mit nussbraunem Haar, kupferfarbener Haut und Augen, die an Moos erinnern, das von feinen Regentropfen benetzt ist. Ihr Blick bohrt sich für einen angehaltenen Atemzug in meinen, dann fixiert sie Aiyana wie eine Wölfin ihre Beute.

Die Tür schnappt, dem Maul der Wölfin gleich, hinter uns zu. Das Gefühl, eingesperrt zu sein, lässt Übelkeit in mir aufsteigen. Mein Herz flattert, einem Vogel in einem viel zu engen Käfig gleich.

Aiyana erwidert Larentias Blick mit versteinerter Miene. Kein schutzloses Reh, sondern eine zweite Wölfin.

»Aiyana, was verschafft mir die Ehre?« Larentia neigt den Kopf und verfolgt jede ihrer Bewegungen, auf einen Fehler lauernd. »Nachdem du dich gestern nach eurer Mission nicht bei mir zurückgemeldet hast, dachte ich, du hättest vergessen, wo deine Prioritäten liegen.«

Aiyana mahlt mit dem Kiefer. Sie macht einen Schritt zur Seite, als wolle sie mich vor Larentia abschirmen, was das zittrige Flattern in meiner Brust verstärkt. »Unsere Mission ist erfolgreich gewesen.« Ein drohendes Unwetter schwingt in ihren Worten mit. »Veris hat dir gestern Abend Farrens Buch, Vanyas Buch, ein Buch über reine Magie und den Dolch aller Welten gebracht.«

Mein Herz schrumpft auf einen Punkt zusammen. Die Bücher sind gar nicht mehr in Aiyanas Besitz. Sie hat sie gestern Abend an Veris übergeben, deshalb haben sie so lange die Köpfe zusammengesteckt und geflüstert.

»Was nützen mir diese verdammten Bücher, ohne Gezeichnete, denen sich ihre Worte offenbaren?«, zischt Larentia.

Ich beiße mir auf die Zunge, spanne all meine Muskeln an und wage nicht, einen Laut von mir zu geben.

»Wenn Gezeichnete Teil der Reisegesellschaft waren, hat die Königin sicher dafür gesorgt, dass sie an ihrer Seite Schutz finden«, erwidert Aiyana, ohne dass ihre stählerne Maske Risse bekommt. »Vielleicht solltest du dem Weg folgen, den die Königin seit einigen Sonnenjahren geht, und nach Gezeichneten suchen, statt von der Königin zu stehlen, was sie findet.«

Ein Schatten huscht über Larentias Miene. Ihre Kiefermuskeln spannen sich an.

Aiyana stolpert nach vorne, als sei ein Windstoß im Raum aufgekommen. Sie keucht auf, kippt vornüber und landet auf allen vieren. Der Aufprall scheint in ihren Knochen nachzuhallen, zitternd kauert sie auf dem Boden.

Wut flammt in meinen Adern auf. Statt sie auf Larentia zu richten, hocke ich mich neben Aiyana und lege ihr eine Hand auf die Schulter.

Sie ignoriert mich, was mir einen lächerlichen Stich in die Brust versetzt. Natürlich möchte sie vor Larentia keine Schwäche zeigen.

Ihre honigbraunen Augen suchen Larentias moosgrüne. Ein grimmiger Zug liegt auf ihren Lippen. Erste Risse, die Larentia in ihre stählerne Maske geschlagen hat, werden sichtbar.

»Wage es nicht noch einmal, so mit mir zu sprechen«, knurrt Larentia. »Meine Pläne und die des Rates gehen dich nichts an. Du hast hier nicht das Sagen, Aiyana, obwohl es sich ein Teil von dir womöglich anders wünscht. *Hier* bist du eine gewöhnliche Rekrutin und jede von euch ist ersetzbar.«

Die Goldfunken in Aiyanas Augen erlöschen. Eine Kälte, die mich frösteln lässt, gleitet über ihre Züge. »Verzeih.« Sie knirscht die Worte eher, als sie zu sagen, so fest sind ihre Zähne aufeinandergebissen. »Ich werde nie wieder solche Worte in den Mund nehmen oder wagen, sie zu denken.«

Ein messerscharfes Lächeln umspielt Larentias Mundwinkel. »Gut.« Ein kalter Schauder jagt beim Klang ihrer Stimme, die Honig vermischt mit tödlichem Gift gleicht, meinen Rücken hinab.

Larentias Blick bohrt sich so plötzlich in meinen, dass die panisch flatternden Flügel meines Herzens brechen. »Aiyana hat mir noch etwas mitgebracht, wie ich sehe.« Ihr Blick gibt mich frei, sie fixiert die Angesprochene. »Ich hoffe für dich, dafür, dass du eine Fremde hierhergebracht hast, gibt es eine plausible Erklärung.«

Aiyana entzieht sich meiner Berührung, greift nach meinem Tunikaärmel und zieht mich mit sich auf die Füße. Diesmal versucht sie nicht, mich vor Larentia abzuschirmen, sondern steht so nah neben mir, dass sich unsere Schultern berühren. Als sei sie diejenige, deren Schicksal in diesem Augenblick am seidenen Faden hängt.

Ihre Nähe flutet meine Adern mit neuer Kraft. Die Worte dringen mir wie von selbst über die Lippen. »Aiyana hat mir das Leben gerettet. Hätte sie mich nicht in die Festung gebracht, wäre ich meiner Verletzung erlegen und an einer Blutvergiftung gestorben.« Ich recke das Kinn und ignoriere, dass Aiyana neben mir nach Luft schnappt. »Sie hat das Richtige getan. Es gibt keinen Grund, sie dafür zu bestrafen.«

Um Larentias Mundwinkel zuckt es. »Es erfordert Mut, dich nicht hinter deiner Retterin zu verstecken.« Sie faltet ihre schmalen dünnen

Finger ineinander und lehnt sich am Schreibtisch nach vorne, als könne sie so besser in mich hineinsehen. »Womöglich ist an dir eine Rekrutin verlorengegangen.« Dolchklingen blitzen in ihren moosgrünen Augen auf und zielen, bereit zu einem tödlichen Stoß, auf mein flatterndes Herz. »Hat Aiyana dir gesagt, dass Fremden der unbefugte Zutritt zur Festung untersagt ist?«

Ich nicke.

»Dich zurück auf den Kontinent zu bringen, ist mit einem Risiko verbunden, je nachdem, was du von Aiyana über die Festung und ihre geteilte Magie erfahren hast.« Ihre haselnussbraunen Augenbrauen ziehen sich zusammen. »Aiyana hat dir nicht das Leben gerettet, sondern lediglich deinen Tod hinausgezögert.«

Aiyana wirft mir einen alarmierten Blick zu, der wie Säure auf meiner Haut brennt. »Das kannst du nicht –«

»Was habe ich dir gerade gesagt?«, schneidet Larentia ihr das Wort ab. »Du hast hier keine Entscheidungen zu treffen.«

Meine selbstbewusste Maske rieselt als Asche zu Boden. Dahinter bleibt ein zitterndes Mädchen zurück. »Ich kann der Festung nützlich sein«, stammle ich. »Ich bin Schneiderin im Palast der vier Türme gewesen.«

»Für eine Schneiderin habe ich keine Verwendung«, entgegnet Larentia.

Unsichtbare Fäden schlingen sich um meine Glieder. Jemand anderes steuert meine Bewegungen, als ich in mechanischen Schritten auf Larentia zugehe. Kalter Schweiß klebt mir mein Haar an Stirn und Wangen. Ich bin gefangen in einem Körper, der mir nicht gehorcht.

Vor dem Schreibtisch gibt mich die mentale Magie frei. Stoßweise atmend, wie nach langem Rennen, bleibe ich stehen und versuche, nicht unter Larentias Blick einzuknicken.

»Vielleicht finde ich anderweitig Verwendung für dich.« Sie stockt. »Wie heißt du?«

»Soleya«, stammle ich.

Ihr Blick gibt mich frei, sie schaut über meinen Kopf hinweg, zu Aiyana. »Vielleicht möchtest du Soleya darüber erleuchten, Aiyana. Was ist die oberste Regel, wenn jemand als Rekrutin in der Festung bleiben möchte?«

»Ein Drache muss die Person erwählen«, antwortet Aiyana mit gefährlich ruhiger Stimme.

Moosgrüne Augen ziehen mich in ihren Bann. Meine Kehle ist zugeschnürt, Staub in meinen Lungen hindert mich am Atmen. »Wenn du von einem Drachen erwählt wirst, bist du in der Festung der gestohlenen Künste herzlich willkommen, Soleya«, sagt Larentia mit einem bittersüßen Lächeln auf den Lippen. »Für eine Rekrutin, die Verbindungen zu Königin Aleydis Vaewing hat, finde ich sicher eine Verwendung.«

Mir wird schlecht. Möchte Larentia, dass ich für die Festung spioniere? Wie stellt sie sich das vor, wenn die Königin mich für tot hält? Der Kloß in meiner Kehle fühlt sich an, als würden Scherben meinen Rachen aufreißen, als ich ihn quälend langsam herunterschlucke. Wenn Aiyana mit allem, was sie mir über Gezeichnete gesagt hat, recht behält, möchte die Königin mich zu ihrer Spielfigur machen …

Ich fühle mich zwischen zwei Fronten gefangen. Eine Bäuerin auf dem Schachbrett, dazu verdammt, einen jämmerlichen, fremdgeführten Schritt zu gehen. Mein Kleid ist in einem Farbverlauf von elfenbeinweiß zu ebenholzschwarz gehalten. Ich gehöre keiner Seite des Schachbretts an, doch sie beiden wollen mich für ihre Zwecke nutzen – ob sie von meinem Dasein als Gezeichnete wissen oder nicht. Mir selbst sind die Hände gebunden. Aus eigener Kraft bin ich nicht fähig, einen Schritt zu gehen.

Da schlägt das Echo von Aiyanas Worten einer Flutwelle gleich über mir zusammen und holt mich vom Schachbrett meiner Fantasie ins Jetzt zurück. »Ein Drache soll … *was*?«

»Dich erwählen«, antwortet Aiyana, deren selbstbewusste Fassade in Trümmern zu ihren Füßen liegt. »Das ist die letzte Prüfung, der sich neue Rekrutinnen und Rekruten unterziehen.«

Larentia neigt den Kopf. »Es ist äußerst großzügig von mir, dass ich Soleya den Rest erspare, meinst du nicht?«

Aiyanas Antwort ist ein Schnauben.

»Was hältst du davon, wenn Soleya und du gleich nach dem Mittagessen aufbrecht?«, fährt Larentia fort. »Veris und Gwyn schließen sich euch sicher an. Ihr vier kehrt mit einem Drachen zurück oder ihr drei mit Soleyas Leiche.«

Kapitel 11
Aufbruch

Aiyana!« Unter meinen Rippen brennt es. Ihr Name verlässt meine Lippen unter gepressten Atemzügen. »Aiyana, warte!« Sie reagiert nicht. Ob sie mich gehört hat, lässt sie sich nicht anmerken. In zügigen Schritten poltert sie über den steinernen Boden, den Kopf hoch erhoben, und die Schultermuskeln so angespannt, dass ich glaube, sie würden jeden Augenblick zerreißen.

Ich stolpere hinter ihr her. Angst brandet in Wellen durch meinen Körper, und ein fauliger Geschmack liegt auf meiner Zunge. Die Ereignisse des gestrigen Tages und das Gespräch mit Larentia sind mir unter die Haut, bis zu den Knochen gedrungen und haben sich dort eingenistet.

Ein schweres Gewicht drückt auf meine Brust. Der Körper einer einfachen Schneiderin, die von einem Leben in Bellonna träumt, ist zu eng für die zwei Soleyas, die versuchen, in ihn einzudringen. Eine Gezeichnete, welche die Königin für ihre Zwecke benutzen wollte. Eine potenzielle Rekrutin der Festung der gestohlenen Künste, die von einem Drachen erwählt werden soll. Keine von beiden hat Platz in meiner Haut. Das hält sie nicht davon ab, an mir zu zerren, und sich gewaltsam Einlass in mein Inneres zu verschaffen.

Obschon Aiyana wenige Schritte von mir entfernt ist – wenn ich mich bemühe, kann ich ihren Duft einatmen – fühle ich mich alleingelassen.

»Aiyana, bitte!«

Sie stapft unbeirrt weiter, eine Treppe hinunter, und ich folge ihr, als sei sie die Generalin und ich die folgsame Fußsoldatin. Die Mauer, die Aiyana zwischen uns hochgezogen hat, vermag ich nicht zu überwinden. Ich bin die Gefangene meiner Gedanken. Ihr scheint es ähnlich zu gehen. Das schwere Gewicht, das auf meine Brust drückt, bleibt.

Tränen pochen hinter meinen Augen. Feiner, aus Kristallen gewobener Nebel legt sich über mein Sichtfeld. Eilig versuche ich, ihn fortzublinzeln. Mein linker Fuß findet auf einer Treppenstufe Halt, mein rechter schwebt kurz in der Luft … da weicht alle Luft aus meinen Lungen, und ich falle.

Ich beiße die Zähne zusammen, kneife die Augen zu und warte auf das Unvermeidliche. Auf den Aufprall auf unnachgiebigem Steinboden.

Stattdessen stolpere ich in starke Arme, spüre einen zittrigen Herzschlag an meiner Brust, und der Duft von Vanille, Salz und Kupfer durchströmt meine Adern. Während mein Herz seine Melodie wiederfindet, klammere ich mich an Aiyana fest und lasse mich von ihr stützen.

»Entschuldige bitte«, flüstert sie mir mit sanfter Stimme ins Ohr, die sich als ein dünner Verband über meine Wunden legt. »Larentia möchte mich bestrafen, indem sie dir das antut.« Sie schiebt mich ein Stück von sich fort, um mir ins Gesicht zu sehen. Ihre Kiefernmuskeln sind angespannt, über ihren honigbraunen Augen liegen feine Nebelfasern, doch dahinter schimmert echtes Bedauern. »Nicht dich.«

Ich schlucke den fauligen Geschmack, der meinen Mund beherrscht, herunter. »Du wusstest, dass ich dich in Schwierigkeiten bringen würde«, bringe ich mit angehaltenem Atem heraus. »Dafür solltest du mich den Drachen überlassen und das sicher nicht, um mich zu erwählen.« Ich senke die Schultern, und hielte Aiyana mich nicht mit sanftem Griff fest, würde ich den Boden unter den Füßen verlieren. »Veris und Gwyn sehen das sicher genauso. Von Larentia ganz zu schweigen.«

Aiyana presst die Lippen zu einer schmalen Linie zusammen. »Sag nie wieder so etwas.« Ihr Griff um meine Schultern verstärkt sich. »Ich habe dich gerettet, weil es das Richtige gewesen ist.« Sie atmet tief durch. Die Luft, die ihren Lungen entströmt, streicht warmem Mittagswind gleich über mein Gesicht. »Wir werden jetzt Gwyn und Veris Bescheid geben, uns aufbruchsbereit machen, und zu einer der Silberinseln fliegen, auf der sich ein Drachennest befindet.« Der verkniffene Ausdruck verlässt ihre Züge und macht Platz für Entschlossenheit. »Das sage ich nicht nur, weil ich Larentias Gesicht sehen möchte, wenn du mit einem Drachen wiederkehrst.« Sie sieht mir intensiv in die Augen, als wolle sie in mir lesen wie in einem Buch, dessen Inhalt ihr bisher verborgen geblieben ist. »Du bist von Vanya auserwählt worden, Soleya«, sagt sie mit gesenkter Stimme. »Die Drachen auf der Insel werden sich alle wünschen, dass *du sie* auserwählst, nicht umgekehrt.« Ein aufmunterndes Lächeln legt sich auf ihre Lippen. »Wir schaffen das. Gemeinsam. Ich lasse dich nicht allein.«

Ihre Worte und ihr intensiver Blick fluten meine Adern mit einem Gefühl, das gleißendem Sonnenlicht gleicht. Als übertrage sich ein Teil von Aiyanas unbändiger innerer Stärke auf mich. Ich zeichne mir ein Lächeln auf die Lippen, das sich vorsichtig auf sie herabsenkt, als sei es noch nicht gänzlich dazu bereit, und reckte das Kinn. »Dann lass uns aufbrechen und schauen, was für Drachen sich auf der Insel herumtreiben«, sage ich mit mehr Selbstbewusstsein in der Stimme als ich besitze.

Aiyanas Augen funkeln. Mit sanftem Druck streichelt sie meine Schultern, schaut mir noch einmal fest in die Augen, dann lässt sie mich los. Wir legen den Rest des Weges Seite an Seite, in einvernehmlichem Schweigen zurück.

Der frostige Atem meiner Ängste beißt mir in den Nacken. Für den Augenblick reicht das warme Gefühl, das Aiyana in mir ausgelöst hat, um sie davon abzuhalten, mich zu packen.

***

Die Wände von Aiyanas Zimmer nähern sich mir und die Decke droht, über mir zusammenzubrechen. Wie heute Morgen, als sie uns Frühstück besorgt hat, hat sie mich allein zurückgelassen. Diesmal, um Veris und Gwyn aufzusuchen. Ich verstehe, wieso es mir nicht gestattet ist, mich frei in der Festung zu bewegen. Ich wünschte bloß, jemand würde das der Kälte sagen, die durch meine Glieder kriecht. Ohne Aiyana fühle ich mich schutzlos, daran ändert die zugeschlossene Zimmertür nichts.

Das Klicken eines Schlüssels im Türschloss dringt als wohlklingende Melodie an meine Ohren und beruhigt meinen hämmernden Herzschlag. Ich rücke auf die Sofakante, streiche mir das Haar hinter die Ohren und richte meine Aufmerksamkeit auf die Tür.

Von außen wird die Türklinke heruntergedrückt. Keinen Herzschlag später schiebt sich Aiyana durch den Türspalt und schenkt mir ein aufmunterndes Lächeln, das ich zögerlich erwidere.

Veris quetscht sich hinter ihr durch die Tür. Anspannung liegt über ihren Zügen und der scharfe Blick, den sie mir aus ihren veilchenblauen Augen zuwirft, schneidet mir das Lächeln aus dem Gesicht. »Ich hätte dich gestern Abend nicht heilen sollen«, knurrt sie mit einer Stimme, die der Windstille gleicht, welche die Welt einhüllt, bevor ein erster Blitz die Nacht zerreißt.

Aiyana tritt schnellen Schrittes an meine Seite, während sie Veris nicht aus den Augen lässt. Die ihren sind zusammengekniffen und sprühen goldene Funken. »Wage es nie wieder, so etwas zu sagen«, gibt sie, Veris' Tonfall imitierend, zurück. Neben dem Sofa bleibt sie stehen, und ich atme tief ihren Duft ein, der einen Teil der Kälte aus meinem Inneren vertreibt.

Gwyn tritt als letztes durch die Tür, welche dey hinter sich zuzieht. Dey fährt sich durch die schneeweißen Haare. »Ich wusste, sie würde uns in Schwierigkeiten bringen –«

Aiyana verschränkt die Arme vor der Brust. »Gut, es mag sein, dass Soleya mich in Schwierigkeiten gebracht hat. Aber wenn sie wirklich der Festung beitreten und eine Rekrutin werden möchte, wieso soll sie dann keine Chance bekommen?«

Veris kneift die Augen zusammen. »Sie gehört nicht hierher.«

»Wieso?«, schneidet Aiyana ihr das Wort ab. »Weil sie vom Kontinent stammt?« Sie schüttelt anklagend den Kopf. »Du und ich stammen beide vom Kontinent, heute gehören wir zu den Besten unter den Rekrutinnen.«

»Nein, nicht weil sie vom Kontinent stammt.« Veris' Nasenflügel beben. Sie stellt sich auf die Zehenspitzen, was sie nicht ansatzweise mit Aiyana auf Augenhöhe bringt, der sie knapp bis unter das scharfkantige Kinn reicht. »Sie ist Teil einer Reisegruppe der *Königin* gewesen, Aiyana.«

Aiyana schnaubt. »Glaubst du, das hätte ich so einfach vergessen?«

»Ja«, erwidert Veris trocken. »Wenn es um hübsche Frauen geht, vergisst du gern das Wesentliche.«

Hitze steigt mir in die Wangen, eilig verstecke ich mein Gesicht hinter meinen Haaren. Mein Herz schlägt mir unsanft gegen die Rippen. Ich kenne Aiyana kaum. An so etwas sollte ich so früh nicht denken … am besten gar nicht.

Aiyana ringt nach Luft. Das Geräusch bringt mich dazu, sie aus dem Augenwinkel anzusehen. Sanfte Röte liegt über ihrer warmen dunklen Haut. Oder vielleicht bilde ich mir das bloß ein. »Was hätte ich tun sollen?« Ihre Stimme klingt atemlos. »Soleya ihrer Blutvergiftung überlassen?«

»Ja«, erwidert Veris. »Du hast sie sicher nicht am Leben gelassen, weil du dachtest, dass sie der Festung nützlich sein könnte.«

Während der gesamten Unterhaltung haben Funken in meiner Brust gelodert. Jetzt lodern sie in meinen Adern auf, wo sie sich zu Flammen formen, die mich auf die Beine treiben. Schwarze Flecken sickern in mein Blickfeld, ich blinzle sie fort und bemühe mich um festen Stand.

Ich möchte mehr sein als eine *hübsche Frau*. Mehr als eine Prinzessin, die eine Soldatin braucht, die sie vor den bösen Hexen rettet und sie aus dem Turm befreit. Das muss ich Veris schleunigst beweisen, und dieses Ziel erreiche ich sicher nicht, indem ich mich hinter Aiyana verstecke und ihr das Wort überlasse.

Ich bemühe mich um eine aufrechte Körperhaltung und suche Veris' Blick, der ätzendem Gift gleich auf meiner Haut brennt. »*Sie* hat einen Namen.« Ich zwinge alle Kälte in meine Stimme, die ich aufbringen kann. »Und du kannst *sie* direkt ansprechen, statt so zu tun, als wäre *sie* nicht da.«

»Von mir aus.« Veris hält meinen Blick mit lähmender Intensität fest, ohne dass ihre eiserne Maske verrutscht. »Beweis mir, dass ich mich irre, und ich verliere nie wieder ein schlechtes Wort über dich.«

Ich recke das Kinn. »Darauf kannst du dich verlassen.«

Einige Herzschläge vergehen, in denen Veris mich ansieht, als wäre sie ein Drache und ich ihre Beute, und in denen ich – hoffentlich erfolgreich – versuche, ihre Körperhaltung zu spiegeln. Aiyanas Blick haftet an mir, ich wage nicht, sie anzusehen, womöglich fällt meine selbstbewusste Haltung dann in sich zusammen.

Gwyns Stimme durchbricht die drückende Stille: »Da das geklärt ist, macht es euch sicher nichts aus, alles für unsere Reise vorzubereiten –« In stillem Einverständnis schnellen Veris', Aiyanas und mein Blick zu Gwyn, dey sich hektisch den Nacken reibt. »Ich für meinen Teil möchte Larentias Zorn nicht auf mich ziehen und schnellstmöglich aufbrechen.«

Veris nickt, ohne eine Miene zu verziehen. »Wir treffen uns bei den Drachen.« Mit diesen Worten dreht sie sich auf dem Absatz um, packt Gwyn am Arm, und sie verlassen gemeinsam Aiyanas Zimmer. Der Knall, den die Tür beim Zufallen macht, dröhnt mir einem gewaltigen Wasserfall gleich in den Ohren.

Das Feuer in meinen Adern ist erloschen. Meine selbstbewusste Haltung fällt in sich zusammen. Als seien meine Glieder flüssig geworden, lasse ich mich auf die weichen Polster des Sofas fallen, und sacke in mich zusammen.

Die Polster senken sich neben mir, ich schaue auf. Aiyana sitzt gerade so nah neben mir, dass wir einander nicht berühren. Ihre angespannten Muskeln zeichnen sich unter ihrer Bluse ab. Als sie sich mir zuwendet, verlässt ein Teil der Härte ihre Züge. Sie beißt sich auf die Unterlippe. »Ich muss mich ein zweites Mal für die beiden entschuldigen.«

Ich zucke mit den Schultern. »Sie haben nicht unrecht.«

Sie schüttelt den Kopf, was mich zum Verstummen bringt. »Nicht viele können von sich behaupten, Veris die Stirn geboten zu haben. Sie würde das nie zugeben, aber du hast sie beeindruckt«, sagt sie mit einer Überzeugung in der Stimme, die keinen Widerspruch duldet, und einem vorsichtigen Lächeln auf den Lippen. »Auf unserer kurzen Reise wirst du ihr beweisen, dass deine Worte kein leeres Versprechen gewesen sind.« Sie streckt eine Hand nach mir aus und verschränkt ihre Finger warm und sicher mit meinen.

Ich spüre, dass meine Mundwinkel nach oben zucken, bevor ich mich bewusst für ein Lächeln entscheide. »Versprochen«, erwidere ich mit fester Stimme, ehe ich mich von ihr auf die Füße ziehen lasse.

***

Wir treffen Veris und Gwyn auf der Plattform, auf der Camai gestern gelandet ist. Gwyn linst aus dem Augenwinkel zu mir, ein fragender Ausdruck liegt auf deren Miene, während Veris mit vor der Brust verschränkten Armen auf das Blutmeer hinaus starrt.

Die Wellen glitzern im Mittagslicht, die schaumigen Ketten, die auf ihnen schwimmen, bilden kleine Regenbögen. Salzgeruch steigt mir in die Nase, und die unendliche Weite, die sich am Horizont auftut, verschlägt mir den Atem. Das rotorangene Kleid des Tages nimmt dem Blutmeer den Schrecken, den es letzte Nacht in mir ausgelöst hat. Ein warmes Gefühl rieselt durch meine Adern. Ich stelle mich auf die Zehenspitzen, als könne ich so weiter hinaus sehen. Der wolkenlose azurblaue Himmel gibt den Blick auf einen Landstreifen aus silbrigem Klippengestein frei, der so nah wirkt, als müsse ich nur eine Hand nach ihm ausstrecken, und dennoch fern scheint.

»Am Tag ist es gar nicht so übel hier, habe ich recht?«

Ich wirble herum. Aiyana steht neben mir, ein wissendes Lächeln liegt auf ihren Lippen. In ihren Augen brechen sich Sonnenstrahlen, was die Goldfunken inmitten des warmen Honigbrauns zum Tanzen bringt.

»Ich könnte mich daran gewöhnen«, gebe ich zurück.

Ihr Lächeln wird breiter. »Gut. Eine Weile wirst du hierbleiben, sobald dich ein Drache erwählt hat.«

Ein Kloß bildet sich in meiner Kehle. Ich bin nicht in der Lage, ihn herunterzuschlucken. Die Bedingung für mein Bleiben hatte ich beinahe verdrängt.

Aiyanas Augenbrauen ziehen sich zusammen, Sorge gleitet über ihre Züge. »Entschuldige.«

Ich schlucke den Kloß, einem Stein gleich, herunter. »Das macht nichts.«

Die Sorgenfalte auf ihrer Stirn bleibt. »Lass uns Camai startklar machen.« Sie hält mir ihre Hand hin, ein Schwall angehaltenen Atems entströmt meinen Lungen, als ihre feingliedrigen Finger zwischen meine gleiten.

Wir lassen die zwei Reisebeutel, die Aiyana gepackt hat, auf der Plattform zurück. Dann zieht sie mich mit sich, durch eine Tür, welche die Größe Camais übersteigt. Schritte hinter uns kündigen an, dass Gwyn und Veris sich uns anschließen.

Kleine Lichtkugeln flackern im Takt unserer Schritte auf. Sie erhellen den breiten Gang, in dem wir uns befinden, und werfen feuerorangene Schatten auf die steinernen Wände. Der Raum gleicht Stallungen, in denen wir auf dem Kontinent Pferde unterbringen. Mit dem Unterschied, dass die Boxen fünf Mal so groß sind und der Gang breiter ist.

Ein riesiger Kopf schnellt nach vorne, Gitterstäbe halten ihn davon ab, mir zu nahe zu kommen. Dennoch zucke ich zusammen, meine Schulter prallt gegen Aiyanas, und sie stützt mich. Mein Herzschlag dröhnt mir so laut in den Ohren, dass ich eine Weile brauche, bis ich ihre gewisperten Worte verstehe. »Die Drachen können dir nichts anhaben. Fest versprochen«, flüstert sie mir ins Ohr.

Zögerlich segne ich ihre Worte mit einem Nicken ab.

»Eine geborene Rekrutin, wie ich sehe«, schnaubt Veris, und schiebt sich an uns vorbei, den Gang entlang.

Gwyn folgt ihr auf dem Fuß, ehe dey vor einer der Boxen Halt macht.

Aiyana schüttelt mit zusammengepressten Lippen den Kopf und zieht mich mit sich, tiefer in die Behausung der Drachen hinein.

Augen in allen Regenbogenfarben verfolgen meine Schritte. Wann immer heißer Atem meine Haut streift, umklammere ich Aiyanas Hand fester. Ein mulmiges Gefühl hat seine Klauen in meinem Inneren vergraben. Wenn ich eine Rekrutin werden möchte, muss ich Drachen an meiner Seite akzeptieren. Das hält meine Knie nicht davon ab, sich bei jedem Schritt wie morsche Zweige, in Begriff, durchzubrechen, anzufühlen.

Vor einer der Boxen, auf der dasselbe weiße Symbol wie an Aiyanas Uniform prangt, bleibt sie stehen. Ein massiger Körper wendet sich uns zu. Camais kristallene Augen finden Aiyanas honigbraune. Der Drache pustet seiner Rekrutin mit den riesigen Nüstern Luft zu. Ein Lächeln huscht über Aiyanas Lippen.

Aiyana und Camai sehen so vertraut miteinander aus, dass ich unwillkürlich lächeln muss. Die Angst, die seit dem Angriff von mir Besitz ergriffen hat, verlässt meine Adern, und überlässt die Bühne einem Gefühl kribbelnder Neugierde. Sich die Magie eines so alten, mächtigen Wesens gewaltsam anzueignen, ist grausam. Dennoch muss die Verbundenheit, die Aiyana und Camai empfinden, eines der großartigsten Gefühle aller Welten sein.

›Sei gegrüßt, Soleya‹, erklingt Camais Stimme in meinem Kopf, und hallt in meinen Knochen nach. Die kristallenen Augen betrachten mich intensiv, ohne die bestialische Kalkulation von gestern. ›Ich habe in Aiyanas Geist gesehen, dass ihr auf der Suche nach einem Drachen seid, der dasselbe Band mit dir teilen soll, das Aiyana und mich auf ewig miteinander verbindet.‹ Caimai legt den Kopf schief, als warte sie*er auf eine Antwort.

Zu mehr als einem Nicken bin ich nicht fähig. Aiyanas Blick, der an mir haftet, bin ich mir allzu bewusst. Was erwartet sie von mir und meinem Gespräch mit Camai?

›Sei unbesorgt‹, fährt Camai fort. ›In dir schlummern schon jetzt große Kräfte, die denen von uns Drachen nahekommen. Fürchte dich nicht und sei versichert, dass ich dir bei deiner Suche helfe.‹

»Danke«, wispere ich.

Aiyana drückt meine Hand sanft. »Auf dem Weg überlegen wir drei uns gemeinsam einen Plan und hoffen, dass Gwyn, Veris und ihre Drachen uns unterstützen«, sagt sie. »Jetzt sollten wir nicht noch mehr Zeit verlieren als ohnehin schon.«

Caimai schnaubt in stillem Einverständnis.

Mir ist leichter ums Herz als beim Betreten der Stallung.

Aiyana und ich betreten Camais Box. Ich halte mich nahe der Steinwände auf, dem massigen Körper des Drachen möchte ich lieber später als früher zu nah kommen. Falls Camai mein Unbehagen bemerkt, lässt sie*er es sich nicht anmerken.

In einer der Ecken der Box befindet sich ein Schemel, auf dem Camais Sattel und Zaumzeug liegen. Wenngleich ich mich nutzlos fühle, bin ich Aiyana dankbar, dass sie mich nicht auffordert, ihr zu helfen. Sie sattelt den Drachen mit wenigen, routinierten Handgriffen und legt Camai anschließend eine Trense an.

Wenig später trottet Caimai hinter uns her, aus der Stallung. Gwyn und Veris schließen sich uns schnell mit ihren eigenen Drachen an.

Gwyns Drachen habe ich gestern, während des Fluges zur Festung, als Schemen am Horizont kennengelernt. Blitze scheinen unter dem durchsichtigen Körper zu zucken, der kein Schuppenmuster aufweist, und seine Flügel sind durchsichtig, nur einzelne Funken zucken darin. Eine sonnengelbe Mähne thront auf seinem schmalen Kopf, die gelben Augen sehen sich wachsam um, und sein Geweih besteht aus zwei Blitzen.

Veris' Drache ist nur halb so groß wie Camai oder Gwyns Drache. Der filigrane Körper ist mit Moos bedeckt, aus dem vereinzelte Blumen in einem tiefen Karmesinrot sprießen. Die Flügel gleichen denen einer Fledermaus und die Krallen sehen aus wie kleine Äste.

»Ceddrar, Gwyns Drache, ist ein Gewitterdrache und Nayvrer, Veris' Drache, ist ein Walddrache«, erklärt Aiyana, die meine neugierigen Blicke bemerkt zu haben scheint.

»Wie viele Drachenarten gibt es?«, frage ich, ohne meinen Blick von den majestätischen Geschöpfen zu lösen.

»Fünf große Arten mit jeweils mehreren Unterarten«, antwortet sie. »Mehr erkläre ich dir, wenn du magst, während des Fluges.« Sanft knufft sie mich in die Seite. »Schließlich wird dich bald ein Drache auserwählen, obwohl wir uns die Art nicht aussuchen können, die sich zu uns hingezogen fühlt, solltest du mit ihnen vertraut sein.«

Ich ringe mir ein dankendes Lächeln ab und lasse mich von Aiyana an Camais rechte Seite geleiten. Wie am gestrigen Abend, hilft sie mir auf den Rücken des Drachen, dessen Worte ›Du musst nicht so ein Gesicht machen, ich habe dich gestern bereits sicher über das Blutmeer getragen!‹ in meinem Kopf widerhallen. Im Sattel angekommen, atme ich erst aus, als ich Aiyanas warmen Körper hinter mir spüre. Wenn sie sich bewegt, sehe ich, dass sich Muskeln unter ihrer Kleidung verbergen, jetzt spüre ich, dass sie da sind, was mir Hitze in die Wangen treibt. Zum Glück ist sie nicht in der Lage, mein Gesicht zu sehen.

Aiyana schlingt ihre Arme um mich, ehe sie die Stimme, über das Rauschen der Wellen und den Meereswind hinweg, hebt: »Seid ihr startklar?«

Gwyn und Veris bejahen. Ich drehe mich rasch nach ihnen um, um mich zu vergewissern, dass auch sie sich in den Sätteln ihrer Drachen niedergelassen haben.

»Ich passe auf dich auf«, flüstert Aiyana mir ins Ohr. »Wie letzte Nacht.«

Ohne eine Antwort abzuwarten, treibt sie Camai mit einem scheinbar stillen Kommando dazu an, sich in Bewegung zu setzen. Ich kneife instinktiv die Augen zusammen, als schneidender Wind meine Reisekleidung durchdringt, und schmiege mich enger an Aiyana, auf der Suche nach Halt. Aus Luft geformte Eisdolche bohren sich in meine Lider, ich stoße die Zähne aufeinander, und kneife die Augen fester zusammen, bis schwarze Schlieren in mein Sichtfeld sickern. Dröhnende Schritte vermischen sich mit dem Rauschen meines Blutes in meinem Kopf zu einer Einheit. Camais massiger Körper schwankt bedrohlich, als würde sie*er Aiyana und mich jeden Augenblick aus dem Sattel katapultieren. Ich höre, dass die massiven Flügel rascheln, spüre, dass sie sich spannen. Als sich der Drachenleib von dem Klippengestein der Plattform abstößt, vergisst sein Herz meinen Takt.

Der Meereswind zieht mich in eine kühle, aber sichere Umarmung. Gischt spritzt auf meine Kleidung, ehe das Rauschen der Wellen mit jedem Klang von Caimas kräftigen Flügelschlägen lauter wird. Ich schmecke Salz auf der Zunge, das Knäuel in meinem Magen löst sich auf, und ich ringe um Atem.

Als sich meine Atmung normalisiert hat, öffne ich die Augen.

Für ein Blinzeln schlagen Wassermassen über mir zusammen, tränken meine Kleidung und ziehen mich gen Boden. Schneidend kalte Fluten füllen meine Lungen, die sich auf der verzweifelten Suche nach Luft zusammenziehen … und nur Staub finden.

Jemand streichelt mir behutsam über den Handrücken, mein Herz findet seinen Takt wieder, und stimmt eine ruhigere Melodie an.

Auf Camais Rücken ist das Blutmeer nicht in der Lage, mich zu erreichen. Heute bekommt mich das Wasser nicht. Es muss sich eine andere Gefangene suchen. Warm nistet sich die Erkenntnis in meiner Brust ein.

Das Blutmeer ist kein Monster meiner Albträume mehr. Zumindest nicht in diesem Augenblick.

Der azurblaue Himmel ist wolkenlos, Sonnenstrahlen färben das klare Wasser des Blutmeers golden. Die Schaumkronen auf den tosenden Wellen gleichen Diademen aus massivem Gold.

»Die Aussicht lohnt sich«, murmle ich.

Aiyana lacht leise, ihr warmer Atem kitzelt meinen Nacken. »Sagt das Mädchen, das beim Start die Augen zusammengekniffen hat.«

Hitze sickert in meine Wangen, ich presse die Lippen aufeinander.

Für einen Atemzug drückt mich Aiyana enger an sich, was mir kurzzeitig den Atem verschlägt. »Mach dir nichts daraus«, wispert sie. »Mein erster Flug auf Camais Rücken hat allein stattgefunden. Normalerweise nehmen Drachen niemand Fremdes auf ihrem Rücken mit.«

Ein mulmiges Gefühl sammelt sich in meiner Brust, ich schlucke trocken. »Wieso –«

›Du scheinst für Aiyana wichtig zu sein. Sie wollte, dass du überlebst, ihre Wünsche sind die meinen und eine Freundin von Aiyana ist auch meine Freundin.‹ Camai unterbricht ihre*seine Worte mit einem Schnauben, das einem Lachen so überraschend nah kommt, dass die Anspannung von mir abfällt. ›Unter uns gesagt, bei ihrem ersten Ritt auf meinem Rücken hat sie ihre Augen kein einziges Mal geöffnet, und geschrien wie ein kleines Mädchen.‹

Das passt überhaupt nicht zu der selbstbewussten Rekrutin, die ich gestern kennenlernen durfte. Ich muss lachen.

Aiyana knufft mich in die Seite. »Was hat Camai zu dir gesagt?«

Ich drehe mich zu ihr um, so gut dies in ihren Armen möglich ist, und erstarre. Unsere Gesichter sind einander so nah, dass ich jeden goldenen Fleck in ihren honigbraunen Augen und ihre dichten schwarzen Wimpern zählen könnte. Ich zwinkere ihr, in einer hoffentlich selbstbewussten Manier, zu. »Camai hat mir erzählt, wie beeindruckend du dich bei deinem ersten Flug geschlagen hast.«

Aiyana klappt der Mund auf, was mir ein Lachen und Camai ein belustigtes Schnauben entlockt.

»Scheint so, als würdet ihr euch bestens verstehen«, grummelt sie nach einer Weile, und mein Lachen wird lauter.

Aiyanas Maske des gespielten Zornes bröckelt, sie stimmt mit ein, und eine Weile übertönt unser einstimmiges Lachen – oder in Camais Fall Schnauben – das Tosen der Wellen und das Rauschen des Meereswindes.

Als wir uns gefasst haben, drehe ich mich wieder nach vorn und sauge die neuen Eindrücke in mir auf. Der Anschlag, das Unwissen, wann ich meine Familie wiedersehe und mein Dasein als Gezeichnete geraten in den Hintergrund. Sie sind im Blutmeer versunken. Zurück bleibt ein azurblauer Himmel, unter dem Wassermassen in tiefem Türkisblau und schillerndem Gold im kühlen Wind eine Tanzchoreografie aufführen. Ein Gefühl der Freiheit durchströmt meine Adern und sammelt sich als warmes Kribbeln in meiner Brust.

Vielleicht ist ein eigener Drache nichts Schlechtes …

Beim Gedanken an meinen vermeintlich eigenen Drachen fällt mir etwas ein. Ich bitte Aiyana, mir von den verschiedenen Drachenarten zu erzählen.

Während unseres Fluges, der circa zwei Sonnenlängen dauert, zeichnet sie verschiedene Bilder der Spezies *Drache* in meinem Kopf.

Alle Unterarten sind der Anhängerschaft der Festung längst nicht bekannt. Stetig tauchen neue auf, wenngleich unklar ist, ob sich Drachen fortpflanzen oder ob neue Drachen auf eine unbekannte Weise aus Sternenlicht entstehen. Vielleicht *sind* sie Sternenstaub herabgestürzter, verglühter Sterne. Für mich, die Drachen seit siebzehn Jahren für Kinder der Nacht hält, klingt diese Vorstellung absurd. Vor Aiyana wage ich nicht, diese Worte auszusprechen.

Die fünf Oberarten der Drachen sind an ihre fünf Arten der Magie gekoppelt. Gewitterdrachen sind in der Lage, das Wetter zu kontrollieren, insbesondere beschwören sie Unwetter herauf und fühlen sich in den Lüften am wohlsten. Walddrachen besitzen eine Affinität gegenüber Tieren, Pflanzen und der Erde; besonders mächtige Exemplare wie Veris' Drache Nayvrer sind darüber hinaus des Heilens fähig, und sie fressen kein Fleisch, was sie für mich zur sympathischsten Drachenart macht. Silberflügel befehligen über das Wasser in all seinen Aggregatzuständen und leben am liebsten im Meer statt in den Stallungen der Festung. Obschon ich vor dem Blutmeer in diesem Augenblick in Sicherheit bin, ist ein Silberflügel der letzte Drache, den ich mir an meiner Seite wünsche. Zumindest denke ich das, bis Aiyana fortfährt. Schattengänger sind die kleinste bekannte Drachenart und in der Lage, Schatten zu kontrollieren; zeitgleich gelten sie als die ersten Drachen, die sich den Sterbliche gezeigt haben. Als Aiyana das sagt, rinnt ein kalter Schauder meinen Rücken hinab. Ob Drachen aus Sternenlicht oder der Nacht bestehen – Nishas potenziellen ersten Kindern möchte ich nicht begegnen. Die seltenste Drachenart, die Flüsterer, beherrschen mentale Magie, was sie zur Telekinese und dazu, in den Geist anderer Lebewesen einzudringen, befähigt.

Aiyana fragt mich nicht, ob es eine Drachenart gibt, die ich mir an meiner Seite wünsche. Wie ich weiß sie, dass ich kein Mitspracherecht habe. Die Entscheidung, ob sie mich als Gefährtin im Blute wollen, obliegt einzig und allein den Drachen.

Kapitel 12
Das Gesetz der Drachen

Am Horizont schimmert ein schmaler silberner Landstreifen. Je näher wir ihm kommen, desto tiefer gleitet Camai über die Wellen. Gischt spritzt mir in das Gesicht, Salz klebt an meinen Wimpern und nistet sich in meinen Augen ein. Dennoch fühle ich mich frei und dem Blutmeer überlegen. Solange Aiyana und Camai auf mich aufpassen, werden mich die Fluten nicht zu ihrer Gefangenen machen.

Die silbernen Klippen wachsen, je näher wir ihnen kommen, zu einer Insel heran. Steil abfallendes Klippengestein ragt uns ausladend entgegen und versperrt einen möglichen Durchgang zum Kiesstrand.

Die drei Drachen gleiten über die Klippen hinweg. Dahinter gibt die Insel ein karges Bild ab. Anders als auf dem Kontinent, der einen letzten Abschiedskuss des Sommers spürt, scheint der Herbst diese Insel bereits in seinen Fängen zu haben. Knorrige Bäume in gleißendem Silber ragen zum Horizont empor, so weit das Auge reicht. Ihre Blätter sind in einem tiefen Rostorange bis hin zu Kupferrot gefärbt. Ein Herbstwald, der einem Gemälde entsprungen scheint. Unter den dichten Baumkronen bleibt der Waldboden unsichtbar für uns, wenngleich Camais Krallen die Blätter streifen, während wir durch die Lüfte gleiten.

Hinter dem Wald tun sich Berge auf, die in der Sonne reinem Silber gleich glitzern. Davor befindet sich ein tiefer spiegelklarer See, von dem ich den Blick abwende, als ein Schwall Übelkeit droht, von mir Besitz zu ergreifen.

»Wir geben den Drachen jetzt das Kommando zu landen«, raunt Aiyana mir zu. »Die Drachen hausen vor allem im Gebirge, zwischen den Bergen versteckt sind einige Täler, Wälder und Seen, in denen sie sich vor Angreifenden geschützt fühlen.«

Mein Magen zieht sich zusammen. Meint sie mit *Angreifenden* uns? Bitter liegen mir die Worte auf der Zunge, ich schlucke sie herunter.

Camai lässt sich auf einer Windböe treiben und gleitet lautlos, ohne dass mein Körper im Sattel durchgeschüttelt wird, auf einen Felsvorsprung. Lediglich als die ausgestreckten Krallen auf dem Klippengestein aufkommen, geht ein Ruck durch meinen Körper. Ich weiß, dass Aiyana mich festhält, was mich davon abhält, zusammenzuzucken oder die Augen zuzukneifen.

In stillem Einverständnis sitzen Veris und Gwyn von ihren Drachen ab.

Aiyana schwingt sich aus Camais Sattel, danach tastet sie nach meinem Bein. »Ich habe dich«, sagt sie mit fester Stimme. Ohne zu zögern, schwinge ich mein linkes Bein aus dem Sattel, rutsche probeweise ein Stück herunter, dann lasse ich mich fallen. Aiyana fängt mich auf und hält mich fest, bis ich festen Stand gefunden habe. Ich spüre ihren hämmernden Herzschlag an meinem Rücken, welchem sich mein eigenes Herz anpasst.

»Können wir dann?«, ruft Veris.

Aiyana löst unsere Umarmung, schenkt mir ein aufmunterndes Lächeln und hält mir ihre Hand hin.

Zu gern möchte ich meine Finger mit ihren verschränken. Aber ein Mädchen, das heute von einem Drachen auserwählt werden möchte, darf sich hinter niemandem verstecken.

Ich schenke ihr ein entschuldigendes Lächeln, sie scheint zu verstehen und lässt die Hand sinken. Dennoch gehen wir so nah nebeneinander, dass sich unsere Schultern beinahe berühren und ihr Duft meine Nase streift, als wir zu Gwyn und Veris aufschließen.

Drückendes Schweigen liegt über uns.

Meine Finger zucken, wollen mein Vorhaben im Keim ersticken, indem ich nach Aiyanas Hand greife. Ich balle meine Hände zu Fäusten zusammen, drücke den Rücken durch und atme tief in den Bauch. »Wie gehen wir jetzt vor?«, traue ich mich, die Stille zu durchbrechen. »Wo halten sich die Drachen auf, die noch nicht …«

»… an jemanden gebunden sind?«, beendet Gwyn meinen Satz. Ich nicke stumm, meine Belohnung ist ein mildes Lächeln, das sich auf Gwyns schmale Lippen stiehlt. »Die Drachen leben überall auf den unbewohnten Silberinseln«, erklärt dey. »Es gibt verschiedene Clans, die ihre Herrschaftskämpfe untereinander ausfechten. Ab und an verschwindet einer von ihnen und ihre Dominanz ändert sich so oft, dass es uns schwerfällt, sie zu dokumentieren.« Gwyn streicht sich das weiße Haar aus der Stirn. »Aus etwa einen Mond alten Aufzeichnungen wissen wir, dass sich ein Drachennest unweit von diesen Klippen, in einem Hain, befindet. Dieser ist unser erstes Ziel.«

Ich zupfe am Saum von Aiyanas Tunika, deren grauer Stoff meine Figur locker umspielt. »Und wie finde ich den Drachen, der … ihr wisst schon …«

Veris hebt eine Augenbraue. »Dich erwählt?«

Ich verstecke mein Gesicht hinter einem Vorhang aus dunkelblonden Haarsträhnen. »Mhmh«, mache ich.

»Das ist die Sache an unserem kleinen Ausflug, die du nicht planen kannst«, murmelt Gwyn. Als ich, durch meinen Haarvorhang hindurch, zu Gwyn blicke, ist deren Blick auf einen Punkt in weiter Ferne fixiert.

Aiyana tritt näher an meine Seite, bis sich unsere Schultern berühren. Ihr sorgenvoller Blick klebt, dickflüssigem Sirup gleich, an mir. »Normalerweise ist es Rekrutinnen und Rekruten erst in ihrem letzten Lehrjahr gestattet, sich an einen Drachen zu binden. Die Auswahlzeremonie und das Ritual sind ihre letzte Prüfung.« Sie bricht abrupt ab. Ihr Blick gibt mich frei, sie starrt auf denselben, für mich unsichtbaren Fleck wie Gwyn.

Veris räuspert sich leise. »Was Aiyana sagen möchte ist, dass alle Rekrutinnen und Rekruten, die ihre vorausgegangenen Prüfungen bestanden haben, in ein Nest geschickt werden, das von wilden Drachen bevölkert wird.« In sachlichem Tonfall sagt sie das, als würde sie mir den wolkenlosen Himmel über uns und den Herbst, der in der Luft liegt, beschreiben. »Entweder ein Drache beschützt sie vor seinesgleichen und erwählt sie.« Sie macht eine Kunstpause, während der sie mir ein rasiermesserscharfes Lächeln schenkt, das mir Kälte durch die Adern treibt. »Oder sie kehren nicht zurück.«

Aiyana wirft ihr einen mahnenden Blick zu. »Soleya wird zurückkehren«, knurrt sie. »Zumal wir sie nicht in ein Nest unkontrollierbarer Drachen werfen werden.« Sie tastet nach meinem Ärmel und zieht mich nach vorn, den Felsen entgegen. »Kommt ihr?« Ohne eine Antwort abzuwarten, schleift sie mich mit sich.

Gwyn und Veris schließen sich uns wortlos an.

Das drückende Schweigen kehrt zurück. Einem eisernen Tuch gleich, liegt es über uns. Diesmal wage ich nicht, ein Loch hineinzubrennen. Das Gefühl bleiernen Schwindels, das droht, über mich herzufallen, sagt mir, dass auf weitere Fragen meinerseits Antworten folgen werden, die ich nicht hören möchte.

Die Drachen bleiben auf dem Felsplateau zurück. Aiyana versichert mir mit gesenkter Stimme, dass sie, Gwyn und Veris sie jederzeit um Unterstützung bitten können, falls wir diese brauchen.

Seit Veris' Erklärung, was auf mich zukommt, ist Aiyana gefährlich ruhig. Ihr Kiefer ist angespannt und sie knirscht im Takt ihrer zügigen Schritte mit den Zähnen. Dass sie mich noch immer am Ärmel festhält, scheint sie erst zu bemerken, als sich ein Felsspalt auf der Höhe unserer Bäuche vor uns auftut. Davor angekommen, lässt sie mich los.

»Ab hier müssen wir kriechen«, erklärt sie. »Es ist keine weite Strecke, aber es ist dunkel.« Ihre Schultern beben unter einem tiefen Atemzug. »Halte dich an meinem Fußgelenk fest.«

Mein Herz wummert unsanft gegen meine Rippen. Schatten sickern aus dem Felsspalt auf den Pfad, und strecken ihre skelettartigen Finger nach mir aus.

Aiyana kniet sich vor dem Spalt hin, schiebt ihren Kopf hindurch, und wird von der Finsternis, die hinter der Öffnung lauert, verschluckt.

Mit angehaltenem Atem tue ich es ihr gleich, bevor sie mich alleinlässt und mir so jegliche Orientierung nimmt. Spitze Steine stechen in meine Handflächen und scheuern an den Knien von Aiyanas Stoffhose, als ich mich hinknie und zu kriechen beginne. Ich strecke eine zitternde Hand in die Finsternis, die sich vor mir auftut, und stoße einen Schwall Luft aus, als ich warme, sehnige Haut zu fassen bekomme.

Die Wände nähern sich mir, in der Ferne höre ich ein Rauschen und bete zu den alten Gottheiten, dass kein Fluss im allumfassenden Schwarz auf mich lauert. Schweiß klebt mir die Bluse an den Rücken und das Haar ins Gesicht. Obschon ich die Hand vor Augen nicht sehe, kneife ich diese zusammen, konzentriere mich auf meine Atmung, und lasse mich von Aiyana leiten. Endlose Herzschläge, gefangen in Schattenfesseln, vergehen.

»Wir haben es gleich geschafft«, bringt mich eine vertraute Stimme aus der Finsternis ins Licht.

Ich blinzle gegen die Schwärze an. Ein feines goldenes Rinnsal Licht strahlt mir entgegen, und zeichnet die Konturen von Aiyanas Gestalt nach. Das Licht wird heller, je weiter wir kriechen. Sein Leuchten flutet meine Adern mit neuer Kraft, und meine Atmung normalisiert sich.

Dennoch lasse ich Aiyanas Fußgelenk erst los, als sich ihr Oberkörper bereits auf der anderen Seite des Pfades befindet. Sie geht in die Hocke, hält mir ihre Hand hin, und zieht mich die letzten Fuß aus der Finsternis in ein Licht, das mir gleißend in die Augen sticht.

Ich blinzle gegen die Helligkeit an und bemerke nur am Rande, dass Aiyana mich auf die Füße zieht. Als ich festen Stand habe, lasse ich ihre Hand los und trete einen Schritt zur Seite, um Gwyn und Veris Platz zu machen. Wenige Atemzüge später tauchen sie nacheinander aus dem Gang auf.

Ich klopfe mir den Staub von der Hose. Veris' und Gwyns Blicken auf mir bin ich mir allzu bewusst. Ich wage nicht zu fragen, ob es einen anderen Weg gibt.

Aiyana schenkt mir ein aufmunterndes Lächeln, ehe sie unseren Weg fortsetzt.

Wir folgen einem Pfad, auf dem zwei Personen nebeneinander keinen

Platz hätten. Silberner Kalkstein und azurblauer Himmel sind alles, was mein Sichtfeld einnimmt. Zwischendurch erhasche ich, weiter über uns im Gebirge, einen Blick auf die eine oder andere Höhle. In der Ferne rauscht ein Wasserfall.

Plötzlich zerschneidet ein Brüllen die klare Luft. Der Boden unter meinen Füßen schwankt, als ginge ich über ein Drahtseil, das über einen Abgrund führt. Ich stolpere einen Schritt nach vorne, die Felswand schneidet in meine Handfläche, als ich mich keuchend an ihr abstütze.

Schatten sickern in mein Blickfeld. Rauch füllt meine Lungen. Verstopft sie. Ich kann nicht atmen, nur ein Keuchen dringt über meine Lippen. Asche tränkt die Luft. Kampfgeschrei hallt in meinen Ohren nach …

Eine Hand packt mich am Ärmel. Ich erwache aus den Fluten meiner Erinnerungen, und blicke in weit aufgerissene honigbraune Augen in einem bleichen Gesicht.

»Lauft!«, ruft Veris.

Aiyana reißt mich mit sich, als sie sich nach vorne dreht und zum Sprint ansetzt.

Ich stolpere mit brennenden Lungen hinter ihr her. Flammen lecken an meinen Beinen. Die Welt gerät aus dem Gleichgewicht und droht, zur Seite zu kippen.

Das Brüllen wird lauter, der Boden unter unseren Füßen bebt.

Etwas, das einer breiten Nadel gleicht, bohrt sich in meine Schulter. Ich keuche auf. Warmes Blut rinnt meinen Arm hinab. Aiyana zieht mich weiter.

Ich beuge den Kopf, will mich vor weiteren Angriffen schützen. Da rieselt Staub in mein Haar. Aus dem Augenwinkel linse ich nach oben.

Ohnmächtige Furcht breitet sich in mir aus, als ich begreife.

Der Gang droht, in sich zusammenzustürzen. Steine bröckeln von den Wänden ab, und der Boden bebt tatsächlich.

Alles in mir schreit nach Flucht.

Ich renne schneller, passe mich Aiyanas Tempo an, und umklammere meinerseits ihren Blusenärmel. Je weiter wir rennen, desto mehr Staub legt sich über mein Sichtfeld, bis die Welt um mich herum in einem silbrigen Strudel versinkt. Ich blinzle gegen die feiner Asche gleichenden Wolken an. Zwecklos. Nichts als Silber ist zu erkennen, so weit das Auge reicht. Aiyanas Blusenärmel ist mein einziger Anker.

Mein Atem geht stoßweise. Von links und rechts scheint ein Korsett aus Stahl auf meinen Brustkorb zu drücken, das ihn zu zerquetschen droht. Ich spüre meine Beine kaum noch.

Wann immer ein spitzer Stein meine Kleidung durchbohrt, oder an meiner Haut kratzt, zucke ich zusammen. Ich höre nicht, wann sie fallen. Das Rauschen des Wasserfalls, der sich uns zu nähern scheint, und das Brüllen der Drachen sind zu laut.

Da lichtet sich der Silberstaub. Aiyana rennt einige Schritte weiter, hinaus auf einen Hain, der von silbernen Stämmen mit feuerroten Blättern gesäumt wird. Ich lasse ihren Blusenärmel nicht los, als sie zum Stehen kommt, und schmiege meine Schulter an ihre. Ob ich mich aus eigener Kraft aufrecht halten könnte, weiß ich nicht. Aiyana lässt mich gewähren. Ich höre ihre rasselnden Atemzüge, die den meinen gleichen, über das Brüllen und Rauschen hinweg.

Am Rande meines Sichtfelds kriecht Veris ins Freie. Sie presst sich die Hände auf die Knie und verharrt schwer atmend neben dem Felsspalt.

Gwyns weißer Schopf taucht in den Silberwolken auf. Mein Aufatmen bleibt mir im Hals stecken, als ein handgroßer Stein Gwyn in die Seite trifft. Dey taumelt, scheint kurz in der Luft zu hängen, und stürzt auf den Steinboden.

Aiyana, Veris und ich sprinten gleichzeitig nach vorne. Meine in Flammen stehenden Beine danken es mir nicht. Ich bekomme Gwyns Arm zu fassen, spüre deren keuchenden Atem auf meiner Haut. Mit vereinten Kräften ziehen wir Gwyn nach vorne, aus dem Gang auf das Plateau.

Einen Herzschlag später stürzt der Gang hinter uns mit einem letzten Poltern in sich zusammen.

»Das war knapp«, keucht Gwyn.

Veris lacht heiser auf. »Wir hätten dich nicht im Stich gelassen«, gibt sie mit einer Sanftheit in der Stimme zurück, die ich bei ihr bisher nicht gehört habe. »Bist du verletzt?«

Gwyn schüttelt mit zusammengebissenen Zähnen den Kopf.

Veris verdreht die Augen. »Also ja«, murmelt sie und beginnt, Gwyn nach Verletzungen abzutasten. Lange muss sie nicht suchen, die Haut an deren Hüfte ist blutdurchtränkt.

Eine warme Hand auf meiner Schulter bringt mich dazu, den Blick von den beiden abzuwenden. Ich fange Aiyanas sorgenvollen Blick auf. »Bist *du* verletzt?«, fragt sie leise.

Ich schüttle den Kopf. »Nur ein paar Kratzer.«

Ihre Stirn legt sich in Falten. Statt etwas zu erwidern, betrachtet sie mich von Kopf bis Fuß, streicht den Staub von meinen Schultern, bis sich ihre Züge glätten und sie meinen Blick wiederfindet. »Falls dir doch etwas wehtut, sag Veris Bescheid.«

»Dasselbe gilt für dich«, erwidere ich mit einem matten Lächeln, das sie zögerlich erwidert. Ich atme ihren Vanilleduft ein. Die notwendige Kraft, Gwyn und Veris anzusehen, steigt in mir auf.

Sie haben sich aufgerappelt und nur ein Blutfleck auf dem Stoff von Gwyns Hose erinnert an deren Verletzung.

»Entschuldigt bitte –«, traue ich mich mit bröckelnder Stimme zu sagen. »Ihr seid wegen mir hier … und –«

»Rede keinen Unsinn.« Gwyn macht eine wegwerfende Handbewegung. »Auf den Inseln kommt es oft zu Rangkämpfen unter den Drachen.« Ein kleines Lächeln huscht über deren schmale Lippen. »Dabei kann der eine oder andere Teil der Insel … na ja … kaputtgehen.«

Veris schnaubt. »Das ist sehr nett ausgedrückt, dafür, dass die wilden Drachen oft große Teile der Insel zerstören.« Sie rollt die Schultern nach hinten. »Kurz gesagt, wir wussten, worauf wir uns einlassen und es ist nicht deine Schuld.«

Das aus ihrem Mund zu hören, verschlägt mir die Sprache. Ich kann nicht anders, als sie mit großen Augen anzublinzeln.

Sie verzieht keine Miene. »Immerhin wissen wir jetzt, dass einige Drachen in der Nähe sind.«

Als hätten ihre Worte ein Kommando gegeben, erklingt nicht weit von uns ein Brüllen, das mich erschaudern lässt.

»Ist es klug von uns, die Drachen bei ihrem Rangkampf zu stören?«, traue ich mich zu fragen.

»Sie werden uns nicht bemerken«, versichert mir Aiyana mit so viel Überzeugung in der Stimme, dass ich ihr beinahe glaube.

Wir müssen nur wenige Schritte gehen, bis wir vor dem Saum eines kleinen Hains stehen, in dessen Mitte ein verfallenes Gebäude aufragt. Das Klippengestein weist Risse auf, die Fenster sind, toten Augen gleich, eingefallen. Das Dach, das einst silbern gewesen sein muss, hat ein mattes Rauchgrau angenommen, das jegliches Licht absorbiert.

Auf der einen Seite des Gebäudes stehen drei Drachen, die Gwyns Exemplar gleichen.

Ihnen gegenüber kauert ein deutlich kleinerer Drache mit glatten tintenschwarzen Schuppen, auf denen sich silberne Lichtreflexe abzeichnen, die einem Sternenhimmel gleichen. Sein Körper ist filigran und stromlinienförmig gebaut, seine Flügel scheinen aus waberndem Nebel zu bestehen, der sich mit jedem Schritt, den der Drache tut, verformt. Auf seinem Kopf thront ein Geweih, wie aus schwarzem Marmor geschmiedet, auf dessen Spitze sich ein Juwel, das einem Onyx gleicht, befindet.

Für einen Augenblick bin ich geblendet von der dunklen Schönheit, die der Drache ausstrahlt.

Da fällt mein Blick auf seine Augen und ich fühle mich, als hätte jemand einen Eimer kaltes Wasser über mir ausgekippt.

Nie habe ich geglaubt zu sehen, dass ein so majestätisches, todbringendes Geschöpf Angst ausstrahlen könnte. Doch nackte Panik schimmert in den Augen des Drachen und vernebelt das Sternenfunkeln in dem unendlichen Schwarz. Augen, in denen ein Universum zu hausen scheint, das langsam zu verglühen droht.

Die drei großen Drachen machen einstimmig einen Schritt nach vorne. Ihr Gegenüber zieht die Flügel eng an den Körper, senkt den Kopf und weicht zurück, bis der kleine Drache mit dem Rücken gegen die Felswand prallt.

»Das ist kein Rangkampf«, sagt Gwyn mit belegter Stimme.

»Sondern eine Jagd«, fügt Veris hinzu.

Übelkeit steigt in mir auf. »Können wir nicht –«

Aiyana legt mir eine Hand auf den Oberarm, sanft, aber bestimmt.

Sollte ich den Versuch wagen, etwas Unüberlegtes zu tun, könnte ich mich nicht gegen sie wehren. »Nein, Soleya. Das ist das Gesetz der Drachen.«

Ich kann meinen Blick nicht von dem grausamen Schauspiel abwenden, das sich vor uns abspielt.

Die drei großen Drachen pirschen sich an den kleineren an, der zwischen ihnen und den Felsen gefangen ist. Der mittlere der großen Drachen reißt seinen massigen Kopf hoch und stößt ein Brüllen aus, das mich bis ins Mark erschüttert.

Der schwarze Drache zieht die dunklen Lefzen nach hinten. Ein hohes Fauchen, das dem einer Katze gleicht, rollt über seine Lippen.

Sein Gegenüber brüllt ein zweites Mal.

Ein Ruck geht durch den filigranen, schwarzen Körper. Zitternd weicht der Drache zurück, findet nur die Felswand und starrt mit geweiteten Augen in das Angesicht des Todes.

Ich wirble herum und suche Aiyanas Blick. Mein Herz hämmert unsanft gegen meine Rippen, Schweiß klebt mir die Tunika an den Körper, der nicht minder zittert als jener des Drachen. »Wäre nicht jetzt ein guter Zeitpunkt, um eure Drachen zu rufen?«, frage ich mit schriller Stimme.

Aiyana schüttelt den Kopf, eine Maske tiefen Bedauerns liegt über ihren Zügen. Ihre Hand, die meinen Oberarm umschließt, versteift sich, ihr Griff gleicht einer eisernen Fessel. »Das würde es nicht besser machen, vertrau mir«, sagt sie leise.

Irgendetwas brodelt in meinen Adern. Ich öffne die Lippen, um ihr eine patzige Antwort zu geben.

Da ertönt ein Knall, gefolgt von einem Jaulen, das sich tief in mein Herz bohrt. Mit angehaltenem Atem drehe ich mich zu den Drachen um.

Von dem schwarzen Drachen sehe ich nur die Hinterläufe. Die Angreifenden müssen ihn gepackt und zu Boden geworfen haben. Dem größten der Angreifenden rinnt tiefschwarzes Blut aus dem Mundwinkel, bei diesem Anblick dreht sich mir der Magen um. Ich halte mir eine Hand vor den Mund, um ein Würgen zu unterdrücken, und schmecke ätzende Flüssigkeit auf der Zunge.

Mit einem Brüllen tritt das massige Geschöpf zurück und gibt meinen Blick auf die gebrochene Gestalt des schwarzen Drachen frei.

Er liegt zusammengekauert, die Glieder eng an den Körper gezogen, im blassgrünen Gras. Sein linker Flügel ist in einem unnatürlichen Winkel vom Körper abgespreizt. Schwarzes Blut tropft aus einer Wunde unterhalb der Federn, die ich vorhin für Rauchschwaden gehalten habe, zu Boden. Sein Körper zittert nicht mehr, seine Brust hebt und senkt sich nicht. Die Augen sind zusammengekniffen, die Sterne darin vermutlich erloschen.

Die drei großen Drachen treten nach vorne, der kleinste von ihnen tippt den schwarzen Drachen mit der Schnauze an.

Der filigrane Körper bebt unter einem tiefen Atemzug. Angehaltener Atem entweicht meinen Lungen, als sich Augen, in denen ein ganzes Universum zu funkeln scheint, öffnen. Der Drache verzieht die dunklen Lefzen nach hinten und stößt ein Knurren aus.

Gleichzeitig treten die drei großen Drachen nach vorne. Sie schaffen je einen Schritt, bevor sie erstarren. Schwarze Ranken sprießen aus dem Gras zu ihren Klauen. Mir stockt der Atem. Es sind keine Ranken, der kleine Drache verformt die Schatten seiner Angreifenden. Die drei großen Drachen können nichts anderes tun, als zuzusehen, wie sich Schattenranken um ihre massigen Körper schlingen. Selbst gefesselt lassen sie ihre Aufmerksamkeit nicht von ihrem Opfer, das sich als Henker entpuppt hat. Die Drachen scheinen eine stille Unterhaltung zu führen, die mir verborgen bleibt. Dabei sind sie gefährlich ruhig. Der Mantel des Schweigens liegt über dem Hain. Nur das Rascheln des Meereswindes in den Blättern ist zu hören. Ich spüre, dass sich Aiyana neben mir anspannt, doch ich beachte sie kaum. Zu fixiert bin ich auf den Anblick der Drachen.

Meine Welt scheint in zwei Hälften gebrochen. Ich sehe den Drachen, der versucht sich gegen die Angreifenden zu behaupten, und mir ist, als sei ich der Drache. Ein Kribbeln breitet sich unter meiner Haut aus. Je länger ich den Kampf beobachte, desto stärker wird es.

Bitte … du schaffst das … du bist stärker als sie.

Ich denke die Worte aus einem Impuls heraus. Vorhin habe ich die

Schattengänger gefürchtet, ohne sie zu kennen. Jetzt wünsche ich mir, dass der schwarze Drache diesen Kampf gewinnt – aus Mitleid oder einem tieferen Grund.

Als hätte der Schattengänger mein stilles Flehen gehört, bläht er seine Nüstern auf. Schwarzer Rauch entströmt ihnen, die Schattenranken verformen sich, überziehen die Körper der drei Drachen und scheinen diese aufzulösen. Schwarze Asche, die in das grüne Gras rieselt, bevor der Meereswind sie mit sich nimmt, ist alles, was von ihnen übrigbleibt.

Eine Mischung aus Aufatmen, Schluchzen und Lachen verlässt meine Lippen. Warme Erleichterung brandet durch meine Adern. Vermischt mit Überwältigung von der Macht, welche von diesem filigranen Geschöpf ausgeht und welche es geschafft hat, die Gefahr im richtigen Moment zu bezwingen.

Der schwarze Drache starrt den Punkt an, wo sich seine Angreifenden aufgelöst haben, dann zucken seine pupillenlosen Augen zu der Wunde unterhalb seines Flügels. Das Blut hat nicht aufgehört ins Gras zu sickern.

»Wir müssen dem Drachen helfen!« Der Satz hat meine Lippen verlassen, bevor ich entscheide, ihn zu sagen. In stiller Bestätigung kribbelt die Narbe auf meinem Rücken. Warmen Feuerfunken gleich breitet sich das Gefühl bis in meine Fingerspitzen aus. Als wollte die Göttin, die mich gezeichnet hat, mir den Weg weisen.

»Aber –«

Weiter kommt Aiyana nicht, ich funkle sie mit zusammengekniffenen Augen an. »Das Gesetz der Drachen interessiert mich gerade nicht«, sage ich mit mehr Schärfe in der Stimme als beabsichtigt.

Aiyana klappt der Mund auf. Sie ist so perplex, dass es ein Leichtes ist, mich ihr zu entreißen.

Ich nähere mich dem Drachen in zügigen Schritten.

»Ich wollte sagen, dass verletzte Drachen unberechenbar sind!«, ruft Aiyana mit angespannter Stimme.

Ich drehe mich nicht zu ihr um. Falls sie mich aufhalten möchte, soll sie ihr Glück versuchen.

Ein Blick, der lauem Nachtwind gleicht, streichelt meine Haut. Ich finde die pupillenlosen Augen des Drachen und versinke in einem Farbenspiel aus Silber und Nachtschwarz, als ich mich ihm nähere. Die Luft zwischen uns lädt sich elektrisch auf, als würde sich das Kribbeln meiner Narbe in ihr entladen.

Eine Armlänge von dem Drachen entfernt, hocke ich mich ins Gras. Behutsam strecke ich eine Hand nach der schmalen Schnauze aus.

»Soleya, das ist ein *verletzter Drache*!«

»Lass sie, Aiyana!«

»Ich lasse sie ganz bestimmt nicht … lass mich los, Veris!«

Der Rest ihrer Worte klingt zu einem fernen Summen ab.

Der Drache beugt seinen Kopf nach vorne. Rasselnder, warmer Atem streift über meine Haut, als er an meiner Hand schnuppert.

»Das heißt, ich darf dir helfen?«, flüstere ich, unsicher, ob wilde Drachen der menschlichen Sprache mächtig sind.

Ein leises, zustimmendes Brummen rollt über seine Lippen.

Ich schlucke trocken. Mein Blick schnellt zu der Wunde, die ein Loch in die marmorne Haut geschlagen hat. Das schwarze Blut gleicht Wasser, das mit Asche angereichert ist. Silberner Staub glimmert darin, wie ein Nachthimmel, der gewaltsam auseinandergerissen wurde.

»Ich bin bloß Schneiderin«, murmle ich.

Der Reisebeutel, den ich mir um die Schultern geschlungen habe, fühlt sich schwerer als vorher an.

Natürlich – ich bin Schneiderin. Wie oft habe ich Firans Wunden genäht, wenn er sich bei seinen Abenteuern im Wald verletzt hat?

Ein Lächeln stiehlt sich auf meine Lippen.

Firan wird Augen machen, wenn ich ihm erzähle, dass ich einem Drachen geholfen habe.

Rasch klaube ich Nadel und Faden aus dem Reisebeutel zusammen. Aiyana wollte mich davon abhalten. Dass wir Veris als Heilerin an unserer Seite haben, hat sie gesagt. Zum Glück habe ich mich geweigert auf sie zu hören.

Ich halte Nadel und Faden so hin, dass der Drache beides betrachten kann. »Damit werde ich deine Wunde nähen, nachdem ich sie gesäubert habe«, erkläre ich.

Die Stille, die auf meine Worte folgt, werte ich als Zustimmung.

Ich rücke näher an die Seite des Drachen. Ein warmer Schauder rieselt, von meiner Narbe ausgehend, über meine Haut und sammelt sich in meiner Brust, als ich die marmorne Haut berühre. Sie ist nicht kalt, wie ich erwartet habe, sondern angenehm warm, wie Kohlen in einem nahezu erloschenen Kamin.

Mit einem Tuch, das ich in Mondblumensaft tunke, säubere ich die Wunde. Dabei zuckt der Drache mehrmals zusammen, und ich flüstere beruhigende Worte, bis er sich wieder beruhigt hat. Hoffentlich genügt die grobe Säuberung, damit sie sich nicht entzündet.

Anschließend nähe ich die Wunde mit wenigen flinken Handgriffen. Sie sieht nicht tief aus, wird schnell verheilen und hoffentlich ist der Drache dennoch des Fliegens mächtig.

Als der letzte Nadelstich getan ist, suche ich den Blick des Drachen, schenke ihm ein aufmunterndes Lächeln, wie ich es bei Firan tun würde, und streichle seine Flanke, oberhalb der Wunde. »Schon hast du es überstanden«, wispere ich. »Das ist gar nicht schlimm gewesen, oder?«

Die Nüstern des Drachen blähen sich auf, ich erwarte ein zustimmendes Schnauben. Da verziehen sich die dunklen Lefzen nach hinten. Der Onyx auf dem marmornen Geweih glimmt bedrohlich auf, und in den nun zu Schlitzen verengten Augen lodert silbernes Feuer.

»Was –«

Der Rest des Satzes bleibt mir im Hals stecken. Das Rascheln von Flügelschlägen zerreißt die Stille. Mein Herz klopft mir bis zum Hals, ich springe auf die Füße, trete einen Schritt zurück.

»Soleya, du musst verschwinden!« Aiyanas Stimme ist angespannt wie eine Bogensehne. »Weg von dem Drachen! Sofort!«

Ein dumpfer Aufschlag ertönt, silberner Staub nimmt mir die Sicht, dringt in meine Lungen und entlockt mir ein röchelndes Husten. Eine Böe, zu dickflüssig, um Wind zu sein, erfasst mich, und schleudert mich zur Seite. Orientierungslos stolpere ich nach hinten, statt nach vorne, bis mein Rücken gegen silbernes Klippengestein prallt. Unter dem Rauschen meines Blutes registrieren meine Ohren nur am Rande, dass sich der Drache vom Boden aufrappelt.

»Soleya!«, schreit Aiyana.

»Du kannst nichts tun –« Gwyns Stimme.

»Und ob ich das kann! Ich hätte viel eher etwas tun müssen. Ich hätte sie aufhalten sollen, bevor sie sich dem Drachen genähert hat –«

»Dann hättet ihr euch beide in das Gesetz der Drachen eingemischt!«

»Ich kann sie nicht sterben lassen, Veris!«

Der silberne Nebel lichtet sich. Ich blinzle gegen gleißendes Sonnenlicht an, bis sich meine Sicht klärt, und erstarre.

Aiyanas Blick bohrt sich in meinen. Der warme dunkle Unterton hat ihre Haut verlassen, was sie aussehen lässt wie von einer Schicht Asche überzogen. Ihre Lippen sind fest zusammengepresst, in ihren Augen schimmern Tränen.

Gwyn und Veris spiegeln beide ihren Gesichtsausdruck. Sie haben Aiyana links und rechts bei den Oberarmen gepackt. Egal wie sehr sie sich windet, sie ist nicht in der Lage, sich zu befreien.

Ein Grollen lenkt meine Aufmerksamkeit auf die Gefahr, vor der Aiyana mich wohl retten möchte. Mein Herz schrumpft auf einen Punkt zusammen. Mir ist, als würden sich Schattenranken um meine Glieder schlingen, die mich in meinem eigenen Körper gefangen halten. Tränen trüben mein Sichtfeld und drücken mir, einem kristallenen Strick gleich, die Kehle zu.

Aiyana verschwimmt vor meinen Augen. Immer wieder ruft sie meinen Namen mit zitternder, schriller Stimme. Sie klingt nah, dennoch ist sie nie weiter von mir entfernt gewesen als jetzt.

Die Bestien in meiner unmittelbaren Nähe sehe ich, durch den Nebel aus Tränen hinweg, gestochen scharf.

Der schwarze Drache hat sich mit erhobenem Haupt vor mir aufgebaut. Sein Körper bebt unter angespannten Atemzügen.

Ihm gegenüber steht ein Drache, dessen Haut durchsichtig ist. Darunter zucken glühend goldene Blitze, aus denen auch sein Geweih zu bestehen scheint, die gefährlich knistern.

Die Drachen stehen einander mit nach hinten verzogenen Lefzen und zu Schlitzen verengten Augen gegenüber. Zwei Raubtiere, die kalkulieren, ob ein Angriff die beste Verteidigung oder Warten die bessere Strategie ist.

Innerlich zittere ich, äußerlich bin ich zu Eis erstarrt. Nicht Teil des Geschehens, als wäre eine andere Soleya in Begriff, von einem Drachen auseinandergerissen zu werden.

Der Gewitterdrache bläht seine Nüstern auf, ein Blitz schnellt hervor. Bevor der Schrei, der mir in der Kehle steckt, an die Oberfläche dringt, zerfasert der Blitz zu tintenschwarzen Fäden. Dennoch wage ich nicht, auszuatmen.

In einem grausamen Farbenspiel treffen Blitze und Schattenranken aufeinander. Eine knisternde Explosion in der stillen Luft, die selbst das Rascheln der Blätter im Wind verlassen hat.

Wann immer der Gewitterdrache einen Schritt näher kommt, tritt der Schattengänger einen Schritt nach hinten und schirmt mich mit seinem filigranen Körper vor jedem Angriff ab. Dass ich bereits mit dem Rücken an die Felswand gepresst stehe, in der ich nicht verschwinden kann, scheint er nicht zu bemerken.

Als der Schattengänger ein weiteres Mal einen Schritt zurücktritt, ist der Gewitterdrache vorbereitet. Zischend bohrt sich ein Blitz in seine rechte Flanke. Sein Schmerzensschrei zerreißt etwas in mir. Mein Blick haftet an der qualmenden, nachtschwarzen Haut. Der Gestank von verbranntem Fleisch dringt, ätzender Säure gleich, in meine Nase.

Ein Zischen zerschneidet die Luft. Instinktiv möchte ich mich ducken. Jedoch bin ich einen Atemzug zu spät. Der Blitz streift knisternd meine rechte Schulter, die sogleich Feuer fängt. Elektrische Funken kriechen durch meinen Körper, meine Kehle hinauf, aus der ein spitzer Schrei dringt. Der Boden unter meinen Füßen verschwindet, ich falle auf die Seite, und schreie ein zweites Mal, als sich spitze Steine in die Wunde an meiner Schulter bohren. Die Welt verschwimmt vor meinen Augen. Tintenschwarze Wassermassen schlagen über mir zusammen und wollen mich in die Tiefe ziehen.

Ein schweres Gewicht senkt sich auf meine verletzte Schulter herab. Flammen zucken meine Glieder herab. Meine Kehle ist zugeschnürt, kein Schrei wagt es, ihr zu entschlüpfen.

Meine Umgebung ist in Nebel gehüllt, den nur ein gelbes Augenpaar durchbricht. Die Welt steht still, als der Gewitterdrache mich fixiert, als wollte er in mich hineinsehen. Ich fühle mich wie gelähmt. Die Schattenranken, die Qualm gleich aus dem Boden aufsteigen und sich zu einer Todesfalle formen, sehe ich nur aus dem Augenwinkel. Da verändert sich etwas in den Augen des Gewitterdrachen, Funken, die ich nicht deuten kann, zucken in seinen Iriden und seine Pupillen weiten sich.

Das schwere Gewicht auf meiner Schulter verschwindet, das Knistern in der Luft ebbt zu einem Summen ab.

Doch ich bin längst Opfer der Schattenfluten, die über mir zusammenschlagen, mir die Atemluft nehmen und mich in die Tiefe zerren.

Das Letzte, was ich höre, bevor ich das Bewusstsein verliere, sind das Brüllen eines Drachen und Aiyanas Stimme, die meinen Namen schreit.

Kapitel 13
Schattengänger

In langsamen Zügen schwimme ich aus den Schattenfluten an die Oberfläche. Ein warmer Luftzug streicht über meine Haut, was ein angenehmes Kribbeln in meiner Narbe entfacht, aus dem ich neue Energie schöpfe.

»Lass mich zu ihr, du eigensinniger Drache!«

Ein Knurren ist die einzige Antwort.

»Ich möchte ihr helfen. Ich kann ihre Verletzung heilen.«

Siedend heißer Schmerz durchfährt meine Schulter, ich zucke zusammen.

»Aiyana –«

Ein trockenes Schluchzen, das entfernt dem Wort »Was?« gleicht.

»Es wird alles gut. Sie wacht auf.«

Meine Lider flattern, Schmetterlingsflügeln gleich, und mein Kopf fühlt sich schwer an. Azurblaue und silberne Flecken tanzen vor meinen Augen, und formen sich zu einer Landschaft.

Etwas berührt mich sanft an der gesunden Schulter. Ich drehe den Kopf nach rechts, und blicke in pupillenlose Augen, die ein Universum beherbergen. Silberne Sterne auf schattenschwarzem Untergrund.

Meine Gedanken fließen, dickflüssigem Uferschlamm gleich. Einige Herzschläge vergehen, bis sie sich in meinem bleiernen Kopf verknüpfen. Ich schaue in die Augen eines Drachen, eines Schattengängers. Eine leise Stimme in meinem Hinterkopf wispert, dass ich Angst haben sollte. Stattdessen steigt ein Gefühl der Sicherheit in mir auf.

Noch einmal berührt der Drache meine gesunde Schulter mit seiner Schnauze. Er legt den Kopf schief.

»Es geht mir gut«, bringe ich mit heiserer Stimme heraus. Meine Kehle fühlt sich an, als sei sie mit Sand gefüllt. »Danke … für alles … für deine Hilfe.«

»Soleya!« Jetzt erkenne ich die Stimme – Aiyana.

»Der Drache wird dich nicht vorbeilassen.« Gwyns Stimme.

»Das wollen wir doch mal sehen«, knurrt Aiyana. »Lass. Mich. Zu. Ihr.«

Die silberschwarzen Augen suchen meinen Blick. Eine Frage schlummert darin.

»Sie ist eine Freundin«, sage ich mit rauer Stimme. »Alle drei sind das. Sie dürfen zu mir … und Veris wird meine Verletzungen heilen. Versprochen.«

Einen Herzschlag lang sieht mich der Drache intensiv an, als wolle er meine Antwort auf ihren Wahrheitsgehalt überprüfen. Dann rutscht er ein Stück zur Seite.

Rasende Schritte hallen über den Boden. Aiyana lässt sich neben mir in den Staub fallen, ihre Prothese knickt weg, sie schneidet eine schmerzverzerrte Grimasse. Als sie sich gefasst hat, sucht sie meinen Blick. Ihre Augen sind gerötet, sie ist blass um die Nase und ihre Unterlippe zieren Bissspuren. Mit zitternden Fingern streckt sie eine Hand nach mir aus und streicht mir sanft das Haar aus der Stirn. »Dir geht es gut.« Ihre Stimme überschlägt sich. »Wenn ich gewusst hätte, was geschieht … ich hätte dich nach Hause bringen sollen, als die Gelegenheit da gewesen ist.« Ein trockenes Schluchzen unterbricht sie. »Niemals hätte ich dich dieser Gefahr aussetzen dürfen.«

Mit der gesunden Hand berühre ich vorsichtig ihre Finger. Die kleine zärtliche Berührung genügt, um Aiyanas Redeschwall zum Verstummen zu bringen. »Mir geht es gut, Aiyana, ehrlich.« Meine Kehle schnürt sich zu, was mich an weiteren Worten hindert und mir ein gepresstes Husten entlockt.

»Wasser!«, ruft Aiyana, ohne mich aus den Augen zu lassen. Wenige Atemzüge später hält sie einen Wasserbeutel in der freien Hand.

Sie legt mir eine Hand auf den Rücken und hilft mir, mich in eine sitzende Position zu bringen. Als ich sitze, scheint sie nicht gewillt von mir abzurücken, und ein süßes Ziehen in meiner Brust wispert, dass ich ihre Nähe genauso brauche. Ich schmiege meine Schulter dankbar dafür, dass Aiyana mir Halt gibt, an ihre.

Ich nehme den Wasserbeutel von ihr entgegen und stürze seinen Inhalt in einem Zug herunter. »Besser«, sage ich anschließend und ringe mir ein Lächeln ab.

Aiyana beißt sich auf die Unterlippe. »Wie geht es dir wirklich?« Rauchschwarze Haarsträhnen fallen ihr ins Gesicht. »Es tut mir so leid … ich –«

Ihr Anblick zerreißt etwas in mir. Ohne von ihr abzurücken, wende ich ihr meinen Oberkörper zu, taste nach ihrer Wange und bringt sie dazu, mich anzusehen. »Hör auf, dich zu entschuldigen, Aiyana«, sage ich um eine feste Stimme bemüht. »Ich bin am Leben, ist es nicht das, was zählt? Veris wird sich um meine Verletzung kümmern und den Schock werde ich überstehen.« Ich streichle ihre Wange behutsam mit dem Daumen. »Ich habe Schlimmeres überstanden als das, das weißt du.«

Der gequälte Ausdruck verlässt ihre Züge, sie schmiegt ihre Wange in meine Handfläche, ihre Haut wird unter meinen Fingerspitzen angenehm warm. »Versprochen?«

»Fest versprochen.«

Die Schatten, die über ihrer Miene liegen, lichten sich. Kleine goldene Funken kehren in ihre honigbraunen Augen zurück. »Ich bin froh, dass es dir gutgeht.« Ein Lächeln huscht über ihre Lippen. »Versprich mir, dass du dich in Zukunft nicht mehr in das Gesetz wilder Drachen einmischst. Wenn doch, informiere mich frühzeitig und nimm mich mit.«

»Das ist nicht nötig, in Zukunft verzichte ich auf wilde Drachen in meiner Nähe«, erinnere ich sie. Als ich meine Erkenntnis ausspreche, nistetet sie sich warm und sicher in einem Teil meines Herzens ein. »Jetzt, wo ich meinen Drachen gefunden habe.«

Aiyanas Stirn legt sich in Falten. Sie lässt meinen Blick los und be trachtet den Schattengänger, der dicht neben uns im Gras liegt, mit zusammengezogenen Augenbrauen. »Der Drache hat dich bewacht, als wärt ihr längst durch das Blutritual miteinander verbunden«, murmelt sie. »Ich bin kurz davor gewesen, Camai zu rufen, um ihn zu vertreiben. Gut, dass ich mich dagegen entschieden habe.« Sie wendet sich wieder mir zu, ein goldenes Schimmern wohnt ihren Augen inne. »Wusste ich es doch, dass dich ein Drache erwählen wird.«

»Ich schätze, das ist der Grund gewesen, wieso ich mich in den Kampf eingemischt habe. Tief in meinem Herzen habe ich wohl gewusst, dass der Drache und ich … nun ja –«

Sie schmunzelt. »Füreinander bestimmt seid?«

»Klingt das nicht lächerlich?«

»Es ist die Wahrheit.«

Ich sollte mich vor den Drachen fürchten und mir wünschen, aus diesem Albtraum aufzuwachen. Stattdessen steigt Stolz in mir auf und ich fühle mich, als hätte sich ein verloren geglaubter Teil meines Selbst endlich in mich eingefügt. Als sei ich ohne den Schattengänger an meiner Seite nicht so vollkommen gewesen, wie ich es sein könnte.

»Du hast recht«, erwidere ich, Stolz schwingt in meinen Worten mit. »Spätestens als der Drache mich an sich herangelassen hat, um die Wunde zu nähen, habe ich es gewusst. Und er hat mich vor dem Gewitterdrachen beschützt, und ihn in die Flucht geschlagen, bevor er zum tödlichen Hieb ausholen konnte.«

Aiyana nimmt einen scharfen Atemzug.

Ich schlucke. »Was ist los?«

Sie weicht meinem Blick aus. »Das ist nicht der Schattengänger gewesen und du kannst mir glauben, dass er wütend war, weil er es nicht geschafft hat, dich zu retten«, antwortet sie mit gesenkter Stimme. Ein Ruck geht durch ihren Körper, als sie den Kopf hebt, liegt eine Mischung aus Sorge und Faszination über ihren Zügen. »Der Drache hat dich einfach liegen lassen und die Flucht ergriffen.«

***

Auf dem Weg zurück in die Festung und auch nach der Landung gehen mir Aiyanas Worte nicht mehr aus dem Kopf. Der Drache hat mich verschont, nachdem er mich berührt und etwas in mir gesehen hat.

Was, wenn es einen Zusammenhang zwischen den Gezeichneten, den Drachen und den göttlichen Artefakten gibt? Ich muss schnellstmöglich in die Bibliothek und das Beste hoffen. Sonst muss ich die Bücher von Larentia zurückbekommen, um jeden Preis. Meine Gedanken schwirren in alle Richtungen.

Veris, die meine Verletzungen geheilt hat, und Gwyn sind mir erstmals mit Freundlichkeit begegnet. Und Stolz. Beide haben mich mit nach oben gereckten Daumen empfangen. Mein Unbehagen scheinen sie nicht zu bemerken.

Auf Aiyanas Gesprächsversuche habe ich nur einsilbige Antworten gegeben. Während des Fluges über das Blutmeer, über dem das blassrosa Abendrot schimmert, hat sie aufgegeben. Ein mulmiges Gefühl hat sich in meinen Adern breitgemacht. Doch als mir feingliedrige Finger über das Haar gestrichen haben und eine sanfte Stimme mir ins Ohr geflüstert hat, dass ich mich ausruhen soll, habe ich gewusst, dass sie dem Schreck, der mir in den Knochen sitzt, die Schuld gibt.

Der Schattengänger – *mein* Drache, was mich mit einem Gefühl goldenen Glücks erfüllt – ist Camai in einigen Flügellängen Sicherheitsabstand zur Festung gefolgt. Wäre er uns nicht bereitwilligt gefolgt, hätten wir ihn, wie ein Packpferd, an Camais Sattel festgebunden. Camai hat unser neues Gruppenmitglied misstrauisch beäugt, ehe sie*er entschieden hat, dass Freunde von mir auch die ihren*seinen sind.

An der Festung angekommen, lauert der zunehmende Mond am östlichen Horizont. Die silbernen Krallen ausgefahren. Bereit, Nishas Herrschaft einzuleiten.

Instinktiv schmiege ich mich enger an Aiyana. Sie flüstert mir zu, dass ich in Sicherheit bin, ehe sie mir von Camais Rücken hilft.

Meine einzige Reaktion auf ihre Worte ist ein zittriges Nicken. Mit jedem Augenblick, in dem die Abendröte blasser und der Mond präsenter wird, schnürt sich ein Knäuel in meiner Brust enger zusammen.

Als spüre er mein Unbehagen, tritt mein Drache, der in einigen Flügellängen Sicherheitsabstand neben uns gelandet ist, an meine Seite. Er betrachtet mich mit schiefgelegtem Kopf und wachsamen Augen, als wolle er mir versichern, dass alles in Ordnung ist.

Einzelne Fäden des Knäuels in meiner Brust entwirren sich, ich atme freier.

»Lasst uns die Drachen schnellstmöglich versorgen«, sagt Gwyn in die Runde, nachdem wir alle abgesessen sind. »Larentia wartet sicher nicht gerne –«

Das Klackern hoher Absätze auf dem Klippengestein ertönt. Ich wirble herum. Larentias Silhouette löst sich aus den Schatten der Plattform. Ihr Kleid vom heutigen Morgen hat sie gegen einen schwarzen Mantel getauscht, in den silberne Fäden eingearbeitet sind. In den wallenden Samtstoff gehüllt, verschmilzt sie mit der Nacht. Mit einem Ausdruck in den Augen, als würde sie ein Kleid mustern, bei dem sie unsicher ist, ob sie es kaufen möchte, betrachtet sie mich. »Wie ich sehe, seid ihr zurückgekehrt.« Ihre Stimme ist pures Eis. »Ich habe euch bereits erwartet.« Einer Raubkatze gleich, pirscht sie sich an uns heran. Ich atme Aiyanas Duft ein und versuche, mir mein Unbehagen nicht anmerken zu lassen. »Dann lasst mich mal sehen, was ihr von eurem kleinen Ausflug mitgebracht habt.«

Aiyana und ich treten einen Schritt zur Seite, als könnten wir den massigen Drachenkörper vor Larentia abschirmen.

Sie schenkt uns keine Beachtung, sondern fixiert den Drachen mit zusammengekniffenen Augen. »Ein Schattengänger«, murmelt sie, ohne eine Miene zu verziehen. Vor mir bleibt sie stehen, das Funkeln in ihren Augen jagt mir einen Schauder über den Rücken. Ein Teil der Kalkulation ist aus ihnen gewichen, so als sei sie sicher, dass sie das Kleid, das sie begutachtet, nun doch kaufen möchte.

»Wo und wie habt ihr den Schattengänger gefunden?«, erkundigt sie sich bei mir. »Und wie hast du es geschafft, dass er dir ohne eine richtige Prüfung folgt?«

Aiyana öffnet den Mund.

Bevor ein Wort ihre Lippen verlässt, recke ich das Kinn, halte Larentias bohrendem Blick tapfer Stand, und antworte mit ruhiger Stimme: »Es hat eine Prüfung gegeben – eine der Natur. Der Schattengänger hat mich vor einer Gruppe Drachen beschützt.« Ich lege den Kopf schief. »Die anderen haben mir verraten, dass die Prüfung, die Rekrutinnen und Rekruten in der Festung absolvieren, ähnlich abläuft.«

»Bemerkenswert«, haucht Larentia. Ihr Atem sticht mir in die Haut, er riecht nach bitterem Pfefferminztee. »Schattengänger zeigen sich uns selten, vor allem bei Tageslicht.« Ihre Hand schnellt nach vorne, ehe ich überlegen kann, zurückzuweichen, liegt sie auf meiner Wange.

Stechender Schmerz durchfährt mich von der Stelle aus, an der ihre Finger liegen. Schneidendes Eis zuckt über meine Haut, ich spanne all meine Muskeln an, um nicht zurückzuweichen. Drücke den Rücken durch und wage nicht, mich vor Schmerzen zu krümmen, als meine Narbe aufkreischt.

Am Rande meines Bewusstseins höre ich ein gepresstes Knurren, gefolgt von einem Scharren auf dem Klippengestein. Neben mir spannt Aiyana all ihre Muskeln an, ihre Gesichtszüge sind hart wie Diamant, und ihre Hände zu verkrampften Fäusten geballt. Weder sie noch mein Drache wagen, sich einzumischen.

»In dir scheint mehr zu stecken, als es den Anschein hat, Soleya«, flüstert Larentia in beinahe verschwörerischem Tonfall. Ihr Atem beißt sich in meiner Haut fest; sie ist mir viel zu nah. In einer Bewegung, die bei jeder anderen Person zärtlich gewesen wäre, streichelt sie meine Wange und hinterlässt eine Spur brennenden Schmerzes, der mit jedem donnernden Herzschlag in meiner Brust dumpfer Kälte die Bühne überlässt. »Aiyana hat sich wohl doch etwas dabei gedacht, dich mitzunehmen.« Ein rasiermesserscharfes Lächeln legt sich auf ihre vollen Lippen. »Wir werden sehen, ob gestern und heute deine Glückstage gewesen sind, oder ob du zu Größerem bestimmt bist.« Ein letztes Mal zieht sie die Konturen meiner Wange mit den Fingerspitzen nach. Etwas sticht in meine Haut.

Ihr Ring, realisiere ich am Rande meines bleischweren Verstandes. Er ist ein ehemals magisches Artefakt. Eine Welle der Angst brandet durch meine Adern. Ich laufe auf einem Drahtseil über eine tiefe Schlucht. Sollte Larentia wissen, dass reine Magie in ihrem Ring schlummert, darf ich jetzt keinen falschen Schritt gehen. Andernfalls stürze ich in die Tiefe.

Als sie mich loslässt, klingt der Schmerz zu einem Pochen ab, das mit jedem meiner Herzschläge schwächer wird. »Für heute solltest du dich ausruhen«, murmelt Larentia, und zieht ihre dunklen Augenbrauen sorgenvoll zusammen. »Du bist ganz blass.« Sie schnalzt missbilligend mit der Zunge und wendet sich an Aiyana. »Das Mädchen sollte schnellstmöglich etwas essen und anschließend schlafen. Für die heutige Nacht muss dein Zimmer herhalten, ab morgen überlege ich mir etwas.«

Aiyana nickt mit zusammengepressten Lippen. Ihre Muskeln zittern vor Anspannung, elektrischen Leitungen gleich, die darauf lauern, sich über Larentia zu entladen.

»Bis zum nächsten Vollmond dauert es drei Nächte. Danach stehen dem Blutritual und deinem anschließenden Training als Schattengängerin nichts mehr im Weg. Mit Waffen und Unterrichtsstunden in gewöhnlichen Fächern solltest du deine Zeit nicht verschwenden, wenn du mächtige Magie besitzen kannst«, fügt Larentia an mich gewandt hinzu. »Die kommenden drei Tage solltest du nutzen, um dir Wissen über Drachen, die Festung und das Dasein als Rekrutin anzueignen.« Sie vergräbt ihre Hände in den Taschen ihres Samtmantels. Ohne Worte des Abschieds, dreht sie sich auf dem Absatz um, und verschmilzt mit den Schatten der hereinbrechenden Nacht.

Aiyanas Schultern beben unter einem tiefen Atemzug. »Das war … manchmal wünschte ich …«

Ich lege ihr eine Hand auf den Arm, unter meiner Berührung verlässt die elektrische Spannung ihre Muskeln. »So schlimm ist es nicht gewesen«, erwidere ich um eine feste Stimme bemüht. »Wenn mich nicht alles täuscht, hat es sie überrascht, dass ein Schattengänger mich auserwählt hat.«

Aiyana bleckt die Zähne. »Eher hat es sie überrascht, dass du am Leben bist«, entgegnet sie mit giftigem Unterton.

Gwyn tritt an unsere Seite. »Soleya wird ihr weiterhin beweisen, dass sie eine würdige Rekrutin ist, und Larentias Zweifel werden sich im Wind verstreuen«, sagt dey mit einem aufmunternden Lächeln und einer Überzeugung in der Stimme, dass ich nichts lieber möchte, als deren Worte zu glauben. »Das hast du damals auch geschafft, Aiyana.«

»Obwohl du uns bis heute nicht verraten möchtest, wieso Larentia ein Problem mit *dir* gehabt hat«, fügt Veris mit zusammengezogenen Augenbrauen hinzu. »Wer weiß, vielleicht hast du das größte Geheimnis von uns allen.«

Aiyana blinzelt. »Sei nicht albern.« Sie zuckt mit den Schultern, wobei ihr Arm meinem Griff entgleitet. »Ich habe nur ein Bein, das hat Larentia nicht gefallen.« Sie drückt den Rücken durch und schreitet an Camais Seite. »Ich habe ihr bewiesen, dass ich dennoch zur Rekrutin tauge, und Soleya wird dasselbe tun. In ihr steckt mehr als eine einfache Schneiderin und dass auch diese Fähigkeiten nützlich sind, haben wir heute gesehen.«

Ihre Worte treiben mir Hitze in die Wangen und ein Lächeln auf die Lippen.

Während wir die Drachen in ihre Boxen bringen, und sie in ihre wohlverdiente Pause entlassen, gehen mir ihre Worte dennoch nicht aus dem Kopf. Aiyana *weiß*, was in mir schlummert.

Stechender Schmerz durchfährt meine Wange, dort, wo Larentia mich berührt hat. Mit den Fingerspitzen fahre ich über die Haut, und ziehe sie erschrocken zurück. Eine Spur kleiner Bläschen ist dort zurückgeblieben, wo der Ring auf meiner Haut gelegen hat. Dass ich mir Wissen aneignen soll, hat Larentia gesagt. Unwissend, dass sie damit den Nagel auf den Kopf getroffen hat.

Kapitel 14
Unsichtbare Bande

Drei Tage später stehe ich vor einem Ganzkörperspiegel in dem Zimmer, bei dem ich mich weigere, es als *meins* zu bezeichnen.

Mein Zimmer hat hölzerne Wände, die aus einem Baum gewachsen sind, wird von warmen Erdtönen dominiert, und riecht nach Holz, Wildblumen und der Farbe, die ich für das Färben von Stoffen verwende. Von dem runden Fenster an einer der hölzernen Wände aus kann ich über Guldheim und den Goldwald, fast bis nach Bellonna, blicken.

Dieser Raum hat Wände aus weißem Kalkstein, der Geruch des Blutmeers, welches ich durch das viereckige Fenster stets im Nacken habe, und das Rauschen der Wellen füllen ihn aus. Die Möbel sind aus hellem, statt dem wohlig warmen dunklen Holz, das ich gewöhnt bin. Das Bett steht, anders als das meine, nicht unter dem Fenster, ist schmal, mit einem spärlichen königsblauen Betttuch und nur einem Kissen in derselben Farbe. Mein verspannter Rücken weiß, dass es genauso unbequem ist, wie es aussieht. Die Regale sind leer, im Schrank hängen wenige Paare Trainingskleidung, die mir Larentias Dienerschaft besorgt hat.

Es ist ein Zimmer ohne ein Herz oder eine Seele. Eines, das für ein vorübergehendes Verweilen eingerichtet worden ist.

Das dritte Zimmer, das ich binnen eines Wimpernschlags bezogen habe.

Meine Kehle schnürt sich zu, ich senke den Blick und glaube zu spüren, dass mein Spiegelbild mich abschätzig mustert.

Was ist aus dem Mädchen geworden, das von reiner goldener Hoffnung erfüllt nach Bellonna aufgebrochen ist?

Eine königliche Schneiderin habe ich nie in mir gesehen. Ein Mädchen, das sich heute, in einer halben Sonnenlänge, mit einem Blutritual an ein Geschöpf bindet, das meinen Albträumen entstammt, noch weniger.

Ich beiße mir auf die Unterlippe, atme tief in den Bauch, und schwimme aus dem finsteren Strudel meiner Gedanken an die Oberfläche.

Wie damals, vor meinem Aufbruch nach Bellonna, habe ich keine Wahl.

Zittrig atmend hebe ich den Kopf und begutachte mein Spiegelbild, das mich mit müden Augen ansieht. Die Schicht Puder, die ich aufgetragen habe, die Wimperntusche und der Kohlestift, mit dem ich meine Augen umrundet habe, vermögen nicht zu verbergen, dass die jüngsten Ereignisse ein Brandzeichen auf meinem Herzen hinterlassen haben.

Missmutig zupfe ich den Stoff meines tintenschwarzen Spitzenkleides zurecht, das meinen Körper umspielt, als sei es aus Schatten gewoben. Ich schneide eine Grimasse. Drei Tage hätten genügt, mir ein eigenes zu nähen, stattdessen hat Larentia es bereits vor meinem Einzug auf mein Zimmer bringen lassen. Die Nähte sind unsauber gearbeitet, an der Taille ist es mir zu eng, an den Schultern sitzt es lockerer als es sollte. Wenigstens ist es am Rücken hochgeschlossen und verbirgt meine Narbe. Ich habe nicht gewagt, es umzunähen. Larentia darf mich nicht für undankbar halten. Vielleicht ist das der Grund, wieso ich auch in diesem Zimmer nichts verändert habe.

Mein Haar ist frisch gewaschen und zwei Strähnen je rechts und links nach hinten geflochten, wo ich sie mit einer silbernen Spange festgesteckt habe. Dadurch treten einzelne goldene Strähnen inmitten des dunklen Blondes stärker hervor, was einen Kontrast zu meinem Kleid bildet, der mir trotz allem ein Lächeln auf die Lippen legt. In Guldheim habe ich nicht oft Schwarz getragen, jetzt frage ich mich, warum.

Ein zögerliches Klopfen erklingt an der Zimmertür.

Ich kann ein Schnauben nicht unterdrücken. In den letzten drei Tagen habe ich mich in der Festung alleingelassen gefühlt. Veris und Gwyn sind zu mir seit unserem gemeinsamen Abenteuer freundlich, mit ihnen befreundet bin ich dadurch nicht. Aiyana habe ich kaum gesehen. Dass Larentia sie mit härterem Training daran erinnern möchte, wo ihre Prioritäten liegen, hat sie mir vor zwei Tagen erklärt. Übersetzt heißt das wohl, dass Larentia sie von mir fernhalten möchte. Die Enttäuschung, die durch meine Adern prasselt, verschwindet nicht. Der Gedanke, dass Aiyana mir weiterhin den Rücken stärkt hat mir gefallen. Ohne sie habe ich drei Tage in diesem Zimmer oder der Bibliothek verbracht, in der ich auf kein einziges Buch über Gezeichnete, magische Artefakte oder die alten Gottheiten gestoßen bin. Natürlich nicht. Larentia muss sie an einem anderen Ort aufbewahren.

»Wer ist da?«, rufe ich, ohne mich von meinem Spiegelbild abzuwenden.

»Ich bin es, Aiyana«, erklingt eine vertraute Stimme. »Wir können gemeinsam zu deinem Blutritual gehen, wenn du möchtest.«

Ein Gefühl der Sicherheit spült Bruchstücke der Enttäuschung fort. Wenigstens den heutigen Tag muss ich nicht allein durchstehen. »Komm rein.«

Die Tür knarzt leise. Ich sehe im Spiegel, dass sich Aiyana in den Raum schiebt. Zögernd tritt sie an meine Seite, bis wir nebeneinander vor dem Spiegel stehen. Sie betrachtet mein Spiegelbild aus funkelnden Augen mit einer Intensität, die mich das Kinn ein Stückchen weiter recken und die Schultern nach hinten rollen lässt.

Ich tue dasselbe. Aiyanas schneeweißes Kleid bildet einen starken Kontrast zu ihrer warmen dunklen Haut. Es ist schlicht, aus feinem Seidenstoff, mit langen Ärmeln und einem runden Halsausschnitt. Bis zum Boden reichend, versteckt es ihre Prothese. Das rauchschwarze Haar fällt ihr offen die Schultern hinab und kommt ohne jeglichen Schmuck aus, wie ihr Gesicht, das frei von Schminke ist.

»Dein Kleid steht dir ausgezeichnet«, sagt Aiyana mit einem Lächeln, das einen warmen Schauder meine Haut hinab rieseln lässt. »Du siehst wie eine Schattengängerin aus.«

Die Mundwinkel meines Spiegelbilds zucken nach oben. »Das will ich meinen«, gebe ich gespielt lässig zurück. »Du siehst auch nicht schlecht aus.«

»Nicht schlecht also.« Ein Funke Schmerz, der sie älter wirken lässt, flackert über ihre Züge. Ihre Augen funkeln unsicher, sie zwirbelt eine Haarsträhne um den Finger, und senkt den Blick. »Ich sehe vielleicht nicht aus wie eine Prinzessin … ich mache mir nichts aus prunkvollen Kleidern oder Schmuck …«

Ich knuffe sie in die Seite. »Das war ein Scherz. Du siehst wunderschön aus.«

Die Unsicherheit verschwindet nicht aus ihren Zügen, wenngleich ein kleines Lächeln über ihre Lippen huscht. Sie fährt sich durchs Haar. »Entschuldige, dass ich dir in den letzten Tagen nicht zur Seite gestanden habe.«

»Du kannst nichts dafür«, erwidere ich, meine Enttäuschung hat sich mit Aiyanas Kommen in Luft ausgelöst. »Larentia wollte, dass du deinen Fokus auf die wichtigen Dinge legst.«

Sie verdreht die Augen. »Ihre Definition von wichtigen Dingen ist eine andere als meine«, bemerkt sie. »Ich hoffe, nach deinem Blutritual können wir mehr Zeit miteinander verbringen.«

»Das wäre schön«, sage ich ehrlich. »Bei meiner Recherche bezüglich … magischer Artefakte … du weißt schon … da könnte ich ein wenig Hilfe gebrauchen.«

»Natürlich helfe ich dir.« Endlich erreicht das Lächeln ihre honigbraunen Augen. »Die Bücher, die du bei dir getragen hast, sind in Larentias persönlicher Bibliothek. Und ja, ich bereue zutiefst, dass ich sie Veris gegeben habe, damit sie unsere Beute zu Larentia bringt.« Sie senkt die Stimme und zwinkert mir verschwörerisch zu. »Für eine Schattengängerin sollte es ein Leichtes sein, zurückzuholen, was dir gehört, wenn Larentia fort ist.«

Ein mulmiges Gefühl steigt in mir auf. »Wenn du das sagst«, stammle ich.

»Es ist der einzige Weg, mehr herauszufinden, und ich verspreche dir, dass wir nicht nur bei deiner Recherche Zeit miteinander verbringen.« Goldene Funken beginnen einen rhythmischen Tanz in ihren Augen.

»Kleinere Aufträge sind Teil unserer Grundausbildung nach dem Blutritual«, fügt sie hinzu. »Larentia *muss* dich mit uns kommen lassen.«

Ich kneife die Lippen zusammen. *Das* ist der Auslöser für das Funkeln in Aiyanas Augen? Ich wage nicht zu atmen, aus Angst vor Rauch, der sich in meine Lungen beißt. »Aufträge … ich … ich weiß nicht …«

Aiyana beißt sich auf die Unterlippe. »Aufträge für Rekrutinnen in der Grundausbildung sind nicht … du weißt schon –«

»Grausam?«, schlage ich mit mehr Härte in der Stimme vor, als beabsichtigt.

Sie nickt mit zusammengepressten Lippen. Nach einem tiefen Atemzug strafft sie die Schultern und hält mir ihren Arm hin. »Bevor es so weit ist, musst du das Blutritual hinter dich bringen.«

Nach einem letzten prüfenden Blick in den Spiegel hake ich mich bei ihr unter, und lasse mich von ihr aus dem Zimmer führen.

***

Die Silberinseln und das Blutmeer sind in das rabenschwarze Kleid der Nacht gehüllt, als wir draußen ankommen. Am wolkenlosen Himmel prangt ein silberner Vollmond, der jeden meiner zittrigen Schritte beobachtet. Daran, mich in der Nacht draußen aufzuhalten, habe ich mich noch immer nicht gewöhnt. Wenngleich mir Aiyana mehrfach versichert hat, dass mir keine Gottheit der Finsternis etwas anhaben kann, solange ich unter dem Schutz der Festung und ihrer Drachen stehe. Dennoch wiegen meine alten Glaubenssätze als schwerer Mantel auf meinen Schultern, der sich nicht abstreifen lässt, und mir das Atmen schwer macht.

Mein Unbehagen bemerkend, zieht mich Aiyana näher zu sich. »Nisha kann dir nichts anhaben«, flüstert sie mir ins Ohr. »Schon gar nicht, wenn du eine Schattengängerin bist und über die Finsternis herrschst.«

Der Gedanke ist auf seltsame Art tröstlich, mir wird leichter ums Herz. Mit einem Schattengänger an meiner Seite bin ich hoffentlich in der Lage, den Mantel der Furcht abzustreifen und die Nacht nach meinem Willen zu formen, statt mich von ihr beherrschen zu lassen.

Oder ich habe wenigstens einen Drachen an meiner Seite, der das für mich erledigt.

Aiyana führt mich um die Festung herum, nach Osten, auf ein Plateau, auf dem ich bisher noch nicht gewesen bin. Nicht, dass ich mich während der letzten drei Tage oft nach draußen verirrt hätte. Meinen Drachen haben sie mich nicht sehen lassen und obwohl ich zwei Flüge über die tosenden Wellen überstanden habe, möchte ich mich dem Blutmeer nicht öfter nähern als nötig. Das schneidende Rauschen seiner Wellen dröhnt mir in den Ohren, und schwillt zu einem Knurren an, das die Nachtluft zerschneidet. Mein Griff um Aiyanas Arm wird eisern, sie lässt mich gewähren.

Eisiger Nachtwind kriecht durch den dünnen Stoff meines Kleides, bis auf meine Knochen, und lässt mich frösteln.

Um uns herum sind Rekrutinnen und Rekruten in kleinen Gruppen zu sehen. Manche von ihnen mustern mich mit interessierter Miene, andere werfen mir abschätzige Blicke zu, und die meisten bemerken mich gar nicht. Letzteres ist mir am liebsten.

»Wie unüblich ist es, dass sich eine Rekrutin ohne vorausgegangene Ausbildung dem Blutritual unterzieht?«, raune ich Aiyana zu.

»Es ist noch nie vorgekommen.«

»Beruhigend –«

»Der Drache hat dich ausgewählt«, erinnert sie mich mit einem sanften Lächeln. »Das ist alles, was zählt.«

Mit jedem Schritt, den wir die Klippen erklimmen, wird die Kälte beißender und das Rauschen des Meeres bedrohlicher. Das Kleid umspielt die Mitte meiner Oberschenkel, Rauchschwaden gleich, und der Wind zupft an meinen ordentlich zurückgeflochtenen Haaren, was mir ein Schnauben und Aiyana ein leises Lachen entlockt.

Auf den Klippen angekommen, erstreckt sich das Plateau vor uns, und ich halte unwillkürlich den Atem an. Eine aus den Klippen gewachsene silberne Tribüne bildet einen Ring, auf dem sich zahlreiche Rekrutinnen und Rekruten niedergelassen haben. Dahinter erstreckt sich das Blutmeer, einem tintenschwarzen Tuch aus Samt gleich, in dem sich winzige Silberreflexe spiegeln. In der Mitte des Plateaus steht eine

Statue aus silbernem Klippengestein: Eine Frau, die mit erhobenem Schwert auf dem Rücken eines Drachen sitzt, der Camai zum Verwechseln ähnlichsieht. Die Kriegerkönigin, schießt es mir durch den Kopf. Ein Vibrieren geht von dem Schwert aus, das sie in den Händen hält, für einige Herzschläge bin ich nicht in der Lage, meinen Blick davon abzuwenden, und meine Narbe pulsiert im Takt meines Herzschlags.

Ein freudiges Brüllen weckt mich aus meiner Trance, zupft an den Saiten meines Selbst und bringt etwas in mir zum Klingen. Ich wirble in die Richtung herum, aus der das Geräusch gekommen ist, und finde mich in Augen, die ein Universum beherbergen, schauend wieder. Ein Gefühl, das warmem Sonnenlicht gleicht, rieselt durch meine Adern. Die Nacht verliert ihre Bedrohlichkeit, als ich mir der Nähe meines Drachen bewusstwerde.

»Kann ich dich guten Gewissens allein lassen?«, fragt Aiyana dicht an meinem Ohr.

Ich fange ihren sorgenvollen Blick auf. »Mein Drache passt auf mich auf«, antworte ich mit Nachdruck in der Stimme.

Das legt ihr ein Lächeln auf die Lippen. Sie löst unsere verschränkten Arme. Ein kalter Hauch durchzuckt mich. Ohne ihren warmen Körper dicht bei mir, bin ich der Kälte schutzlos ausgeliefert. Sie streckt eine Hand nach mir aus, ein schmerzhaft süßes Ziehen zuckt durch meinen Bauch. Ich stelle mir vor, wie Aiyana meine Wange berührt. Sie schluckt trocken, überlegt es sich anders, und lässt ihre Hand sinken. Staubige Resignation zwickt in meinem Magen. »Viel Erfolg, Soleya.« Als sie das sagt, spiegeln sich die Millionen Sterne über uns in ihren Augen.

Bevor ich mir eine Erwiderung einfallen lassen kann, dreht sie sich auf dem Absatz um. Aiyana verschwindet in Richtung der Tribüne, und wird von der Nacht verschluckt.

Automatisch suche ich den wachsamen Blick meines Drachen. Ich fühle mich, als würde ich den silbernen Sternen über uns entgegen gehen, während ich mich ihm in zielsicheren Schritten nähere. Aiyana hat recht. Ich muss die Nacht nicht fürchten, solange ich lerne, sie zu beherrschen. Je näher ich meinem Drachen komme, desto stärker breitet sich ein aufgeregtes Kribbeln in mir aus.

Plötzlich taucht ein Schatten vor mir auf.

Ich stolpere einen Schritt nach hinten, rudere mit den Armen, und stoße einen Schwall Luft aus, als ich festen Stand finde.

Das ist kein Schatten, sondern Larentia, die mir den Weg zu meinem Drachen versperrt. »Nicht so voreilig«, sagt sie. »Zuerst das Blutritual, danach kannst du mit deinem Drachen machen, was du willst.« Sie streckt eine Hand nach mir aus.

Mein Herz klopft zittrig in meiner Brust. Mit einem Mal ist das Plateau nicht mehr groß genug für Larentia und mich.

In einer flüchtigen Bewegung streichelt sie meine Wange. Ihr Ring schneidet sich tief in mein Fleisch, meine Narbe fängt Feuer. Ich stoße die Zähne aufeinander, spanne all meine Muskeln an und lasse die Berührung über mich ergehen.

»Bleib am Rand des Kreises stehen und warte, bis ich dich rufe und dir Anweisungen gebe.« Mit diesen Worten lässt sie mich los, und schreitet an mir vorbei.

Meine Wange brennt, als hätte ihr Ring eine klaffende Wunde hineingeschlagen.

Larentia kommt auf einem Podest, unter der Statue der Kriegerkönigin, zum Stehen. Sie breitet die Arme aus, wie auf ihr Kommando steigen Tausende bunte Lichtkugeln zum Horizont, verharren im Kreis über dem Plateau, und tauchen die Dunkelheit in den bunten Schimmer eines Regenbogens.

»Verehrte Anhängerschaft der Festung der gestohlenen Künste«, hallt Larentias Stimme über das Plateau und erstickt jegliches Raunen der Menge im Keim. »Wir haben uns in dieser Vollmondnacht versammelt, um eine neue Rekrutin in unserer Mitte begrüßen zu dürfen.«

Meine Füße bewegen sich ohne mein Zutun. Larentia zupft an meinen Fäden und zwingt mich, einem Turm auf dem Schachbrett gleich, in einer geraden Linie an ihre Seite zu treten.

Eine Faust umschließt meinen Brustkorb, was meinen Atem kurz macht. Wenn Larentia meinen Körper so leicht unter ihre Kontrolle bringen kann, ist es eine Frage der Zeit, bis sie meine Narbe bemerkt …

Neben ihr angekommen stoppen meine Schritte. Ich blicke in die

Menge, möchte nach Aiyana Ausschau halten, doch regenbogenbuntes Licht sticht in meine Augen. Die Rekrutinnen und Rekruten auf der Tribüne verschwimmen zu Silhouetten, verborgen hinter dichtem Nebel aus Farben.

»Vor vier Tagen hat eine meiner vielversprechendsten Rekrutinnen diesem jungen Mädchen das Leben gerettet«, fährt Larentia mit ausgebreiteten Armen fort. »Ich habe ihr Potenzial sofort erkannt und sollte nicht enttäuscht werden. Sie ist tatsächlich von einem Drachen auserwählt worden – von einem Schattengänger.«

Ein angespanntes Raunen geht durch die Menge.

»Heute werden die beiden als Gefährten im Blute vereinigt, wie die Kriegerkönigin es uns gelehrt hat.« Sie senkt die Stimme und bedeutet mir mit einer einladenden Handbewegung, ihr zu folgen.

Ich gehorche, bevor Larentia es sich anders überlegen und ihre Magie zur Hilfe nehmen könnte.

Vor einem kleinen Teich, in dem eine Flüssigkeit schimmert, die dickflüssigem Sternenlicht gleicht, bleiben wir stehen.

Zwei Rekruten in dunklen Gewändern, an denen je eine gelbe und eine eisblaue Brosche stecken, führen meinen Drachen auf die andere Seite des Teiches.

Larentia winkt eine Dienerin zu sich. Diese tritt, mit einem Tablett beladen, an unsere Seite. Darauf stehen ein silberner Kelch, in den feine schwarze Ornamente eingearbeitet sind, und ein Dolch mit schwarzem Griff und einer Klinge aus silbernem Glas.

»Möge das Sternenlicht, aus dem die ersten Drachen entstiegen sind, euch aneinanderbinden.« Mit diesen Worten nimmt Larentia den Kelch, hockt sich an das Ufer des Teiches und füllt den Kelch bis zur Hälfte mit der silbernen Flüssigkeit.

Die Dienerin tritt an meine Seite und hält mir das Tablett hin. In stiller Aufforderung, den Dolch in die Hand zu nehmen.

Larentia tritt an meiner Seite, und hält mir abwartend den Kelch hin. Ihr Blick bohrt sich, winzigen Pfeilspitzen gleich, in meine Haut und dringt bis in mein Innerstes vor.

Ich strecke eine Hand nach dem Dolchgriff aus, und möchte sie am liebsten sofort zurückziehen, als hätte ich mich daran verbrannt. Dichten Rauchschwaden gleich pulsiert die Magie, die von dem Dolch ausgeht, in der Nachtluft, und bringt mein Blut zum Singen. Mit schweißnassen Fingern umfasse ich den Griff, der sich tief in meine Handfläche schneidet, und unterdrücke ein Keuchen. Ich darf mir nichts anmerken lassen. Doch eine Welle bleiernen Schwindels droht, mich zu überrollen. Die Lichtkugeln verfärben sich zu schwarzen Flecken, die sich über mein Sichtfeld senken. Wenn ich es nicht schnell hinter mich bringe, werde ich ohnmächtig.

Mit zusammengebissenen Zähnen ziehe ich den Dolch in einer fließenden Bewegung über meine Handfläche. Eine Flüssigkeit, die Rubinen gleicht, quillt aus meiner Haut, und vermischt sich mit der silbernen Flüssigkeit.

Irgendjemand nimmt mir den Dolch aus der Hand. Mein Blut stoppt seinen Klagegesang, der Schwindel verschwindet nicht, und mein Kopf dröhnt.

»Ist alles in Ordnung?«, fragt eine hohe Stimme am Rande meines Bewusstseins.

»Ich … ich kann kein Blut sehen …«, stottere ich.

»Als Rekrutin musst du diese Schwäche schnell ablegen«, zischt sie.

Meine Sicht klärt sich gerade rechtzeitig, um zu sehen, wie Larentia dem Drachen die Dolchklinge über die rechte Flanke zieht. Dabei lässt er seine Augen nicht von mir, als wisse er, dass er das Blutritual für mich über sich ergehen lässt. Ich ringe mir ein aufmunterndes Lächeln ab, unsicher, ob Drachen solch sterbliche Gesten geläufig sind.

Schwarzes Blut vermischt sich mit dem meinen sowie der silbernen Flüssigkeit.

»Trinkt und seid auf ewig verbunden!«, dröhnt mir Larentias Stimme in den Ohren.

Sie hält den Kelch an die Lippen des Drachen, der sogleich einen kräftigen Schluck nimmt.

Anschließend schreitet sie an meine Seite und hält mir den Kelch hin. Übelkeit steigt in mir auf, alles in mir zieht sich beim Gedanken daran, Blut zu trinken, zusammen.

Ohne dass ich ihn berühre, spüre ich das magische Summen, das von ihm ausgeht, und die Flüssigkeit in seinem Inneren dazu bringt, eine Melodie anzustimmen, die auch meine Saiten zum Klingen bringt.

Mir dreht sich der Magen um, Kälte prasselt durch meine Adern. Magie zu trinken, erscheint mir in diesem Augenblick gefährlicher als Blut. Wenn sich in der silbernen Flüssigkeit der kleinste Funke reiner Magie befindet, wie wird mein Körper darauf reagieren?

Wenn ich nicht nach dem Kelch greife, werden alle nach einem Grund suchen …

Mit angehaltenem Atem nehme ich ihn von Larentia entgegen. Eiskalt schneidet sich das Metall in meine Handflächen. Am liebsten möchte ich den Kelch fallenlassen, doch er ist wie an meiner Haut festgefroren. Mein Herz hämmert unruhig in meiner Brust, das Blut rauscht mir, tosenden Wellen gleich, in den Ohren.

Bedrohlich schwappt die Flüssigkeit, ein Farbenspiel aus Silber, Onyx und Rubin, als ich den Kelch mit zitternden Fingern an meine Lippen setze. Instinktiv kneife ich die Augen zusammen, als das kalte Metall in meine Unterlippe sticht. Feuerzungen lecken an meiner Narbe und bringen mein Blut zum Lodern. Ich kippe den Kelch, der sich für mich bleischwer anfühlt, in einer mechanischen Bewegung. Honigsüß benetzt die Flüssigkeit meine Lippen, sickert warmem Nektar gleich in mein Inneres, und bringt meine unruhig zuckenden Saiten dazu, eine wohlklingende Melodie zu spüren. Das Lodern in meinen Adern schwillt zu einem dumpfen Pochen ab. Verbänden gleich, hat sich die Flüssigkeit, die ich getrunken habe, über meine Wunden gelegt.

Blinzelnd öffne ich die Augen, als würde ich aus einem Traum erwachen, den ich siebzehn Jahre lang geträumt habe. Mir ist, als sehe ich zum ersten Mal klar, die Konturen der Welt sind schärfer. Ich erkenne sogar die Menge auf der Tribüne, hinter den regenbogenbunten Lichtern. Eine fremde Macht zupft am Rande meines Bewusstseins. Glitzernder tintenschwarzer Nebel tut sich vor mir auf, hüllt mich einem warmen Mantel gleich ein, und sickert in mein Inneres. Direkt über meinem eine ruhige Melodie schlagenden Herzen fließen die Nebelschwaden zusammen, und bilden einen Knoten, der im Rhythmus meines Herzschlags pocht. Er fügt sich in mein Inneres ein, als hätte er siebzehn Jahre lang gefehlt. Ich fühle mich vollkommen. Zum ersten Mal.

Meine Narbe kribbelt angenehm warm, und ich spüre einen zweiten Herzschlag, der mit dem meinen im Einklang ist. Von dem Nebel in meinem Inneren aus, strömen schwarze Fluten zu meinem linken Handgelenk, wo sie sich kleinen Rauchwolken gleich sammeln und zu pulsieren beginnen. Tintenschwarze Adern treten unter meiner Haut hervor und formen sich zu einem Symbol, das jenem auf Aiyanas Haut, bis auf seine gegenteilige Farbe, gleicht. Da begreife ich, dass ich die Schatten einer jeden Person und eines jeden Gegenstandes um mich herum spüre; und dass ich nicht in der Lage bin, klarer zu sehen. Die Schatten haben mir gehorcht und mir einen Blick auf die Menge gewährt.

Ich spüre vertraute Augen auf mir, welche die Kontrolle über mich übernehmen, und drehe automatisch den Kopf. Mein Blick verliert sich in Augen, in denen ein ganzes Universum wohnt.

Neriss. Der Name nistet sich in meinem Herzen ein, ohne dass eine Stimme ihn spricht.

Wir müssen uns nicht berühren, damit ich weiß, dass unsere Herzen im Gleichklang schlagen. Ich spüre, dass auf meinen Lippen ein Lächeln liegt, und auch um die Mundwinkel von Neriss scheint es zu zucken. Oder vielleicht wünsche ich es mir bloß.

In zügigen Schritten nähere ich mich dem nachtschwarzen Drachenkörper und lege meine Hand auf Neriss' Schnauze. Warmer Drachenatem streichelt meine Haut, Sonnenstrahlen gleich. Ein angenehmes Kribbeln rieselt über meine Haut, statt meine Narbe in Flammen zu setzen, bringt es sie zum Leuchten.

Die Welt um Neriss und mich herum ist unscharf, ein fernes, verschwommenes Rauschen.

Dass die Personen von der Tribüne aufgestanden sein müssen, bemerke ich erst, als sich uns rasende Schritte nähern … und abrupt abklingen.

»Nicht so voreilig. Du setzt schon wieder die falschen Prioritäten.« Larentias Stimme.

Hohe Absätze treffen auf den Boden des Plateaus, keinen Atemzug später liegt eine Hand auf meiner Schulter.

Ich drehe mich zu Larentia um, das Kinn gereckt, die Schultern gestrafft. Wissend, dass Neriss mir den Rücken stärkt.

Mit der freien Hand grabscht Larentia nach meinem linken Arm und dreht mein Handgelenk so, dass das Mondlicht das Symbol anstrahlt, welches sich beim Blutritual dort gebildet hat. Dabei schabt ihr Ring über meine Haut. Mehr als ein unangenehmes Brennen, als würde ich zu nah an einem prasselnden Feuer stehen, spüre ich nicht, und atme unwillkürlich aus.

»Du bist jetzt eine Schattengängerin, Soleya«, sagt Larentia, ein Hauch Überraschung schwingt in ihren Worten mit. »Hat dir dein Drache seinen Namen offenbart?«

Ich nicke. »Neriss.«

»In der Alten Sprache bedeutet Neriss stumm.« Ihr Blick zuckt zu Neriss, der sehnige Drachenkörper spannt sich unter ihrem Blick an, und ich spüre ein schmerzhaftes Ziehen in meinem Brustkorb. »Passend für einen Schattengänger«, murmelt sie, und wendet sich wieder mir zu. »Morgen nach dem Frühstück ist deine erste Trainingsstunde. Ich kann Aiyana vermutlich nicht davon abhalten, dich dorthin zu begleiten.«

Zügige Schritte erklingen, Aiyana taucht aus den Schatten neben Larentia auf. Eine Mischung aus Erleichterung, Neugierde und Glück spiegelt sich in ihren Augen, und nimmt ihren Gesichtszügen die diamantene Härte. »Das stimmt.«

Larentias Blick huscht zwischen Aiyana und mir hin und her, bis sie Aiyana mit einem bohrenden Blick bedenkt. »Habe ich nicht gesagt, du sollst warten?«

»Du hast gesagt, dass ich nicht voreilig sein soll«, gibt Aiyana trocken zurück. »Von warten ist nicht die Rede gewesen.«

Larentia schleicht sich, einer sehnigen Raubkatze gleich, an Aiyana heran, bis die beiden nur ein Atemzug voneinander trennt. »Denk an deine Prioritäten, Aiyana«, flüstert sie gerade so laut, dass die Worte bis an meine Ohren dringen, ehe sie in der Menge verschwindet.

Keinen Atemzug später steht Aiyana vor mir, mit einem strahlenden Lächeln auf den Lippen, das sich bis in ihre Augen ausbreitet, in denen sich warmes Sonnenlicht sammelt. »Und?« Sie stellt sich auf die

Zehenspitzen, wenngleich sie ohnehin größer ist als ich. »Habe ich dir zu viel versprochen?«

»Mit Neriss verbunden zu sein, ist unglaublich«, gebe ich zu, hinter mir erklingt ein zustimmendes Brummen. Ich werfe einen Blick über die Schulter. Wir sind allein, und die Schatten der Menge fühlen sich weit entfernt an. Mein Blick findet Aiyanas wieder, und ich senke die Stimme: »Der Kelch, der Dolch und das Schwert der Statue bergen reine Magie.« Ich schlucke trocken. »Der Ring, den Larentia trägt, auch. Aber seit Neriss und ich verbunden sind, fügt es mir keine Schmerzen mehr zu, die Gegenstände zu berühren. Weißt du etwas darüber?« Der letzte Satz klingt flehentlicher als beabsichtigt.

Aiyana schüttelt mit ernster Miene den Kopf.

»Gab es vor mir Gezeichnete, die das Blutritual durchgeführt haben?«

»Es sind keine Aufzeichnungen über sie bekannt.«

Enttäuschung beißt sich in meinem Nacken fest.

Da tasten warme Finger nach meinen, und ziehen die Konturen meines Handrückens mit dem Daumen nach. »Was nicht heißt, dass es uns nicht gelingen wird, einen Zusammenhang herauszufinden.« Entschlossenheit gleitet über ihre Züge. »Du musst hart trainieren, damit wir uns mithilfe unserer Magie Zugang zu Larentias privater Bibliothek verschaffen können. Oder zumindest die Bücher in unseren Besitz bringen, deren geschriebene Worte sich nur Gezeichneten offenbaren.« Ihr Blick schweift über meinen Kopf hinweg, zu einem Punkt am nächtlichen Horizont. »Vielleicht gibt es einen Zusammenhang zwischen der Magie der Drachen und reiner Magie, wie sie in den göttlichen Artefakten gespeichert war …«

»Ich bin dabei«, sage ich, ohne zu zögern.

Ich brauche dringend Antworten, nachdem alles, was während des letzten Mondes geschehen ist, mir neue Fragen aufgebürdet hat.

Doch als ich Aiyanas Hand in meiner und Neriss' warmen Atem auf meiner Haut spüre, fühle ich mich so sicher und so zuhause wie schon lange nicht mehr. Und fast so, als könne ich etwas erreichen.

Kapitel 15
Der Preis der Magie

Liebe Mutter, lieber Vater, liebe Dahlia,
liebe Linn, und lieber Firan,

ich weiß nicht, wann und unter welchen Umständen euch dieser Brief erreichen wird. Hoffentlich müsst ihr nicht bis lange nach dem Erntefest auf ein Lebenszeichen von mir warten. Meine Handschrift solltet ihr erkennen, also solltet ihr sehen, dass ich diesen Brief wahrhaftig verfasst habe. Sicher hat die Königin euch berichtet, dass es einen Unfall gegeben hat, als wir auf dem Weg über den Kontinent waren, um den Tod von Königin Aleydis' Töchtern und ihrem Ehemann vor zehn Jahren zu betrauern. Die Anhängerschaft der Festung der gestohlenen Künste hat uns angegriffen, wie damals. Die Königin hat etwas bei sich getragen, das das Oberhaupt der Festung in ihren Besitz bringen wollte. Die Königin musste fliehen, auf der Flucht hat sie mich in den Trümmern zurückgelassen. In dem Glauben, dass ich bei dem Angriff gestorben bin. Wie ihr seht, habe ich überlebt. Mir geht es den Umständen entsprechend gut, ich bin an einem sicheren Ort, und ich wünsche mir nichts mehr, als zu euch, nach Guldheim, zurückzukehren. Doch es gibt Personen, die nach mir suchen, und sie haben keine reinen Absichten mit mir. Ich möchte nach Hause. Doch ich kann es nicht mit meinem Gewissen vereinbaren, wenn euch wegen mir etwas zustößt. Sagt niemandem, dass ich am Leben bin und versucht nicht, auf diesen Brief zu antworten. Er würde abgefangen werden und für euch ist es sicherer, wenn ihr meinen Standort nicht kennt. Vater und Linn, ich hoffe, ihr habt ohne mich nicht viel zu viel Arbeit. Ich vermisse das Schneidern und würde sie euch nur zu gern abnehmen. Mutter, ich bin in zwei riesigen Bibliotheken gewesen, die du lieben würdest – vielleicht bringe ich dir eine Handvoll Bücher mit, wenn ich nach Hause zurückkehre. Fir, ich hoffe, du bist mir nicht böse, dass ich ohne dich ein Abenteuer erlebe und ich verspreche, dir alles bis ins kleinste Detail zu erzählen. Und Dahlia … ich weiß jetzt, was damals geschehen ist und es tut mir leid, dass ich dir nicht geglaubt und dir Angst gemacht habe.

In Liebe,
Soleya

Fahles Licht der Morgensonne taucht das mattweiße Pergament in ein strahlendes Sonnenblumengelb. Die schwarze Tinte verläuft zu dunklen Flecken, als hätte das Loch in meinem Herzen sie dorthin gemalt. Langsam löst es sich in einen finsteren Strudel auf, der Bilder heraufbeschwört, die mir ein Seil um die Kehle legen. Meine Mutter, wie sie in den Armen meines Vaters zusammenbricht. Firan, der sich eine Geschichte überlegte, in der ich fort bin, und jeden Moment durch die Tür in unser Haus spazieren könnte. Linn, wie sie die einfachsten Nadelstiche mit zitternden Händen durchführt. Allen voran Dahlia – würde sie um meinen vermeintlichen Tod weinen? Eisige Fluten branden durch mein Inneres, Kälte ergreift von mir Besitz. Bis sich die Bilder in salzige Tropfen auflösen, die auf das Pergament tropfen, und betäubte Leere zurücklassen.

Ein Klopfen an der Zimmertür lässt mich aufschrecken. Eilig wische ich einige meiner Tränen mit dem Handrücken fort. Kein Wort verlässt meine zitternden Lippen.

»Soleya?«

Beim Klang von Aiyanas Stimme wird mir ein wenig wärmer. »Du kannst reinkommen. Ich bin gleich fertig.« Meine Stimme klingt hohl.

Leise knarzend öffnet sich die Tür. Ich höre, dass Aiyana näherkommt, ihre Schritte hallen über den Steinboden.

Statt zu ihr aufzuschauen, überfliege ich ein letztes Mal die Zeilen.

Hinter den Tränen, die sich in meinen Augen stauen, verschwimmen sie zu einem Strudel in blassem Schwarz.

Sanft zieht Aiyana die Kontur meiner Schulter mit den Fingerspitzen nach. Ich weiß, dass sie in diesem Augenblick jedes Wort, das ich geschrieben habe, liest – einmal atmet sie scharf ein – und fühle mich schutzlos. Als würde sie alle Schichten meines Inneren nach außen kehren, bis ein roher nackter Kern zurückbleibt. Ein Schauder durchfährt mich, Aiyanas sanftes Streicheln weicht einer stützenden Hand auf meiner Schulter.

»Wann du deine Familie wiedersiehst, kann ich dir nicht versprechen«, flüstert sie mit belegter Stimme. »Aber ich verspreche dir, dass ich den Brief zustelle, sobald ich dich zu deiner ersten Trainingsstunde gebracht habe.« Ihre Trainingskleidung raschelt, als sie sich neben mich hockt. Mit der freien Hand dreht sie meinen Kopf in ihre Richtung, sodass ich sie ansehen muss, und streicht mir die Tränen aus den Augenwinkeln. »Der Brief wird dich ihnen nicht ersetzen, aber das Wissen, dass du am Leben bist, wird ihnen neue Hoffnung spenden. Ihr werdet einander wiedersehen.«

Ich schmiege meine Wange in ihre Handfläche und atme tief Aiyanas nunmehr vertrauten Duft ein. Reinigend durchströmt er meine Lungen, die Schnur, die sich um meine Kehle geschlungen hat, zerfasert zu Asche. »Danke«, erwidere ich mit zerbrechlicher Stimme und mein Blick verliert sich in ihrem. Auf finsteren Pfoten pirscht sich ein Gedanke an mich heran. Aiyana hat ihre ganze Familie verloren und sich nie von ihnen verabschieden können. »Und es tut mir leid –«

Aiyana blinzelt benommen, dann kneift sie die Lippen zusammen. »Wenn du von den Menschen redest, mit denen ich dasselbe Blut teile –« Sie schluckt trocken. »Das muss es nicht. Meine Mutter und ich. Wir hatten unsere Differenzen, und mein Vater hat mich stets vor ihr in Schutz genommen, bevor sie –« Energisch schüttelt sie den Kopf, als könne sie den Gedanken an ihre Familie so loswerden. »Blut ist nicht immer dicker als Wasser, Soleya.« Ihre Stimme gleicht einer knisternden Stichflamme. Sie lässt meine Wange und meine Schulter los, und nimmt die wohlige Wärme mit sich.

Ihre Worte nehmen mir den Atem, mein Herz gerät ins Stocken. »Ich –« Mein Kopf ist wie leergefegt, nicht in der Lage, aufmunternde Worte zu formen, die Aiyana ihrer Miene nach zu urteilen ohnehin nicht möchte.

»Das konntest du nicht wissen«, gibt sie mit wärmerer Stimme als zuvor zurück. »Ich habe meine richtige Familie mit neun Jahren gefunden. Eine alte Frau hat mich bei sich aufgenommen, schon vergessen? Sie ist mir die Großmutter geworden, die ich nie hatte, und ihr Enkel ist wie ein älterer Bruder für mich. Aber dass meine Blutsfamilie und ich unsere Differenzen hatten oder dass meine Mutter und ich uns nicht verstanden haben, heißt nicht, dass mich ihr Tod glücklich macht.« Sie klopft sich den Staub von der schneeweißen Trainingskleidung. »Dennoch macht es keinen Sinn, in der Vergangenheit zu leben. Das Jetzt zählt.« Sie streckt eine Hand nach mir aus, ich ergreife sie, und lasse mich von ihr auf die Füße ziehen. »Zum Beispiel deine erste Trainingsstunde.«

Die Traurigkeit in meinem Inneren weicht Nervosität, mein Herz flattert einem Schmetterling gleich, der in einem Marmeladenglas gefangen ist. »Meine erste … oh, verdammt!«

Aiyanas Mundwinkel heben sich, obschon der gequälte Ausdruck nicht vollends aus ihren Zügen verschwunden ist. Sie streichelt meinen Handrücken behutsam mit dem Daumen. »Du schaffst das.« Kleine goldene Funken glimmen in ihren Augen auf. »Sollte Larkin gemein zu dir sein, musst du es mir nur sagen, ich rede gerne mit ihm.«

Ein Lachen entschlüpft mir und löst das Engegefühl in meiner Brust auf. Dennoch haften Aiyanas Worte über ihre Familie und die Gedanken an mir. Sie verfolgen mich bis in den Speisesaal, wo Aiyana mich zehnmal auffordern muss, wenigstens ein Marmeladenbrot zu essen, und von dort aus zu meiner ersten Trainingsstunde.

***

Zaghaft klopfe ich an die steinerne Tür, vor der Aiyana mich abgesetzt hat, ehe sie zu ihrer eigenen Trainingsstunde geeilt ist. Das Marmeladenbrot liegt, einem schweren Stein gleich, in meinem Magen. Ich versuche, tief in den Bauch zu atmen, und das mulmige Gefühl, das durch meine Adern sickert, niederzuringen.

Mit einem lautlosen Klicken schwingt die Tür auf.

Ich zucke zurück, als müsse ich ihr ausweichen.

Meister Larkin ist ein Schattengänger, kein Flüsterer …

Da begreife ich, und möchte mir am liebsten meine flache Hand vor die Stirn schlagen. Er muss den Schatten der Tür verformt haben.

In wackeligen Schritten betrete ich den Trainingsraum. Zielscheiben, wie ich sie aus dem Waffentraining in Guldheim kenne, sind eng an die Wände aus Klippengestein geschoben. An ihnen hängen zahlreiche, in bedrohlichem Silber aufglimmende Waffen, von denen ich schwer schluckend den Blick abwende.

In der Mitte des Raumes steht ein Tisch mit vier Gegenständen, die von schwarzen Samttüchern verhüllt sind.

Auf einem hölzernen Stuhl dahinter sitzt Meister Larkin, Aiyana hat ihn mir gestern Abend, nach dem Blutritual, in der Menge der Lehrkräfte der Festung gezeigt. Er trägt eine Robe aus fließendem Seidenstoff in der Farbe von Rabenfedern, sein Kopf ist glattrasiert, die Haut von einem warmen Ockerton, und seine leicht schräg stehenden schokoladenbraunen Augen betrachten mich interessiert. »Guten Morgen, Soleya.«

Ich mache einen ungelenken Knicks. »Guten Morgen, Meister.«

Um seine Mundwinkel zuckt es. »Komm nie wieder auf die Idee, mich Meister zu nennen oder mich so förmlich zu behandeln.«

Alles Blut schießt mir in die Wangen. »I-In Ordnung, M –« Ich beiße mir auf die Zunge.

»Larkin ist vollkommen ausreichend.«

Ich kann nicht anders, als ihn verwundert anzublinzeln.

Er macht eine wegwerfende Handbewegung. »Larentia mag es förmlich, ich teile ihre Meinung nicht.« Sein Gesichtsausdruck wird sanfter, einladender. »Ich weiß, dass du im Palast der vier Türme gelebt und zur Dienerschaft gehört hast. Also verzeihe ich dir die Förmlichkeiten.« Mit einer einladenden Handbewegung winkt er mich zu sich. »Setz dich.«

Meine Beine kommen der Aufforderung zum Glück automatisch

nach, während meine Gedanken zähflüssig sind, wie der Klumpen Marmelade in meinem Magen, und Zeit brauchen, das Gesagte zu verstehen. Ungelenk lasse ich mich auf dem Stuhl nieder, schlage die Beine übereinander und setze mich auf meine Hände, um deren Zittern vor Larkin zu verbergen.

Er neigt das Haupt. »Was weißt du über geteilte Magie?«

Ich rücke nach vorne, auf die Stuhlkante. »Nur das, was Aiyana mir erzählt hat und das, was ich in der Bibliothek gelesen habe … auf dem Kontinent gibt es kaum Aufzeichnungen darüber.«

»Genau so hat Aiyana an ihrem ersten Tag in der Festung geredet«, sagt er in verschwörerischem Tonfall.

Das entlockt mir ein Kichern. Hitze schießt mir in die Wangen, eilig presse ich mir eine Hand auf den Mund und ersticke den Laut.

Larkin tippt sich an das glattrasierte Kinn. »Sie war für Larentia eine harte Nuss zum Knacken.«

»Larentia war Aiyanas Meisterin?«, hake ich mit angespannter Stimme nach.

»*Ist*«, verbessert er. »Es gibt nur wenige Flüsterer. Larentia ist die mächtigste seit der Kriegerkönigin, Aiyana wiederum ist ihre vielversprechendste Schülerin. Womöglich tritt sie eines Tages in Larentias Fußstapfen, vielleicht als Mitglied des Rates, vielleicht als Oberhaupt der Festung.«

Ich halte den Atem an. Ehrfurcht vor Aiyana vermischt sich in meiner Brust mit einem Gefühl, das dem Brennen eines Insektenstichs gleicht. Das erklärt, wieso Larentia von ihr verlangt, sich nicht ablenken zu lassen. Ich beiße mir auf die Innenseite der Wange. Durch Nebensächlichkeiten wie … mich.

»Schau nicht so betrübt«, sagt Larkin mit Nachdruck in der Stimme. »Schattengänger sind nahezu genauso selten. Solltest du dich als vielversprechende Schülerin erweisen, sitzt du womöglich eines Tages neben Aiyana im Rat.«

Das würde bedeuten, für immer in der Festung bleiben zu müssen. Innerlich zieht sich alles in mir zusammen, äußerlich zeichne ich mir ein Lächeln auf die Lippen.

»Das ist immerhin der Anfang eines Lächelns«, murmelt Larkin. »Also, auf ein Neues. Was weißt du über geteilte Magie?«

Ich verbanne jegliche Gedanken an Aiyana oder eine hinter Rauchschwaden verborgene Zukunft in die hinterste Ecke meines Gedächtnisses. Ich brauche Ablenkung – und Larkin ist gewillt, sie mir zu geben. »Durch das Blutritual verbinden wir uns mit einem bestimmten Drachen, der uns auserwählt, und sind daraufhin in der Lage, einen Teil der Magie, die in dessen Innerem schlummert, für unsere Zwecke zu nutzen. Gestern hat es sich so angefühlt, als würde sich ein Teil von Neriss' Magie in mir sammeln. Fast wie ein zweiter Herzschlag.«

Larkins buschige Augenbrauen ziehen sich zusammen. »Eine solche Beschreibung habe ich noch nie gehört.«

Meine Narbe kribbelt unangenehm, ich presse meinen Rücken gegen die Stuhllehne, als könne ich die elektrischen Funken so gewaltsam nach innen zwängen. »Das müssen die Nachwirkungen des Blutrituals gewesen sein.« Meine Stimme überschlägt sich. »Die Magie zum ersten Mal in meinem Körper zu spüren, ist überwältigend gewesen.«

Larkins Züge glätten sich.

Ich räuspere mich leise und ermahne mich, mit ruhiger Stimme fortzufahren. »Das Blutritual basiert auf einem Ritual, das einst dazu diente, Magie in Gegenständen zu binden«, fahre ich fort, wissend, dass ich über eine hauchdünne Eisschicht laufe, die bei meinem kleinsten Fehltritt zerbrechen wird. »Der Drache sucht sich die Person aus, beim Blutritual werden sie aneinandergebunden. Auf ewig. Das beinhaltet auch, dass eine Person, die im Blute mit einem Drachen verbunden ist, dessen Magie nutzen kann –« Ich stocke. »Ehrlich gesagt hat mir Aiyana nie verraten, wie das funktioniert.« Als ich den Satz ausspreche, gleißt ein siedend heißer Blitz durch meine Narbe, als wolle die Magie in meinem Inneren protestieren.

»Drachen verfügen über ein Organ, das wir als Magiespeicher bezeichnen. Er befindet sich oberhalb ihres Herzens.«

Die Schatten, die sich über meinem Herzen eingenistet haben, zerfasern, breiten sich in mir aus, und drohen, an die Oberfläche zu quellen. Ich spanne all meine Muskeln an, um sie zurückzuhalten.

»Die Person, die mit dem jeweiligen Drachen verbunden ist, kann sich dessen Magiespeicher bedienen. Je kleiner die Entfernung zu ihrem Drachen, desto mehr Magie kann sie wirken«, fährt Larkin unbeirrt fort. »Die Macht der geteilten Magie ist an die Macht und an die Gesundheit des Drachen gebunden. Da ihre Magie durch das Blutritual gespalten wird, sind die Drachen danach nicht mehr so mächtig wie vorher, und auch wir Rekrutinnen und Rekruten benötigen viel Konzentration, um die Magie an unsere Seite zu rufen.« Er starrt einen fernen Punkt, irgendwo über meinem Kopf, an. »Zu viel Magie zu wirken, ist mit einem Risiko für dich und für deinen Drachen verbunden.«

Neriss' Augen flackern im einfallenden Sonnenlicht auf, ihr Blick spendet mir keine neue Kraft, sondern ist ein Dolch in meinem Herzen. »Das heißt, wir bereiten den Drachen Schmerzen, wenn wir uns ihrer Magie bedienen?« Meine Stimme hat die Frage gehaucht, bevor ich bemerkt habe, dass das Eis zu meinen Füßen Risse zeigt.

»Du bist nicht die Erste in der Festung, die diese Frage stellt«, gibt Larkin zurück, ohne mich anzusehen. »Magie hat immer ihren Preis. Mit den magischen Artefakten hat es sich damals, im Zeitalter der alten Gottheiten, ähnlich verhalten.« Sorge furcht seine Stirn, was ihn älter als seine schätzungsweise frühen Vierziger aussehen lässt. »Woher die ersten Artefakte gekommen sind, wissen wir nicht, doch selbst die alten Gottheiten müssen einen Preis gezahlt haben, um sie zu fertigen. Auch sie sind nie allmächtig gewesen.« Sein Blick bohrt sich so plötzlich in meinen, dass ich nach Luft schnappe. »Das ist gut. Solange Magie ihren Preis hat, wird niemand Allmacht erlangen.«

Zu mehr als einem Nicken bin ich nicht fähig. Mein Kopf fühlt sich schwer an, meine Brust fühlt sich an, als wollten zwei Herzen sie sprengen.

»Was weißt du über die Magie von uns Schattengängern?«

Uns. Das Wort entfacht ein einzelnes Streichholz, das einen Funken Wärme spendet, in mir.

»Schattengänger … ihr …« Ich beiße mir auf die Innenseite der Wange. »*Wir* sind in der Lage, Schatten zu manipulieren und zu kontrollieren. Das hat Neriss mir bei unserer ersten Begegnung bewiesen.«

Larkin nickt. »Die Magie der Schattengänger, wie Neriss und mein Drache, Niorve, ermöglicht es uns, die Energie von Schatten zu verformen, die uns zur Verfügung steht. Neues erschaffen kann mit Magie niemand, nicht einmal die Drachen. Wir bedienen uns nur dem, was bereits zur Stelle ist.«

Das schwarze Tuch aus Samt, das die Gegenstände auf dem Tisch vor mir verborgen hat, hebt sich, als hätten unsichtbare Finger es angehoben.

Mit angehaltenem Atem verfolge ich die fließende Bewegung.

Lautlos gleitet das Tuch neben dem Tisch zu Boden. Sein Schatten schlägt kleine Wellen, bis er sich, als das Tuch den Boden berührt, glättet, und an seinen rechtmäßigen Platz sickert.

»Werde ich das auch lernen?«, höre ich mich fragen.

»Du wirst viel mehr lernen als das.«

Elektrisierende Aufregung breitet sich von meiner Narbe und meinem Herzen in meinem ganzen Körper aus. Ich spüre, dass meine Mundwinkel nach oben zucken.

Larkin lächelt wissend. »Na los, probier es aus, den Schatten von einem der Gegenstände auf dem Tisch zu verformen.«

Prüfend lasse ich meinen Blick über die Gegenstände gleiten, die das Tuch zuvor vor mir verborgen gehalten hat. Ein Buch in dunklem Ledereinband liegt zwischen einer pechschwarzen Rose, einer Tasse aus matt weißem Porzellan, das azurblaue Wellen bildet, einer perlmuttfarbenen Muschel und einem silbernen Kieselstein, wie sie draußen auf den Klippen in unzähligen Nummern zu finden sind.

All meine Muskeln spannen sich an, ich richte meine Aufmerksamkeit auf den Schatten des Kieselsteins, als wolle ich ein Loch hinein starren. Mein Herz hämmert unruhig gegen meinen Brustkorb, meine Lungen ziehen sich brennend zusammen. Da überwältigt mich ein heftiger Hustenanfall, der meine Kehle in Flammen setzt. Als ich mich beruhigt habe, kann ich Larkin bloß anstarren und krächze »Wie?«.

Seine Augen funkeln amüsiert. »Nicht, indem du Löcher in den Tisch starrst.«

»Das habe ich gemerkt«, schnaube ich.

»Zuerst musst du die Magie deines Drachen spüren, von der ein winzig kleiner Teil durch deine Adern fließt«, beantwortet er endlich meine Frage. »Erst wenn du die Magie mit all deinen Sinnen spürst, kannst du auch den Schatten des Gegenstands fühlen, den du dir aussuchst.« Er legt den Kopf schief. »Larentia sagte mir, du seist Schneiderin?«

Ich runzle die Stirn. »Was hat das damit zu tun?«

»Stell dir vor, du müsstest zwei Stoffe von unterschiedlichem Material miteinander verweben«, erklärt Larkin. »So kommen der Schatten und die Magie zusammen.«

Ein tiefer Atemzug strömt in meine Lungen, ich schließe die Augen. Der schattenschwarze Nebel über meinem Herzen wird zum Mittelpunkt meines Seins. Ich konzentriere mich auf sein rhythmisches Pulsieren, bis mein Herzschlag und das elektrisierende Prickeln meiner Narbe mit ihm im Gleichklang sind. Die Melodie zupft an den Saiten meines Selbst, sie brandet Wellen aus reinem goldenem Licht gleich durch meine Adern, und bringt etwas in mir zum Klingen, das sich selbstverständlich, wie Atmen, anfühlt. In diesem Augenblick *bin* ich die Magie, deren Rauschen mich gänzlich ausfüllt.

Als ich die Augen öffne, sind die Schatten des Raumes tiefer, als wollten sie sich auf mich zu bewegen. Ihre Energie strömt in meine Richtung, ich halte die Fäden eines Universums in greifbarer Nähe, dessen Mittelpunkt ich bin. Wenn ich eine Hand nach ihnen ausstrecken und leicht zupfen würde, würden sie zu mir kommen.

Statt nach den Schatten zu greifen, die aus den Ecken des Raumes in meine Richtung sickern, fokussiere ich mich auf die Rose. Ihre Blütenblätter werfen einzelne, herzförmige Schatten auf die Tischplatte. Ich umklammere einen Faden der Magie, die in meinem Inneren pulsiert, die andere Hand strecke ich nach dem Schatten des Blütenblatts aus, das mir am nächsten liegt. Behutsam verwebe ich Magie und Schatten miteinander, bis vor meinem inneren Auge ein neues Muster entsteht.

Lautlos gleitet das Blütenblatt zu Boden. Als es diesen berührt, durchtrenne ich den Schattenfaden, und der Schatten des Blütenblatts nimmt seine gewohnte Gestalt an.

»Die Schatten sind jetzt dein, Soleya«, sagt Larkin am Rande meines

Bewusstseins. Meine Narbe pulsiert in stiller Zustimmung. »Vergiss das niemals – aber denk an den Preis der Magie.«

Kapitel 16
So leicht zu zerbrechen

Stimmengewirr erfüllt den Speisesaal, als liege ein Unwetter in der Luft, das droht, über uns hereinzubrechen. Das Summen der Worte steigt bis zu der hohen steinernen Decke auf und übertönt das Rauschen des nahen Blutmeers.

Die allgegenwärtige Anspannung überträgt sich auf mich. Meine Handflächen werden feucht, unruhig reibe ich sie aneinander, als ich mich an den vier großen Tischen aus Eichenholz vorbei schiebe. Dabei folgen mir, wie jeden Morgen, neugierige Blicke. Sie flüstern nie meinen Namen, ich bin nur *das Mädchen, das von Aiyana hierhergebracht wurde und nun einen Drachen besitzt, ohne die notwendige Ausbildung zu haben.* Sie sind der Grund, wieso ich die Mahlzeiten gern ausfallen und mir von Aiyana etwas aufs Zimmer bringen lasse. Ich wage nie, den Kopf zu heben, und ihre Blicke aufzufangen. Lieber wäre mir, dass sich ein Loch im Boden auftut, in das ich flüchten kann.

Schwebende Leuchtkugeln spenden Licht in tiefem warmem Gold, während die Sonne vor dem großen Bogenfenster ihr Haupt noch nicht gänzlich aus dem Blutmeer erhoben hat. Mir sticht das Licht Nadeln gleich in die Augen. Bleierne Müdigkeit sitzt mir in den Knochen, nicht gewillt, hinauszufließen. Egal wie oft ich mir das Gesicht mit kaltem

Wasser gewaschen habe, sie bleibt, gemeinsam mit den Blicken der Rekrutinnen und Rekruten, meine Begleiterin.

Ich reibe mir Schlafsand aus den Augen und sehe mich blinzelnd im Speisesaal um. Rasch senken diejenigen, die mich anstarren, ihre Blicke.

Es ist nicht wie gewohnt Aiyana, die meinen Blick auffängt. Ich schaue in Gwyns rote Augen und komme der stummen Aufforderung nach.

Gegenüber von Gwyn und Veris lasse ich mich auf der hölzernen Sitzbank nieder und versuche, den leeren Platz neben mir zu ignorieren. Wenn etwas vorgefallen wäre, wüsste ich das sicher.

Allerdings habe ich Aiyana seit dem gestrigen Morgen nicht zu Gesicht bekommen. Beim Mittagessen hat Gwyn mir erklärt, dass Larentia etwas Wichtiges mit ihr zu besprechen hat. Larentia, Aiyanas Meisterin. Der Gedanke versetzt mir einen Stich. Das Abendessen habe ich ausfallen lassen und die Abendstunden bei Neriss verbracht. Die Nähe des Drachen hat Nishas finstere Klauen von mir ferngehalten. Vermutlich hat Aiyana recht, und die Drachen sind nicht Nishas Handlanger, sondern bieten uns Schutz vor ihr.

Gwyn stützt den Kopf auf den Händen ab, und mustert mich eindringlich. »Schlecht geschlafen?«

Ich nicke stumm.

Veris nippt von ihrem Tee, dessen Duft nach Wildblumen und Kräutern mich schmerzlich an Zuhause erinnert. »So ging es uns allen nach unserer ersten Trainingsstunde. Für eine Person, die nie Magie besessen hat, erfordert es höchste Konzentration, sich der Magie eines Drachen zu bedienen.« Sie schneidet eine Grimasse. »Es hat einen Mond gedauert, bis ich die kleinste Pflanze zum Wachsen animieren konnte.«

Während sie gesprochen hat, habe ich nach einer Brotscheibe greifen wollen. Meine Hand verharrt in der Bewegung, ich bin wie erstarrt. Die Schatten des Raumes scheinen meinen Namen zu wispern, als wollten sie Veris‘ Behauptung Lügen strafen.

Ja, das Training mit Larkin hat mich bis auf den letzten Tropfen Energie ausgelaugt. Allerdings nicht auf die Weise, die Veris vermutet. Erleichterung durchflutet mich und löst meine Starre. Zum Glück habe ich Veris und Gwyn nicht erzählt, dass mein erster Versuch, einen Schatten zu verformen, von Erfolg gekrönt gewesen ist. An Larkins Gesichtsausdruck habe ich gesehen, dass er eine solche Leistung in unserer ersten Trainingsstunde wohl nicht von mir erwartet hat. Unter seinem wachsamen Blick habe ich absichtlich Fehler gemacht, was mich mehr Kraft gekostet hat, als die Schatten meinem Willen zu unterwerfen.

Ich muss schleunigst mehr über Magie und Gezeichnete erfahren.

Gwyn tippt, über den Tisch hinweg, meine Schulter an. »Bist du noch anwesend?«

Ich zucke unwillkürlich zusammen, schlage die Beine übereinander, und nicke. »J-Ja.«

»Mach dir keine Sorgen«, sagt Veris mit dem Anflug eines Lächelns auf den Lippen. »Du hast dich einem ausgewachsenen, wilden Drachen in den Weg gestellt. Eine Handvoll Schatten gehorchen dir sicher schneller, als du jetzt denkst.«

Ich schenke ihr ein kleines Lächeln, und greife nach der erstbesten Brotscheibe. Entweder Gwyn und Veris, die beginnen, über ihr eigenes Training zu sprechen, bemerken nicht, dass meine Hände zittern, als ich das Brot mit einer dicken Schicht Honig bestreiche, oder sie ignorieren es.

Gerade als ich einen ersten Bissen nehmen möchte, spüre ich eine Bewegung neben mir und atme vertrauten Vanilleduft ein.

»Guten Morgen, Aiyana«, begrüßt Gwyn diese. »Was verschafft uns die Ehre, nachdem du gestern weder beim Mittagessen noch beim Abendessen gewesen bist?«

Aus dem Augenwinkel linse ich zu Aiyana. Sie trägt ihre schneeweiße Trainingskleidung. Das rauchschwarze Haar hat sie zu einem Zopf geflochten, aus dem einzelne Strähnen abstehen. Über ihren Zügen liegt eine Erschöpfung, die einen Teil des schweren Gewichts, das auf meine Brust drückt, löst.

Seufzend lässt sie sich neben mir auf der Bank nieder. »Es gibt Entwicklungen auf dem Festland, über die Larentia –« Sie beißt die Zähne zusammen. »Sagen wir, wenig begeistert ist.«

Mein Magen verkrampft sich. Die Gesichter meiner Familie spiegeln sich in dem Glas Milch, das ich mir mit klammen Fingern eingieße. Eisige Kälte beißt mir in den Nacken.

Aiyana muss mein Unbehagen bemerken, sie rutscht näher zu mir, ich lehne mich sogleich an sie. Sanft berührt sie meine Fingerspitzen mit ihren, was mir einen Funken Wärme spendet.

Veris neigt den Kopf. »Was geschieht auf dem Festland?«

»Wie ihr wisst, haben wir bei unserem letzten Auftrag«, sie drückt meine Hand fester, als wisse sie, dass der Gestank von Rauch und verbranntem Fleisch droht, über mich herzufallen, »den Dolch aller Welten, ein Buch über reine Magie und zwei Bücher in unseren Besitz gebracht, deren Texte sich nur Gezeichneten offenbaren.« Ihre Miene verwandelt sich in eine Maske aus Eis. »Jetzt fehlen der Königin zwei Mittel, um nach den göttlichen Artefakten zu suchen.« Ich spüre neben mir, dass sich all ihre Muskeln, die sich unter der schneeweißen Trainingskleidung abzeichnen, anspannen. »Die offizielle Version ist, dass sie Trainingscamps für Gardistinnen und Gardisten auf dem Festland eröffnet, die dazu ausgebildet werden sollen, gegen die Festung in den Krieg zu ziehen.« Alles Blut weicht aus meinen Fingern, als sie meine Hand mit verkrampften Fingern drückt, und ihre Knöchel treten weiß hervor. »Inoffiziell ist sie auf der Suche nach Gezeichneten oder nach Kindern und Jugendlichen, die sie an die Schwelle des Todes bringen kann, in der Hoffnung, dass aus ihnen Gezeichnete werden.«

Die Stille, die sich über uns herabsenkt, dröhnt mir in den Ohren. Eine Mischung aus Angst und Zorn wallt in mir auf, und legt mir einen fauligen Geschmack auf die Zunge. Hat die Königin nicht schon vorher versucht, Gezeichnete zu finden? Heimlich? Ein Zittern durchfährt mich. Mein Honigbrot fällt mir aus den zitternden Händen, auf den Porzellanteller. Woher hat sie gewusst, dass sie mich in Guldheim findet?

»Damit kommt sie nicht durch«, findet Veris ihre Stimme als Erste wieder, Feuer lodert in ihren Worten. »Nicht, wenn sie dem Volk die Wahrheit weiterhin verschweigen möchte.«

»Die Wahrheit würde nichts ändern«, entgegnet Gwyn. »Womöglich wäre, wenn die Wahrheit publik wird, das gesamte Vier-Länder-Bündnis hinter den Gezeichneten her.«

Eis kriecht meine Wirbelsäule entlang. Ich senke den Kopf, atme unruhig ein und aus und wünsche mir, mit den Schatten zu verschmelzen. Ein Zupfen am Rande meines Bewusstseins lenkt meine Aufmerksamkeit auf den Fußboden. Schatten sickern aus allen Ecken in meine Richtung. Ich lasse die Fäden, die mich mit ihnen verbinden, rasch los, und schwimme aus dem Strudel meiner Gedanken nach oben. Nein, mit den Schatten zu verschmelzen ist eine schlechte Idee. Ich schlucke bittere Spucke herunter. Außer, die Königin findet mich …

Aiyanas Griff um meine Hand wird zärtlicher, sie streichelt meinen Handrücken mit dem Daumen, und ich konzentriere mich auf die Wärme, die von ihrer Berührung aus in mir aufsteigt. Sie vermag nicht, ein Feuer zu entzünden, das mir den Frost aus den Knochen brennt. Doch sie ist mein einziges Streichholz in der Finsternis, die mich umgibt.

»Was hat Larentia jetzt vor?« Veris' Stimme klingt weit weg.

Aiyana mahlt mit dem Kiefer, ein Sturm zieht über ihrer Miene auf. »Wie sie dagegen vorgehen möchte, hat sie nur dem Rat mitgeteilt.« Sie presst die Lippen zusammen. »Bei der Anspannung, die im Speisesaal herrscht, haben wohl einige Meisterinnen und Meister geplaudert.« Ich folge ihrem Blick, der über die Tische schnellt. Tatsächlich liegt noch immer ein Summen in der Luft, und einige Köpfe haben sich uns zugewandt. Als die Umsitzenden Aiyanas düstere Miene bemerken, wenden sie sich allesamt schnellstmöglich ihrem Frühstück zu. »Vieles davon sind sicher Gerüchte«, fährt Aiyana mit bitterem Unterton fort. »Was Larentia plant, werdet ihr drei heute erfahren. Wie es aussieht, möchte sie uns mit auf eine Mission nehmen.«

Ich blinzle sie irritiert an. »Uns?«

Sie nickt mit düsterer Miene. »Das schließt dich ein, Soleya. Ich wünschte, ich könnte dir sagen, worauf du dich heute einlassen musst.«

***

Raue Herbstluft empfängt uns auf dem Plateau, vor den Stallungen der Drachen. Fröstelnd knöpfe ich meinen Mantel, den ich mir rasch übergeworfen habe, zu, und schlinge mir die Arme um die Körpermitte.

Vor der Brüstung, welche das Klippengestein hinabführt, steht Larentia. Ihr Haar weht im Herbstwind, ein weißer Mantel umspielt ihren Körper, als sei er aus Schnee gewoben. Als sie unsere Schritte hört, fährt sie herum, und sieht uns vier, eine Hand in ihre Hüfte gestemmt, der Reihe nach an. Beißender Wind kriecht unter meinen Mantel, als ihr Blick einen Herzschlag länger an mir hängen bleibt.

»Macht eure Drachen aufbruchsbereit und vergeudet keine Zeit.« Um Larentia herum tost der Herbstwind, unter ihr rauscht das Blutmeer, während sie die Ruhe selbst scheint. Die Ruhe vor einem tödlichen Sturm. »Die Königin schläft nicht. Zeit ist ein kostbares Gut.«

Neben mir macht Aiyana einen Schritt nach vorne. »Soleya ist noch nie allein auf einem Drachen geflogen.«

Larentias Lippen verziehen sich zu einem wissenden Schmunzeln, das auf meiner Haut brennt. »Dann ist es für sie an der Zeit, das zu lernen.«

»Sie hat erst eine Trainingsstunde gehabt.« Aiyanas Stimme zittert vor Anspannung. »Wieso soll sie mitkommen?«

Larentias Schmunzeln wird breiter. »Für mich ist es an der Zeit, Soleyas Loyalitäten zu überprüfen.« Ihre Augen blitzen, Dolchen vor dem tödlichen Stoß gleich, auf. »Und deine.«

Aiyana schnappt nach Luft. Wenn Larentia die Ruhe vor dem Sturm ist, ist Aiyana in diesem Augenblick der Herbst, der dem Sommer seinen Dolch ins Herz rammt.

Ich ignoriere das mulmige Gefühl in meiner Brust und das Brennen auf meiner Haut, und lege ihr eine Hand auf den Oberarm, ihre Muskeln sind zum Zerreißen angespannt. »Lass gut sein«, raune ich ihr zu. »Wir schaffen das.«

Aiyana schüttelt mich mit einem Ruck ab, mit gebleckten Zähnen fixiert sie Larentia. »Was hast du vor?«

Larentia neigt das Haupt. »Ich habe über deinen Vorschlag nachgedacht, den du mir freundlicherweise gemacht hast, als du mich mit Soleya bekanntgemacht hast.«

Ich versuche vergeblich, mich an Aiyanas Vorschlag zu erinnern. Dichter Nebel verbirgt die Antwort vor mir.

»Nein!« Alle Farbe ist aus Aiyanas Gesicht gewichen, finstere Schatten sind an die Stelle ihrer Augen getreten, und ihre Nasenflügel beben. »Das macht dich, *uns*, nicht besser als die Königin!«

Ihre Worte lichten den Nebel, ich begreife. Larentia möchte Gezeichnete einfangen … oder sie erschaffen. Die Erkenntnis ergreift, einer Betäubung gleich, von meinem Körper Besitz. Stumm und starr liegt mein Herz in meiner Brust. Selbst die Kälte, die an mir nagt, ist fort. Verdrängt von nackter Fassungslosigkeit.

Larentias Fassade der Ruhe bricht entzwei. Ihr Zorn verbrennt die Hülle, die ihn gefangen gehalten hat, und lässt ein Raubtier mit lodernd grünen Augen frei. In unmenschlicher Geschwindigkeit schnellt sie nach vorne, und packt Aiyana am Oberarm. »Sag das nochmal.« Ihre Stimme bebt.

Aiyana presst den Kiefer zusammen. »Ich. Werde. Keinem. Kind. Ein. Haar. Krümmen.«

»Ausgerechnet *du*?« Ein freudloses Lachen rollt über Larentias Lippen, mir läuft es eiskalt den Rücken herunter. »Diese Worte höre ich aus *deinem* Mund?«

»Ich habe nie –«

»Oh nein.« Larentia beugt sich näher zu ihr, bis zwischen ihnen nur Platz für einen Atemzug ist. »Aber du hast es dir aus tiefstem Herzen gewünscht.«

Als hätten unsichtbare Hände von ihr Besitz ergriffen, wird Aiyana nach hinten gerissen. Für einen angehaltenen Atemzug hängt sie in der Luft, dann stürzt sie zu Boden, und schreit auf. Mit tränengetrübten Augen sucht sie Larentias Blick, ihre kampfbereite Haltung droht, in sich zusammenzufallen.

Aiyana, die in der kurzen Zeit, die ich sie kenne, stets versucht hat, keine Schwäche zu zeigen, liegt wenige Schritte von mir entfernt am Boden. Ihre stummen Tränen und ihr Schrei treiben das Gefühl der Betäubung aus meinen Adern. Heiße Wut ergreift von mir Besitz, ich stürme blind nach vorne.

Larentia hockt sich vor Aiyana auf den Boden, baut sich vor ihr auf. Sie hebt ihre Hand zum Schlag.

Aiyana zuckt nicht mit der Wimper. Nur die stummen Tränen schlagen Risse in ihre Fassade.

Ich lasse mich in dem Moment zwischen die beiden fallen, als Larentias Hand nach vorne schnellt. Ihre flache Hand trifft meine Wange mit einer solchen Wucht, dass mir schwarz vor Augen wird, und ihr Ring bohrt sich tief in mein Fleisch. Für einige angehaltene Atemzüge ist mein Körper taub, dann durchfährt mich siedend heißer Schmerz. Warmes Blut rinnt meine Wange hinab. Tränen treten mir in die Augen, mein Zittern überträgt sich als Beben auf meinen ganzen Körper, und stoßweise verlässt der angehaltene Atem meine Lippen.

Bevor sich meine Sicht klärt, sind Arme da, die meinen zitternden Körper umschlingen. Vanilleduft umfängt mich, und ich schmiege mich an Aiyana wie ein kleines Mädchen auf der Suche nach Schutz.

»Das hast du nicht gewagt –« Aiyanas Stimme ist das Donnergrollen, bevor ein Blitz den Tag zersplittert.

»Ich würde es wieder tun«, gibt Larentia in bissigem Tonfall zurück. »Vielleicht verstehst du dann, wo dein Platz in der Festung ist.«

Meine Sicht klärt sich, wenngleich feiner Tränennebel meine Umgebung verschwimmen lässt. Larentias Gesicht schwebt wenige Zentimeter von uns entfernt, das Schmunzeln hat für Missbilligung Platz gemacht.

»Ich lasse nicht zu, dass du mir in die Quere kommst, Aiyana. Hast du das verstanden?«, knurrt Larentia. »Du wirst meinen Befehlen Folge leisten und fortan mehr Rückgrat und Loyalität zeigen.« Ihr Blick schnellt zu mir, sie betrachtet mich, als sei sie ein Drache und ich ihre Beute. Instinktiv schmiege ich mich enger an Aiyana und ringe den Wunsch, die Schatten sollen mich mitnehmen, nieder. »Wenigstens weiß ich jetzt, was ich tun muss, damit du gehorchst, habe ich recht, Soleya? Wer hätte gedacht, dass jemand von Aiyanas Blut so leicht zu zerbrechen ist?«

Aiyana gibt keinen Laut von sich, zu Eis erstarrt hält sie Larentias Blick stand.

Ich versuche, ihrem Beispiel zu folgen.

Ein letztes Mal sieht Larentia uns an, als seien wir nicht mehr wert als der Dreck unter ihren Stiefelsohlen. Dann wendet sie sich mit den

Worten »Mehr Zeit dürfen wir nicht verlieren« ab, und geht in Richtung der Stallungen. Vorbei an Gwyn und Veris, die Aiyana und mich mit entgleisten Gesichtszügen anstarren.

Aiyana dreht sich, sodass wir einander zugewandt sind, ohne unsere Umarmung zu lösen. »Soleya, ich –« Ihr zittriger Atem streichelt meine Haut. Sie löst eine Hand von meinem Körper. Zärtlich streicht sie mir die Tränen aus den Augenwinkeln, und das Blut von der Wange. Wärme brandet durch meine Adern und schmilzt das Eis, das sich dort eingenistet hat, als würden mir Aiyanas Finger neues Leben einhauchen. »Es tut mir so leid.«

Ich ringe mir ein zittriges Lächeln ab. »Du musst dich nicht entschuldigen. Es ist meine Entscheidung gewesen.«

Sanft zieht sie die Kontur meiner Wange mit den Fingerspitzen nach. Mein Herz beginnt zu flattern. »Das ändert nicht, dass du das nicht für mich hättest tun sollen.« Ein gequälter Ausdruck gleitet über ihre Züge, ihre nächsten Worte sind von Bitterkeit erfüllt. »Das ist Larentias und meine Angelegenheit. Geändert haben meine Worte nichts, wir müssen diesen Kindern wehtun. Und Larentia wird uns jetzt erst recht gegeneinander ausspielen.«

»Ich würde mich jederzeit wieder für dich einsetzen, egal zu welchem Preis.« Endlich klingt meine Stimme fest. »Und was die Kinder betrifft, lassen wir uns etwas einfallen.« Ich senke die Stimme zu einem verschwörerischen Tonfall. »Wir besitzen eine Trumpfkarte, von der Larentia nichts ahnt. Nur die Bücher und der Dolch fehlen uns.«

Aiyanas Lippen öffnen sich, ohne dass sie ein Wort verlässt. Ihr abgehackter Atem streichelt meine Haut, was mich mit einem zittrigen Gefühl erfüllt. Sie ist mir so nah, dass ich die goldenen Flecken in ihren Augen zählen kann. Mit einem schweren Schlucken erwacht sie aus ihrer Starre. »Das meinst du ernst?«

Ich nicke.

»Dann … danke.« Sie klingt so verlegen, wie ich sie nie zuvor gehört habe.

Ich schüttle den Kopf. »Nicht dafür.«

Zaghaft heben sich ihre Mundwinkel, als wollten sie fragen, ob das in Ordnung ist. »Was Larentia vorhat, gefällt mir nicht«, schließt sie. »Gemeinsam lassen wir uns etwas einfallen – um die Kinder vor dem Tod zu bewahren und, um der Königin *und* Larentia zuvorzukommen.«

Ihre Worte und ihr Blick, voller Entschlossenheit, vertreiben den Schmerz aus meinem Körper. Sie machen einem elektrisierenden Gefühl Platz, das mich begleitet, als wir die Drachen aufbruchsbereit machen. Neriss' unmittelbare Nähe ist ein Verband für meine Wunden, doch es ist das Gefühl von Aiyanas Fingern und ihrem Atem auf meiner Haut, das mir Linderung bringt.

***

Die Wunde auf meiner Wange ist dank Veris' Magie fort, obschon die Auseinandersetzung mit Larentia unsichtbare Narben in meine Haut geschnitten hat.

Jetzt, auf Neriss' Rücken sitzend, durchdringt Larentias Blick meinen Nacken, einer Dolchklinge gleich, von der Aiyanas und mein Blut in dickflüssigen Strömen tropfen.

Ich straffe die Schultern, und konzentriere mich auf die Nähe meines Drachen und die reine Magie, die durch den filigranen, sehnigen Körper unter mir pulsiert. Von jeder Körperstelle, an der wir einander berühren, breitet sie sich in meinem Inneren aus.

Larentia stößt einen Pfiff aus.

Eine Sturmböe droht, mich aus dem Sattel zu schleudern. Neriss' Zügel schürfen die Haut zwischen meinen Fingern auf, als ich sie fester packe.

Mein Herz vergisst seinen Takt, als Larentias gewaltiger Drache, Dyrmerth, pfeilschnell über unsere Köpfe hinweg fliegt. Der schneeweiße Körper verschmilzt mit dem wolkenverhangenen Himmel.

Veris und Gwyn schließen sich Larentia auf ihren Drachen an.

›Du schaffst das, Soleya. Neriss gibt auf dich Acht, Aiyana und ich ebenso‹, erklingt Camais Stimme in meinem Kopf.

Ich schaue über die Schulter, werfe erst Camai einen dankenden Blick zu, dann verharrt meine Aufmerksamkeit auf Aiyana. Ihr Lächeln entfacht einen wohligen Schauder, der durch meinen Körper rieselt, und das Funkeln in ihren Augen überträgt einen Teil ihrer Entschlossenheit auf mich.

Ich zwinkere ihr zu, ehe ich meine Aufmerksamkeit auf Neriss wende. »Du passt auf mich auf, nicht wahr?«

Die Antwort ist ein zustimmendes Brummen.

Ich verlagere mein Gewicht im Sattel nach vorne, lockere die Zügel und drücke meine Schenkel vorsichtig gegen Neriss' Rumpf. Mit einem Ruck erwacht der Drachenkörper zum Leben, in zügigen Schritten schnellt Neriss nach vorne, auf die Klippen zu, hinter denen das tosende Blutmeer lauert. Schwindel ergreift von meinem Körper Besitz, ich zwinge mich, die Augen offen zu halten und mein Gewicht nicht nach hinten oder zur Seite zu verlagern. Das beständige Pulsieren von Neriss' Magie, dicht über meinem Herzen, drängt meine Furcht zurück. Mit einem Knistern breiten sich Neriss' Flügel aus. Sie*er tritt über die Kante, wir scheinen über Wolken zu laufen. Meine Kehle fühlt sich wie zugeschnürt an, und ein gepresstes Keuchen entschlüpft meinen Lippen. Da schlägt Neriss mit den Flügeln, die sich Rauchschwaden gleichend von dem trüben Blassblau des Herbsthimmels abheben. Anders als Camai, gleitet Neriss lautlos durch das Wolkenmeer, das sich vor uns erstreckt.

Ich lasse meine Angst in der Festung zurück.

Kleine Funken glimmen in meinem ganzen Körper auf, und elektrisieren mich. Am liebsten möchte ich meine Arme ausbreiten und auf Neriss' Rücken zu den Sternen fliegen.

Ein vertrauter, weißer Drachenkörper taucht neben mir auf. Aiyana sieht mich mit einem wissenden Lächeln auf den Lippen an, das ich ohne zu zögern erwidere.

›Habe ich es nicht gesagt?‹

Meine Antwort ist ein Lachen, das sich wie selbstverständlich von meinen Lippen löst. Neriss' zufriedenes Schnauben zerfasert im rauen Herbstwind.

Wohlige Magie strömt durch meinen Körper und füllt mich bis in die hintersten Winkel meines Seins aus.

Wir sind auf eine Mission unterwegs, die gegen alles verstößt, woran ich glaube. Meine Familie ist mir so fern wie noch nie. In der Festung verbergen sich Geheimnisse vor mir. Und in mir hat seit dem Unfall etwas geschlummert, das durch Neriss' Magie zum Leben erwacht ist.

Dennoch würde ich diesen Augenblick, der so leicht zu zerbrechen ist wie ein Herz aus Glas, für nichts auf der Welt eintauschen.

Kapitel 17
Göttliche Gnaden

Klare Waldluft strömt durch meine Lungen. Der Duft von Harz, verblühenden Wildblumen und Herbstlaub zupft an meinem Herzen und füllt es mit Wehmut. In Guldheim riecht es um diese Jahreszeit genauso.

Konzentrier dich, Soleya.

Ich umfasse den Gedanken mit der Faust. Er zerbricht mitsamt den Zweigen zu meinen Füßen.

Wir befinden uns nicht im Goldwald. Die Pappelstämme sind von einem matten Braun, ihre zartorangenen Blätter rascheln im Wind. Salzgeruch tränkt die Luft, in der Nähe tost das Blutmeer.

Die Drachen haben wir in einer Höhle, zwischen Steinklippen, zurückgelassen.

Auf leisen Sohlen schleichen wir durch den Wald, Larentia bildet die Nachhut, als wolle sie sichergehen, dass es sich niemand anders überlegt. Aiyana läuft dicht hinter mir. Meine Wange schmerzt nicht mehr, nachdem Veris sie geheilt hat. Ein Riss in meinem Inneren bleibt.

Veris, die vorausgeht, wirbelt herum und legt einen Finger an die Lippen. Grasgrüne Funken steigen von ihren Fingerspitzen empor. Larentia hat ihr aufgetragen, die Umgebung mittels ihrer Magie abzusuchen, scheinbar spürt sie etwas.

Instinktiv taste ich die Schatten in meiner nahen Umgebung ab. Zwischen den Pappeln und Wildblumen stoße ich auf Widerstand. Blühendes Leben, das von einem kleinen Schatten ausgeht.

Mein Herz krampft sich im Käfig meiner Rippen zusammen, ohne ein Entkommen. Es ist ein Kind in der Nähe …

Aiyana tritt näher zu mir, ich rieche ihren Vanilleduft, spüre beinahe ihre Wärme. Tapfer widerstehe ich dem Impuls, nach ihrer Hand zu tasten. Nicht, so lange Larentias bohrender Blick auf uns ruht.

»Du hast recht gehabt, Larentia.« Veris' Wispern schwebt auf den Schwingen des Herbstwinds zu uns. »Die Kinder durchqueren auf dem Heimweg von der Schule, in einem anderen Dorf, den Pappelforst.«

»Ist das Kind allein?«

»Ja«, antworte ich an Veris' Stelle, ohne Larentia anzusehen. »Ich spüre einen einzigen Sterblichen in der Nähe.«

Wir schieben uns weiter durch das Dickicht. Die Lücken zwischen den Bäumen werden größer, bis wir, an die Pappelstämme gepresst, auf eine kleine Lichtung blicken. Wildblumen in allen Regenbogenfarben überwuchern den Weg, der sich über das Herbstgras schlängelt.

Zu unserer Linken ertönt ein Knacken. Ein Junge tritt aus dem Schutz der Bäume. Sein flachsblondes Haar strahlt im Sonnenlicht, auf seinem Gesicht liegt ein neugieriger Ausdruck.

Ich beiße mir auf die Zunge, unterdrücke einen scharfen Atemzug.

Das Bild von Firan verschwindet nicht aus meinem Kopf.

Sie sind im selben Alter …

Wenn jemand Firan angreifen würde …

Vertraute Finger gleiten zwischen meine. »Soleya, die Schatten«, flüstert Aiyana mir ins Ohr.

Mein Blick zuckt nach unten. Tintenschwarzer Nebel steigt zu meinen Füßen vom Waldboden empor. Je mehr er sich verdichtet, desto schmaler werden die Schatten der Bäume. Erschrocken stolpere ich einen Schritt zurück. Der Faden, der mich mit den Schatten verbindet, reißt entzwei. Ein Knacken ertönt, als ich auf einen heruntergefallenen Ast trete. In meinen Ohren tönt es einem herabfallenden Baum gleich.

Die federnden Schritte des Jungen stoppen. Eine Falte gräbt sich in seine glatte Stirn, und er läuft zögernd auf unser Versteck zu.

Mein Blut gefriert zu Eis. Larentias Blick brennt sich in meine Haut. Aiyana schiebt sich zwischen uns und bleckt die Zähne.

Veris und Gwyn fokussieren den Jungen, wechseln einen Blick.

Erstere schließt die Augen und atmet tief durch. Ein Ächzen ertönt, nicht weit von uns, und schwillt zu einem bedrohlichen Crescendo an.

Die Erde zu den Füßen des Jungen bricht, einer klaffenden Wunde gleich, auf. Ranken schießen empor, packen seine Beine, und ziehen ihn zu Boden. Sein Schrei stirbt, als er mit dem Kopf auf dem Waldboden aufschlägt.

***

Die Haut des Jungen ist wächsern. Veris hat mir mehrmals versichert, dass ihm das Serum, das Larentia ihm eingeflößt hat, die Schmerzen nimmt. Seine Augen sind friedlich geschlossen, hinter seinen Lidern zuckt es, als habe er einen Albtraum. Unwissend, dass der wahre Albtraum in der Wirklichkeit auf ihn lauert. Sein flachsblondes Haar gleicht goldenen Fäden, die sich über den steinernen Boden ergießen.

Äußerlich ähnelt er Firan nicht. Dennoch verschwindet der fensterlose Raum mit seinen Wänden aus massivem Onyx bei jedem zweiten Blinzeln. Stattdessen liegt Firans gebrochener Körper vor mir. Mein kleiner Bruder, für den die Würfel gefallen sind. Auf ihn wartet keine Gottheit, die ihm eine zweite Chance ermöglicht.

Ich merke erst, dass ich zittere, als Aiyana meine Hand drückt. Ihre Hand, die meine hält, ist das Einzige, was mich davon abhält, die Flucht zu ergreifen.

Meine Gedanken liegen in Scherben. Die Schatten, die über meinem Herzen schlummern, verdunkeln mein Inneres.

Jedes Klackern von Larentias hohen Absätzen auf dem tintenschwarzen Boden ist ein Schlag in meine Magengrube. Einer folgsamen Armee gleich, richten Aiyana, Gwyn, Veris und ich unsere vollkommene Aufmerksamkeit auf sie, als sie gegenüber von uns stehenbleibt. In der Hand hält sie einen mir vertrauten Dolch. Die reine Magie, die in seinem Inneren pulsiert, tränkt die Luft, und bleibt mir bei meinem nächsten Atemzug in der Kehle stecken.

Aiyana schnappt nach Luft. »Der Dolch aller Welten –«

»Wir sollten alle Mittel nutzen, die wir besitzen, damit der Junge von einer alten Gottheit gezeichnet wird.« Larentias Tonfall ist schneidend kalt, ihr Blick verschmilzt mit Aiyanas. »Entweder du führst den Dolch oder Soleya. Deine Entscheidung.«

Mir dreht sich der Magen um. Ich vergrabe die Fingernägel meiner freien Hand im Fleisch meiner Handflächen. Der Schmerz vermag nicht, das Brennen in mir zu lindern.

Aiyana drückt meine Hand, ehe sie ihre Finger aus meinen löst. Kälte brandet durch meine Adern. In hölzernen Bewegungen tritt Aiyana an Larentias Seite. Ohne eine Miene zu verziehen, streckt sie eine Hand nach dem Dolch aus. »Bringen wir es hinter uns.« Ihre Stimme steht Larentias in Sachen Kälte in nichts nach.

Sie nimmt den Dolch von Larentia entgegen, die jede ihrer Bewegungen verfolgt, als warte sie auf einen Fehler. Der Stoff ihres Mantels raschelt, als sich Aiyana neben den Jungen hockt. Über ihren Zügen liegt eine Maske aus Stahl. In einer fließenden Bewegung hebt sie den Kopf des Jungen an, und zieht ihm den Dolch über die Kehle. Das Zucken hinter seinen Lidern stoppt, seine Brust erstarrt in einem letzten röchelnden Atemzug, der die zitternden Lippen stoßweise verlässt.

Für einen Moment fühle ich mich vollkommen leer. Als würden jegliche Gefühle meinen Körper mit dem Blutrinnsal, das aus dem Schnitt an der Kehle des Jungen quillt, verlassen.

Etwas in mir zerspringt. Schwindel ergreift von mir Besitz, der finstere Strudel meiner Gedanken beginnt, sich zu drehen. Der Raum schwankt. Ich verliere das Gleichgewicht, der Aufprall meiner Knie auf dem unnachgiebigen Boden hallt in meinen Knochen nach. Tränen schnüren mir die Kehle zu und verschleiern meinen Blick.

Ich blinzle den Tränennebel fort, starre den Jungen an, und erstarre zum zweiten Mal.

Mein Verstand begreift nicht, was ich sehe.

Feine goldene Fäden beginnen, den Schnitt an der Kehle des Jungen zuzunähen. Unsichtbare Finger formen die Naht, bis nur noch ein Rubinband auf wächserner Haut an den Schnitt erinnert. Der Körper des Jungen bäumt sich auf, als sei er eine Marionette, die an unsichtbaren Fäden nach oben gezerrt wird. Er reißt die Augen auf, fixiert einen Punkt in der Ferne, der für mich unsichtbar bleibt, und seine zitternden Lippen formen Worte.

Die Schatten unter meiner Haut brennen. *Ich* brenne und drohe, den Flammen zu erliegen, die an meinen Knochen lecken. Alles in mir schreit nach Flucht. Als wäre der Junge plötzlich ein Magnet und würde mich abstoßen, weiche ich, auf dem Boden hockend, vor ihm zurück.

›Finde die Wahrheit, Soleya.‹

Die Frauenstimme donnert von innen gegen meine Schädeldecke.

›Zuerst musst du die Wahrheit finden. Sie versteckt sich.‹

Stechender Schmerz durchfährt meinen Kopf. Irgendwo habe ich diese Stimme schon einmal gehört.

›Wenn du die Wahrheit erkannt hast, wirst du in der Lage sein, die Reiche der alten Gottheiten zu betreten, du musst die vier Flammen finden und sie gemeinsam entzünden.‹

Bis auf die Knochen zitternd warte ich auf mehr Worte, die nicht kommen. So schnell, wie die Stimme von mir Besitz ergriffen hat, löst sie ihre Krallen aus meinem Verstand.

Stille legt sich über uns, durchbrochen nur von den schweren Atemzügen des Jungen, und dem Rauschen des Blutes in meinen Adern, vermischt mit dem Echo der Stimme.

»Hat es funktioniert?«, wispert Veris in die Stille, und setzt dem Strudel meiner finsteren Gedanken ein Ende.

Aiyana beugt sich mit ausdrucksloser Miene über den Jungen. Als sie ihm eine Hand auf die magere Schulter legt, fährt er in sich zusammen. »Ich möchte dir nicht wehtun.« Ihre Stimme bröckelt, den blutverklebten Dolch hält sie so fest, dass ihre Knöchel weiß hervortreten.

»Wo ist er?«, krächzt der Junge.

»Er?« Aiyana schluckt trocken. »Du musst geträumt haben. Wir haben dich vor den Angreifenden gerettet.«

»Er war in goldenen Lichtglanz gehüllt und er hat zu mir gesprochen –« Abrupt bricht er ab, seine hektisch umherzuckenden Pupillen erstarren, auf Aiyanas Hände und den Dolch gerichtet. »Was hast du mit dem Dolch vor? Du ... du darfst ihm nicht wehtun! Er hat mich gerettet.«

Die Festung der Gleichgültigkeit, die Aiyana um sich herum erbaut hat, bekommt Risse. Ein erstickter Laut verlässt ihre Lippen, der Dolch fällt ihr klirrend aus den Händen.

»Genug davon.« Larentia schnellt an die Seite des Jungen, und hockt sich neben Aiyana. In den Händen hält sie ein vertrautes Buch mit silbernem Einband. Mit einem falschen Lächeln auf den Lippen, bietet sie dem Jungen das Buch dar. Ihre Aufmerksamkeit haftet auf der goldenen Naht, als sei diese das Wertvollste, was sie je gesehen hat. »In diesem Buch steht etwas geschrieben, das dich der Silbernen näherbringt«, verspricht sie ihm mit honigsüßer Stimme.

›Lügen.‹

Die Stimme hämmert gegen meine Schädeldecke.

›Dusan hat ihn zurückgebracht, Farren wird ihn abweisen.‹

Ich vergrabe meine Fingernägel in den Handflächen, und widerstehe dem Drang, Larentia das Buch aus der Hand zu reißen.

Skeptisch zieht der Junge seine hellen Augenbrauen zusammen. Dabei erinnert er mich so sehr an Firan, dass ich aufkeuche.

»Nimm es schon«, sagt Larentia mit Nachdruck in der Stimme.

Die Züge des Jungen glätten sich, er streckt eine Hand nach dem Buch aus. Kaum berühren seine Fingerspitzen den Einband, zieht er seine Hand zurück, als hätte er sich daran verbrannt.

Mit zitternder Unterlippe schaut er zu Larentia auf. »Ich kann nicht –«

Larentias Geduld bekommt Risse, sie mahlt mit dem Kiefer. »Natürlich kannst du.« In einer flinken Bewegung blättert sie die Buchseiten durch.

Für sie müssen diese leer sein, ich erkenne durch meinen Tränenschleier verschwommene Buchstaben. Von ihnen geht ein Surren aus, das die Schatten in meiner Brust dazu bringt, sich zu verdichten.

Das Buch auf einer beliebigen Seite aufgeschlagen, hält sie es dem Jungen vor das Gesicht. »Was siehst du?«

»Das ist eine Landkarte«, sagt er mit rauer Stimme. »Das Vier-Länder-

Bündnis, die Silberinseln –« Seine Stirn legt sich in Falten. »Im Norden des Kontinents ist ein Landstrich, den ich noch nie zuvor gesehen habe.«

›Sieh mit dem Auge der Wahrheit.‹

Die Worte legen sich als eine Hand um meine Kehle. Diesmal werden sie von einer anderen Stimme gesprochen.

›Durchschneide Raum und Zeit.‹

Zuerst ist es ein Streicheln, dann drückt die Hand zu, bis mein Atem kurz wird. Kälte kriecht einer Betäubung gleich durch meine Adern. Ich werde zu Eis statt Feuer.

›Finde die Wahrheit dort, wo Sterbliche nicht suchen.‹

Die Hand lässt von mir ab, ich beiße mir auf die Innenseite der Wange, wage nicht, einen Laut von mir zu geben. Mein Atem kommt mir stoßweise über die Lippen, und meine Narbe brennt. Hektisch blinzelnd sehe ich mich um, die Aufmerksamkeit der anderen haftet auf dem Jungen. Mich bemerkt niemand.

Larentia beugt sich über den Jungen. »Was steht dort geschrieben?«

»Das kann ich ohne meine Brille nicht lesen«, erwidert er ein wenig kleinlaut. Zögerlich streckt er seine kleinen Hände nach dem Buch aus.

›Er ist ein zu kleines Gefäß.‹

Diesmal ist die Stimme ein sanftes Flüstern, das einer Umarmung nahekommt.

Der Schrei, dass der Junge das Buch nicht nehmen soll, erstirbt in meiner Kehle.

Seine Hände berühren den Einband bereits. Ein gequälter Ausdruck gleitet über seine Züge. »Hier steht, dass es einst einen anderen Regierungssitz gegeben hat. Dort sollen wir Völker den Gottheiten am nächsten gewesen sein –« Ein Röcheln unterbricht ihn, Blut läuft aus seinem Mund.

›Füllt ihr Sterblichen es mit Magie, zerspringt er.‹

»Seht ihr nicht, was ihr anrichtet?« Erst das Brennen meiner Kehle macht mir begreiflich, dass ich diese Worte geschrien habe. »Dusan mag ihn zurückgeholt haben, aber das ist Farrens Buch!«

Jemand packt meine Haare und reißt mich gewaltsam in die Höhe. Meine Wirbelsäule gibt ein hässliches Knacken von sich, als Larentia meinen Kopf nach hinten reißt. Furcht vergräbt ihre Klauen in meinem Herzen und siedet dort. »Halt bloß den Mund, Soleya! So kurz vor dem Ziel machst du mir das nicht kaputt!«

»Sie kann nichts mehr kaputt machen«, wispert eine dünne Stimme, die ich vage als Veris' erkenne. »Er ist tot.«

Larentia lässt mich so ruckartig los, dass ich auf den unnachgiebigen Boden falle. Ich fühle mich zu betäubt, um Schmerz zu empfinden. Zu betäubt, um zu registrieren, dass Gwyn neben mir hockt und mir eine Hand auf die Schulter legt.

Der Junge sitzt wie erstarrt auf der Matratze. Die goldenen Nähte, die seine Kehle zusammengehalten haben, sind aufgesprungen. In seiner Brust schlägt kein Herz mehr und ich spüre, dass sein Inneres leer ist. Kein Tropfen Magie fließt mehr durch seine Adern.

›Er ist zersprungen. Es tut mir leid, Soleya.‹

»Ich verstehe das nicht –« Fassungslosigkeit liegt über Larentias Zügen. »Es sollte keinen Unterschied machen, welche Gottheit die Kinder zurückholt –«

»Glaubst du nicht, dass die Königin längst eines der göttlichen Artefakte besäße, wenn es so einfach wäre?« Aiyanas Stimme ist pures Eis. »Wir hätten warten müssen, bis es ihm bessergeht. Er hat zu nahe an der Schwelle zum Tode gestanden, ob Dusan ihn gerettet hat oder nicht, hat dabei keine Rolle gespielt. Deshalb sucht die Königin nach Gezeichneten, die bereits einige Monde mit der Zeichnung durch die Gottheiten leben.« Sie streicht sich das rauchschwarze Haar, das sich aus ihrem Zopf gelöst hat, aus dem Gesicht, und sieht Larentia mit zusammengekniffenen Augen an. »Selbst, wenn wir gewartet hätten, wäre es mit einem Risiko für den Jungen verbunden gewesen, ihn so viel Magie auszusetzen.« Ihr Kiefer ist so fest zusammengepresst, dass ihre folgenden Worte nur ein Knirschen sind. »Irgendeine höhere Macht will verhindern, dass jemand die Artefakte findet.«

Larentias Nasenflügel beben. »Prinzessin Aeryn hat neun Jahre gelebt und sicher von der Königin Farrens Buch und Vanyas Buch in die Hände gedrückt bekommen, bevor der Tod sie geholt hat – und das nicht einmal durch ein Artefakt.«

Aiyana springt vom Boden auf. »Jetzt ist sie seit zehn Jahren tot und wir können weder sie noch die Königin fragen, wie das sein kann«, erwidert sie tonlos. Ohne mich eines Blickes zu würdigen oder ein weiteres Wort zu sagen, verlässt sie den Raum. Dabei hinterlässt sie eine feine Blutspur auf dem Boden.

Mit einem missbilligenden Kopfschütteln sieht Larentia ihr nach. »Sie wird sehen, was sie davon hat«, knurrt sie. »Wir werden nicht aufgeben. Wir müssen schneller sein als die Königin.«

›Das wird nichts nützen, wenn das Gefäß zu klein ist.‹

Das Flüstern der Stimme verdichtet sich zu Nebel in meinem Kopf.

›Du musst mir helfen, bevor es zu spät ist, Soleya.‹

***

Der Wind brennt in meinen Augen, zerrt an meinem Haar und meinem Mantel. Kälte beißt sich in meinem Nacken fest, schabt an meinen Knochen. Das Rauschen der Wellen gleicht dem Brüllen einer Herde Drachen, und ein falscher Schritt genügt, um in einen tosenden Abgrund zu fallen. Diesmal wird mich keine Gottheit retten.

Eine alte Ziehharmonika tritt an die Stelle meiner Lungen. Schwindel ergreift Besitz von mir.

Ich werde nicht langsamer.

Bilder des toten Jungen kreisen durch meine Gedanken. Untermauert von dem Echo der Stimmen, fremd und vertraut. Seit ich außerhalb der Reichweite des Buches und des Dolches bin, sind sie verstummt.

Dazu mischen sich Gwyns warnende Worte. »Aiyana ist gerade im Streitmodus. Du kannst bei uns bleiben, ich verstehe, wenn du nicht allein sein möchtest.«

Ich habe dey abgeschüttelt, und weder Gwyn noch Veris oder Larentia hat Anstalten gemacht, mich aufzuhalten.

Ganz schwach spüre ich Aiyanas Schatten. Ein Zupfen am Rande meines Bewusstseins, das mir verrät, dass ich auf dem richtigen Weg bin.

Der Himmel ist in ein tiefes Blauviolett getaucht, das Regen ankündigt. Wind peitscht mir das Haar ins Gesicht, ich schmecke Salz auf der Zunge. Nebel hüllt die Klippen ein, ich vertraue darauf, dass die Schatten, die um mich herum pulsieren, mir den Weg leiten.

Vor mir taucht der Strand auf, und ein erstickter Laut verlässt meine Lippen. Auf einem großen, silberweißen Stein sitzt eine vertraute Silhouette, die sich aus dem Nebel abzeichnet. Aiyanas Zopf hat sich gelöst, die rauchschwarzen Strähnen fallen ihr wirr bis zur Mitte des Rückens. Mit starrer Miene blickt sie auf das tosende Blutmeer hinaus, irgendetwas zwischen den Fingern drehend, das ich von meiner Position aus nicht erkenne.

»Aiyana –« Der Wind verschluckt meine Worte.

Ich stolpere die letzten Fuß, kleine Steine stechen in meine Stiefelsohlen, und komme eine Armlänge von ihr entfernt zum Stehen.

»Was sucht du hier?« Ihre erschöpfte Stimme zerfranst im Wind.

»Dich«, gebe ich um eine feste Stimme bemüht zurück.

Sie hebt den Kopf und sieht mich aus unergründlichen, geröteten Augen an. »Wieso?«

Ich schlucke trocken. »Meinst du das ernst?«

Aiyanas Blick huscht zu ihren Händen, die von getrocknetem Blut gezeichnet sind. Darin hält sie einen Kurzdolch mit kupferner Klinge, in dessen Griff winzige Smaragde eingearbeitet sind. »Ich habe heute ein unschuldiges Kind getötet.«

Ihre Worte sind ein Stich in meiner Brust. Denkt sie, ich würde ihr daran die Schuld geben? »Du hast keine Wahl gehabt.«

»Ändert das etwas?« Sie lacht freudlos. »Larentia hält meine Fäden in den Händen.« In der Dolchklinge spiegeln sich ihre glanzlosen Augen. »Ich bin ihr Werkzeug, ihre Klinge. Klingen schneiden und töten, doch sie hinterfragen niemals.« Sie beißt die Zähne zusammen. »Und ich habe sie auf die Idee gebracht, dem Beispiel der Königin zu folgen.«

Ihre Worte drücken als schweres Gewicht auf meine Brust und nehmen mir die Atemluft. Zittrig atme ich dagegen an. Dass Aiyana ihre Bürde allein trägt, werde ich nicht zulassen. Ohne auf ihre Aufforderung zu warten, lasse ich mich neben ihr auf dem Stein nieder. »Bist du nicht diejenige, die mir gesagt hat, dass ich keine Spielfigur bin?«

Sie zuckt mit den Schultern.

»Sieh mich an, Aiyana.«

Ein Zittern durchfährt sie, ehe sie meinen Blick findet und ihn mit einer Intensität festhält, als suche sie in meinen Augen nach etwas.

Zart wie der Flügelschlag eines Schmetterlings, lege ich eine Hand auf ihre Wange, und spüre die Nässe nicht gänzlich getrockneter Tränen.

Aiyanas angespannte Gesichtszüge werden weicher. Die Mauer, die sie zwischen uns hochgezogen hat, fällt, und zeigt mir das Mädchen dahinter. »Larentia erinnert mich an meine Mutter.« Ihre Worte klingen gepresst. »Sie behandelt mich, wie meine Mutter mich zu Lebzeiten behandelt hat und manchmal ist das alles zu viel.« Schatten huschen über ihre Miene. »Camai bedeutet mir alles. Aber manchmal wünsche ich mir, keinen Flüsterer an meiner Seite zu haben. Dann wäre Larentia nie meine Meisterin geworden.« Zärtlich berührt sie die Dolchklinge mit den Fingerspitzen. »Zu meiner Mutter habe ich nie ein gutes Verhältnis gehabt, ich bin die Tochter gewesen, die ihr nicht genug war. Diejenige, die sich nicht nach ihrem Ebenbild formen ließ, egal wie sehr sie es versucht hat. Keine angehende Dame, sondern ein verträumtes Kind, das ihren Kopf in den Wolken hatte, die Welt nur zwischen Buchseiten erleben wollte. Ich bin das Mädchen gewesen, das mit ihrer einzigen Freundin lieber auf Bäume geklettert ist oder gelernt hat, wie ein Dolch zu führen ist, statt sich in hübschen Kleidern zu präsentieren oder wie ihre Schwester Violine spielen zu lernen.« Schmerz flackert über ihr Gesicht und lässt sie älter wirken. »Mein Vater hat mich vor dem Zorn meiner Mutter beschützt. Er war derjenige, der mir diesen Dolch geschenkt hat. Eine Erinnerung an meine innere Stärke.« Ihre Schultern beben unter einem rasselnden Atemzug. »Trotzdem fühle ich mich nicht stark. Ich habe mir die Anerkennung meiner Mutter gewünscht, wie ich mir jetzt Larentias wünsche.«

Ihre Worte zerreißen etwas in mir. In dem trüben Honigbraun von Aiyanas Augen spiegelt sich ein kleines Mädchen, dem alles genommen wurde. Ob ich ihr etwas geben kann, woran sie sich festhalten kann?

»Ob Larentia zufrieden mit dir ist oder, ob deine Mutter es wäre, kann ich dir nicht sagen«, beginne ich. »Meine Anerkennung hast du. Du bist kein schlechter Mensch, Aiyana. Wer das nicht erkennt, hat dich nicht verdient.«

Aiyana blinzelt, letzte angestaute Tränen lösen sich aus ihren Augenwinkeln. »Das hat noch nie jemand zu mir gesagt.«

»Dann wurde es höchste Zeit.«

»Das zu hören, bedeutet mir viel.« Ein Seufzen unterbricht sie. »An Larentias Vorhaben ändert es nichts.« Sie beißt sich auf die Lippe. »Und sie hat einen neuen Weg gefunden, mir wehzutun, wenn ich mich ihr widersetze.«

Ihre Worte schnüren mir die Brust ab, ich atme unruhig gegen sie an.

»Du hast nichts falsch gemacht«, sagt Aiyana hastig. »Ich hasse es bloß, dass uns die Hände gebunden sind.«

»Vielleicht jetzt«, setze ich an. Hoffentlich sieht sie Entschlossenheit in meinen Augen aufblitzen, statt des mulmigen Gefühls, das in meiner Brust siedet. »Es werden weitere Unschuldige sterben.« Der Satz hinterlässt ätzende Säure in meinem Mund. »Aber während wir … uns mit dem Jungen beschäftigt haben … da haben zwei Stimme mir zugeflüstert, dass ich nach der Wahrheit suchen soll. Dort, wo die Sterblichen nicht nachsehen.«

Ein einzelner goldener Funke glimmt in Aiyanas Augen auf. »Wir brauchen die Bücher und den Dolch dringender denn je«, schlussfolgert sie, ihr Blick zuckt zu dem Dolch, als hoffe sie, auf seiner Klinge Antworten zu lesen. »Auf dem Festland wird das Erntefest gefeiert. In der Festung feiern wir ein Fest namens Samhain, in der Nacht zum ersten Tag des Regenmondes.« Als sie den Kopf hebt, liegt eine grimmige Entschlossenheit über ihren Zügen. »In dem einen Mond bis dahin kann vieles passieren, aber es ist die beste Gelegenheit, die wir haben. Die ganze Festung wird abgelenkt sein, Larentia eingeschlossen.«

Ich ringe mir ein mattes Lächeln ab. »Das bedeutet auch, dass wir genügend Zeit haben, um uns einen Plan zu überlegen.«

Um ihre Mundwinkel zuckt es. »Stimmt.« Ihre Finger gleiten in die Zwischenräume meiner freien Hand. Mein Herz macht einen albernen Sprung, zittrig entströmt mein Atem meinen Lippen.

Für einen Augenblick gerät die Welt um uns herum in den Hintergrund.

Das Rauschen der Wellen ist eine ferne Melodie, Aiyanas Finger auf meiner Haut und ihr zittriger Atem, der meine Lippen berührt, sind meine einzige Wirklichkeit. Mein Blick folgt dem Schwung von Aiyanas schmalen Lippen, ihrer schiefen Nase und den goldenen Sprenkeln in ihren honigbraunen Augen. Ein süßes Ziehen zuckt durch meine Brust.

Aiyana entzieht ihre Wange meiner Berührung und zieht sich von mir zurück, bevor ich das Gefühl in meiner Brust deuten kann.

Mein Herz stolpert. Habe ich etwas falschgemacht?

Da lehnt sie ihren Kopf an meine Schulter, von der Stelle, an der wir einander berühren, aus rieselt ein warmer Schauder durch meinen Körper.

»Danke, dass du mich nicht allein gelassen hast«, wispert sie.

Mein Herz gerät ins Stocken. »Das ist selbstverständlich«, erwidere ich, erschrocken, wie belegt meine Stimme klingt.

Das Blutmeer färbt sich im tiefen Blauviolett des herannahenden Regens, als hätte jemand ein Tintenfass über den Wellen ausgekippt. Das Rauschen der Wellen und des Windes wird bedrohlicher. Doch mit Aiyanas Kopf auf meiner Schulter und ihrer Hand in meiner überstehe ich jeden Herbststurm.

Kapitel 18
Tanz mit mir

Meine Finger führen die Fäden, rauben den Schatten ihre Form, und setzen sie neu zusammen. Rauchschwarze Fäden sprießen aus den Fugen zwischen den Bodendielen. Wellen gleich branden sie in meine Richtung, ich zupfe an ihnen. Bis sie meine Fingerspitzen berühren, was das Kribbeln in meinem Inneren verstärkt.

Larkin nickt mir zu. Ein stummes Lob, das mich mit Stolz erfüllt.

Ich zupfe an den Fäden der Schatten, sie verdichten sich zu waberndem Nebel, der mich einem warmen Umhang gleich einhüllt.

Der Boden unter meinen Füßen bricht weg. Meine Konzentration zersplittert, die Schatten schweben auseinander. Im Fallen rufe ich nach ihnen, dunkle Ranken schlingen sich um meine Glieder und federn meinen Sturz ab. Leicht wie eine Feder gleite ich zu Boden, wo ich schwer atmend liegenbleibe.

»Nicht schlecht.« Larkin taucht in meinem Blickfeld auf. »Du bist nicht bereit für einen Kampf, dafür verliert dein Schild zu schnell an Substanz, aber wir arbeiten daran.« Er bietet mir die Hand dar, ich lasse mich von ihm auf die Füße ziehen.

Schwer atmend klopfe ich mir den Staub von der tiefschwarzen Trainingskleidung. Einzelne Strähnen haben sich aus meinem Fischgrätenzopf gelöst und kitzeln meine Wangen. Der Geruch meines eigenen Schweißes beißt mir in die Nase. In mir ist kein Tropfen Energie. Ein Rest Magie pulsiert beständig in meinem Inneren und treibt mir ein Lächeln auf die Lippen.

Während des letzten Mondes habe ich täglich mit Larkin trainiert. Von jeglichen anderen Unterrichtslektionen für Rekrutinnen und Rekruten hat mich Larentia freigestellt.

Habe ich zunächst gedacht, das Pulsieren der Magie in meinem Inneren würde mir einen unfairen Vorteil verschaffen, weiß ich es nun besser. Egal woher ich die Magie nehme, um meine Verbindung mit den Schatten zu knüpfen, sie wehren sich, wollen mir entgleiten, und zehren von meinen Kräften. Wenn es der Herbst zulässt, trainieren wir draußen, in der Mittagssonne. Der Zeit des Lichts, zu der die Schatten schwer zu finden sind. Larkin stellt mich gern vor Herausforderungen, doch sein Lob ist stets ehrlich und sein Tadel nie böswillig.

Neriss zeigt keine Spuren, dass ich mich Magie bediene, die mir nicht zusteht, was das elektrisierende Gefühl, das die Magie in mir auslöst, verstärkt. Ich nehme niemandem etwas weg. Die Magie gehört *mir*.

Ein Schatten über der Festung sind Larentias Pläne. Der tote Junge ist ein ständiger Gast in meinen Albträumen, manchmal hat er Firans Gesicht. Mein Schlaf ist kurz und voller Monster.

Larentia hat weitere Kinder entführt und versucht, sie zu Gezeichneten werden zu lassen. Alle sind, ob gezeichnet oder nicht, gestorben. Mich hat sie zu keiner Mission mehr mitgenommen, nachdem Larkin auf sie eingeredet und ihr gesagt hat, dass ich nicht bereit bin.

Aiyana ist auf jeder Mission gewesen, und Larentia sorgt dafür, dass sie einen vollen Stundenplan hat. Dennoch verbringt sie jeden Tag einige Sonnenlängen mit mir. Sie steht unter Spannung, ihre Miene ist oft düster. Ich schaffe es meist, ihr ein seltenes Lächeln zu entlocken.

»Für heute ist unser Training beendet«, reißt mich Larkins Stimme aus meinen Gedanken.

Ein empörtes Schnauben entschlüpft mir.

»Schau nicht so.« Amüsiert schüttelt er den Kopf. »Heute Abend ist das Fest zu Samhain.« Ein wissendes Lächeln zeichnet sich auf seinen

Lippen ab. »Möchtest du dort verschwitzt und in deiner Trainingskleidung auftauchen?«

Ich schnappe nach Luft.

»Dachte ich mir.« Die Schatten unter der Tür des Trainingsraumes verformen sich, bis diese lautlos aufschwingt. »Ab mit dir. Wir sehen uns auf dem Fest.«

In raschen Schritten verlasse ich den Trainingsraum. Missmutig betrachte ich meine Trainingskleidung. Larkin hat recht, *so* kann ich auf dem Fest nicht aufkreuzen.

Mein Gemüt hellt sich schlagartig auf. Zum Glück hat Larentia mir ausnahmsweise erlaubt, selbst Hand anzulegen und mir ein Kleid zu schneidern.

***

Ich trage ein Kleid, gewoben aus dem Stoff meiner Träume. Ozeanblaue Seide umspielt die Mitte meiner Oberschenkel. Nach oben hin färbt sich das Kleid heller, bis in ein strahlendes Türkis, welches das Grün in meinen Augen hervorhebt, wie mir der letzte prüfende Blick in den Spiegel verraten hat. Winzige Kristalle benetzen, Wassertropfen gleichend, den Seidenstoff von meinen Brüsten aufwärts. Das Kleid ist langärmlig mit hohem Rückenausschnitt, betont den Schwung meiner Schlüsselbeine und lässt meinen Körper kurviger wirken als er ist. Mein Haar fällt mir offen über die Schlüsselbeine, befreit von dem Staub und Schweiß des Trainings, schimmert es im Licht der Leuchtkugeln in mattem Gold. Im Vergleich zu meinem Kleid ist mein Schuhwerk schlicht. Flache Halbschuhe aus ozeanblauem Leder mit robusten Sohlen, an deren Spitzen kleine kristallene Schleifen prangen.

Der Gedanke daran, den heutigen Abend mit Aiyana zu verbringen, erfüllt mich mit einem warmen Gefühl. Ein paar Sonnenlängen der Leichtigkeit, bevor wir unseren Plan in die Tat umsetzen.

Violinen und Klaviertöne bahnen sich den Weg an meine Ohren. Ich folge ihrem Ruf, bis ich im Türrahmen des Festsaals erstarre und mich fühle, als sei ich in einen meiner Kindheitsträume gestolpert. Wie oft haben Dahlia und ich auf dem Treppenabsatz gestanden und uns vorgestellt, Prinzessinnen zu sein, die einen prunkvollen Ball besuchen? Der Gedanke erfüllt mich mit einer Mischung aus Wehmut und Wärme. Ob Dahlia Samhain gefallen würde?

Wenn ich ihr in meinem nächsten Brief von dem Fest berichten möchte, muss ich alle Eindrücke in mir aufnehmen.

Ich recke das Kinn, damit mein unsichtbares Diadem nicht herunterfällt, und trete über die Türschwelle, hinein in den Traum zweier kleiner Mädchen.

An der Decke hängt ein Kronleuchter aus Obsidian, der Licht in den Farben eines Herbstwaldes spendet. In der Mitte des Raumes prasselt ein künstliches Feuer im Takt der Musik. Der Duft blumigen Parfums schlägt mir entgegen, vermischt mit dem Rauch und der Wärme eines Kaminfeuers beim nach Hause kommen.

Eine in mattem Haselnussbraun gekleidete Frau kommt mit einem Tablett neben mir zum Stehen. Die kristallenen Gläser darauf, in denen eine zimtrote Flüssigkeit schwappt, schwanken bedrohlich. Der Duft von Honig, Zimt und Granatäpfeln steigt mir in die Nase. »Fruchtpunsch?«

Ich nicke der Frau dankend zu, schnappe mir ein Glas, und setze meinen Weg durch den Saal fort.

Mein Blick haftet an Kleidern und Anzügen in allen erdenklichen Farben und Schnitten. An den Tanzenden, die sich allein, zu zweit oder in Gruppen im Takt der Musik bewegen, als bringe diese etwas in ihnen zum Klingen.

Ein bitterer Geschmack breitet sich auf meiner Zunge aus. In Guldheim haben wir an Festtagen getanzt, sicher. Die Bewegungen der Tanzenden sind mir jedoch unbekannt. Meine Handflächen werden schwitzig. Was, wenn mich jemand zum Tanzen auffordert? *Quatsch, Soleya!* Hitze schießt mir in die Wangen. Die Stimme in meinem Kopf hat recht. Es gibt nur eine Person, mit der ich tanzen möchte.

»Mach den Mund zu.«

Beim Klang der vertrauten Stimme wirble ich herum und schaue in Gwyns Augen, die in den Farben des Kronleuchters strahlen. Ein belustigtes Schmunzeln kräuselt deren Lippen. Gwyn trägt einen von

Rüschen überzogenen Samtanzug in einem dunklen Herbstorange, der sich kontrastreich von deren heller Haut abhebt, als wolle Gwyn den Herbst und den Winter in sich vereinen.

»Heute ist mein erstes Samhain«, verteidige ich mich.

»Was du nicht sagst.« Gwyns Blick gleitet an meinem Kleid hinab. »Ist es zu spät, meine Garderobe für den Yuleball bei dir in Auftrag zu geben?«

Deren Worte zeichnen mir ein Lächeln auf die Lippen, ich zwinkere Gwyn zu. »Sobald du einen Wunsch hast, lass es mich wissen.«

Dey schenkt mir ein Lächeln, und deutet in Richtung des Buffets. »Wollen wir etwas essen?«

Nachdem ich eingewilligt habe, navigieren wir uns durch die Menge. Neugierige Blicke haften an mir. Heute wachse ich unter ihnen und trage sie als Accessoire zu meinem Kleid.

Beim Buffet angekommen, entdecken wir Veris, die uns zu sich winkt. Ihr Anzug ist aus schlichtem Seidenstoff in einem dunklen Veilchenblau, welches die Farbe ihrer Augen betont. Ihre Haare sind zu einem Kranz geflochten, in dem sich Herbstblätter tummeln. In der Hand hält sie einen Teller, bestückt mit sandfarbenem Kuchen, der Kräuterduft verströmt. »Den musst du probieren, Soleya.«

Der Kräuterduft sticht mir in die Nase, die ich sogleich rümpfe.

Veris hält mir ihren Teller hin. »Vertrau mir.«

Zögerlich breche ich eine Ecke von dem Kuchen ab, die ich langsam auf meiner Zunge zergehen lasse. Der Kuchen schmeckt frisch, mit einer würzigen Note, und wärmt mich von innen heraus. »Ich sollte dir öfter vertrauen«, murmle ich.

Meine Worte entlocken Veris ein leises Lachen.

Ich beginne, mich durch die Köstlichkeiten zu probieren. Mit Kürbis gefüllte Teigtaschen, Spargel in dickflüssiger milchweißer Soße, gefüllte Pilze, überbackener Käse mit Preiselbeeren und dünne Fladen mit Walnüssen entfachen eine Geschmacksexplosion nach der anderen in meinem Mund. Zwischendurch nippe ich an meinem Fruchtpunsch, der mich mit wohliger Wärme erfüllt.

Das Gespräch von Veris und Gwyn wendet sich ihrem Training oder den anderen Rekrutinnen und Rekruten, die ich nur flüchtig kenne, zu. Ihre Worte sind Wellenrauschen in der Ferne, selbst die Musik prallt zunehmend an mir ab.

»Eines können wir Aiyana zugutehalten.«

Beim Klang ihres Namens schlucke ich meinen letzten Bissen einer Teigtasche rasch herunter, und sehe Veris mit zusammengezogenen Augenbrauen an.

Veris kichert leise. »Wir können uns darauf verlassen, dass sie zu Feierlichkeiten zu spät kommt.«

»Mag sie Feierlichkeiten nicht?«, höre ich mich fragen.

Sie zuckt mit den Schultern. »Prunk und Feste haben in ihrer Welt keinen Platz.«

Gwyn schneidet eine Grimasse. »Ich verstehe nicht, wieso. Wir haben in der Festung selten etwas zu feiern.«

»Wie meinst du das?«

Veris macht einen Schritt auf mich zu, bis uns nur eine Armlänge voneinander trennt. Prüfend schaut sie sich nach allen Seiten um, ehe sie mit gesenkter Stimme zu erklären beginnt: »Du spürst sicher, dass du die Magie, die du wirkst, deinem Drachen entziehst. Es gibt übermütige Rekrutinnen und Rekruten, deren Drachen schwächer werden.« Ihre Miene verdüstert sich. »Es gibt Drachen, deren Magie von Natur aus schwächer ist als die anderer. Manchmal sterben sie, und dabei nehmen sie einen Teil des Rekruten oder der Rekrutin, mit denen sie durch das Blutritual verbunden sind, mit sich.«

Ich lasse meinen Blick über die Menge schweifen, und versuche, das Gesagte mit der feiernden Menge in Einklang zu bringen. Ein mulmiges Gefühl tröpfelt durch meine Adern. Die sanfte Musik verdichtet sich zu Nebel, der die Feiernden einhüllt. Eine Maske, wie sie das Volk Bellonnas trägt, um ihr wahres Gesicht zu verbergen.

Da bleibt mein Blick an einer vertrauten Gestalt hängen, die im Türrahmen auftaucht. Mein Herz macht einen albernen Hüpfer. Veris' Worte verblassen mitsamt der Feiernden und des Festsaals.

Um Aiyana herum gerät die Welt in den Hintergrund. In ihrem blassgoldenen Kleid, das die Lichtreflexe in ihren Augen hervorhebt, hebt sie sich als einzelner Stern in der Dunkelheit vom nächtlichen Firmament ab. Der goldene Stoff schmiegt sich eng an ihren sehnigen Körper und bildet einen Kontrast zu ihrem rauchschwarzen Haar. Anders als bei meinem Blutritual, fällt das Kleid nicht bis zum Boden, sondern endet knapp über ihren Knien. Ihre Prothese zeigt Aiyana heute mit Stolz, was mich mit einem warmen Gefühl erfüllt. Sie hat keinen Grund, sich zu verstecken. Ein gequälter Ausdruck verhärtet ihre Züge, hektisch blickt sie sich in der Menge um.

Ich halte den Atem an, als ihr Blick mit meinem verschmilzt.

Da glätten sich ihre Züge, ein Lächeln zupft an ihren Lippen und erhellt ihr Gesicht.

Mein Herz flattert, einem frisch geschlüpften Schmetterling gleich, und ich spüre, dass meine Lippen sich nach oben biegen.

»Wenn du es schaffst, sie zum Tanzen aufzufordern, schuldet mir Veris etwas«, raunt mir Gwyn in verschwörerischem Tonfall zu.

Hitze tröpfelt durch meine Wangen, unter der Puderschicht auf meinem Gesicht bleibt sie hoffentlich unsichtbar. »Sehr lustig«, grummle ich.

Aiyana hält meinen Blick fest, während sie sich einen Weg durch die Menge bahnt. Eine Armlänge vor uns bleibt sie stehen, und ich komme nicht umhin, meinen Blick so unauffällig wie möglich an ihr hinab gleiten zu lassen.

»Zuverlässig spät wie immer«, begrüßt Veris sie.

Aiyana schnaubt. »Du weißt, dass ich Feste nicht ausstehen kann.«

Gwyns Lippen kräuseln sich. »Ach, tatsächlich?«

Ein zweites Schnauben folgt. Sie schnappt sich eine Teigtasche von Gwyns Teller. »Das einzig Gute ist das Essen«, sagt sie mit vollem Mund.

»Das stimmt nicht.« Am liebsten möchte ich mir sogleich eine Hand vor den Mund schlagen und die Worte zurückdrängen.

Ihre langen rauchschwarzen Wimpern flattern, als sie mich mit einem fragenden Ausdruck auf dem Gesicht ansieht. »Wie meinst du das?«

Gwyns und Veris' Blicken, die an mir haften, bin ich mir allzu bewusst.

Der kleine zittrige Teil von mir wünscht sich, mit den Schatten des Raumes zu verschmelzen. Doch irgendetwas an Aiyanas Blick, der mit meinem verschlungen ist, elektrisiert mich, und versorgt mich mit dem nötigen Mut. »Tanzen ist auch nicht so schlimm … eigentlich macht es sogar Spaß … und man kann sich dabei ungestört unterhalten –« Meine Stimme überschlägt sich. Der Wunsch nach Schatten, die mich verschlingen, wird stärker.

Um Aiyanas Mundwinkel zuckt es, sie hebt eine Augenbraue. »Und?«

Mein Herz stolpert. Der Rest Fruchtpunsch in meinem Glas schwankt bedrohlich, als ich es auf dem Buffettisch abstelle. Zittrig halte ich Aiyana meinen Arm hin. »Möchtest du tanzen, Aiyana?«

Ein Herzschlag, während dem sie mich unverwandt ansieht, vergeht, ehe sie meinen ausgestreckten Arm ergreift. »Von mir aus«, seufzt sie mit einem unsicheren Lächeln auf den Lippen.

Die Anspannung verlässt mein Inneres. Bevor sie es sich anders überlegen kann, führe ich Aiyana in Richtung der Tanzenden.

»Ich dachte, tanzen wäre synonym dafür, dass du dich mit mir unterhalten möchtest. Über den Plan«, raunt sie mir zu.

»Auch.«

»Ich kann nicht tanzen.«

Die Anspannung in ihrer Stimme entlockt mir ein Kichern.

Sie schürzt die Lippen. »Das ist nicht witzig.«

»Tanzen ist nicht schwierig«, versichere ich ihr und versuche zeitgleich, mich von meinen eigenen Worten zu überzeugen. Jetzt ist die Gelegenheit da, mit Aiyana zu tanzen. Von einer unbekannten Tanzart lasse ich mir das nicht nehmen. Die Schritte kann ich mir sicher aneignen.

Am Rand der Tanzfläche angekommen, löse ich ihren Arm aus meinem. Sie schaut mich mit zusammengezogenen Augenbrauen an, und sieht inmitten der Tanzenden seltsam verloren aus.

Behutsam lege ich eine Hand auf ihr Schulterblatt, die andere an ihre Hüfte. Ihre Muskeln sind angespannt, abgehackt streift ihr Atem mein Gesicht.

»Ich habe keine Ahnung, was ich tun muss«, sagt sie mit gesenkter Stimme.

»Leg deine Hände in meinen Nacken, lass dich von mir führen«, ich schenke ihr ein herausforderndes Lächeln, »und versuch, die anderen Tanzpaare nicht umzuschubsen.«

Sie zieht die Nase kraus. »Letzteres wird schwierig.«

»Vertrau mir einfach.«

Nach einem angehaltenen Atemzug verschränkt sie ihre Hände in meinem Nacken, was uns näher zusammen und mein Herz zum Flattern bringt. Seine Flügelschläge entfachen ein zittriges Gefühl in mir. Auf einmal fühle ich mich verlegen und weiß nicht, ob *ich* die anderen Tanzpaare in Aiyanas Nähe nicht umschubse.

Meine ersten Bewegungen, mit denen ich Aiyana durch die anderen Tanzpaare hindurchführe, sind hölzern. Aiyana ist nicht minder angespannt, ihre Schuhspitzen stoßen gegen meine, was ihr jedes Mal ein frustriertes Schnauben entlockt. Ich konzentriere mich auf die sanften Violinenklänge, die in mein Bewusstsein tröpfeln, lasse mich von ihnen ausfüllen, und wir finden unseren Rhythmus. Aiyanas Muskeln lockern sich unter meinem sanften Griff, ihre Schritte werden selbstsicherer, und ihre Züge glätten sich.

»Siehst du, so schwierig ist es nicht.«

Sie zieht mich näher zu sich heran, meine Atmung gerät ins Stocken. Ich versuche, mich auf meine Tanzschritte zu konzentrieren, nicht auf das nervöse Flattern in meiner Brust. »Du hast recht«, murmelt sie. »Es ist eher die Erinnerung an Bälle, die mir missfällt. Meine Mutter hat mich als Kind auf zahlreiche mitgeschleppt. Aus Trotz habe ich mich geweigert, Tanzen zu lernen.« Ein kleines Lächeln huscht über ihre Lippen, und breitet sich bis in ihre Augen aus. Im Schein des Kronleuchters gleichen sie geschliffenem Gold. »Dabei ist es nicht so schlimm, wie ich befürchtet hatte.«

Warmen Lichtstrahlen gleich branden ihre Worte durch meinen Körper. »Dann habe ich mein heutiges Ziel erreicht.«

Am liebsten möchte ich den Plan vergessen. Den Abend mit Aiyana verbringen, mich von der Melodie der Musik treiben lassen, und mich in der Menge der Tanzenden verlieren.

Mein Herz wird schwer.

Masken habe ich vorhin gedacht … heute Abend tragen wir alle Masken. Die Wahrheit versteckt sich, im Gegensatz zu uns, nicht. Es ist an mir, sie zu finden, und ich kann es mir nicht leisten, eine Maske zu tragen.

»Wie sieht der Plan aus?« Meine Stimme ist kaum mehr als eine Lippenbewegung, als hätte sie Angst, dass der Augenblick der Leichtigkeit andernfalls in winzig kleine Splitter zerbröckelt. »Wird alles funktionieren?«

Aiyana presst die Lippen zu einer schmalen Linie zusammen, das warme Funkeln in ihren Augen verglüht. »Ich habe den heutigen Tag mit Larentia verbracht, um *ihre* Pläne für heute in Erfahrung zu bringen«, antwortet sie. »Wenn die Turmuhr den ersten Tag des Regenmondes ankündigt, wird eine Gruppe Rekrutinnen und Rekruten aus dem untersten Jahrgang ein Theaterstück aufführen. Das ist unsere beste Chance, zu entkommen.«

Mein Blick huscht über ihre Schulter und die Tanzenden hinweg zu der Uhr an der hinteren Wand. Ihre Zahnräder bewegen sich unaufhaltsam, als wolle die Zeit uns keine Verschnaufpause gönnen. Der große und der kleine Zeiger kratzen an der bronzenen Zehn.

Mir wird leichter ums Herz. Ich streichle Aiyanas Schulterblatt mit den Fingerspitzen und spüre, dass sie erschaudert. »Das heißt, wir haben noch zwei Sonnenlängen Zeit, um zu tanzen.«

»Währenddessen sollten wir den Plan durchgehen«, gibt sie mit bitterem Unterton zurück. Ihre Gesichtszüge werden weicher, als ihr Blick über mein Gesicht huscht. Intensiv wie eine Umarmung. Ohne mich zu berühren, bringt sie etwas in mir zum Klingen und hinterlässt ein wohliges Kribbeln auf meiner Haut. »Soleya –«

»Ja?«, wispere ich ein wenig verlegen.

»Bevor wir unseren Plan durchgehen …« Ein leichtes Zittern wohnt ihrer Stimme bei. »Das ist das schönste Kleid, das ich je gesehen habe, und es steht dir ausgezeichnet.« Das Lächeln, das ihre Lippen biegt, steht dem verschwörerischen Funkeln ihrer Augen in nichts nach. »Und es hat sich gelohnt, nicht noch später auf den Ball zu kommen. Für dich würde ich jederzeit wieder tanzen.«

Ihre Worte verschlagen mir den Atem. Die Welt um mich herum erstrahlt in neuen Farben. Ich weiß, dass dahinter allumfassende Finsternis lauert. Doch für diesen zerbrechlichen Augenblick, in dem ich Aiyana in einer Drehung an einem Tanzpaar aus zwei Rekruten vorbeiführe, wirkt sie in weiter Ferne.

Kapitel 19
Die Hand um meine Kehle

Die Musik ist ein fernes Rauschen am Rande meines Bewusstseins. Sanften Violinen sind dunklen Klaviertönen gewichen, die das Unbehagen in meiner Brust schüren. Obschon wir den Festsaal längst verlassen haben, pulsiert sie durch mein Inneres. Genau wie Aiyanas Berührungen, die ich noch immer auf meiner Haut zu spüren glaube. Die letzten Sonnenlängen scheinen unendlich weit entfernt und dennoch nahe. Ein süßes Ziehen, warmem Honig gleich, nimmt meine Brust ein. Aiyana hat mit mir getanzt und es hat ihr gefallen.

Dafür ist nicht der richtige Zeitpunkt, Soleya.

Ich verbanne das Fest aus meinen Gedanken, presse mich mit dem Rücken an eine Säule und linse um die Ecke, in einen leeren Korridor. Mit klammen Fingern zupfe ich an den Schatten, die mich umgeben. Keine sterbliche Silhouette ist unter ihnen auszumachen.

Angehaltener Atem entströmt meinen Lungen. Ich werfe einen Blick über die Schulter, Aiyanas Kopf kommt hinter einer zweiten Säule zum Vorschein, und ich winke sie zu mir.

Gemeinsam durchqueren wir den Korridor. Um leise Schritte bemüht. Jedes Aufeinandertreffen meiner Schuhsohlen auf dem Steinboden ist ein Donnerschlag.

Ich packe die Schatten fester. Diesmal stoßen sie vor eine scheinbar unsichtbare Wand. »Im dem nächsten Korridor ist jemand«, formen meine Lippen.

»Kannst du uns verstecken?«

Zögerlich nicke ich. Mit schwitzigen Fingern ergreife ich Aiyanas Hand.

All meine Sinne richte ich auf die Schatten aus. Das nunmehr vertraute Pulsieren in meiner Brust schwillt zu einem finsteren Sturm an, und das Prickeln meiner Narbe breitet sich bis in meine Fingerspitzen aus. Schatten sickern aus den Ecken des Korridors in meine Richtung. Ich greife nach ihnen, als seien sie schwarze Seidenfäden. *Webt*, flüstere ich stumm. *Webt uns einen Umhang.*

Die Schatten sickern in unsere Richtung, kriechen finsterem Nebel gleich an uns empor und hüllen uns ein. Ich erkenne die Hand vor Augen nicht, als trage ich eine Augenbinde aus schwarzem Samt. Aiyana presst ihre Schulter gegen meine, wir verharren eng an die Wand gedrückt auf dem Korridor.

Schwere Schritte nähern sich uns. Beißende Kälte überträgt sich, von dem Schatten der Person ausgehend, auf mich. Der Umhang aus Schatten droht, mir zu entgleiten. Die Finsternis zerrt an mir. Flammen lodern in meinen Adern auf. Ich halte den Atem an und wage erst auszuatmen, als sich die Schritte von uns entfernen.

Kaum spüre ich den fremden Schatten nicht mehr, zerfasert unsere Tarnung. Das schwarze Tuch ist fort, mir ist schwarz vor Augen.

Eine warme Hand gleitet an meinen unteren Rücken. »Wenn ich gewusst hätte –«

Schwer atmend hebe ich den Kopf. »Ist schon gut.«

Ihre Augenbrauen ziehen sich besorgt zusammen.

»Wir müssen weiter«, sage ich mit Nachdruck in der Stimme.

Ein letztes Mal huscht ihr Blick über meine Miene. Dann zieht sie mich, ihre Finger fest mit meinen verschränkt, den Korridor entlang.

Die Flammen in meiner Brust verenden. Glühende Funken bleiben übrig.

Wir folgen dem Korridor, ohne auf weitere Bewohnerinnen und Bewohner der Festung zu stoßen.

Bis zu der Tür aus Milchglas, hinter der sich Larentias Räumlichkeiten verbergen. Schwer atmend bleibe ich stehen. Schweiß klebt mir mein Kleid als zweite Haut an den Körper.

Aiyana betrachtet die Tür mit zusammengepressten Lippen. »Meine Magie nützt uns nichts.« Sie klopft mit der Faust gegen das Milchglas. »Sicher vor Flüsterern.«

Ich atme gegen das Brennen meiner Lungen an. »Nicht vor Schattengängern«, entgegne ich mit mehr Selbstbewusstsein in der Stimme als ich fühle. Leise rufe ich den Schatten der Tür, zupfe an seinen Rändern und wecke ihn aus seinem Schlaf. *Verforme dich.* Die Funken in mir glimmen auf, ich presse den Kiefer zusammen und unterdrücke ein Keuchen. Einer Seeoberfläche im Sturm gleich, kräuselt sich der Schatten der Tür, sickert in das Innere des Raumes, und mit einem leisen Klicken schwingt die Tür auf.

»Soleya –«

›Finde mich, Soleya.‹

Das Echo der vertrauten Stimme ist ein Windstoß, der Aiyanas Wispern, einem Blatt im Wind gleich, davonwirbelt.

›Finde die Wahrheit.‹

Ohne mein Zutun machen meine Beine einen Schritt in den Raum. Eine Hand greift nach meinem Oberarm, ich schüttle sie ab.

›Vereine, was zusammengehört.‹

Die Worte sähen einen Kern in meinem Inneren, aus dem mein Antrieb wächst.

Mechanisch laufe ich durch Larentias Arbeitszimmer. Mit den Fingerspitzen fahre ich die Regale, voll von Büchern und Phiolen, entlang. Elektrischen Blitzen gleich, jagt Magie durch mich hindurch, wann immer meine Haut ein einst magisches Artefakt berührt. Keines davon ist der Dolch aller Welten oder eines der Bücher.

Staub wird aufgewirbelt, als ich mich schwungvoll umdrehe.

Sorgenvoll dreinblickende honigbraune Augen nehmen mich gefangen. Wollen in mich hineinsehen, ohne zu ahnen, dass ich nicht die Herrin meines Körpers bin. Zittrig öffnen sich Aiyanas Lippen, ohne dass sie ein Wort verlässt.

»Das Buch und der Dolch sind nicht in diesem Raum«, komme ich ihr mit dem Sprechen zuvor.

Sie fährt sich durchs Haar. »Bist du dir sicher?«

»Eine Stimme spricht zu mir«, antworte ich. »Sie leitet mich an, weiterzusuchen.«

Aiyanas Stirn legt sich in Falten, als müsse sie überlegen. »Es gibt einen zweiten Raum«, sagt sie schließlich. »Eine Bibliothek, deren Betreten nur dem Rat zusteht.«

»Ist sie gesichert?«

Ohne meine Frage zu beantworten, schreitet sie an mir vorbei, zu Larentias Schreibtisch. Sie schließt die Augen, ihr Gesicht nimmt einen gequälten Ausdruck an. Asche scheint den warmen dunklen Unterton aus ihrer Haut zu saugen. Ihre Hände sind so fest zu Fäusten geballt, dass die Knöchel weiß hervortreten.

Ein Windstoß fegt durch das Zimmer, ich zucke zusammen. Doch ich bin nicht sein Ziel. Ein winziger Lufthauch streift mich, zupft an meinem Kleid, bevor der Windstoß eines der Bücherregale an die Seite schiebt.

Keuchend atmend reißt Aiyana die Augen auf. Sie starrt die Wendeltreppe an, die sich hinter dem Bücherregal befindet, als könne sie nicht glauben, was sie sieht. »Das habe ich noch nie geschafft … nur eine mächtige Flüsterin …« Rasselnder Atem erstickt ihre Worte im Keim.

Ich laufe an ihre Seite, nehme ihre Hand und lächle ihr aufmunternd zu. »Du bist eine mächtige Flüsterin.«

Ein mildes Lächeln huscht über ihre Lippen.

Schnellen Schrittes folgen wir der Wendeltreppe nach oben. Finsternis umfängt uns. Ich sehe die Hand vor Augen nicht, Aiyanas Griff um meine Finger ist eisern. Ich muss hoffen, dass die Schatten, nach denen ich meine Sinne aussende, uns leiten. Die Stufen werden schmaler, die Luft drückender, je weiter wir den knarzenden Stufen folgen.

Fahles Licht, das aus einem Loch in der Wand fällt, gibt meinen Blick auf den Treppenabsatz frei. Vor einer morschen Holztür bleiben wir stehen. Ich versuche nicht, die Türklinke herunterzudrücken, sondern packe den Schatten der Tür mit aller Kraft. Getaucht in tiefe Dunkelheit, ist es ein Leichtes. Kein Funke in mir wagt, sich zu erheben.

Knarzend öffnet sich die Tür. Der Geruch von alten Buchseiten, Tinte und morschem Holz schlägt uns entgegen. Staub füllt meine Lungen, als ich den finsteren Raum, mit Aiyana im Schlepptau, betrete.

»Gibt es hier Licht?«, frage ich leise.

»Mal sehen.«

Für einige Sekunden ist ihr Atem, der schnell und hart geht, das einzige Geräusch. Das Blut schießt aus meinen Fingern, so fest umklammert sie meine Hand.

Blassorangenes Licht taucht den Raum in heimeligen Schimmer, als berühre die Morgensonne die Bücherregale, die sich bis an die Zimmerdecke erstrecken. Ein Blick nach oben, zur Zimmerdecke, verrät mir, dass Aiyana die Kerzen in einem bedrohlich schwankenden Kronleuchter mit ihrer Magie angezündet hat.

So weit das Auge reicht, drängen sich Bücherregale aneinander. Die Bücher liegen quer auf den hölzernen Brettern, einzelne herausgerissene Seiten gesellen sich dazu. Einige der Buchrücken sind von einer Asche gleichenden Staubschicht überzogen, welche die Lettern darauf unleserlich macht.

Für Mutter wäre dieser Ort ein wahrgewordener Traum. Was sie wohl dafür geben würde, die Geheimnisse zwischen den Buchseiten zu erkunden?

Sand füllt meine Kehle, meine Augen brennen verräterisch. Rasch verbanne ich Mutter aus meinen Gedanken. Ich brauche jetzt einen kühlen Kopf.

Kleine Staubwolken wirbeln unter Aiyanas Füßen auf. Stirnrunzelnd lässt sie ihren Blick an den Bücherregalen entlang gleiten. »Wie sollen wir in dieser Unordnung etwas finden?«

›Suche nach der Wahrheit.‹

Das Echo der Stimme klingt in meinen Knochen nach. Fäden umschließen meine Handgelenke, brennen sich in mein Fleisch. Mechanisch gehe ich einen Schritt, lasse mich von ihnen leiten.

»Natürlich«, schnaubt Aiyana.

Ich beiße die Zähne zusammen und stemme meine Füße auf den Holzboden. Mit erhobenen Brauen sehe ich Aiyana an.

»Die Stimme leitet dich«, murmelt sie, den Blick auf ihre Hände gerichtet. »Immerhin werden wir so rasch fündig und müssen uns nicht Larentias Chaos widmen.«

Das Unbehagen in ihrer Stimme ignorierend, lasse ich mir von der Stimme den Weg ebnen.

›Finde mich.‹

Meine Schritte führen mich zu einem kleinen Ohrensessel, der einst karmesinrot gewesen sein muss, und jetzt die Farbe alten Rosts angenommen hat. Davor steht ein runder Tisch, auf dem zahlreiche Pergamentblätter verteilt sind. Beschrieben in der unleserlichsten Handschrift, die ich je gesehen habe – und ich habe Firan jahrelang bei den Hausaufgaben geholfen und seine Handschrift entziffern müssen.

Unter den Pergamentblättern lugt ein vertrauter bronzener Einband hervor. Ich schiebe sie beiseite, Vögeln mit gebrochenen Flügeln gleich gleiten sie, getragen von Staubwolken, zu Boden.

»Volltreffer.«

Aiyana tritt an meine Seite. »Du übernimmst das Buch, ich die Pergamentblätter?«

Wortlos nickend lasse ich mich in die weichen Polster des Sessels sinken. Mein Körper steht unter Strom, meine Glieder registrieren die Verschnaufpause kaum.

Aiyana hockt sich auf den Boden, wo sie die Pergamentblätter zusammenklaubt. »Larentias Handschrift«, grummelt sie. »Als ob wir nicht alle genug gelitten hätten –«

›Zuerst musst du die Wahrheit erkennen.‹

Die Worte hallen in meinem Kopf wider, und treiben die Schatten unter meiner Haut zu hektischem Pulsieren an, als wollten sie sich aus meinem Inneren schälen. Meine Narbe brennt. *Ich* brenne. Dennoch greife ich wie selbstverständlich nach dem Buch.

Die Schatten zwischen den Seiten verformen sich. Ein Windstoß jagt alle Luft aus meinen Lungen, das Buch öffnet sich wie von selbst auf einer vertrauten Seite.

Wem es gelingt, die Schichten des Raumes mit dem Dolch aller Welten zu zerschneiden, wird mit dem Auge der Wahrheit sehen.

Ein neuer Satz, der beim letzten Mal nicht dort gestanden hat, formt sich.

Und nur, wer die vier Flammen entzündet, wird erwecken, was in tiefen Schlaf gefallen ist.

Der neue Satz verschwimmt vor meinen Augen, der altbekannte ist gestochen scharf. Ein Gedanke wächst in meiner Brust, ich schnappe nach Luft.

Pergamentblätter rascheln, als Aiyana vom Boden aufspringt. »Was hast du gelesen?«

»Larentia hat den Dolch aller Welten in ihrem Besitz«, spreche ich meine Erkenntnis mit bitterem Unterton aus. »Die Königin besitz das Auge der Wahrheit.«

Schatten ziehen über Aiyanas Miene auf. »Prinzessin Aeryn«, murmelt sie. »Natürlich. Sie muss ihr das Auge der Wahrheit mithilfe des Dolches beschafft haben.«

»Wenn das stimmt und die Königin das Auge der Wahrheit noch immer besitzt, wonach war der Trupp her, der die Prinzessin getötet hat?«

Aiyana presst ihren Kiefer so fest zusammen, dass ich meine, ein Knirschen, das morschen Zweigen gleicht, zu hören. Abgründe schimmern in ihren Augen, die Goldreflexe sind fort. Ihre Hände sind zu Fäusten geballt, ihr Blick auf einen Punkt in weiter Ferne gerichtet.

»Aiyana –«

Beim Klang meiner Stimme zuckt sie zusammen. »Ich –« Sie senkt den Blick. »Bis jetzt wusste ich nicht, dass die Königin das Auge der Wahrheit besitzt, und Larentia hätte es mir sicher erzählt oder etwas dagegen unternommen.« Ihre Stimme ist eine herunterbrennende Kerze, mit jedem Wort wird der Flammenschein fahler. »In den Aufzeichnungen der Festung gilt die Mission als erfolgreich.« Sie reißt den Kopf hoch, die Abgründe in ihren Augen drohen, mich zu verschlingen. Ich kralle mich in den samtenen Sessellehnen fest, als seien sie meine Rettungsleinen. »Die Anhängerschaft der Festung muss gewusst haben, dass die Prinzessin eine Gezeichnete gewesen ist.«

Das Satzende schwebt ungesagt in der staubigen Luft. Dichten Rauchschwaden gleich dringt es in meine Lungen, die sich krampfartig zusammenziehen.

»Der Trupp ist ein Mordkommando gewesen.« Ich schlucke gegen die Taubheit meiner Kehle. »So viele Unschuldige … für ein neunjähriges Mädchen …«

»Wir reden von derselben Anhängerschaft, die jetzt Kinder entführt und *deinen* Trupp überfallen hat.« Aiyana ballt ihre Hände zu Fäusten zusammen. »Wäre ich nicht diejenige gewesen, die dich gefunden hat, wärst du jetzt auch tot. Oder Larentias Puppe.«

Ihre Worte treffen mich einer Ohrfeige gleich. Jegliche Luft entweicht meinen Lungen, ich sinke gegen die Sessellehne, und ein Zittern durchfährt mich.

Aiyana atmet scharf ein. »Soleya …«

Das Flehen in ihrer Stimme ist das Letzte, was ich möchte. Ich hebe den Kopf, blinzle die Tränen fort, die sich in meinen Augen stauen, und setze eine entschlossene Maske auf. »Du hast recht. Mit allem, was du gesagt hast.« Meine Stimme trieft vor Bitterkeit. »Vergangenes können wir nicht ungeschehen machen.« Ich nicke erst in Richtung der Pergamentblätter, dann in Richtung des Buches. »Wir müssen in Erfahrung bringen, ob wir ohne das Auge der Wahrheit etwas bewirken können, und ob Larentia etwas herausgefunden hat.« Mit spitzen Fingern schlage ich das Buch auf der ersten Seite auf, die eine der zahlreichen Karten zeigt. »Die Stimme in meinem Kopf leitet mich nicht grundlos. Ich werde ihr folgen.«

»Ist das deine Entscheidung?«, fragt Aiyana mit bröckelnder Stimme, jeder Splitter bohrt sich in mein Herz.

»Ja.« Ich bin überrascht, wie fest meine Stimme klingt. »Ich habe es satt, mich zu verstecken. Ob in der Festung, im Palast der vier Türme oder in Guldheim.«

In wenigen raschen Schritten hockt Aiyana vor mir und umschließt meine Schultern mit den Händen. »Du bist nicht allein, Soleya.« Sie beugt sich näher zu mir, bis sich unser abgehackter Atem vermischt. »Wenn du gehst, komme ich mit dir.«

Beim Schlucken spüre ich Sand in meiner Kehle. »Was ist mit deiner Position in der Festung?«

»Die göttlichen Artefakte zu finden, ist wichtiger.«

»Egal ob wir die Magie anschließend zerstören oder sie freilassen?«, wispere ich.

Aiyana nickt.

Wir widmen uns wieder unsrer Suche. Mir ist leicht ums Herz, und das Wissen, jemanden an meiner Seite zu wissen, *Aiyana* an meiner Seite zu wissen, strömt als süßer Vanilleduft durch meine Adern.

Ich wende mich dem Buch zu. Hinter den Karten verbirgt sich ein Bild, lebensnaher als jedes Gemälde. Mir stockt der Atem. Magische Bilder sind seit dem Sternschnuppenfall allesamt verblasst. Dieses strahlt, als habe es jemand direkt aus dem Leben geschnitten. Das Bild zeigt ein Mädchen mit Haar wie aus der Nacht gewoben und Augen, in denen Galaxien wohnen. Am azurblauen Firmament hinter ihnen zeichnen sich die Silhouetten zweier Drachen im Sturzflug ab.

Nisha. Unverkennbar. In ihren Augen haust Magie, die sich in mein Inneres brennt. Aber etwas stimmt nicht. Als die Herrscherin der Nacht ein junges Mädchen gewesen ist, hat es keine Drachen gegeben …

Bevor die Ströme meiner Gedanken eine Chance haben, zusammenzufließen, springt die Tür auf.

Die Pergamentblätter erheben sich, Schneeflocken gleich, zur Zimmerdecke. Ein Schleier aus Staub nimmt mir die Sicht, dicke Flocken dringen in meine Lungen, und entlocken mir ein Husten. Das Buch in meinen Händen pulsiert, scheint mir entfliehen zu wollen und zeitgleich an meinen Fingern zu kleben. Stechender Schmerz durchfährt mich.

Der Schneesturm aus Pergament lichtet sich. Inmitten der zu Boden gleitenden Blätter steht Larentia. Ihr Gesicht ist eine Maske aus Eis. »Was. Sucht. Ihr. Hier?« Jedes Wort ist ein winziger Eissplitter, der sich in mein Inneres bohrt.

Ihr Blick nimmt nicht mich gefangen, sondern Aiyana.

Ihr Versuch, trotzig das Kinn zu recken, scheitert. Hektisch linst sie zu mir, die Hilflosigkeit in ihren Augen schnürt mir die Kehle zu.

Lähmende Verzweiflung lässt meine Glieder erkalten. Das Buch in meinen Händen ist mein einziger Halt.

»Darauf habt ihr keine Antwort, was?« Larentia schnalzt missbilligend mit der Zunge. »Wisst ihr, was ich glaube?« Ihr Blick schweift zu mir, bleibt an Vanyas Buch haften, und schnellt zu meinem Gesicht. »Die Bücher und der Dolch sind nicht das Einzige, was ihr mir von eurer Mission mitgebracht habt.«

Ein Windstoß katapultiert mich aus dem Sessel, mir dreht sich der Magen um. Das Buch halte ich an meine Brust gedrückt. In rasender Geschwindigkeit stehe ich vor Larentia, die meine Kehle packt. »Das Wichtigste wollte meine liebe Schülerin für sich haben.«

Schwarze Flecken tröpfeln in mein Sichtfeld. Mein Herz schlägt, als sei es eingefroren. Die staubige Luft wird dünner.

Aiyana taucht neben mir auf. »Lass sie in Ruhe!«, knurrt sie.

»Sag mir, Aiyana, wolltest du beenden, was vor neun Jahren ein Ende haben sollte?« Larentia lacht spöttisch. »Ausgerechnet *du*?« Ihr Griff um meine Kehle lockert sich, gierig hole ich Atem. Die schwarzen Flecken machen einem moosgrünen Abgrund Platz, in den ich stürze. »Du bist wohl das neue Spielzeug der Königin gewesen und jetzt, da sie dich verloren hat, und du mir gehörst, ist sie verdammt wütend. Du hast zugesehen, wie Unschuldige sterben, obwohl du den Schlüssel, das Leid zu beenden, trägst.«

Ihre Worte brennen wie Säure auf meiner Haut, dringen in mein Herz, und verdunkeln jeglichen Lichtschein.

Larentia beugt sich nach vorne. Der Geruch von Wein beißt mir in die Nase und verkleistert meine Lungen, als sie ihre Lippen, viel zu nah an meinen, öffnet. Ich bin wie gelähmt.

Ein lautes Scheppern hallt durch den Raum. Ich zucke zusammen, kneife instinktiv die Augen zusammen. Winzige Splitter bohren sich, durch den Stoff meines Kleides, in meine Haut.

Larentia lässt mich los.

Ich stolpere nach hinten, komme unsanft auf dem Rücken auf. Brennender Schmerz siedet durch meine Wirbelsäule. Asche füllt meine Lungen, endlose Herzschläge verstehen, bis ich einen ersten rasselnden Atemzug tue. Sobald sich meine Atmung reguliert hat, stemme ich mich nach oben.

Rauchgestank füllt meine Lungen. Von weither dringt Kampfgeschrei an meine Ohren … das Klirren von Waffen …

Ich vergrabe meine Fingernägel in meinem Oberschenkel. Der Schmerz verankert mich im Jetzt.

Vor mir sind keine brennenden Kutschen. Der Kronleuchter liegt zerbrochen in der Mitte des Raumes. Funken fressen sich durch den hölzernen Boden und lecken an den Bücherregalen.

Aiyana steht, die Augen geschlossen, vor dem Kronleuchter. Mit jedem abgehackten Atemzug, den sie tut, lodert die Flammenwand höher auf. »Soleya ist nicht dein Spielzeug. Oder das der Königin.«

Larentia weicht vor den Flammen zurück, bis sie mit der Bibliothekstür zusammenstößt. »Sondern deins?« Ihre Stimme trieft vor Spott. »Willst du das damit sagen?«

Aiyana reißt die Augen auf und bleckt die Zähne, ihre Züge haben nichts Menschliches. »Gezeichnete sollten selbst entscheiden, welchem Weg sie folgen.«

»Wenn Soleya wüsste –«

Die Flammen lodern höher auf, Larentias Worte rieseln als Asche zu Boden. »Willst du, dass Soleya im Feuer stirbt? Dass die Bücher verbrennen?«

Ich weiche instinktiv weiter vor dem Feuer zurück, das Buch fest umklammernd. Als würde ich dem Feuer erliegen, sobald es mir entgleitet. Folge der Spur kühler, klarer Luft. An dem Bogenfenster an der hinteren Wand des Raumes angekommen, klammere ich mich am Fensterbrett fest, und sauge gierig Nachtluft in meine Lungen.

›Ihr müsst verschwinden.‹

Diesmal ist die Stimme ein Faden, der mich leitet.

›Verschwinden und nach der Wahrheit suchen.‹

Ich atme tief in den Bauch, versuche, das Prasseln des Feuers auszublenden. Schatten sickern aus meinen Fingerspitzen. Sie wabern durch den Raum, trotzen dem Feuer. Bis ein Kribbeln durch meine Fingerspitzen zuckt. Mit geschlossenen Augen verforme ich die drei Schatten, welchen ich mit allen Sinnen spüre. Ein Zischen durchschneidet die Luft. Das Feuer berührt den Dolch aller Welten nicht, als er sich einen Weg durch die Flammen bahnt, bis er in meine Hand schnellt. Die zwei übrigen Bücher folgen. Diesmal fühle ich keinen Schmerz, weder der Dolch noch Farrens Buch lösen etwas in mir aus. Lediglich die Schatten in meiner Brust formen sich zu dichtem Nebel, und meine Narbe kribbelt erwartungsvoll.

›Verschwinde.‹

Ich stoße die Zähne aufeinander.

Nicht ohne Aiyana!

Ihr Haar scheint eins mit dem Rauch, nur das goldene Kleid hebt sich von dem allgegenwärtigen Feuer ab. Eine einzelne Fackel in der Dunkelheit.

Ihr gegenüber steht Larentia. Beide sehen angespannt aus. Versuchen, die Flammen in die Richtung der anderen zu lenken.

Mein Herz droht, mir aus der Brust zu springen. Ich sehe, dass Aiyana dem Feuer gefährlich nahekommt.

»Aiyana!«, schreie ich. »Wir müssen verschwinden!«

»Schau aus dem Fenster!«, ruft sie unter abgehackten Atemzügen, ohne sich zu mir umzudrehen.

Ich möchte ihrer Aufforderung nachkommen, da erklingt ein vertrautes Brüllen. Ein Sonnenstrahl durchbricht die Finsternis in meinem Inneren.

Neriss.

»Geh, Soleya!«

Mein Herz schrumpft auf einen Punkt zusammen. »Nicht ohne dich!« Ich halte den Atem an, taste nach Schatten, einem Pulsieren, irgendetwas … die Flammen flackern zu stark, als dass ich die von ihnen verursachten Schatten zu fassen bekommen könnte. Mit zusammengebissenen Zähnen stürme ich nach vorne. Flammenzungen lecken an meinem Kleid, dringen bis zu meiner Haut vor. In der Ferne klirren Schwerter aufeinander, Menschen schreien. Es stinkt nach Rauch und Blut. Gleißende Flammen nehmen mir die Sicht, nur Aiyanas goldenes Kleid hebt sich von ihnen ab.

»Nein!«

Aiyanas Schrei klingt weit weg.

Das Feuer brennt herunter, lodert sogleich höher auf.

Bevor ich Aiyana bei den Schultern zu fassen bekomme, knickt ihr Bein weg. Sie taumelt, droht, in die Flammen zu fallen.

Ich umfasse ihre Taille mit beiden Händen und ziehe sie nach hinten. Darauf bedacht, die Bücher und den Dolch nicht fallenzulassen. Nicht so kurz vor dem Ziel.

Ich realisiere am Rande meines schwindenden Bewusstseins, dass Aiyanas Prothese Feuer gefangen hat.

Larentia kreischt etwas, das ich nicht verstehe. Doch mit mir in Aiyanas Nähe brennen die Flammen herunter und berühren Aiyana, die als totes Gewicht in meinen Armen liegt, nicht. Mich zu töten, kann sich Larentia nicht leisten.

Da taucht ihre Silhouette aus den Flammen auf.

Mit hämmerndem Herzen stolpere ich nach hinten. Kühle Luft schlägt mir entgegen.

»Das wird ein Nachspiel haben!«, brüllt Larentia.

Ich bekomme den Fensterrahmen zu fassen. Rauchschwaden verhängen meine Gedanken. Aiyana, die Bücher und den Dolch umklammernd, lasse ich mich fallen, bevor ich daran denken kann, Neriss zu vermitteln, dass sie*er mich auffangen soll.

Ich stürze an einen Ort fernab von Zeit und Raum. Die Nacht explodiert um mich herum, zerfasert in riesigen Rauchschwaden, und fügt sich aus den Obsidiansplittern wieder zusammen.

Der Aufprall meines Rückens auf hartem Untergrund geht mir durch Mark und Bein. Aiyana landet auf mir, ihr Gewicht drückt auf meine Brust und schnürt mir den Atem ab. Die Bücher und der Dolch stecken zwischen uns.

Mit klammen Fingern taste ich den Untergrund, auf dem ich liege, ab. Die Schatten in meinem Inneren kribbeln, ich liege auf einem warmen, vertrauten Rücken.

»Neriss –« Nachdem der Name meines Drachen meine Lippen als Schluchzen verlassen hat, versagt mir die Stimme. Ich versuche durchzuatmen, scheitere und begnüge mich damit, die nächsten Worte zu denken. *Danke für die Rettung. Jetzt bring uns an einen sicheren Ort.*

Herbstluft peitscht mir ins Gesicht, als der Drachenkörper unter mir nach vorne schnellt. In rasender Geschwindigkeit zerschlägt Neriss die Nacht in tausend Scherben.

Rauch sammelt sich in meiner Brust, kriecht meine Kehle hinauf. Aiyanas Gewicht auf mir hindert ihn daran, meinen Körper zu verlassen.

»Aiyana –«

Sie regt sich nicht.

Angst tost in Wellen durch meinen Körper. Mit letzter Kraft schiebe ich sie von mir, sodass wir beide aufrecht sitzen, und lege meine Arme um ihren schlaffen Körper.

Bitte, Aiyana. Lass mich nicht allein.

Still flehend taste ich mit spitzen Fingern nach ihrer Halsschlagader. Ihr Puls geht ruhig und gleichmäßig, was mir eine Mischung aus Husten und Schluchzen über die Lippen treibt.

Ich blicke, über Aiyanas Schulter hinweg, an ihr herunter. In der samtenen Dunkelheit ist nicht zu erkennen, wie viel von ihrem Kleid zerrissen und ob nur ihre Prothese oder auch ihr gesundes Bein verbrannt ist.

»Sie wird aufwachen, oder, Neriss?« Mein Wispern verliert sich im Nachtwind.

Ein beruhigendes Schnauben legt sich als papierdünner Verband um mein geschundenes Herz und meine brennenden Muskeln.

Hinter uns durchbricht eine schneeweiße Silhouette die Finsternis. Mein Herz setzt einen Schlag aus, da erkenne ich Camai. Aiyanas Drache taucht aus den Nachtwolken auf und passt sich Neriss‘ rasendem Tempo schnaufend an.

›Ich habe gespürt, dass etwas mit Aiyana nicht in Ordnung ist. Deshalb dachte ich, ihr könntet Hilfe gebrauchen, und habe mir die Freiheit genommen, Neriss und mich zu befreien.‹

»Danke«, stammle ich. »Aiyana … wird sie …« Die letzten Worte zerfallen in meinem Mund zu Staub. Sie auszusprechen, würde sie wahrer machen.

›Wenn ihre Verletzungen tödlich wären, würde ich es spüren.‹

Camais Worte lassen mich durchatmen.

Im selben Atemzug stößt Neriss ein Brüllen aus, das meinen nächsten Atemzug zu Asche in meiner Kehle verwandelt. Hektisch blicke ich über die Schulter, Aiyana eng an mich gedrückt. Drachensilhouetten zerreißen, Blitzen gleichend, das Firmament.

Dicht vor Neriss‘ Schnauze schnellt ein Blitz aus den Nachtwolken, die sich über uns zu einem dichten Schleier formen.

›Gewitterdrachen. Sieht so aus, als wollte Larentia euch nicht entkommen lassen.‹

Nein!

Nicht so kurz vor unserem ungewissen Ziel!

Am liebsten möchte ich die Worte schreien.

Mich wird Larentia am Leben lassen, aber Aiyana …

Kribbelnde Magie rieselt durch meine Adern, wo sie sich zu einem Schneesturm verdichtet. Als der nächste Blitz das Firmament zerreißt, bin ich vorbereitet. Mit letzter Kraft packe ich die Schatten der Nachtwolken und beginne, an ihnen zu zerren. Unaufhörlich sickern Schatten in die Nachtwolken, bis Tintenschwarz alles ist, was ich sehe. Neriss stößt einen dumpfen Schrei aus, die Drachenflügel gleichen waberndem Rauch.

Ich packe die Schatten fester. Versuche, sie in Richtung unserer Verfolger zu schicken. Ein Blitz schnellt haarscharf an meinen Fingerspitzen vorbei. In der Ferne ertönt ein Platschen, das in meinen Knochen widerhallt.

Ein Brennen durchfährt mich, ich zucke zusammen. Mein Kopf fühlt sich an, als schlage eine Blechglocke darin. Ich versuche, die Schatten loszulassen. Sie haben längst die Kontrolle über mich. Dornenranken gleich umschlingen sie meine Glieder. Wollen mich zerreißen. Etwas zersplittert in meinem Inneren. Alte Wunden reißen auf, Flammen nisten sich in ihnen ein. Beginnen, mich von innen heraus zu verbrennen.

Die Schatten entgleiten mir, schnüren mir die Kehle zu, und ziehen mich in eine finstere Umarmung, bevor ich schreien kann.

Kapitel 20
Die Orchideenstadt

Mein Körper fühlt sich an, als sei er in tausend Teile zerbrochen. Kleine Pfeilspitzen bohren sich in meinen Kopf, der von unendlicher Schwere heimgesucht wird. Harter Untergrund sticht mir in den Rücken.

»Soleya –« Warmem Honig gleich sickern die Worte in mein Bewusstsein. Zärtliche Finger streichen mir das Haar aus der Stirn. Nehmen einen Teil des Schmerzes mit sich. »Wach auf.«

Mit einem Stöhnen schlage ich die Augen auf. Der finstere Nebel, der mein Sichtfeld trübt, lichtet sich langsam. Setzt die Welt in neuen klaren Farben zusammen.

Aiyana hockt neben mir, das Gesicht dicht über meinem. Ihr Kleid hängt in Fetzen an ihrem Körper, tiefe violette Ringe zieren ihre trüben Augen. Als sie meinen Blick bemerkt, tanzen einzelne goldene Funken darin. Sie atmet tief aus. »Endlich.«

Das Brennen meiner Muskeln ignorierend, ziehe ich Aiyana in meine Arme und ignoriere den Rauchgeruch, der ihrer Kleidung und ihrem Haar anhaftet. Bedeutsam ist nur, dass sie wohlauf ist. Zuerst ist Aiyanas Körper steif, dann schmilz sie in die Umarmung hinein, vergräbt ihr Gesicht an meiner Schulter und zieht mich an sich. Als sei die jeweils andere der einzige Anker, der uns vor dem Ertrinken bewahrt.

»Es war leichtsinnig, mich zu retten«, sagt sie mit brüchiger Stimme.

Ich löse mich aus der Umarmung und rücke gerade so weit von ihr ab wie nötig, um ihren tränenverschleierten Blick aufzufangen. »Machst du Witze? Ich hätte dich niemals zurückgelassen und ich weiß, du hättest dasselbe für mich getan.«

Mit zitternden Fingern streicht sie mir eine Haarsträhne aus dem Gesicht. »Punkt für dich.«

»Wie geht es dir?«, traue ich mich nach einigen atemlosen Sekunden zu fragen.

»Ich habe keine schlimmen Verbrennungen, falls du das meinst. Du auch nicht.« Sie senkt den Blick, von Staub und Rauch benetzte Haarsträhnen fallen ihr ins Gesicht. »Meine Prothese ist beschädigt, ich kann nicht laufen.« Nach einem tiefen Atemzug, der ihre Schultern zum Beben bringt, blickt sie auf. »Ich bin eine halbe Sonnenlänge vor dir aufgewacht. Jetzt ist früher Morgen.« Ein kleines Lächeln hebt ihre Mundwinkel. »Es ist nicht alles verloren. Camai hat uns an einen vertrauten Ort gebracht.«

Ich werfe einen raschen Blick über die Schulter und nehme unsere Umgebung in Augenschein. Wir befinden uns in einer Grotte. Durch den runden Eingang fließt Licht in blassem Zuckerwatterosa und Mandarinenorange in die Grotte, das von zahlreichen regenbogenbunten Juwelen an den Wänden gebrochen wird. In der Ferne rauscht das Blutmeer, Salzgeruch liegt in der Luft. Ich stutze. Vermischt mit dem Duft blühender Orchideen … im Herbst?

Kopfschüttelnd verwerfe ich den Gedanken.

Die zwei Drachen liegen an der gegenüberliegenden Wand.

Neriss fängt meinen Blick auf, betrachtet mich durchdringend. Ich schenke meinem Drachen ein Lächeln, das hoffentlich ausdrückt, dass ich nicht schwer verletzt bin. Ein warmes Prickeln in meiner Brust versichert mir, dass es ihr*ihm genauso geht.

›Neriss und ich haben die Angreifenden abgewehrt, nachdem ihr beide bewusstlos wart‹, echot Camais Stimme durch meinen Kopf. ›Vorerst verfolgt uns niemand mehr, Neriss und ich würden es spüren, und

Larentia weiß nichts von Aiyanas Verbindung zu diesem Ort.‹

Nach einem dankenden Nicken, das Camai gilt, wende ich mich Aiyana zu. »Wo sind wir?«

Ein kleines Lächeln hebt ihre Mundwinkel. »Zurück auf dem Festland, in der Kupferdynastie.«

Ich erschaudere. Wir sind zurück auf dem Spielbrett von Königin Aleydis Vaewing. Auf leisen Pfoten schleicht sich ein Gedanke an, roher Schmerz durchfährt mich. Aiyanas Gesicht verschwimmt vor meinen Augen.

Sie streicht mir die Tränen aus den Augenwinkeln. »Wir können nicht nach Guldheim gehen.«

Der Kloß in meiner Kehle gleicht beim Schlucken ätzender Säure. »Ich weiß … ich möchte meine Familie nicht in Gefahr bringen. Oder die Königin auf meine Spur bringen … jetzt, wo wir einen Plan haben …« Meine Stimme klingt so wund wie sich mein Inneres anfühlt.

»Was hältst du davon, wenn ich dir stattdessen meine Familie vorstelle, die mich nach dem Brand zurück ins Leben geholt hat?« Ihre Gesichtszüge werden weich. Sie zwinkert mir verschwörerisch zu. »Larentia hat keine Ahnung, dass ich den Kontakt zu ihnen nicht abgebrochen habe, wie es sich für folgsame Rekrutinnen gehört.«

Ihre Leichtigkeit lockert das Seil, das mir die Brust abschnürt. Mein Herzschlag normalisiert sich.

»Wir befinden uns eine halbe Sonnenlänge von Orchid entfernt«, fährt Aiyana fort.

Das erklärt den Orchideenduft, der auf den Schwingen des Meerwindes in die Grotte strömt.

»Bei meiner Familie können wir uns ausruhen und jemand wird sich um meine Prothese kümmern.« Ihre Augen funkeln entschlossen. »Sobald wir zu Kräften gekommen sind, schauen wir, was der Dolch und die Bücher für uns bereithalten.«

***

Aus einer halben Sonnenlänge werden eineinhalb. Auf dem Weg den feinen Sandstrand entlang bis zu den Toren Orchids habe ich Aiyana stützen müssen. Ihr Arm ist um meinen Hals geschlungen, meiner um ihre Taille. Mit jedem Schritt haben sich die finsteren Wolken, die ihre Miene verdunkeln, zugezogen. Ihr Atem geht schnell und hart, ihre Muskeln zittern vor Anspannung.

Wann immer sie mich ansieht, bemühe ich mich um ein Lächeln. Das Brennen meiner Glieder versuche ich zu ignorieren. Mitsamt dem salzigen Wind, der mir entgegenschlägt.

Aiyanas Wärme, der Orchideenduft sowie die Bücher und der Dolch, versteckt im Innenfutter meines Kleides, das ich aufgeribbelt habe, leiten mich.

Als wir außer Atem vor den weißen Marmortoren Orchids ankommen, schluchze ich auf. Ein erster Schritt ist geschafft. Hoffentlich lebt Aiyanas Familie nicht am anderen Ende der Stadt.

Vor den Toren stehen vier Gardistinnen in kupferner Uniform. Eine Frau mit flachsblondem kurzgeschorenem Haar, grasgrünen Augen und einem spitzen Gesicht löst sich aus der Gruppe. Zunächst zieren tiefe Furchen ihre Stirn, als sie eine Armlänge von uns entfernt stehenbleibt, blinzelt sie ungläubig. »Aiyana –«

All meine Muskeln spannen sich an. Instinktiv richte ich meine Sinne auf die uns umgebenden Schatten aus. Ist es gut oder schlecht, dass die Gardistin Aiyana kennt?

Aiyana ringt sich ein Lächeln ab. »Guten Morgen, Laire.«

»Das Yulefest ist noch fast zwei Monde entfernt –« Abrupt verstummt Laire, mit großen Augen mustert sie erst Aiyana, dann mich. Unsere zerschlissene Kleidung, das wirre Haar, der Rauchgestank und Aiyanas beschädigte Prothese erzählen ihr Bruchstücke unserer grausamen Geschichte. »Was ist geschehen?« Eine Falte gräbt sich in ihre Stirn. »Muss ich mir wegen irgendetwas Sorgen machen? Um dich oder um die Stadt?«

Aiyana schüttelt den Kopf. »Was geschehen ist, geht nur meine Familie etwas an.« Ihre Züge glätten sich ein wenig. »Tut mir leid.«

Laire betrachtet Aiyana eindringlich, als erwarte sie, dass diese ihre Meinung ändert. Schließlich seufzt sie resigniert und nickt. »Ich werde nach Søren rufen lassen.« Sie macht eine einladende Handbewegung. »Ihr könnt euch im Wachturm ausruhen, bis er euch abholt.«

Aiyana atmet aus. »Danke.«

Zögerlich tritt Laire an Aiyanas andere Seite, um mir zu helfen, sie zu stützen. Meine Beine fühlen sich an, als würden sie jeden Augenblick durchbrechen. Im Wachturm angekommen, falle ich eher auf das schmale fliederfarbene Sofa, als mich hinzusetzen, nachdem wir Aiyana dort abgesetzt haben.

Mit den Worten »Ich werde Søren eine Nachricht zukommen lassen« verschwindet Laire nach draußen.

Kaum ist die Tür ins Schloss gefallen, sprudeln die Worte aus mir heraus: »Woher hast du Verbindungen zur Stadtwache … und wer ist Søren?«

Aiyana wendet mir ihren Oberkörper zu. »Søren ist der Enkel der alten Frau, die mich nach dem Brand gesund gepflegt hat und auf jede Art mein großer Bruder, die zählt.« Ein Lächeln zupft an ihren Lippen, als sie seinen Namen ausspricht. »Er ist Teil der Stadtwache. So habe ich Laire kennengelernt.«

Ihre Worte schmelzen meine Anspannung. »Ich freue mich, ihn und eure Großmutter kennenzulernen.«

Sie zwirbelt eine rauchschwarze Haarsträhne um den Zeigefinger. »Es wird sie verwundern, dass ich jemanden mitgebracht habe. Der Anhängerschaft der Festung ist der Kontakt zu ihrer Verwandtschaft auf dem Festland untersagt und ich darf nicht riskieren, dass das Wissen über den Wohnort meiner Familie in die falschen Hände gerät.«

Ihre Worte legen sich als schweres Gewicht auf meine Brust.

Aiyana nimmt meine Hand. »Bei dir ist das Wissen gut aufgehoben.« Sie schneidet eine Grimasse. »Bis auf Großmutter und Søren weiß niemand, dass ich eine Rekrutin bin. Offiziell arbeite ich im Palast der vier Türme – Søren ist nichts Besseres eingefallen.«

Leise knarrend schwingt die hölzerne Eingangstür auf. Ein junger Mann, schätzungsweise ist er Mitte zwanzig, schiebt sich durch den Türspalt. Seine sandblonden Haare sind zerzaust, der sorgenvolle Blick aus seinen stahlgrauen Augen gilt Aiyana. Für einen Herzschlag steht er wie gelähmt im Türrahmen.

Aiyana ringt sich ein Lächeln ab. »Überraschung!«

»Das ist nicht lustig, Aiyana.« Er ringt die Hände. »Was ist geschehen? Wurdet ihr angegriffen … hat Larentia erfahren, dass du Familie auf dem Festland hast … musstest du aus einem anderen Grund fliehen –«

»Das heißt du freust dich nicht, mich zu sehen?«, fällt sie ihm ins Wort und schürzt die Lippen.

Sørens Starre löst sich, schnellen Schrittes ist er an Aiyanas Seite, hockt sich vor das Sofa und zieht sie in seine Arme. »Natürlich freue ich mich, dich zu sehen.«

Ich rücke von Aiyana ab und fühle mich, als stünde ich für ein Schauspiel auf der Bühne. Mit dem Unterschied, dass ich im Gegensatz zu den anderen meinen Text nicht kenne. Statt mich zu freuen, dass Aiyana ihren Bruder wiedersieht, vermisse ich meine Familie umso mehr.

Søren streicht ihr über das Haar, ehe er sich so weit aus der Umarmung löst, dass er ihr ins Gesicht sehen kann. »Ich frage mich nur, ob die Umstände das wert sind –«

Aiyana sieht ihn eindringlich an. »Ich kann alles erklären und *mir* geht es gut.« Sie beißt sich auf die Unterlippe. »Meiner Prothese eher weniger.«

»Das ist nichts, was sich nicht richten lässt.«

»Über das Geschehene sprechen wir später.« Aiyana knufft ihn in die Seite. »Du bist unhöflich, Søren. Ich habe jemanden mitgebracht.«

Sein Blick schnellt zu mir, er blinzelt mehrmals, als sei er sich nicht sicher, ob ich real bin. »Wieso?«, stammelt er. »Wie viel weiß sie?«

»Das ist eine lange Geschichte«, antwortet Aiyana, ohne eine Miene zu verziehen. »Sie weiß, dass meine Geburtsfamilie bei einem Brand gestorben ist. Danach habt ihr mich aufgenommen«, sie senkt die Stimme, »bis ich mich der Festung angeschlossen habe. Von dort sind wir gemeinsam geflohen. Wir können ihr vertrauen.«

Nach einem leisen Seufzen glätten sich Sørens Züge. Unsicher hält er mir seine große sehnige Hand hin. »Mein Name ist Søren, ich bin Aiyanas Adoptivbruder.«

Ich ergreife seine Hand nicht minder zögerlich, um sie flüchtig zu schütteln. »Freut mich. Ich heiße Soleya.«

Abgründe schimmern in seinen Augen. »Wenn Aiyanas Vertrauen

bei dir gut aufgehoben ist, ist die Freude meinerseits.«

***

Den Weg durch die Straßen Orchids haben wir in einer Kutsche zurückgelegt. Marmor dominiert die Stadt, von den Straßen bis zu den Häusern mit rundlichen Dächern. Orchideen in Farbnuancen von Schneeweiß über Flieder bis hin zu Puderrosa schmücken Häuser und Vorgärten. Uralte Magie sorgt dafür, dass die Blüten und ihr unverkennbarer Duft den Jahreszeiten trotzen. Kanäle, deren Salzwassergeruch die Luft tränkt, schlängeln sich leise plätschernd durch die Straßen. Seit ich auf den Rücken zweier Drachen über das Blutmeer geflogen bin, berührt mich das Wasserrauschen nicht mehr. Solange ich nicht von den weißen, mit Orchideen geschmückten Brücken falle, die über die Kanäle führen, wird mir nichts geschehen.

Vor einem breiten Haus mit großem Vorgarten hat die Kutsche angehalten. Zu Orchideen mischen sich Wildblumen in allen Farbnuancen, die sich an der Hausfassade empor schlängeln. Ihr Duft, Nektar und Gift zugleich, erinnert mich an die Lichtungen in der Nähe von Guldheim.

Søren hebt Aiyana aus der Kutsche. Sie besteht zähneknirschend darauf zu laufen, und wir stützen sie auf dem Weg bis zur Haustür gemeinsam.

Søren schiebt einen silberweißen Schlüssel in das Türschloss. Bevor er dazu kommt, diesen zu drehen, wird die Tür von innen aufgerissen.

Im Türrahmen steht eine rundliche Frau mit stahlgrauen Augen, die von einem Augenglas vergrößert werden. Sie trägt ein ausladendes himmelblaues Kleid, das mit den stahlgrauen Augen und dem schneeweißen Haar einen Kontrast zu dem warmen Lächeln auf ihren Lippen bildet.

Ohne zu zögern, zieht sie Aiyana in ihre Arme und drückt sie fest an sich. »Mein Mädchen.« Ihre Stimme gleicht einem warmen, prasselnden Kaminfeuer. »Ich wusste doch, dass ich etwas gehört habe.«

Ich trete einen Schritt zurück, bringe Abstand zwischen mich und Aiyanas Familie, und trete von einem Fuß auf den anderen. Einmal mehr eine Schauspielerin, die ihren Text nicht kennt, mit siedend heißem Schmerz in der Brust. Ob ich meine Familie je wiedersehe?

»Das ist Soleya.«

Der Klang meines Namens lässt mich aufhorchen.

»Sie ist … eine Freundin.« Bilde ich mir das ein oder klingt Aiyana unsicher?

Ihre Großmutter überbrückt die Distanz zwischen uns und zieht mich in eine kurze herzliche Umarmung. Der Duft von Wildblumen durchflutet meine Lungen, vermischt mit einem Gefühl der Sicherheit.

»Mein Name ist Khione«, stellt sie sich vor, nachdem wir uns aus der Umarmung gelöst haben. Ein Lächeln schmilzt das Eis in ihren Augen. »Es wurde Zeit, dass Aiyana jemanden mitbringt.« Sie neigt das Haupt. »Ich nehme an, der Grund für euer Kommen ist wenig erfreulich.«

Ich nicke.

»Dann ist es an der Zeit, dass Aiyana und du etwas esst, während Søren und ich eurer Geschichte lauschen.«

***

Khione versorgt Aiyanas und meine Verletzungen mit einer Kräutersalbe, die einen brennenden Film auf meiner Haut hinterlassen hat. Anschließend bittet sie uns, etwas Sauberes anzuziehen. Danach finden wir uns in einem geräumigen Wohnzimmer ein. Die weißen Marmorwände wirken alles andere als kalt. Zahlreiche Ölgemälde, die Landschaften und Blüten in allen Regenbogenfarben zeigen, zieren die Wände. In Regalen stapeln sich nach Farben sortierte Bücher und Phiolen mit Kräutern oder Tinkturen. Goldenes Sonnenlicht fließt durch zwei weiträumige Fenster in den Raum. Nahe dem Fenster ist eine kleine Sitzecke aus zwei fliederfarbenen Sofas, zwischen denen ein mit bunten Blumenranken lackierter Tisch steht.

Aiyana lehnt mit dem Rücken an meiner Schulter, ihr Bein und ihre beschädigte Prothese hat sie auf die Polster gezogen. Sie trägt eine weinrote Bluse und eine schwarze Stoffhose, mir hat sie eine olivgrüne Hose sowie eine weiße Bluse geliehen.

Søren und Khione sitzen auf dem gegenüberliegenden Sofa.

Auf dem Sofatisch stehen eine Kanne Kaffee, ein Obstkorb mit

Pflaumen und Äpfeln sowie ein Brotkorb und dunkler Blütenhonig, der das Aroma süßer Wildblumen verströmt.

Der Kaffee in der Tasse, die ich umklammere, kühlt ab. Obschon mein Magen knurrt, rühre ich das Essen nicht an. Zu gefangen bin ich in Aiyanas Geschichte, die sie Khione und Søren mit ruhiger Stimme erzählt.

Mir ist all das passiert. Die Symbole der Wahrheit – die Bücher und der Dolch aller Welten – liegen neben dem Geschirr auf dem Sofatisch.

Dennoch lausche ich Aiyanas Geschichte gebannt. Als hätte eine andere Soleya unser Abenteuer, wie Firan es bezeichnen würde, an ihrer Seite durchgestanden.

Als Aiyana geendet hat, ist das Säuseln des Meerwindes draußen das einzige Geräusch. Die Stille ist so einnehmend, dass sie mir in den Ohren dröhnt.

Khione fasst sich als Erste. Ihre vollkommene Aufmerksamkeit gilt Aiyana. »Ihr seid euch sicher, dass ihr dem Ruf der alten Gottheiten folgen möchtet?«

»Das liegt nicht in meiner Hand«, antwortet die Angesprochene.

Khiones Blick nimmt mich gefangen, was mich zittrig schlucken lässt. »Auf deinen Schultern lastet eine große Bürde«, murmelt sie. »Nie ist es Gezeichneten gelungen, eines der Artefakte zu finden und ihr seid nicht im Besitz des Auges der Wahrheit.«

»Ich habe mich lange genug versteckt oder mein Schicksal in die Hände anderer gelegt«, erwidere ich. »Die Gottheiten sollen entscheiden, was mit den Artefakten geschieht, *falls* ich eines von ihnen finde.« Mir fallen die rätselhafte Zeichnung und die Worte der Stimme ein. »Es muss eine Wahrheit geben, die sich vor uns Sterblichen verbirgt.«

»Bevor wir aufbrechen, sammeln wir alle Informationen, die wir finden können«, verspricht Aiyana mit Nachdruck in der Stimme. »Soleya wird die Bücher studieren.« Missmutig sieht sie an sich herab. »Ich bekomme eine neue Prothese und wir gönnen uns ein wenig Ruhe.«

Søren sieht Aiyana mit besorgter Miene an. Sein sandblondes Haar ist zerzaust, unaufhörlich fährt er mit den Händen hindurch. »Ich hoffe, dass du –« Er beißt sich auf die Unterlippe. »Dass *ihr* euch nicht in etwas verrennt.«

Aiyana betrachtet mich mit zusammengekniffenen Augen. Ihre Schultermuskeln spannen sich zitternd an. Der Kaffee in ihrer Tasse schwappt bedrohlich, sie atmet tief in den Bauch, um die Kontrolle über ihre Telekinese zurückzuerlangen.

»Die Bücher werden uns den Weg leiten«, antworte ich an ihrer Stelle. Meine Stimme klingt hohl. *Du* hat Søren gesagt. Aus Sorge zu seiner Schwester … oder meint er etwas Größeres? »Ich werde unsere Rast in Orchid damit verbringen, herauszufinden, wohin.«

Aiyana berührt mich flüchtig an der Schulter. »Vor unserer Abreise muss ich dir meine Lieblingsplätze in Orchid zeigen.« Der Enthusiasmus in ihrer Stimme ist eine Maske, wie das Lächeln auf ihren Lippen.

Dennoch nicke ich ihre Worte mit einem Lächeln, das ich mir beiläufig auf die Lippen zeichne, ab.

Damit scheint das Thema beendet. Aiyana greift als Erste nach dem Brotkorb, ich schließe mich ihr wortlos an.

Sie bestreicht eine Brotscheibe großzügig mit Honig. »Haben wir Entwicklungen im Vier-Länder-Bündnis verpasst?« Ihre freie Hand tastet nach meiner, als suche sie bei mir Halt. »Vor allem in Bellonna. In der Festung erreicht uns nicht alles.«

Khiones Miene gefriert zu Eis. »Von den Kindern, die die Königin«, die Kälte, mit der sie das Wort *Königin* betont, jagt mir einen frostigen Schauer über den Rücken, »für ihre angebliche Armee einzieht, wisst ihr bereits.«

Aiyana nickt mit düsterer Miene.

»Dass ihre Reisegesellschaft angegriffen wurde, hat sich nicht verbergen lassen. Überlebt haben nur eine Handvoll der Anwesenden«, fügt Søren hinzu.

Schwarze Schlieren verhüllen mein Blickfeld. Ich atme Rauch ein, vermischt mit dem Gestank frischen Blutes und verbrannten Fleisches verätzt er meine Lungen. In der Ferne erklingt ein Klirren. Waffen, die aufeinandertreffen. Mein Atem geht schnell und hart. Gefangen in meinem eigenen Körper, kann ich mich nicht bewegen. Etwas Warmes tropft von meinen Fingern. Ein Gewicht, das auf meine Schulter gedrückt hat, verschwindet.

»Soleya –«

Eine ferne Melodie wispert meinen Namen.

»Soleya –«

Feingliedrige Finger berühren meine Wange.

»Du bist nicht mehr dort, Soleya.«

Die Rauchschwaden lichten sich und weichen einem strahlenden Honigbraun.

Es ist vorbei.

Ich habe überlebt.

Aiyana hat mich gerettet.

Die Erkenntnis vertreibt die Erinnerungen.

Ein trockenes Schluchzen entschlüpft meiner Kehle, meine Stirn sinkt gegen Aiyanas. Meine Lider flattern, ich schließe die Augen.

Aiyana nimmt einen abgehackten Atemzug. Sanft streicht sie mir das Haar aus der Stirn. Ein kleiner Funke flackert in meiner Brust auf. Langsam beginnt Wärme, in mir aufzusteigen. »Du bist in Sicherheit«, flüstert sie nah an meinen Lippen. »Und dass dich deine Erinnerungen heimsuchen, macht dich nicht schwach, sondern menschlich.« Federleicht streichelt sie meine Wange mit dem Daumen. »Du hast mir mehrmals bewiesen, wie stark du bist.«

Ihr Atem vermischt sich mit meinem. Ein süßes Ziehen zuckt durch meine Brust. Blinzelnd öffne ich die Augen, verliere mich in ihrem Blick und spüre den ihren zu meinen Lippen wandern. Warmer Atem, der nach Kaffee schmeckt, streift meine Lippen, die sich wie von selbst öffnen. Blinzelnd schaue ich Aiyanas leicht geöffnete Lippen an. Das Ziehen in meiner Brust wird stärker, und möchte mich wie ein unsichtbarer Faden in Aiyanas Richtung ziehen, bis meine Lippen auf ihren liegen …

Ein leises Räuspern lässt uns auseinanderfahren, als sei ein Blitz zwischen uns auf dem Sofa eingeschlagen.

Hitze schießt mir in die Wangen, mein Herz hat seinen Takt vergessen und stimmt eine rasende Melodie an. Die Blicke von Søren und Khione haften wie dichter Uferschlamm an mir. Ein Teil von mir ist immer noch damit beschäftigt, sich vorzustellen, wie meine Lippen Aiyanas finden.

Mein Gesicht glüht, rasch verstecke ich es hinter meinen Haaren. Aus dem Augenwinkel erhasche ich den Blick auf etwas Fliederfarbenes. Scherben, die in einem See aus Kaffee schwimmen.

Ich reiße den Kopf hoch. »D-Das wollte ich nicht.«

Khione schenkt mir ein warmes Lächeln. »Das ist nur Porzellan. Wichtig ist, dass es *dir* gutgeht.«

Als wolle sie Khiones Worten Nachdruck verleihen, nimmt Aiyana meine Hand. Die winzige Berührung genügt, elektrisierende Funken durch meinen Körper zu jagen. Verstohlen linse ich zu ihr hinüber. Sie sieht genauso verlegen aus, wie ich mich fühle … oder vielleicht wünsche ich mir das bloß.

»Ich hätte sensibler darüber sprechen müssen«, holt mich Sørens Stimme ins Jetzt zurück. »Bellonnas Grenzen sollen stärker bewacht werden als sonst und die Königin hat zahlreiche Rundreisen unternommen, angeblich um ihr Volk davon zu überzeugen, dass sie alles übersteht. Mehr große Entwicklungen gibt es nicht.«

Das Gespräch wendet sich leichteren Themen zu. Aiyana fragt Khione über ihre neuesten Mixturen aus, die sie aus dem Saft von Orchideen, vermischt mit Kräutern und Wurzeln, herstellt. Eine Tinktur, die länger jung halten soll, ist der neueste Verkaufsschlager. Søren wird von seiner Schwester nach dem neuesten Tratsch in der Stadt gefragt. Tiefe Falten furchen seine Miene, er antwortet kurz angebunden und seine Aufmerksamkeit lässt er nicht von Aiyana.

Als Person, die selbst zwei jüngere Geschwister hat, verstehe ich seine Sorgen. Dennoch hallen seine Worte von vorhin Donnergrollen gleich in meinen Ohren nach.

Ich hoffe, dass du dich nicht in etwas verrennst.

Der Knoten in meiner Brust verdunstet mit jedem verstohlenen Lächeln, das Aiyana mir zuwirft. Die Flügelschläge winziger Schmetterlinge in meiner Brust nehmen das Echo von Sørens Worten schließlich mit sich fort.

Kapitel 21
Von Vergangenheit umhüllt

Das Knarzen einer Tür zerbricht meinen traumlosen Schlaf, zwischen die Scherben mischt sich das Echo vertrauter Stimmen. Mein müder Verstand braucht einige Herzschläge, um diese Aiyana und Søren zuzuordnen.

Ich stütze mich mit einer Hand ab und sehe mich blinzelnd in Aiyanas Kindheitszimmer um. Das Bett ist breit genug für zwei Personen, andernfalls hätte Khione es mir nicht angeboten, und der frisch gewaschenen Bettwäsche haftet der Duft von Orchideen an. Milchiges Mondlicht fließt aus einem kleinen runden Fenster in den Raum und verwandelt die Möbel, allesamt aus weißem Birkenholz, in blasse Silhouetten. Keine Staubflocke verirrt sich in das Innere des Zimmers, dennoch fühle ich mich von Aiyanas Vergangenheit umhüllt. Sie lauert im Schrank, manifestiert als Kleidung, die Aiyana seit drei Sonnenjahren selten trägt. In den Büchern, die sich an den Wänden stapeln, als sei Aiyana immer auf dem Sprung und würde vergessen, sie zurückzustellen. Ich drehe den Kopf, sodass ich das Bild ansehen kann, das über dem Bett hängt. Es zeigt einen Sonnenuntergang, von dem sich die Silhouette eines Drachen abzeichnet. Die Ölfarbe ist verblasst, die Ecken zerfranst, als prange ein zerbrochener Traum auf der Leinwand.

Ein warmes Gefühl durchflutet mich. Aiyanas Kindheitstraum ist wahr geworden.

Ein Scheppern erklingt, ich zucke heftig zusammen. Mit hämmerndem Herzen blicke ich mich um, und strecke meine Fingerspitzen nach den Nachtschatten aus. Da begreife ich, dass mich niemand angreift. Das Scheppern ist aus dem Nebenraum, dem Wohnzimmer, gekommen.

Søren und Aiyana sind nach dem Essen aufgebrochen, um ihre Prothese erneuern zu lassen. Sie sind für den Rest des Tages fortgewesen.

Khione muss Telekinese beherrschen. Als könne sie meine Gedanken lesen, hat sie mich gebeten, ihr im Haushalt zur Hand zu gehen, statt meine Nase in den Büchern zu vergraben. Dafür sei morgen genügend Zeit. Der Tag ist wie im Flug vergangen. Gemeinsam haben wir uns um die Orchideen, die Kräuter und das Gemüse im Garten gekümmert, Unkraut gejätet und Khione hat mir die Inspiration für ein jedes ihrer Landschaftsbilder verraten. Zuerst ist mein Herz schwer gewesen. Sobald ich angefangen habe, Khione von meiner Familie und meinem Leben in Guldheim zu erzählen, habe ich mich leichter gefühlt.

Nach dem Abendessen – Kürbiseintopf, den wir gemeinsam gekocht haben – ist es mein Plan gewesen, auf Aiyana zu warten. Kurz nach dem Einbruch der Nacht bin ich von der Müdigkeit, die mir in den Knochen gesessen hat, überwältigt worden und in traumlosen Schlaf gefallen.

Aiyanas Berührungen und ihre Worte, ausgesprochen und unausgesprochen, heute Morgen haben sich tief in mein Inneres gegraben. Während des letzten Mondes ist sie mein Anker gewesen, ohne sie wäre ich untergegangen. Glaube ich ihren Worten, schaffe ich es allein zu schwimmen und ich habe heute ohne sie einen unbeschwerten Tag verbracht. Dennoch zuckt das vertraute süße Ziehen durch meine Brust, bei dem Gedanken daran, dass ich sie gleich wiedersehe.

»Das denkst du also von mir?«

Aiyanas Schrei schlägt mir wie ein Herbststurm entgegen. Als sei ich ein Baum, der seine besten Jahre hinter sich gelassen hat, knicke ich unter ihm ein.

»Ich wünschte, ich müsste es nicht«, erwidert Søren.

»Wenn das so wäre, wieso hätte ich sie mitbringen sollen?«

Sie – das Wort versetzt mir einen Stich.

Aiyanas Worte treiben mich auf die Beine. Schatten formen sich zu einem schützenden Umhang, den ich mir überziehe. Auf Zehenspitzen tappe ich auf den Flur, und schleiche die Wand gepresst bis zur nächsten Ecke. Meine Brust ist wie zugeschnürt. In diesem Gespräch geht es um mich. Sørens Blick und seine Worte vom Morgen tönen durch meinen Kopf. Ich muss wissen, was Sache ist.

Das Wohnzimmer besitzt keine Tür, ich bleibe an die Wand des Flures gedrückt stehen. Von Schatten umfangen sehe ich die Hand vor Augen nicht. Aiyanas und Sørens Schatten fühlen sich nahe an, und ihre Worte zeichnen alle Bilder, die ich sehen muss.

Hoffentlich verrät mich mein lauter Herzschlag nicht.

»Ich weiß, dass du sie gerne hast, Aiyana.« Sørens Stimme gleicht seichtem Frühlingswind.

»Sonst würde ich sie bei ihrer Suche nicht unterstützen.«

»Ich versuche, das zu glauben«, seufzt er. »Es kann funktionieren. Egal, wer sie ist.« Er macht eine Atempause. »Oder wer *du* bist.«

Aiyana schnaubt. »Wieso führen wir dann dieses Gespräch?«

»Wieso hast du dich der Festung angeschlossen?«

Einen Augenblick herrscht einnehmende Stille. Mein Magen zieht sich zusammen. Ich muss Aiyana nicht sehen, um zu wissen, dass die stolze, abwehrende Haltung der Rekrutin in diesem Augenblick in sich zusammenfällt. »Du weißt, wieso.« Ihre Stimme klingt abgekämpft.

»Wäre jetzt nicht ein guter Zeitpunkt, nach Hause zu kommen? Für immer?« Sørens Flehen zerreißt etwas in mir. »Gebt die Suche auf. Gib deine Pläne auf.« Schritte erklingen, er muss sich Aiyana vorsichtig nähern. »Kehrt nicht in die Festung zurück.«

»Du weißt, dass ich mir nichts mehr wünsche als das.« Tränen tränken Aiyanas Worte. »Es ist Soleyas Entscheidung, dem Ruf der Gottheiten zu folgen. Nicht meine.«

»Ich weiß.« Søren seufzt tief. »Es fällt mir nur schwer zu glauben, dass du keine Hintergedanken hast. Nachdem sie dich jahrelang gequält hat.«

Aiyana knirscht mit den Zähnen. »Es geht mir nicht immer nur um Rache, Søren und es geht längst nicht mehr um sie und um mich.« Ihre

Worte klingen hohl wie eine Melodie, der ein Ton fehlt. »Ich werde Soleya nicht allein lassen.«

Søren schluckt hörbar. »Wenn ihr der Spur gefolgt seid … egal wie eure Reise endet …« Er ringt um Atem. »Kommst du dann nach Hause, Aiyana?«

Ihre Antwort ist so leise, dass ich sie nicht verstehe.

Die Schatten, die ich ins Wohnzimmer aussende, verraten mir, dass Søren Aiyana in die Arme geschlossen hat.

Das Gefühl, eine Unterhaltung mitangehört zu haben, die nicht für meine Ohren bestimmt gewesen ist, legt sich als eiskalte Hand um meine Kehle. Ich weiche zurück, stolpere über meine eigenen Füße. Der Boden kommt näher, ich kneife die Augen zusammen. Da fangen mich die Schatten, weichen Kissen gleich, auf. Ich wirble herum, laufe vorwärts weiter und bleibe erst stehen, als ich das warme Birkenholz der Tür von Aiyanas Kindheitszimmer in meinem Rücken spüre.

Mein Herzschlag dröhnt mir in den Ohren. Statt Schatten, die sich auf dem Weg zurück in das Zimmer aufgelöst haben, verschleiern Tränen meinen Blick. Meine Kehle fühlt sich an, als hätte ich Sand geschluckt, die Finger aus Eis umschlingen sie wie ein Schraubstock.

In wankenden Schritten schaffe ich es bis zu Aiyanas Bett, lasse mich in die weichen Kissen sinken und ziehe mir die Decke über den Kopf.

Der fliederfarbene Stoff vermag nicht, die Wahrheit zu verstecken, die mir soeben klargeworden ist.

Die Unterredung hat mir einen Spiegel vorgehalten. Er zerspringt in Tausende Scherben, welche den Schmetterlingen, die auf sanften Schwingen in meiner Brust geflattert haben, die Flügel brechen.

Aiyana setzt alles für mich aufs Spiel. Ihre Position als Rekrutin, ihre Stellung in der Festung, ihr wahres Zuhause, ihre Familie …

Wieso sollte sie diesen Weg an meiner Seite gehen?

Ich habe gesehen und am eigenen Leib gespürt, wie Larentia mit Aiyana umgegangen ist. Rache an ihrer Meisterin zu nehmen, wie Søren vermutet, ist ein schwacher Grund. Es sei denn, sie möchte etwas in der Festung verändern …

Meine Gedanken verdichten sich zu einem finsteren Strudel. Düstere

Fluten ziehen mich in die Tiefe und ich mache mir nicht die Mühe, nach oben zu schwimmen.

Ich weiß nicht, wie viel Zeit vergangen ist, während der ich mich ruhelos herumgewälzt habe, als Schritte auf dem Dielenboden erklingen.

Mein Körper versteift sich, ich wage nicht zu atmen oder einen Laut von mir zu geben, der verrät, dass ich wach bin.

Die Schritte eben ab. Eine Schranktür knarzt, Kleidung raschelt.

Näherkommende Schritte. Vanilleduft, der meine Nase streichelt.

Die Matratze gibt unter Aiyanas Gewicht nach, als sie sich auf die Bettkante setzt. Sanfte Finger streichen mir über das Haar. Aiyanas entspannte Atemzüge sind das einzige Geräusch in der schweren Stille. Ihr vorsichtiges Streicheln stoppt. Sie schlägt die Bettdecke zurück, ein zweites Mal senkt sich die Matratze, als sich Aiyana neben mich legt. Sie hält den Atem an, dann rückt sie näher zu mir. Mein Herz vergisst seinen Takt, als sie ihre Arme von hinten um mich legt und mich an sich zieht.

Es ist, als wisse sie, dass ich die Unterhaltung belauscht habe und dass mir klargeworden ist, was für sie bei unserer Reise auf dem Spiel steht. Als wolle sie mir zeigen, dass ich nichts allein durchstehen muss – egal zu welchem Preis. Mein Herz gerät ins Stocken, die Hand um meine Kehle drückt fester zu … oder die Umarmung ist ein Abschied.

In diesem fragilen Moment nehme ich, was ich bekommen kann.

Aiyanas Wärme hüllt mich ein, Vanilleduft strömt durch meine Lungen und spült das Engegefühl in meiner Kehle fort.

Bevor ich mich zum zweiten Mal in traumlosen Schlaf fallenlasse, glaube ich zu spüren, dass mir weiche Lippen einen Kuss auf den Nacken hauchen.

***

Am nächsten Morgen ist Aiyana fort, als ich aufwache. Nachdem der Nebel des Schlafes sich gelichtet hat, sind die Erinnerungen an die Unterredung, die nicht für meine Ohren bestimmt gewesen ist, zurück.

Sørens Worte vergraben ihre Zähne in meinem Fleisch und fressen, hungrigen Drachen gleich, an mir. Dass Aiyana mich heute Nacht im Arm gehalten hat, fühlt sich unwirklich an. Ihre Wärme ist längst fort. Die zarte Berührung ihrer Lippen auf meinem Nacken habe ich mir eingebildet. So muss es sein.

Ich weiß, dass du sie gerne hast, Aiyana.

Gerne, wie ein prunkvolles Kleid oder ein geliebtes Kindheitsessen. Unter Freundinnen ist es normal, einander gerne zu haben. Da sollte nichts dabei sein. Ich sollte mir keine Gedanken machen und den kleinen Sprung, den mein Herz macht, ignorieren.

Dennoch ertappe ich mich dabei, dass ich all meine gemeinsamen Momente mit Aiyana analysiere. Sieht sie mich anders an als andere? Wieso nimmt sie so oft meine Hand? Unsere Lippen sind einander zweimal gefährlich nahe gewesen. Gestern hätte ich mich der Anziehung, die mein Blut singen lässt, beinahe hingegeben, und ich weiß genau, wie ihre Lippen aussehen und wie ihr Atem schmeckt. Letzte Nacht haben wir engumschlungen geschlafen. Hat mir meine Fantasie einen Streich gespielt oder hat Aiyana mich auf den Nacken geküsst?

Stöhnend vergrabe ich mein Gesicht in dem Kopfkissen, das nach Aiyana riecht, was meine wirbelnden Gedanken nicht vertreibt. Im Gegenteil.

Am liebsten möchte ich mir die Decke über den Kopf ziehen und weiterschlafen. Solange ihr Vanilleduft der Bettwäsche anhaftet, wird es leider schwierig, nicht über Aiyana nachzudenken. Und vor ihr verstecken sollte ich mich auch nicht. Besser, sie schöpft keinen Verdacht.

Seufzend rapple ich mich hoch, nehme die Kleidung mit, die ich gestern getragen habe, und tappe auf den Flur. Zum Glück erinnere ich mich daran, wo das Badezimmer ist. Nach einem Bad in warmem Wasser, das nach Vanille und Orchideen duftet, fühle ich mich immerhin aufnahmefähig.

Der Duft von Pfannkuchenteig und Ahornsirup lockt mich ins Wohnzimmer.

Aiyana, Søren und Khione sitzen um den Esstisch versammelt.

Unschlüssig trete ich von einem Fuß auf den anderen.

Mein Auftreten auf dem Marmorboden muss mich verraten haben, drei Augenpaare schnellen zu mir.

»Guten Morgen, Soleya.« Khione winkt mich zu sich. »Wir wollten dich nicht wecken. Du hast sicher deinen Schlaf gebraucht.«

Ich nähere mich dem Esstisch in kleinen Schritten und lasse mich auf den Stuhl neben Aiyanas fallen.

»Das ist sehr aufmerksam«, bringe ich heraus.

»Nicht doch«, wiegelt Khione ab, mit einer ausladenden Handbewegung deutet sie auf den Tisch. Neben einer Kanne Kaffee türmen sich Pfannkuchen und eine Flasche Ahornsirup. »Iss, Soleya.«

Das lasse ich mir nicht zweimal sagen. Die Pfannkuchen erinnern mich an Zuhause. Sie sind auf ihre eigene Art lecker, anders als Vaters Spezialpfannkuchen. Ihr Geschmack ist ein Sonnenstrahl im dunklen Sog meiner Gedanken.

Aiyana wendet mir ihren Oberkörper zu. »Hast du gut geschlafen?«

»Ja«, antworte ich, meine Aufmerksamkeit auf die Pfannkuchen gerichtet. Ich wage nicht, sie anzusehen. Was, wenn ich in ihren Augen lese, dass Søren recht hat? Dass sie in Orchid bleiben sollte? Mit ihrer Familie Pfannkuchen essen. Unbeschwert sein. »Was ist mit dir … ihr seid so spät zurückgekommen …« Ich nehme einen kräftigen Schluck Kaffee, um mein Stammeln zu unterbrechen. »Wie geht es deinem Bein?«

»Es fühlt sich an wie neu.« Am Satzende hebt sie die Stimme wie bei einer Frage. Ich höre sie tief einatmen, im nächsten Augenblick berühren vertraute Finger meine Schulter. »Soleya, rede mit mir. Was ist los?«

Der Flügelschlag eines Schmetterlings scheint zu genügen, um die Mauer, die ich zwischen uns hochgezogen habe, ins Wanken zu bringen. Ich schlucke gegen das Engegefühl in meiner Kehle an und halte die Mauersteine tapfer fest. »Ich komme nicht eher zur Ruhe, bis ich weiß, welche Wahrheit sich zwischen den Buchseiten verbirgt.«

»Das heißt, Soleya kommt nicht mit, wenn wir deinem Haustier einen Besuch abstatten?«, erkundigt sich Søren bei Aiyana.

»Camai ist mehr als ein Haustier«, schnaubt sie. »Verscherze es dir nicht mit meinem Drachen. Du kannst froh sein, dass Camai mit dir spricht.«

Er lacht leise. »Also Soleya, kommst du mit?«

Die Schatten in meiner Brust tun einen kleinen Hüpfer. Wie gern würde ich Neriss sehen. Zu spüren, wie sie*er aus der Ferne Wogen der Zuneigung durch unser Blutsband sendet, ist nicht dasselbe wie echte Nähe. Ich umklammere meine Kaffeetasse so fest, dass meine Knöchel weiß hervortreten. Aiyana und Søren sei ihr gemeinsamer Nachmittag gegönnt. »Geht ohne mich.« Ich werfe Søren einen flüchtigen Blick zu, und zwinge den Hauch eines Lächelns auf meine Lippen, es brennt wie heißer Kaffee. »Grüß *mein* Haustier von mir.«

Søren verschluckt sich an seinem Kaffee, was in einem kräftigen Hustenanfall mündet, der ihm Röte ins Gesicht treibt.

Aiyana seufzt leise. »Von mir aus.« Sie folgt der Kontur meines Schulterblattes mit den Fingerspitzen, ihre Berührung wird zu elektrisierender Gänsehaut. »Je schneller du die Bücher gelesen hast …«

»… desto schneller können wir einen Plan schmieden«, schließe ich, die Stimme am Satzende wie bei einer Frage erhoben.

Aiyana lässt meine Schulter los, ein kalter Hauch durchfährt mich. Ich linse aus dem Augenwinkel zu ihr. Sie hat sich auf ihrem Stuhl zurückgelehnt und kaut auf ihrer Unterlippe herum. »Ich wollte sagen, desto schneller kann ich dir Orchid zeigen«, murmelt sie. »Aber ja, einen Plan schmieden können wir dann wohl auch.«

Bevor sie bemerkt, dass ich sie ansehe, wende ich mich meinem Frühstück zu. Die Pfannkuchen hinterlassen fauligen Geschmack in meinem Mund. Aiyanas Blick schnellt zu mir und bleibt dort haften, als hoffe sie, meine Mauer einzureißen.

Ein Kleid aus Scham und Selbsthass wiegt bleischwer auf meinen Schultern. Sein Korsett schnürt mir die Brust ab.

Wieso ist es so schwer, Aiyana davon zu überzeugen, in Orchid zu bleiben?

***

Nach dem Frühstück habe ich mich in Khiones Garten zurückgezogen. Den Rücken gegen den Stamm einer Birke gelehnt und eine Decke um meine Knie geschlungen, fühle ich mich bereit, die Bücher zu studieren.

Kühler Wind spielt mit meinem Haar und zupft die letzten bunten Blätter von den Bäumen. Während die magischen Orchideen das ganze Jahr blühen, erliegen die anderen Pflanzen dem Herbst. Auf den weißen Straßen liegend oder im klaren Kanalwasser dahingleitend warten sie darauf, dass der Winter sie in ewigen Schlaf wiegt.

Wehmut wallt in mir auf. Im Spätherbst gleicht der Goldwald, mit seinen goldenen Baumstämmen und Blättern in den Farben von Feuer, einem Flammenmeer. Ob Firan besonders hübsche Blätter für mich sammelt und trocknet? Erlebt er allein Abenteuer im herbstlichen Wald? Ist Nives an seiner Seite?

Ich schüttle den Kopf, als könne ich den Gedanken an meinen kleinen Bruder abschütteln.

Reiß dich zusammen, Soleya. Denk nicht an Zuhause, an Firan und schon gar nicht an Aiyana. Fokussiere dich auf den Pfad, den die Gottheiten für dich bereithalten.

Das Rascheln der Birkenblätter werte ich als Bestätigung für mein Mantra. Ich atme tief durch, ziehe meine Knie an den Körper und möchte dort weitermachen, wo ich in Larentias Bibliothek unterbrochen worden bin.

Der nächste Windzug, der meinen Mantel durchdringt, streift meine Kehle und bleibt dort, Larentias Hand gleich, haften. Sie wird mich nicht gehenlassen. Ein Grund mehr, aus Orchid zu verschwinden. Vielleicht lässt sie wenigstens Aiyana gehen.

Genug!

Ich lasse mich in das warme Kribbeln fallen, das die Buchseiten in mir auslösen. Das Bild von Nisha finde ich rasch wieder. Darunter prangt keine Unterschrift. Kein Hinweis, was es mit dem Bild und vor allem mit der Silhouette des Drachen auf sich hat.

Ehe ich weiterblättern kann, durchdringt eine fremde Macht die Schichten meines Selbst.

›Lies nicht die Wegbeschreibungen in Farrens und Vanyas Büchern.‹

Sonnenstrahlen, welche die Buchrücken streifen, formen sich zu kupfernen Funken. Aus ihnen wachsen Finger, welche die meinen leiten.

›Vorher musst du die Wahrheit sehen.‹

Ehe ich mich versehe, halte ich *Magiesplitter* in den Händen. Kupferne Funken umschwirren das Buch, als seien sie Glühwürmchen. Der Einband fühlt sich in meinen Händen plötzlich heiß an. Ausgerechnet das Buch, das zuvor nichts in mir ausgelöst hat, zupft an den Saiten meines Verstandes.

›Sonst kannst du nicht finden, was verloren ist.‹

Die Melodie der Stimme entfacht eine Böe, welche die Buchseiten vor meinen Augen in rasender Geschwindigkeit umblättert. Ein Malstrom aus Bleistift, Tinte und Pergament zieht an meinen Augen vorbei. Mit einem Rascheln öffnet sich das Buch auf einer leeren Seite.

›Im Verborgenen versteckt sich die Wahrheit.‹

Mit angehaltenem Atem betrachte ich, wie tintenschwarze Glitzerpartikel aus den Buchseiten aufsteigen und über ihnen zu tanzen beginnen. Überall dort, wo sie auf das Pergament rieseln, formen sich tintenschwarze Linien, aus denen sich ein Grundriss zusammensetzt.

›Dort warte ich auf dich.‹

Mit zusammengezogenen Augenbrauen betrachte ich die Bleistiftzeichnung. Auf den ersten Blick ist es ein gewöhnlicher Raum. Bis auf die Statuen, die in seinen vier Ecken aufgestellt sind – die alten Gottheiten, ohne Zweifel. Einer Schablone gleich legt sich ein zweites Bild über den Grundriss. Vier Gottheiten, ausrichtet in vier Himmelsrichtungen. In der unteren Ecke der Buchseite erblicke ich das Wappen Bellonnas, das mich auf schwarzweißem Grund verspottet.

›Du musst dorthin zurück, wo alles begonnen hat.‹

Ich komme nicht umhin, mit den Augen zu rollen. In Bellonna hat meine Reise ihren Anfang gefunden. Ist jeder folgende Schritt umsonst gewesen?

›Nur wer die Magie der Gottheiten und jene der Drachen in sich vereint, wird die Wahrheit erreichen.‹

Ich schnappe nach Luft. Das Echo der Stimme dröhnt mir in den Ohren. Kann sie meine Gedanken lesen? Und hat irgendjemand meinen Weg, von Guldheim nach Bellonna bis in die Festung, geplant? Wenn nicht, wieso ist dieser Grundriss dann nicht vorher dort gewesen?

Ich umklammere das Buch mit einer Hand, die Fingernägel der anderen vergrabe ich in meinem Fleisch.

Ich bin keine Spielfigur.

Es ist meine Entscheidung, diesem Ruf zu folgen.

Die Worte tönen als Melodie, der ein Ton fehlt, in meinem Kopf. Eine Maske, nichts weiter.

»Du siehst aus, als würdest du dir über etwas Sorgen machen.«

Ich zucke zusammen, als ich aus dem Nichts eine vertraute Stimme höre. *Magiesplitter* fällt mir aus der Hand. Ein siedender Blitz durchfährt mich, als das Buch von meinen Knien in das welke Gras rutscht.

Ich blicke auf, zum ersten Mal am heutigen Tag verschmilzt mein Blick mit Aiyanas.

Sie hat die Hände in den Taschen ihres königsblauen Mantels vergraben. Ihre Augen zieren violette Ringe, Böen spielen mit ihrem Haar, das in alle Richtungen absteht. Ihr abgekämpfter Anblick versetzt mir einen Stich.

»Ich wollte dich nicht erschrecken«, fügt sie leise an.

Ich räuspere mich. »Solltest Søren und du nicht bei Camai und Neriss sein?«

»Schon –« Sie verlagert ihr Gewicht auf einen Fuß. »Du bist beim Frühstück so abwesend gewesen.« Sie fährt sich durchs Haar. »Du wirkst niedergeschlagen, und ich wüsste gerne, wieso. Wenn du reden möchtest –«

Ihre Worte schlagen Risse in die Mauer, die ich zwischen uns hochgezogen habe. Wenn ich ausspreche, was mir durch den Kopf geht, haben Aiyana und ich immerhin Gewissheit. Dann kann ich reinen Gewissens nach – mein Magen überschlägt sich – Bellonna reisen.

Ich rücke ein Stück zur Seite, um ihr Platz zu machen. »Setz dich.«

Ein kleines Lächeln hebt ihre Mundwinkel. Sie lässt sich neben mir gegen den Birkenstamm sinken, so nah, dass sich unsere Schultern berühren. Ihre Haarsträhnen kitzeln meine Wange. Jede kleine Berührung entfacht warme Funken auf meiner Haut, die mein Herz in Flammen setzen, und bricht einen weiteren Stein aus der Mauer.

Zaghaft zupfe ich die Decke so zurecht, dass sie Aiyanas Beine ebenfalls bedeckt. Stille, nur unterbrochen vom Rascheln der Blätter im Wind, deckt uns zusätzlich zu.

»Wenn du nicht reden möchtest, ist das in Ordnung«, wispert sie nach einer Weile. »Ich wüsste nur gerne, wieso du mich ansiehst, als hätte ich etwas falschgemacht.«

Die Bitterkeit in ihrer Stimme bringt mich dazu, sie anzusehen. Unter dem gequälten Ausdruck auf ihrem Gesicht fällt die Mauer. »Du hast nichts falschgemacht …«, beginnen die Worte, aus mir herauszusprudeln. »Ich wusste nicht, wie wichtig dir Orchid ist … wie wichtig dir deine Familie ist. Das ist unüberlegt von mir gewesen.« Die Worte sind Flammen in meinem Mund, die mich langsam von innen heraus verbrennen. »Ich habe begonnen, mir Fragen zu stellen … über dich … und ich weiß nicht, ob ich die Antworten hören möchte.«

»Ist die Wahrheit nicht befreiender als eine schöne Lüge?«, fragt sie mit unsicherer Stimme.

Der Kloß in meiner Kehle zerspringt beim Schlucken in tausend Scherben. »Wieso bist du nicht in Orchid geblieben, sondern hast dich der Festung angeschlossen? Du hast alles ertragen, was Larentia dir angetan hat, obwohl du eine Familie hast. Einen Ort zum Bleiben.«

Sie wendet den Blick ab, rauchschwarze Haarsträhnen verhüllen ihr Gesicht. »Ich wollte mir selbst etwas beweisen. Nachdem ich mein Bein verloren hatte.« Mit zitternden Fingern zerrupft sie letzte blassgrüne Grashalme zu ihrer Linken. »Ich hatte gehofft, Magie zu erlernen, die es mir ermöglicht, meine Prothese präziser zu steuern. Camais Telekinese, die sie*er mit mir teilt, ist ein großes Geschenk.« Ihre Worte tränken den Herbstwind, die Birke erzittert und blutrote Blätter regnen auf uns herab. Aiyana ballt ihre Hände zu Fäusten zusammen, als könne sie ihre Magie so in ihrem Inneren einsperren. »Ich dachte, dass ich in der Festung etwas verändern kann … oder im ganzen Vier-Länder-Bündnis mitsamt der Silberinseln. Frieden schaffen, damit es niemandem mehr ergeht wie«, ein Zittern geht durch ihren Körper, »meiner Geburtsfamilie und meinem Dorf.«

Ihre Worte nehmen mir den Atem. »Obwohl du längst eine Familie hast?« Meine Stimme ist ein Hauch.

»Das ist es mir wert gewesen und mit meiner Magie kann ich sie vor Gefahren beschützen.« Traurigkeit trübt ihre Worte. »Ich bin mir nicht im Klaren darüber gewesen, dass die Festung von mir verlangt, meine Familie aufzugeben … ein Stück von mir aufzugeben.«

»Deshalb bist du jedes Sonnenjahr zu ihnen zurückgekehrt«, gebe ich zurück. »Ist nicht jetzt ein guter Zeitpunkt, um Larentia den Rücken zu kehren und dir das Leben aufzubauen, das dir zusteht? Bei deiner Familie?«

Schatten verdunkeln ihre Miene. »Larentia wird mich nicht einfach gehenlassen. Sobald sie Verwendung für mich hat, kommt sie mich suchen. Khione und Søren wären vor ihr nicht sicher. Aus diesem Grund habe ich sie seit drei Sonnenjahren stets im Geheimen besucht. Nicht einmal Gwyn und Veris wissen von ihnen.« Nach einem tiefen Atemzug hebt sie den Kopf und sieht mich intensiv an, etwas Flehendes liegt in ihrem Blick. »Selbst wenn sie mich davonkommen ließe, könnte ich dasselbe nicht von dir behaupten.«

»Dann lass mich allein aufbrechen.« Meine Stimme gleicht einem Donnerschlag direkt über uns. »Ohne mich wären Khione, Søren und du in Sicherheit.«

Sie wendet mir ihren Oberkörper zu. »Sag so etwas nicht.«

Scherben in meiner Kehle erschweren das Atmen. »Unsere Reise führt in den Palast der vier Türme. Nach Bellonna, Aiyana.«

Rauer Herbstwind schlägt mir entgegen und reißt die letzten Blätter von der Birke. Aiyana mahlt mit dem Kiefer, drängt die Magie zurück. »Bellonna? Das kann nicht sein!«

Ein Schleier aus Tränen senkt sich über meine Augen. »Zweifelst du an dem Pfad, auf den mich die Gottheiten leiten? Ich nicht, seit sich eine leere Buchseite vorhin vor meinen Augen in einen Grundriss verwandelt hat.«

Sie schüttelt den Kopf. »Nach Bellonna lasse ich dich nicht allein gehen. Vom Palast ganz zu schweigen.« In einer zittrigen Bewegung hebt sie die Hand, um sie auf meine Wange zu legen. »Wenn wir dort sind, werde ich nicht zulassen, dass die Königin dich findet.«

Ihre Nähe macht es schwer, mich zu konzentrieren, geschweige denn, zu meiner Entscheidung zu stehen. »Wieso ist dir das so wichtig?« Ich beiße mir auf die Unterlippe. »Denkst du, dass ich schwach bin und das allein nicht schaffe?«

»Natürlich nicht. Ich weiß, dass du das allein schaffst.« Federleicht streichelt sie mit dem Daumen über meinen Wangenknochen. »In dir schlummern die Magie der Drachen und die der alten Gottheiten.« Sie beugt sich ein Stück nach vorne, ihr Atem vermischt sich mit meinem, und ihr Vanilleduft vernebelt meine Sinne. In ihren Augen lodern goldene Funken von tausend Emotionen, die sich in meinem Herzen einnisten und dort als gleißende Flammen auflodern. »Vor allem schlummert in dir deine eigene Magie, die mich von unserer ersten Begegnung an überzeugt hat, dass du zu Größerem bestimmt bist. Du bist stärker als du glaubst, Soleya.«

Mein Blick verliert sich in ihrem, die Überreste der Mauer sind längst verbrannt. Ihre Worte sind warmes Sonnenlicht, das sich tief in meinem Herzen einnistet. Ich beuge mich so nah zu ihr, dass sie spüren muss, wie meine Lippen die nächsten Worte formen. Zwischen uns ist kein Platz für einen Atemzug. »Wieso willst du dann mitkommen?«

Ich spüre, wie sie erschaudert. Ihr Blick zuckt zu meinen Lippen, mein Herz gerät ins Stolpern. »Ich möchte dabei sein, wenn sich etwas verändert.« Ihre Stimme klingt so atemlos wie ich mich fühle und gleicht, wie ihr Blick, einer intensiven Umarmung. »Wir haben die letzten Wochen gemeinsam durchgestanden und ich möchte dich an meiner Seite behalten. Ich möchte dich nicht verlieren.«

Ohne weiter darüber nachzudenken, beuge ich mich das letzte Stück nach vorne und schließe automatisch die Augen, als ich ihre Lippen vorsichtig mit meinen verschließe. Mein Herz schlägt mir bis zum Hals. Aiyanas Lippen sind weich und schmecken süß, nach dem Ahornsirup vom Frühstück. Ich spüre, dass ihre Mundwinkel nach oben zucken, sie lächelt in den Kuss, ehe sie ihre Lippen mit sanftem Druck auf meinen bewegt.

Dieser zarte Kuss löst einen Sturm von Emotionen in mir aus. Kleinen Blitzen gleich strömt er durch meine Adern und sammelt sich als elektrisierendes Kribbeln in meiner Brust.

Ich vergrabe meine Hände in ihrem weichen Haar und sie legt eine Hand an meine Taille, um mich näher zu sich zu ziehen. Ihr muskulöser Körper schmiegt sich an meinen, mit jeder Berührung unserer Lippen wird er weicher.

Mein Herz stolpert, als ich ihre Zunge an meiner Unterlippe spüre. Mit einem leisen Seufzen öffne ich die Lippen, der Kuss wird inniger. Die kribbelnden Funken in meiner Brust werden zu Flammen, die meine Welt in tausend Farben tauchen.

Wir küssen uns, bis wir uns außer Atem voneinander lösen. Aiyanas Wangen sind gerötet, ihr Haar zerzaust, und ihr abgehackter Atem sammelt sich auf meinen Lippen und biegt sie zu einem Lächeln.

Behutsam streichelt sie meine Wange mit dem Daumen. »Ich werte das als Ja? Ich darf mitkommen?« Ihre Worte klingen atemlos, und dass ihr Blick immer wieder zu meinen Lippen huscht, entfacht ein süßes Ziehen in meiner Brust.

Ich beuge mich nach vorne, sodass meine Worte auf ihren Lippen nachhallen. »Wenn du mich von jetzt an öfter küsst, überlege ich es mir.«

Die goldenen Funken in ihren Augen erstrahlen, zwei Sonnen gleich. »Versprochen«, wispert sie gegen meine Lippen, bevor sie diese mit ihren verschließt.

***

Die Sonne steht tief und setzt den Himmel in Flammen, als die Herbstkälte Aiyana und mich dazu bringt, uns voneinander zu lösen. Hielte sie nicht auf dem Weg zurück ins Haus meine Hand, hätten meine weichen Knie unter mir nachgegeben. Mein Kopf fühlt sich leicht und frei an. In meiner Brust flattern tausende winzig kleine Schmetterlinge. Ihre Flügelschläge lassen reines goldenes Glück durch meine Adern branden.

Dasselbe Glück spiegelt sich in Aiyanas Augen. Ihr Blick huscht immer wieder zu mir, bleibt an meinen Lippen haften, und elektrisiert mich.

Ihre Hand in meiner entfacht ein Gefühl der Sicherheit in mir. Egal wie egoistisch meine Entscheidung ist, gemeinsam sind Aiyana und ich stärker.

Mein Herz schlägt einen Salto.

Außerdem hat sie dieselbe Entscheidung getroffen. Für mich.

»Wie ich sehe, habt ihr beide bessere Laune«, begrüßt uns Søren im Wohnzimmer angekommen. Er sitzt mit übereinandergeschlagenen Beinen auf dem Sofa, eine Schale nach Ingwer und Zimt duftender Kekse und eine dampfende Kaffeetasse vor sich.

Aiyana gibt mir einen federleichten Kuss auf die Wange, die unter ihren Lippen heiß wird. »Stimmt.«

Søren sieht mich so eindringlich an, dass ich mich entblößt fühle. Ich bleibe wie angewurzelt stehen, während er mich ansieht, als suche er nach etwas. Aiyanas Finger, die beruhigend meinen Handrücken streicheln, geben mir Halt. Langsam formen sich seine Lippen zu einem Lächeln, seine Gesichtszüge werden weich. »Dass du sie glücklich machst, ist das Wichtigste.«

Ich atme aus, unsicher erwidere ich sein Lächeln.

Søren wendet sich Aiyana zu. »Ich hoffe, das bedeutet, dass du unsere Unterhaltung gestern Abend nicht vergessen hast.«

Sie presst die Lippen zusammen. »Habe ich nicht.« An der Hand zieht sie mich mit sich, zu dem gegenüberliegenden Sofa, auf dem wir uns niederlassen. »Wenn Soleya und ich wissen, was Sache ist und wie wir dem Kontinent helfen können, habe ich genug vom ewigen Kämpfen.« Sie beißt sich auf die Innenseite der Wange. »Leider ist da etwas, das dir nicht gefallen wird.«

Søren lehnt sich nach vorne, und sieht sie abwartend an.

Aiyana schnappt sich einen Keks aus der Schale, den sie in kleinen Bissen isst, ehe sie ihre Sprache wiederfindet. »Soleya hat herausgefunden, dass uns unser Weg nach Bellonna führt. In den Palast der vier Türme.«

Sørens Gesichtszüge entgleiten, mit geweiteten Augen starrt er Aiyana an. »Du kannst nicht –«

Sie verzieht keine Miene. »Ich kann und ich werde.«

Die Zeit fließt, wie zäher Sirup, während sie einander ein stummes Anstarrduell liefern.

Søren knickt als Erster ein, er senkt die Schultern. »Darf ich euch wenigstens nach Bellonna begleiten?«

Ein gequälter Ausdruck gleitet über Aiyanas Miene, sie scheint mit sich zu ringen, ehe sie zögerlich nickt. »Je mehr Rückendeckung wir haben, desto besser.« Ihre Worte klingen gepresst.

Sanft drücke ich ihre Hand, ein Teil der Anspannung verlässt ihre Züge.

Sie rückt auf die Sofakante, ganz die Rekrutin der Festung. »Dann ist es jetzt an der Zeit, uns einen Plan zu überlegen.«

Kapitel 22
Roter Schnee

»Als Kind habe ich die Yulekirmes geliebt«, flüstert Aiyana mir ins Ohr.

Wir stehen auf dem Glockenturm im Herzen Orchids und überblicken die von feinem Puderzucker bestäubte Stadt. Unter uns, auf dem Marktplatz, eilt die Einwohnerschaft Orchids umher. Marktstände, kleine Glücksspielbuden, ein Kettenkarussell und ein Riesenrad nehmen langsam Form an.

Aiyana hat von hinten ihre Arme um mich geschlungen, sodass ich ihren Herzschlag und ihre Muskeln spüre, die sich unter dem Stoff ihres Mantels abzeichnen. Ihr Vanilleduft und ihre Wärme hüllen mich ein. Ihre Nähe vernebelt meinen Verstand, was es mir schwer macht, ihren Worten zu folgen. »An meinem ersten Yule in Orchid bin ich zu krank gewesen.« Ihr leises Lachen kitzelt meine Haut. »In den zwei Jahren danach musste Søren mich auf seinen Schultern über die Kirmes tragen. Ich musste betteln, bis er nachgegeben hat und mit mir Riesenrad gefahren ist.«

Das entlockt mir ein Kichern. »Ich kann es mir bildlich vorstellen.«

Aiyana drückt mich enger an sich. Weiche Lippen streifen meinen Nacken, ein wohliger Schauder rinnt über meine Haut. »Ich kann es kaum erwarten, dir die Kirmes zu zeigen.« Die Aufregung in ihrer Stimme erinnert an ein kleines Mädchen, was mich schmunzeln lässt.

Zeitgleich macht Aiyanas Unbeschwertheit mir das Herz schwer. Ich drehe mich in ihren Armen um, sodass ich ihr ins Gesicht sehen kann, und lege eine Hand auf ihre Wange. »Die Yulekirmes wird das Letzte, was wir in Orchid erleben, bevor wir aufbrechen.« Meine Worte sind ein Flüstern. Als würde es sie weniger wahr machen, wenn ich sie nicht laut ausspreche.

Yule steht vor der Tür und bittet um Einlass. Nächste Woche werden wir nach Bellonna aufbrechen.

Die letzten eineinviertel Monde, die ich in Orchid verbracht habe, kommen mir vor wie ein Wimpernschlag. Bei meiner Ankunft hat sich die Stadt aus der Umarmung des Herbstes gelöst, jetzt hat der Kuss des Wintereinbruchs sie in den Schlaf gewogen. Eineinviertel Monde sind keine lange Zeit, dennoch ist mir die Orchideenstadt mehr ein Zuhause geworden als es der Palast oder die Festung je gewesen ist. Aiyana hat mir ihre Lieblingsplätze gezeigt, ich habe Khione im Garten geholfen und die einzige Stadt erkundet, die zur selben Zeit nach Schnee und Orchideen duften kann.

Wann immer die Witterung es zugelassen hat, haben Aiyana und ich unsere Drachen besucht. Im Schutz der Nacht haben wir Orchid, der Ausgangssperre zum Trotz, verlassen und sind auf ihren Rücken zwischen silbernen Sternen hindurch geglitten.

Ausgeruht haben wir uns dennoch nicht. Søren, Aiyana und ich haben beschlossen, dass der Yuleball die beste Gelegenheit ist, um unbemerkt über die Grenze Bellonnas, in den Palast der vier Türme, zu schleichen. Jeden Abend haben wir im Wohnzimmer gesessen und eine Karte für unseren Weg gezeichnet. Zahlreiche Löcher zieren den Plan. Dafür, sie zu stopfen, fehlen uns wertvolle Informationen.

Aiyana schmiegt ihre Wange in meine Handfläche. »Es gibt jedes Jahr eine Yulekirmes«, sagt sie mit bröckelnder Stimme.

Mit der freien Hand zupfe ich Schneeflocken aus ihrem Haar, die sich wie funkelnde Diamanten in den rauchschwarzen Strähnen verfangen haben. »Und einen Yuleball.«

»Dieser Yuleball ist unsere beste Chance«, erwidert sie, ein Funke Hoffnung glimmt in ihren Augen auf. »Auf unserer nächsten gemeinsamen Yulekirmes wird sich alles verändert haben.«

Ich beuge mich nach vorne, die glitzernden schneeweißen Wolken, die aus unseren leicht geöffneten Lippen strömen, vermischen sich. »Danke, dass du mich begleitest«, flüstere ich nah an ihren Lippen. »Und mir Hoffnung auf eine nächste Yulekirmes, auf eine Zukunft, machst.«

»Immer«, flüstert sie, überbrückt die Distanz zwischen uns und legt ihre Lippen auf meine. Wohlige Wärme steigt in mir auf und vertreibt die Kälte des Winters. Ich schlinge meine Arme um ihren Nacken, erwidere den Kuss, und lasse mich in den Sturm der Gefühle fallen, den Aiyanas Nähe in mir auslöst.

Was zwischen uns ist, haben wir nicht ausgesprochen. Zu neu und aufregend ist das feine Band, welches der Zufall zwischen uns geknüpft hat. In stillem Einverständnis lassen wir uns Zeit. Damit, dem Gefühl, das sich wie ein warmer Sonnentag im Winter anfühlt, einen Namen zu geben und damit, weiterzugehen als uns zu küssen oder in den Armen der jeweils anderen zu liegen. Aiyanas Wunsch, mit einem *Mehr* zu warten, erfülle ich gerne, Hauptsache, sie fühlt sich sicher bei mir. Die Gewissheit, dass sie mich festhält, egal auf welchen Pfad mich die Gottheiten führen, genügt, mir Hoffnung zu schenken, dass unser Plan aufgeht, und, dass hinter den Regenwolken eine gemeinsame Zukunft auf uns wartet.

Die Blase, die wir uns erschaffen haben, wird durch Hufgetrappel, gefolgt von einem lauten Scheppern und angsterfüllten Schreien in Stücke gerissen.

Wir fahren auseinander, ich stolpere rückwärts, und umklammere mit steifen Fingern die Brüstung der Aussichtsplattform.

Eine Formation aus Reitern, deren kupferne Uniformen und Masken sich vom Winterhimmel abheben, stürmt auf den Marktplatz.

»Die königliche Garde –«

Was immer Aiyana sagen möchte, verliert sich in aufgebrachten Schreien. Die Menge auf dem Marktplatz strömt, einem Fischschwarm gleich, auseinander, um der Garde Platz zu machen. Gardistinnen und Gardisten der Stadtwache kämpfen sich an den Umherstehenden vorbei, vereinzelt blitzen Waffen in der Menge auf.

»Wir müssen nach unten, sofort!«, ruft Aiyana. Ohne Vorwarnung packt sie mich beim Ärmel meines Mantels. Ich stolpere hinter ihr her, über die Aussichtsplattform, die vereisten Stufen herunter, bis vor die Tür des Glockenturms. Meine Lungen fangen Feuer, meine Beine fühlen sich an, als wollten sie wie das Eis zu meinen Stiefelsohlen zerfließen. Stehenbleiben ist keine Option. Ich kämpfe mich weiter.

Eisiger Wind schlägt uns entgegen. Außer Atem kommen Aiyana und ich, an die Wand des Glockenturms gepresst, draußen zum Stehen. Sie schiebt sich schützend vor mich, tastet unter ihrem Mantel nach etwas, und stößt einen leisen Fluch aus. Ich weiß, dass sie nur den Dolch, welchen ihr Vater ihr geschenkt hat, bei sich trägt. In einem Kampf möchte sie das Symbolstück ungern nutzen.

Der Dolch aller Welten und die drei Bücher wiegen schwer in der Innenseite meines Mantels. Keine brauchbaren Waffen, und die königliche Garde darf sie nicht sehen. Khione hat mich angeleitet, sie stets bei mir zu tragen. Daraufhin habe ich den Mantel, den sie mir geschenkt hat, umgenäht und ihn mit geräumigen Innentaschen versehen.

Es läuft mir eiskalt den Rücken hinunter. Wir sind unbewaffnet, ich bin in einem Kampf obendrein nutzlos, und unsere Magie gegenüber der königlichen Garde zu offenbaren, wäre unser sicherer Tod.

Die königliche Garde hat sich in Formation aufgestellt. Rauchwolken gleich strömt eisiger Atem aus den Nüstern der Pferde, die kupferne Rüstungen tragen.

Ein angespanntes Summen geht durch die Menge. Mitglieder der Stadtwache versuchen, sie zurückzudrängen, und vor der Garde abzuschirmen.

»Bürgertum Orchids«, hallt eine weibliche Stimme über den Marktplatz. Sie gehört einer Gardistin, die an der Spitze der Menge auf ihrem Pferd sitzt. Hinter der Maske sehe ich nur ihre tiefschwarzen Augen. Habe ich die Masken Bellonnas früher schön gefunden, treibt ihr Anblick nun Wellen der Angst durch meine Adern. »Sicher wisst ihr, dass unsere Majestät Königin Aleydis Vaewing ihre Armee vergrößern muss.« Ihre Stimme schwebt auf den Schwingen des Winterwinds über das Dorf und lässt selbst die ewigen Orchideen erkalten. »*Wir* wissen aus Erfahrung, dass einige Familien ihre Kinder nicht freiwillig an uns übergeben und dass es in jeder Stadt Verräter und Geheimnisse gibt.« Sie kramt ein Pergamentstück aus der Innenseite ihrer Uniformjacke. »Das ist ein Durchsuchungsbefehl für alle Häuser Orchids.«

Das Summen der Menge wird lauter, als drohten Gewitterwolken, sich über Orchid zu entladen.

»Das könnt ihr nicht machen!«

»Unsere Kinder werden niemals eine Chance gegen Drachen haben!«

»Lieber sterben wir, als sie euch auszuliefern!«

Einige Personen stürmen nach vorne. Sofort sind Mitglieder der Stadtwache da, um sie festzuhalten oder zurückzudrängen.

»Lasst mich durch!«, übertönt eine Stimme die Rufe.

Die Menge teilt sich wie ein Fluss, der um einen Stein herumfließt, und spuckt einen Mann aus, der in seinem weißen Mantel mit den Schneeflocken verschmilzt. Sein schwarzes Haar ist zu einem Knoten im Nacken gebunden, die harten Gesichtszüge gleichen einer Marmorstatue. Vor der Gardistin und ihrem Pferd bleibt er stehen.

Stille senkt sich, einer Glasglocke gleich, über den Marktplatz. Als hätte die Menge den Atem angehalten.

Das Herz klopft mir bis zum Hals. Aiyanas und meine Finger finden sich, Halt suchend drücke ich ihre Hand.

»Bürgermeister Ydras.« Der Tonfall der Gardistin trieft vor Spott, als betrachte sie ein lästiges Insekt. »Sie haben doch sicher nichts gegen den Befehl unserer Majestät einzuwenden.«

Ydras knickt unter ihren Worten nicht ein. »Ihr seid vor zwei Monden in Orchid gewesen und habt mehr Kinder mitgenommen, als wir entbehren konnten.«

»Es sind nicht genug gewesen«, gibt die Gardistin zurück. »Die Auflagen haben sich geändert.«

»Die Auflagen –« Ein kühles Lachen dringt über Ydras' Lippen. »Wenn ihr unsere Kinder für eure Armee einzieht, wieso hat keines von ihnen seinen Eltern geschrieben? Diejenigen unter uns, die Verwandtschaft in Bellonna haben, erhalten regelmäßig Briefe. Es gibt kein offizielles Kontaktverbot.«

Die Hand der Gardistin schnellt zu ihrem Schwert. »Das kann ich dir nicht beantworten. Wir sind nur hierhergekommen, um neue Ware einzusammeln.«

»Ware –« Das Wort spuckt er aus. In seinen walnussbraunen Augen tobt ein Sturm. »Der Angriff auf die Reisegesellschaft ist ein herber Rückschlag gewesen.«

Seine Worte treiben Rauch in meine Lungen. Ich umklammere Aiyanas Hand mit eisernem Griff.

»Für das ganze Vier-Länder-Bündnis.« Seine dunklen Augenbrauen ziehen sich zusammen. »Seit drei Monden zieht die Königin Kinder für ihre Armee ein. Keins davon ist älter als vierzehn gewesen – das sind Kinder, die ihre Unbeschwertheit genießen sollten, keine Soldatinnen und Soldaten. Zum Kämpfen haben sie später im Leben genug Gelegenheit. Wieso wollt ihr unsere Kinder, wieso noch mehr davon, statt ausgebildete Mitglieder der Stadtwache, die bereits kämpfen können? Und wieso hat niemand etwas von dieser Armee gehört oder gesehen, nachdem die Kinder mitgenommen worden sind?«

Ein Schatten löst sich aus der Menge. »Meine Schwester arbeitet als Köchin im Palast!«, ruft eine schrille Frauenstimme. Mit Zähnen und Klauen wehrt sie sich gegen die Gardistin der Stadtwache, die versucht, sie festzuhalten. »Sie schreibt mir regelmäßig, und hat in ihren Briefen Kinder erwähnt, die in den Palast gebracht werden.« Die Gardistin presst ihr eine Hand vor den Mund. In einer fließenden Bewegung hebt die Frau ihr Bein zum Tritt, der hohe Absatz ihres Stiefels trifft das Schienbein der Gardistin unvorbereitet. Sie löst ihren Klammergriff, die Frau stolpert nach vorne in den Schnee. Auf allen vieren kriecht sie an Ydras' Seite. Neben ihm angekommen, stemmt sie sich schwer atmend in die Höhe. »Und Kinderleichen, die aus dem Palast hinausgetragen werden, ihre Haut war –«

Was immer sie sagen wollte, endet in einem Zischen, das die Luft zerteilt. Der Pfeil durchdringt ihr rechtes Auge.

Ich beiße mir auf die Zunge, unterdrücke einen Schrei und konzentriere mich auf Aiyanas Arm, der meine Schultern umschlingt, und mich an sich zieht. Beißende Kälte frisst sich durch meine Haut und schabt an meinen Knochen, bis ich mich fühle wie betäubt.

Die Brust der Frau erstarrt in einem letzten Atemzug, sie schwankt, rutscht auf dem vereisten Boden aus.

Ydras fängt sie auf. Als sei sie seine Tochter, die er zu Bett bringen möchte, legt er sie in den Schnee und schließt behutsam ihren Mund. Seine Augen lässt er nicht von der Gardistin. Wut verzerrt seine steinerne Maske. »Ihr schießt auf eine Zivilistin?« Seine Stimme bebt.

»Verräterinnen gegenüber der Krone gehören beseitigt«, antwortet die Gardistin tonlos. Ihre Hand, die den Schwertgriff umschlossen hält, zuckt. Jederzeit bereit, den tödlichen Stahl zu ziehen.

»Was, wenn sie die Wahrheit gesagt hat?«

»Die Königin bekommt unsere Kinder nicht!«

»Unschuldige sollten nicht für die Krone sterben müssen!«

Das Raunen der Menge schwillt zu einem Donnern an, das sich explosionsartig in einem tosenden Gewitter entlädt. Sturmfronten gleich prallen die königliche Garde, die Stadtwache und alle, die eine Waffe bei sich tragen, aufeinander. Geschrei, Befehle, das Surren von Pfeilen und das Klirren von Schwertern tönen mir in den Ohren.

Der Schnee wird zu waberndem Rauch, dessen ätzender Gestank mir in die Nase sticht. Tränen schießen mir in die Augen. Irgendjemand hält mich fest. Mit einem Ruck reiße ich mich los. Mein Herz hämmert unsanft gegen meine Rippen. Ich weiche zurück, stoße gegen eine unnachgiebige Wand, und beginne, am ganzen Leib zu zittern.

Jemand greift nach meinem Blusenärmel. Fernes Wispern streift meine Ohren, ohne dass ich einzelne Worte ausmache. Zu laut rauscht das Blut in meinen Ohren. Ein zweites Mal versuche ich, mich loszureißen, diesmal erfolglos.

Ich beiße die Zähne zusammen, will die Tränen zurückdrängen.

»Soleya, komm zurück.« Warmer Atem, nah an meinem Ohr. Worte, gesprochen in einer vertrauten Stimme.

Der Tränenschleier lichtet sich, ich verliere mich in vertrauten honigbraunen Augen. Die Erinnerungen lassen von mir ab, das Eis in meinen Gliedern bleibt. »Aiyana … ich …«

»Wir müssen verschwinden«, fällt sie mir eindringlich ins Wort.

Das Klirren der Waffen, das Brüllen der Menge und ihre Schmerzensschreie tönen mir in den Ohren. Mein Blick zuckt zu der Menge auf dem Marktplatz. Einige fliehen in die Gassen, Mitglieder der Garde schneiden ihnen den Weg ab. Eine Gardistin wird von einem Mitglied der Stadtwache aus dem Sattel ihres Pferdes gerissen. Das Tier steigt, legt seine Ohren eng an den Kopf und trampelt die Frau tot, als es auf die Nebenstraßen zustürmt. Personen weichen dem Pferd aus, silberne Waffen blitzen auf, der Schnee färbt sich im tiefen Blutrot eines hereinbrechenden Abends.

»Sofort!« Aiyana umfasst mein Handgelenk. Ohne eine Antwort abzuwarten, zieht sie mich mit sich, durch die vereisten Straßen.

Wir stürmen die Gassen entlang. Gleißender Schmerz breitet sich von meinen Lungen in meiner Brust aus. Ich bleibe nicht stehen.

Über die vereisten Straßen schlitternde Schritte nähern sich uns. Ein Mann in den Uniformen der Stadtwache läuft aus einer Seitengasse auf uns zu. Er rammt mir seine Schulter in die Seite, Aiyanas Handgelenk entgleitet mir. Er zückt einen Dolch, die Klinge nähert sich meinem Arm. Ich stoße einen spitzen Schrei aus.

In einer fließenden Bewegung zieht Aiyana den Dolch ihres Vaters, und schlitzt dem Mann die Kehle auf. Er sinkt röchelnd neben mir zu Boden, seine Klinge gleitet ihm aus der Hand.

Aiyana legt mir eine Hand auf den unteren Rücken.

Stoßweise atmend lehne ich mich in ihre Berührung. Meinen Fokus richte ich auf ihre Wärme, nicht auf den Mann, der gerade röchelnd an seinem eigenen Blut erstickt. »Nicht die gesamte Stadtwache ist auf der Seite ihrer Stadt«, keuche ich.

»Es sollte keine Seiten geben«, knurrt Aiyana, ehe wir weiter stürmen. Meine Beine fangen Feuer, das ich zu ignorieren versuche. Wir müssen fort, in den Schutz der Gassen, in welche die Meute nicht vorgedrungen ist.

Wir biegen um die nächste Ecke. Da flackert in meinem Sichtfeld gleißendes Feuerrot auf. Ich zwinge mich, durch den Mund zu atmen. Dem Rauch, der meine Lungen gewaltsam um Einlass bittet, zu entkommen.

Aiyana bleibt so plötzlich stehen, dass ich beinahe mit ihr zusammenstoße. Nebel liegt über ihren Augen, sie presst ihren Kiefer fest zusammen, kämpft gegen die angestauten Tränen an. »Sie können nicht –«

Ich greife nach dem Ärmel ihres Mantels. »Weiter!« Sie wehrt sich nicht, als ich sie hinter mir herziehe.

Scharfen Zähnen eines Drachen gleich, frisst sich das Feuer durch die Straßen. Jahrhunderte alte Orchideen färben sich in tiefem Schwarz und steigen als Asche zum Winterhimmel empor. Dampfwolken formen sich über den Kanälen, erschweren uns die Sicht.

Wir kämpfen uns weiter vorwärts, die Hände fest miteinander verschlungen, ohne ein Ziel.

Das Knirschen des Schnees ist die einzige Vorwarnung, die ich bekomme.

Eine Gardistin taucht aus dem Rauch auf und packt Aiyana bei den Schultern. Die azurblauen Augen hinter der Maske schimmern mordlustig. »Wohin könnten zwei kleine Mädchen fliehen wollen?« Sie greift nach dem Dolch an ihrem Gürtel.

Gleißende Wut frisst sich durch meine Adern. In meiner Brust ballen sich Schatten zusammen, die nach außen dringen, auf der Suche nach ihresgleichen. Schwarze Ranken durchbrechen das Kopfsteinpflaster und die Eisschicht, packen die Gardistin bei den Fußgelenken, und bringen sie zu Fall.

Ich stürze nach vorne, greife nach Aiyanas Arm, bevor sie fällt, und zerre sie weiter.

»Jetzt weiß sie, dass …«, bringe ich heraus.

Aiyana schüttelt mit schmerzverzerrter Miene den Kopf. »Wenn wir Glück haben, erstickt sie im Rauch.«

Worte, gesprochen als seien sie selbstverständlich. Eine Scherbe in meinem Herzen.

Wir biegen um eine Kurve, die Gasse wird breiter, das verzweifelte Plätschern der Kanäle lauter.

»Wohin –«

Meine Worte bleiben mir in der Kehle stecken. Eine Gestalt löst sich aus dem Rauch. Instinktiv taste ich meine Umgebung nach Schatten ab. Das Kribbeln meiner Fingerspitzen versichert mir, dass sie an meiner Seite sind. Finstere Wolken steigen zu meinen Füßen auf.

»Nicht!«, ruft Aiyana.

Ich dränge die Schatten mit aller Kraft zurück. Sie drohen, überzusprudeln. Ein dunkler Wasserfall in meiner Brust, den ich nicht aufhalten kann …

Da erkenne ich die harten Gesichtszüge und die sandblonden Haare des Mannes, der auf uns zukommt, und die Schatten verlassen mich so plötzlich, wie sie gekommen sind.

»Aiyana!«, ruft Søren unter japsenden Atemzügen.

Erleichterung blitzt in Aiyanas Augen auf, ehe ein Schatten der Furcht sie schlagartig trübt. »Wohin läufst du? Unser Haus ist in der anderen Richtung!«

Søren packt sie am Ärmel ihres Mantels, in seinen Augen stehen Tränen. »Ihr müsst aus der Stadt verschwinden!«

Aiyana reißt sich mit einem Ruck von Søren und mir los. Sie ist um die nächste Ecke gerannt, bevor wir sie aufhalten können.

Ein finsterer Gedanke schleicht sich in meinen Verstand, ich laufe Aiyana mit einiger Verspätung hinterher. Ihr Haar verschmilzt mit dem Rauch, ich stürme blind weiter. Sørens Schritte und das Prasseln des Feuers hinter mir.

Da zerreißt ein Schrei die Rauchschwaden, sie fließen auseinander und geben meinen Blick auf Aiyana frei.

Etwas in mir zerspringt zu tausend Scherben, die sich in meine Eingeweide bohren.

Ich weiß, wohin Aiyana uns geführt hat.

Zu spät.

Die Straße, in der sie den glücklichen Teil ihrer Kindheit verbracht hat, steht in Flammen. Ein rotgoldenes Gefängnis, das sich uns nähert.

Aiynas Gesicht ist schmerzverzerrt, ihre Muskeln zittern vor Anspannung. Blut rinnt aus ihrem Mundwinkel.

In der Ferne erklingt ein Brüllen, das mir durch Mark und Bein geht.

Da begreife ich. Sie versucht, das Feuer mit ihrer Telekinese zurückzudrängen, wie sie es mit dem Rauch gemacht hat.

Meine Starre löst sich, ich renne an ihre Seite und packe sie bei den Schultern. Ein Zucken geht durch ihren Körper, ihre Konzentration reißt entzwei, und der Blutfluss stoppt.

»Nein!«, schreit sie. »Lass mich los!« Sie versetzt mir einen Stoß. Alle Luft weicht aus meinen Lungen. Ich taumle einen Schritt nach hinten und bin gezwungen, sie loszulassen.

Mit schmerzverzerrtem Gesicht fixiert Aiyana Søren. »War sie zuhause, als das Feuer ausgebrochen ist?«

»Ich weiß es nicht.« Seine Stimme klingt kraftlos. »Ich bin auch auf dem Weg zu ihr gewesen.« Er schnellt nach vorne und packt sie bei den Schultern. »Die Straßen stehen in Flammen, Aiyana, wir können nicht nachsehen.«

Als hätte irgendjemand ihr Flehen erhört, beginnen erste Schneeflocken, sich aus den Wolken über uns zu lösen. Aiyana starrt sie mit goldenen Flammen in den Augen an, als wolle sie den Schnee anleiten, schneller zu fallen.

Die Flammen beginnen, herunterzubrennen. Langsam weichen sie weißem Qualm.

Aiyana und Søren wechseln einen Blick, dann laufen sie nach vorne.

Ich folge ihnen wie ein Schatten durch das Aschemeer. Sie tragen Masken aus Schmerz, mich nehmen sie nicht wahr, als seien sie unter Wasser und ich an der Oberfläche. Die Gewissheit, dass ich sie nicht hinaufziehen kann, schnürt mir die Brust ab.

Mit jedem Schritt, jedem Knirschen zu meinen Füßen, strömt mehr Rauch in meine Lungen. Er wabert durch meine Adern, ein betäubendes Gefühl nimmt mich ein.

Wir gehen um die letzte Ecke, steigen über Schutt und waten durch Asche.

Das Bild, das sich mir bietet, verdunkelt die ersten Sonnenstrahlen, die den Qualm durchbrechen.

Aiyanas Kindheitshaus ist der Asche erlegen, und unter der Wucht des Feuers in sich zusammengefallen. Das Schluchzen, das aus den Tiefen ihrer Kehle nach oben kriecht, erschüttert die Welt. Sie stürmt nach vorne, bevor Søren, der mit schockgeweiteten Augen die Trümmer anstarrt, sie aufhalten kann. Hektisch blickt sie sich um, als suche sie nach einem Hauch von Leben. Ihr Blick bleibt an etwas haften. Als seien ihre Glieder wie der Schnee zu ihren Füßen geschmolzen, fällt sie auf die Knie.

Sørens Starre löst sich, in wenigen Schritten ist er an ihrer Seite.

Zögern nähere ich mich ihnen. Mein Herz droht, meine Brust zu sprengen. Sonnenstrahlen zerreißen die Schneewolken und fallen auf eine bleiche, schlaffe Hand, die unter den Trümmern hervorlugt.

Meine Sicht verschwimmt. Khiones warmes Lächeln flackert inmitten der Tränen auf. Funken lodern in ihren kühlen Augen auf, breiten sich auf ihrem Gesicht aus, und schälen ihre Haut von den Knochen. Ich blinzle die Tränen fort, starre die Hand an, als warte ich auf eine Regung … auf Leben.

»Sie hat versucht, sich an die Oberfläche zu graben«, schluchzt Aiyana. »Wie damals … wie mein Vater … wieso sind wir nicht bei ihr geblieben?«

Søren zieht sie in seine Arme. »Sie hat gekämpft«, haucht er in ihre Haare. »Bis zum bitteren Ende.«

Aiyana reißt sich von ihm los. Flammen lodern hinter den Tränen in ihren Augen auf und brennen die Schatten der Verzweiflung aus ihren Zügen. »Das wird die Königin mir büßen.« Mit jedem Wort wird ihre Stimme lauter. »Sie. Wird. Es. Mir. Büßen. Habt ihr das verstanden?« Ihr Blick fliegt zum Himmel, wo Qualm und Schneewolken um die Vorherrschaft kämpfen. »Hast du das verstanden, Aleydis?« Ihr Schrei hallt in meinen Ohren nach. Dann zerfällt sie in ihr Schluchzen und klammert sich an Søren fest, der mit bleichem Gesicht Khiones Hand anstarrt. Als warte er auf eine Regung, die nicht kommen wird.

Khiones Leben ist zu Asche zerfallen wie die Orchidee, die zu ihren Fingerspitzen aus dem Boden gesprossen ist.

Ich hocke mich neben Aiyana, sanft lege ich ihr eine Hand auf die Schulter. Sie windet sich in Sørens Armen, schlingt die Arme um meinen Nacken, und weint hoffnungslose Tränen in meinen Mantel. Ihr Schluchzen zerschlägt die Welt in tausend Scherben. Die Gewissheit, dass sie nie wieder ganz sein wird, brennt sich in meinem Herzen ein.

Kapitel 23
Die Welt steht still

Gehüllt in einen Mantel aus Schatten haben Søren, Aiyana und ich uns aus der zerstörten Stadt geschlichen. Die Magie hat gedroht, mir zu entgleiten, mit aller Kraft habe ich sie festgehalten. Uns durch die Trümmer navigiert, vorbei an verlorenen Erinnerungen. An den Personen, die mit vor Hass und Verzweiflung verzerrten Zügen durch die Straßen gelaufen sind.

Jetzt sitzen wir in der Grotte, in der Camai und Neriss seit unserer Ankunft in Orchid hausen.

Aiyanas Tränen sind versiegt. Sie hat ihren Kopf auf meinem Schoß gebettet und sich wie ein kleines Mädchen zusammengerollt. Ihr zitternder Körper ist eng an meinen geschmiegt.

Abwesend streiche ich ihr durch das von Schnee und Asche benetzte Haar. Zwischendurch hauche ich einen Kuss auf die wirren Strähnen. Ziehe sie enger an mich. Ich wünschte, ich könnte ihr gebrochenes Herz heilen oder wenigstens beruhigende Worte finden. Jede Silbe, die ich zu formen versuche, schmilzt in meinem Mund. Taubheit hält mich in frostigem Griff.

Søren sitzt uns mit starrer Miene gegenüber, die Knie an den Körper gezogen, und die scharfen Wangenknochen von Tränenspuren geziert.

Neriss‘ warmer Atem durchdringt meinen Mantel, streichelt meine Haut. Berührt mich nicht. In meinem Inneren herrscht ewige Kälte.

Camai liegt in einer Ecke der Grotte. Zwischendurch zittert der massige Drachenkörper unter abgehackten Atemzügen. Schneeweißes Drachenblut verklebt das Drachenmaul und die Schuppen am Bauch sind von einer Wunde zerfetzt. Aiyanas Magieausbruch und ihr jetziger Anblick müssen ihren Drachen geschwächt haben. Ich fühle mich zu taub, um Mitleid zu haben oder infrage zu stellen, was die Festung den Drachen antut … was *Aiyana* Camai in ihrer Verzweiflung angetan hat.

Unsere Welt ist stehengeblieben.

Draußen dreht sie sich weiter. Der Gestank von Asche, Blut und Eisen, den der Meereswind zu uns heranträgt, wird schwächer. Die untergehende Sonne taucht das Blutmeer in einen Lichtschimmer, der seinem Namen gerecht wird. Reichlich spät findet die Nacht Einzug in der Welt. In unseren Herzen hat sie ihre scharfen Klauen längst vergraben.

***

Sanfte Finger berühren mich an der Schulter. »Wach auf.« Getrieben von warmem Atem, der nach Vanille duftet, gleiten die Worte in meinen Verstand.

Ächzend öffne ich die Augen, und schnappe nach Luft, als ich in Aiyanas Augen blicke, in denen Mondlichtstrahlen brechen. Ihr Gesicht ist wenige Zentimeter von meinem entfernt, die Tränenspuren sind getrocknet, und eine grimmige Entschlossenheit formt ihre Züge.

»Was?«, stammle ich. Mit den Daumen massiere ich mir die Schläfen, um meinen schlaftrunkenen Verstand aufzuwecken. »Wir sind eingeschlafen?«

Aiyana legt einen Finger an die Lippen. Sie beugt sich näher zu mir, jedes ihrer Worte hallt auf meinen Lippen nach. »Wir haben wenige Sonnenlängen geschlafen. Jetzt ist es Zeit, aufzubrechen, solange die Nacht uns verbirgt.«

Ihre Worte treffen mich wie ein Schwall kaltes Wasser. »Aufbrechen?«

Hektisch schaut sie über die Schulter.

Ich folge ihrem Blick. Søren liegt halb aufrecht, an die Grottenwand gelehnt. Seine Brust hebt sich unter gleichmäßigen Atemzügen, hinter seinen geschlossenen Lidern zuckt es.

Die Puzzleteile fügen sich zusammen. Ich greife nach ihrem Handgelenk und bringe sie dazu, mich anzusehen. »Du willst ihn nicht mitnehmen«, raune ich ihr zu, und muss alle Mühe aufbringen, nicht die Stimme zu heben. »Was hast du vor?«

»Was wohl?« Ihr Kiefer knirscht, als sie ihn anspannt. »Wir müssen unseren Plan durchziehen. Jetzt mehr denn je.« Ihre Stimme bricht, Aiyana fällt ein wenig in sich zusammen. »Für meine Großmutter … und für mein Zuhause … für alle, die gestern gestorben sind.«

Zärtlich berühre ich ihre Wange. »Wir wollen nicht nach Bellonna, um gegen die Königin in den Kampf zu ziehen.« Die Worte schmecken faulig.

Die Königin ist nicht unsere Feindin … oder?

Ihre Garde hat Orchid zerstört. Die Festung hat die Tochter der Königin getötet. Beide Seiten haben unschuldige Kinder entführt und sie zum Tode verdammt.

»Die Wahrheit zu finden, ist ein erster Schritt«, gibt sie bissig zurück.

Ich erschaudere. Wage nicht, meine Gedanken mit ihr zu teilen. In diesem Augenblick lodert alles verzehrendes Feuer in Aiyanas Augen, und ich weiß, es wird erst erlöschen, wenn sie bekommen hat, wonach sie sich sehnt: Rache.

»Der Yuleball bleibt unsere beste Chance«, füge ich mit belegter Stimme hinzu. »Søren …«

»… möchte ich nicht in der Nähe von Aleydis Vaewing wissen«, fällt sie mir ins Wort. »Camai bleibt bei ihm, bis sie*er sich erholt hat. Ich habe gestern zu viel Magie aus Camais Magiespeicher gezogen, sie*er ist geschwächt.« Sie beißt sich auf die Unterlippe. »Camai wird Søren alles erklären.« Ein Schatten Traurigkeit huscht über ihr Gesicht. »Dich würde ich am liebsten auch nicht in die Nähe dieser Frau lassen … oder in Larentias«, fügt sie leiser hinzu, und ich erhasche einen Blick auf das Mädchen hinter der Festung aus Wut.

Mit dem Daumen streichle ich ihre Wange, ihren Kiefer und berühre sanft ihre Lippen. Wohlwissend, dass ich nicht genug bin, um ihre Festung einzureißen. Mein Herz krampft sich zusammen. Hoffentlich wird die Zeit Abhilfe leisten. »Ich bin essenziell für den Plan.« Ich ringe mir ein Lächeln ab. »Und ich lasse dich nicht allein, Aiyana.«

Für den Bruchteil einer Sekunde streichen ihre Lippen über meine. Am liebsten möchte ich mich in die warmen Funken fallenlassen, die in mir aufsteigen. Vergessen, was gestern geschehen ist und was vor uns liegt.

Sie löst sich von mir. »Danke, dass du bei mir bist«, flüstert sie gegen meine Lippen, ihre Stirn sinkt gegen meine.

Ich kann nur hoffen, dass es genug ist, ihr zur Seite zu stehen.

Ich darf nicht zulassen, dass sich Aiyana in ihrer Wut verliert. Es ist an mir, ihr Anker zu sein.

Kapitel 24
Yule

Die frühe Abenddämmerung setzt den Himmel über dem Goldwald in Flammen. An einen goldenen Baumstamm gepresst, beobachte ich die bunten Zeltdächer auf der kahlen Winterlichtung hinter dem Dickicht. Stimmengewirr wird vom Winterwind an meine Ohren getragen. Ein aufgeregtes Durcheinanderreden junger Frauen, die sich auf ihren ersten Besuch im Palast der vier Türme freuen.

Meine Brust fühlt sich eng an. Als der Herbst vor den Toren des Goldwaldes gestanden hat, bin ich eine von ihnen gewesen.

Jetzt stehe ich in einem kahlen Winterwald, der unter einer dichten Schneedecke schlummert. Das hoffnungsvolle Mädchen ist mit dem Herbst von Dannen gezogen.

Ich linse zu Aiyana, die sich weiter vorne, zwischen zwei kahlen Wachholderbüschen, versteckt hält. Ihr rauchschwarzes Haar weht in der kühlen Brise, und sie beobachtet das Lager der Mädchen, auf ein Zeichen wartend.

Mir wird leichter ums Herz. Ohne die Vorkommnisse der letzten Monde hätten Aiyana und ich einander nicht gefunden.

Die vergangenen Tage sind rasch an uns vorbeigezogen. Nach unserem Aufbruch aus der Grotte bei Nacht und Nebel, sind wir auf Neriss‘

Rücken bis Saum des Goldwaldes geglitten. Höhlen im Wald haben uns Wasser, Nahrung und Schutz vor der Kälte geboten.

Bisher ist Camai nicht aufgetaucht. Wie es Søren nach unserem Aufbruch ergangen ist, wissen wir nicht.

Mit jedem verstreichenden Tag werden die Schatten über Aiyanas Miene tiefer.

Tagsüber sind wir unseren Plan durchgegangen. Nachts habe ich Aiyana in den Armen gehalten, während sie sich in Tränen aufgelöst hat. Wenn sie aus Albträumen aufgeschreckt ist, habe ich über sie gewacht, bis sie einen zweiten Sprung in das Land der Träume gewagt hat. Dass sie meine Nähe zulässt, erfüllt mich mit einem warmen Gefühl. Es bleibt ein einzelner Sonnenstrahl, der die Wolken, die einen Sturm ankündigen, nicht durchbricht. Khiones Tod und Orchids Zerstörung haben den letzten Rest Kindlichkeit aus Aiyanas Zügen gebrannt, ihre Gesichtszüge sind härter, und ihr Lächeln rar.

Ehe wir uns versehen haben, hat unser Plan auf seine Umsetzung gewartet. Morgen findet der Yuleball statt. Neriss hält sich in einer Höhle versteckt. Wir haben den Goldwald nach einer Möglichkeit abgesucht, nach Bellonna zu gelangen.

Seit zwei Tagen verfolgen wir die Mädchen. Tänzerinnen, die auf dem Yuleball einen großen Auftritt haben.

Zwei Mädchen lösen sich aus der Gruppe, die um ein knisterndes Lagerfeuer versammelt sitzt. Die Hände ineinander verschlungen, die Schritte federnd, ziehen sie sich in den Schutz des Dickichts zurück. Vermutlich mit dem Wunsch nach einem Hauch Zweisamkeit, bevor die Nacht sie zwingt, in ihre Zelte zurückzukehren.

Aiyana nickt mir flüchtig zu.

Ich taste nach den Schatten um mich herum, darauf bedacht, nicht zu viel Energie in mir aufzunehmen. Sie fließen zu meinen Füßen zusammen, ein vertrautes Kribbeln durchfährt mich, als sammeln sie sich in meinem Inneren. Behutsam lasse ich sie frei, sie fließen über den Waldboden, in Richtung der zwei Mädchen. Dichter Nebel steigt zu meiner Rechten auf, hüllt die Schatten der Mädchen, nach denen ich meine Sinne ausrichte, ein. Erstickte Laute ertönen.

Aiyana schleicht sich aus dem Dickicht. Ich lockere meinen Griff um die Schatten. Wo immer Aiyana hintritt, teilen sie sich.

Die Schatten verhüllen mir die Sicht auf Aiyana und die Mädchen. Ein Keuchen. Die erste Note eines Schreis, die so schnell verklingt, wie sie gekommen ist. Nichts mehr.

Ich atme aus, rufe die Schatten zurück. Widerwillig zerfasern sie, und fließen an ihre rechtmäßigen Plätze. Als sich der finstere Vorhang gelichtet hat, erkenne ich Aiyana, die sich über die beiden Mädchen beugt.

In zügigen Schritten bin ich an ihrer Seite. Sie hockt vor den beiden Mädchen. Mit geschickten Fingern löst sie die Maske des dunkelhaarigen Mädchens von ihrem Gesicht, das im Abendlicht wächsern aussieht.

Eine Faust umschließt meinen Magen, eilig senke ich den Kopf.

»Wenn du mir hilfst, geht es schneller«, sagt Aiyana mit sanfter Stimme. »Dann ist das Risiko, dass sie erfrieren, geringer …«

Der Kloß in meiner Kehle wird zu schneidendem Eis, als ich ihn herunterschlucke. Zittrig lasse ich mich neben Aiyana im Schnee nieder. Meine Finger rutschen mehrmals ab, ehe ich das Band zu fassen bekomme, das die Maske des blonden Mädchens auf ihrem Gesicht hält. Ungelenk löse ich den Knoten, hinter der weißen Marmormaske mit kristallenen Blumenranken kommt ein wächsernes Gesicht zum Vorschein. Aus den vollen Lippen strömen kleine Atemwolken. Das einzige Anzeichen, dass ich nicht vor einer Wachsfigur hocke.

Aiyana legt eine Hand auf meine. »Es ist der einzige Weg«, haucht sie.

Ihre vertraute Haut an meiner zu spüren, erfüllt mich mit genügend Kraft, um weiterzumachen. So schnell es unsere erkalteten Finger zulassen, tauschen Aiyana und ich unsere Kleidung mit jener der Mädchen.

Als ich die Maske hebe, um sie mir aufzusetzen, umfasst Aiyana mein Handgelenk. Ich schnappe nach Luft, da spüre ich ihre weichen Lippen auf meinen. Meine freie Hand vergrabe ich in ihrem Haar, schmiege mich an sie und genieße das warme Prickeln, das durch meine Adern prasselt.

Sie löst sich mit einem wehmütigen Ausdruck auf dem Gesicht aus dem Kuss. »Mit einer Maske auf dem Gesicht ist das nicht möglich –«

Sie klingt so empört, dass ich mir ein Lachen nicht verkneifen kann.

Ich gebe ihr einen flüchtigen Kuss. »Ein Grund mehr, unseren Plan schnell hinter uns zu bringen«, murmle ich gegen ihre Lippen, auf denen ein kleines Lächeln liegt. Und das ist in diesem Augenblick viel mehr wert als unser Plan.

***

Ich betrete eine vertraute Welt, gezeichnet in den Farben meiner Albträume.

Wie ein grauer Wolf gleitet die Kutsche durch das Stadttor, über die vereisten Straßen. Schnee bestäubt die Straßen Bellonnas, Asche gleichend. Überreste eines zerstörerischen Feuers.

Aiyanas Blick ist starr aus dem Fenster gerichtet, dahinter ziehen die weiß bepuderten Straßen in rasender Geschwindigkeit an uns vorbei. Eng aneinander geschmiegt sitzen wir in der Kutsche, ich spüre, dass sie sich anspannt, je tiefer wir in Bellonnas Herz vordringen.

Hinter der Maske sind ihre Züge für mich unsichtbar. Angst brennt unter meiner Haut. Um Aiyana. Unseren Plan. Ein Zusammentreffen zwischen ihr und der Königin. In meinem Kopf wütet ein Sturm, der meine Gedanken in alle Richtungen wirbelt.

Die Aufregung der Mädchen pulsiert in der drückenden Luft. Sie reden durcheinander, träumen von ihrem Tanzauftritt auf dem Yuleball. Worte, die mit dem Winterwind an mir vorbeiziehen. Ihre Welt wird nie mehr die meine sein. Sie sehen nur das Licht. Blind für alles, was in den Schatten lauert – Schönes und Schreckliches. Andernfalls hätten sie längst gesehen, dass Aiyana und ich nicht zu ihnen gehören.

Ich lehne mich an sie, atme ihren Vanilleduft ein, und zwinge meine Gedanken zur Ruhe.

Denk an den Plan, Soleya.

In die Katakomben und nicht weiter.

Ich folge Aiyanas Blick nach draußen. Im Tageslicht sehen die regenbogenbunten Lichter, welche die Häuser schmücken, blass aus. Der Yuleball beginnt am Nachmittag, wenn es im Winter noch hell ist, und endet bei Anbruch der Dämmerung des nächsten Morgens. Der

Palast der vier Türme ragt über der Stadt auf wie eine Armee mit vier zum tödlichen Schlag erhobenen Schwertern. Er wird größer, kommt näher, verschlingt uns. Die Stiche von tausend Nadeln bohren sich in meine Haut, schaudernd wende ich den Blick ab.

Quietschend kommt die Kutsche zum Stehen.

Ein Ruck geht durch die Mädchen, aufgeregt springen sie von den Sitzbänken auf, stürmen in Richtung der Tür.

Da wird diese aufgerissen. Eine Frau mit strohblondem, graumeliertem Haarknoten steckt ihren Kopf durch die Tür. Die Leiterin der Tanztruppe, in einem azurblauen Kleid mit einer weißen Maske, auf der Blumenranken in allen Nuancen von Blau prangen. Missbilligend schnalzt sie mit der Zunge. »Wo sind eure Manieren?«

Augenblicklich erstarren alle Mädchen zu Eis.

»Besser.« Sie macht eine einladende Handbewegung. »Steigt aus.«

Mit gesenkten Köpfen leisten die Mädchen ihrem Befehl Folge.

Aiyana und ich bilden das Schlusslicht der Gruppe. Die Finger ineinander verschlungen, finden wir uns bei den anderen Mädchen ein.

Weiße Marmormasken mit kristallenen Blumenranken. Kobaltblaue hochgeschlossene Kleider mit ausladenden Tüllröcken, die bis zum Boden reichen. Ich schneide eine Grimasse, die enge Maske sticht mir ins Gesicht. Ein Dutzend Puppen.

»Wir betreten jetzt den Palast«, sagt die Leiterin. »Ihr seid nicht für euer Amüsement hier. Rücken gerade, Brust raus, Kinn erhoben. Kein Mucks. Verstehen wir uns?«

Einstimmiges Nicken.

Aiyana wirft mir einen flüchtigen Blick zu. Hinter ihrer Maske verdreht sie die Augen, wohl dasselbe denkend wie ich.

Im Gänsemarsch folgen wir der Leiterin zu den Palasttoren.

Auf dem Weg schließen sich uns andere Gäste an. Ich versuche, mich abzulenken, indem ich die Schnitte und Farben ihrer Kleidung studiere.

Aiyana knirscht mit den Zähnen, als wir die Gardisten passieren, welche die Palasttore bewachen und die Einladungen aller Eintreffenden inspizieren. Ich drücke ihre Hand fester, ziehe sie mit mir, wohlwissend, dass ich dieselbe Asche auf der Zunge schmecke wie sie. Schaue ich in die Augen hinter den kupfernen Masken, sehe ich den Tod. Doch jetzt ist nicht der richtige Zeitpunkt, ihn herauszufordern und ein Feuer zu entzünden.

Der Palastgarten liegt unter dem Leichentuch des Winters begraben. Silberne und goldene Leuchtkugeln schmücken seine Fassade, alle Mauern und kahlen Bäume. Der Palastgraben ist zu einer Eisfläche erstarrt, die Brücke mit grünen Zweigen aus Kristall, an denen kirschrote Blumen prangen, geschmückt. Yuleherzen.

Der Knall, den die Palasttür macht, als sie hinter uns zuschnappt, hallt in meinem Inneren nach.

Mechanisch laufe ich durch die Hallen meiner Albträume. Umringt von Schatten einer kurzen Vergangenheit und einer Zukunft, die nicht sein sollte.

Ich linse zu Aiyana hinüber. Mit erhobenem Haupt durchschreitet sie den Flur, ihre Haltung ist die einer Königin. Ein Schauder rinnt mir den Rücken hinab. Sie wirkt fremd, ein Zerrbild ihrer Selbst. Doch die honigbraunen Augen hinter der Maske sind mir vertraut wie mein Spiegelbild.

In der Zukunft, die ich mir zu Beginn des Herbstes gewünscht habe, gab es keine Aiyana. Grund genug, sie nicht zurückzuwollen.

Wir lassen uns von der Menge treiben. Angezogen von sanften Violinentönen. Bis zu einer Flügeltür, die unseren Blick auf den Ballsaal freigibt.

Zwei silberne und zwei goldene Kronleuchter tauchen den Saal in ein Zusammenspiel aus Winter und Sommer. Goldene und silberne Lichter sind in den Wänden eingebracht. In der Mitte des Saals steht eine geschmückte Fichte, die mit Kunstschnee besprüht und so groß ist, dass ihre Spitze an der hohen Decke kratzt. Auf einer kleinen Bühne steht ein Streichorchester. Die größere Bühne, zu der eine verschlungene Treppe hinabführt, ist bis auf einen kupfernen Thron mit rotem Samtkissen leer. Dienerinnen und Diener in rauchgrauer Kleidung tragen Tabletts durch den Raum. Die meisten Gäste stehen vor den langen Buffettischen, haben sich zum Essen hingesetzt, oder trinken im Stehen ihren Glühwein.

Die Leiterin der Tanzgruppe bleibt so abrupt stehen, dass Aiyana und ich beinahe in die Mädchen vor uns hineinlaufen. »Unser Tanzauftritt ist in fünf Sonnenlängen«, sagt sie über das Klimpern der Musik hinweg. »Seid in vier Sonnenlängen vor der Bühne. Bis dahin dürft ihr euch amüsieren.« Eines der Mädchen stürmt los, sie packt dieses am Arm und sucht ihren Blick. »Kein Alkohol, ist das klar? Vor dem Auftritt werde ich überprüfen, wer von euch getrunken hat.«

Hastig nickt das Mädchen, und die Leiterin lässt es ziehen. Sie selbst macht auf dem Absatz kehrt und wird von der Menge verschluckt.

Aiyana und ich bleiben einige Herzschläge lang stehen, und warten ab, bis sich die Mädchen allein oder zu zweit verstreut haben.

»Das ist zu einfach gewesen«, raunt sie mir ins Ohr.

»Der schwierige Teil kommt noch«, erinnere ich sie.

Meine Worte quittiert sie mit einem Schnauben.

»Was machen wir –«

Was immer sie hinzufügen möchte, geht in lauten Violinenklängen unter. Der Saal erbebt. Alle Köpfe drehen sich in Richtung der großen Bühne. Aiyana und ich tun es den Gästen gleich. Ihre Hand verkrampft sich um meine, alles Blut verlässt meine Finger.

Die Violinen verstummen, absolute Stille folgt. Als hätte die Menge einstimmig den Atem angehalten.

»Verehrte Gäste, unsere Majestät Königin Aleydis Vaewing«, zerschneidet eine weibliche Stimme die Stille.

Hohe Absätze kratzen über Marmorboden, und Stoff schleift über Treppenstufen. Mein Herz stolpert im Takt der Schritte der Königin, die mit erhobenem Haupt die Treppe hinabsteigt. Ihr Kleid klirrt bei jedem Schritt. Wie ihre Maske ist es aus reinem Silber, in das unzählige goldene, kupferne und bronzene Kristalle eingearbeitet sind. Das rauchschwarze Haar ist zu einer kunstvollen Frisur hochgesteckt und wird mit silbernen Klammern zusammengehalten. Auf ihrem Haupt thront, passend zum Yulefest, eine Krone aus strahlendem Silber, spiegelglatt wie geschliffenes Glas.

In grazilen Bewegungen steigt die Königin die Marmortreppe hinunter, und nimmt auf ihrem Thron Platz.

Um mich herum beginnen die Gäste, sich auf den Marmorboden zu knien. Ich beiße die Zähne zusammen. Vor der Frau, die Aiyanas Zuhause niedergebrannt und ihre Großmutter getötet hat, möchte ich mein Haupt nicht beugen. Welche Wahl habe ich? Mit angespannten Muskeln knie ich mich hin, und ziehe Aiyana mit mir, die keine Anstalten macht, sich zu bewegen. Sie leistet keinen Widerstand, ihr Körper ist starr, und ihre Augen lässt sie nicht von der Königin.

»Meine Gäste«, erfüllt die honigsüße Stimme der Königin den Festsaal. »Es erfüllt mich mit größter Freude, dass ihr alle eingetroffen seid.« Sie breitet die Arme aus, als wollte sie die Menschenmenge umarmen. »Dunkle Zeiten liegen vor uns, die Festung schläft nicht. Aber seid versichert, dass wir uns aus der Asche erheben werden, die ihre Drachen zurückgelassen haben. Dies habe ich bereits zweimal geschafft.« Sie macht eine Kunstpause. »Yule ist das liebste Fest meiner Tochter Aeryn gewesen, die heute neunzehn Sonnenjahre zählen würde. Der heutige Yuleball soll ihr gewidmet sein. Ein Tag des Lichts, so wie sie das meine gewesen ist und noch immer in dunkelster Stunde für mich scheint.« Sie macht eine Handbewegung, als wolle sie uns Kniende an die Oberfläche ziehen. »Erhebt euch und feiert – für Aeryn.«

Das Orchester stimmt eine Melodie in seichtem Dur an. Rasch wird sie von Jubelschreien und Huldigungen der Menge übertönt, die mir in den Ohren dröhnen.

Ich rapple mich vom Marmorboden auf, bevor mich die Menge womöglich über den Haufen rennt. Aiyana ziehe ich mit mir nach oben, ihr Körper scheint nur aus angespannten Muskeln zu bestehen.

Behutsam lege ich meine Hand auf ihre Maske und bringe sie dazu, mich anzusehen. Tiefe Schatten verdunkeln ihre Augen, dahinter lodert goldenes Feuer. »Es ist vorbei«, flüstere ich nah an ihrem Gesicht.

»Dann ist es Zeit, zu verschwinden.« Sie stößt knirschend die Zähne aufeinander. »Ich ertrage es nicht in diesem Saal.«

Sollten wir nicht den Ball auskundschaften … für eine Weile? Um auf der sicheren Seite zu stehen? Doch Aiyanas Tonfall duldet keinen Widerspruch. »Einverstanden«, stammle ich. »Je schneller wir in den Katakomben waren, desto schneller können wir verschwinden.«

»Genau mein Gedanke«, erwidert sie zwischen zusammengebissenen Zähnen.

Wir bahnen uns einen Weg durch die Menschenmenge, darauf bedacht, uns nicht an ihrem Rand zu halten. In ihrer Mitte sind wir unauffälliger.

Zwischendurch flackert mein Blick zur Königin, die sich, umringt von Adligen, darunter Kronprinzessin Likah, um einen Stehtisch eingefunden hat. Erinnerungen an ihre Berührungen und ihre leeren Worte sind Narben auf meiner Haut.

Auch Aiyana dreht sich mehrmals zu ihr um. Wann immer ihr Blick die Königin gefangen nimmt, sieht sie aus, als hoffe sie, diese bei lebendigem Leib in Flammen zu setzen. Zeitgleich scheint sie die Kronprinzessin bewusst nicht anzuschauen, und als Likahs Kopf in ihre Richtung ruckt, treten ausgebrannte Sterne an die Stelle von Aiyanas Augen. Sie senkt den Kopf, das Haar fällt ihr ins Gesicht, und ihre Schritte beschleunigen sich. Hielte ich sie nicht fest, wäre sie mit der Menge zusammengestoßen. Niemand schert sich um uns, dennoch bilde ich mir ein, dass die Gäste ihre Blicke wie winzige Pfeilspitzen auf uns abfeuern.

Als wir hinaus auf den Gang treten, atme ich erleichtert auf.

Aiyanas Atem geht schnell und hart, sie hebt den Kopf, die Finsternis über ihren Augen ist fortgezogen. »Wohin jetzt?«

Wohlige Wärme prasselt meine Narbe hinab, das Unbehagen entlässt mich aus seinem Griff. »Die Magie wird uns leiten.«

***

Mit aller Kraft konzentriere ich mich darauf, Aiyana und mich mit einem Umhang aus Schatten zu verhüllen. Sie hält meine Hand, lässt sich von mir leiten. Schwärze verdunkelt unser Sichtfeld, wir müssen meiner Magie blind vertrauen. Ich taste die Schatten auf dem Boden nach Gegenständen oder Leben ab.

Winterwind peitscht uns entgegen, als wir durch die offenstehende Palasttür treten. Der Schatten eines Gardisten ist nah. Ein falscher Schritt und ich würde ihm in die Arme stolpern. Das Blut in meinen

Adern gefriert, ich packe die Schatten fester, wage nicht zu atmen.

Wir schlittern mehr, als dass wir über die vereiste Brücke laufen. Hoffentlich denkt Aiyana daran, unsere Spuren im Schnee mit ihrer Telekinese zu verbergen.

Hinter der Brücke biegen wir um eine Kurve. Schmerz explodiert in meinem Inneren, ich stolpere nach vorne. Aiyana hält mich aufrecht. Die Schatten zerfasern, entgleiten mir, und geben meine Sicht auf den Palastgarten frei.

Schwer atmend lehne ich mich an Aiyana. »Zu viel Magie«, keuche ich.

Sie legt ihr Kinn auf meinen Kopf, drückt mich an sich und hält mich fest, während sich meine Atmung normalisiert.

»Weiter?«, haucht sie.

Ich löse unsere Umarmung und nicke, hoffentlich spiegelt sich Entschlossenheit in meinen Augen.

Sie schluckt hörbar. Ich wünschte, ich könnte ihr Gesicht hinter der Maske sehen. Unter den Kleidern tragen wir unsere zerschlissene Reisekleidung. Dennoch haben wir nicht gewagt, die Kleider und die Masken zurückzulassen, falls meine Magie als Tarnung versagt, brauchen wir diese Maskerade.

»Wohin jetzt?«

›Im Herzen des Palasts findet ihr die Antwort.‹

Ich fröstle. Die Stimme *kann* meine Gedanken lesen … oder die Bücher und der Dolch ruhen, in einer kleinen Tasche, die Aiyana und ich der Tänzerinnengruppe gestohlen haben, zu nah an meinem Herzen. Verborgen unter dem Kleid.

»Das Herz des Palasts …«, murmle ich.

Aiyana schnappt nach Luft. »Der Thronsaal.«

»Woher weißt du das?«

»Larentia hat uns mit dem Bauplan des Palasts vertraut gemacht, falls … du weißt schon …«

»Ihr ihn angreift«, schließe ich.

Winterwind durchdringt den Stoff meines Kleides. Mit klappernden Zähnen schlinge ich meine Arme um die Körpermitte. »Wieso hat uns die Stimme dann nach draußen geführt?«

»Es muss von draußen einen direkten Weg in den Thronsaal geben«, überlegt Aiyana laut. »Einen, der sicherer ist, als ihn von innen zu betreten.« Sie greift nach meiner Hand und zieht mich mit sich, durch den verlassenen Palastgarten. »Die Stimme wird dich leiten.«

Magie zupft an den Fäden meines Seins und leitet meine Schritte. Eng an der Fassade entlang, umrunden wir den Palast, bis das Kribbeln der Magie in meinem Inneren stoppt.

Wir stehen vor einem kahlen Busch. Aiyana hockt sich hin, und schiebt die Zweige achtlos zur Seite. Die Palastfassade wirkt, als sei sie aus einem einzelnen Stück Metall gegossen. Hier sind einzelne Steine erkennbar.

»Ich wusste es«, murmelt Aiyana. Sie streckt eine Hand nach den Steinen aus, stemmt sich dagegen, und stößt ein Zischen aus. »Natürlich lässt sich der Gang nur von innen betreten.« Ihre Schultern beben unter angespannten Atemzügen. Nacheinander verformen sich die Steine und bilden eine Öffnung, die gerade genügend Platz bietet, um auf allen vieren hindurchzukriechen. »Das wäre geschafft.« Sie sucht meinen Blick und hält mir ihre Hand hin. »Wie auf den Silberinseln.«

Ich zittere bis auf die Knochen. Zögernd hocke ich mich neben Aiyana in den Schnee. Warme Funken steigen in mir auf, als ich ihre Hand ergreife.

»Ich bin die ganze Zeit bei dir«, verspricht sie mir, und ich stelle mir vor, wie sich hinter der Maske ein warmes Lächeln auf ihre Lippen legt.

»I-In O-Ordnung.«

Meine Brust schnürt sich zu, als Aiyana meine Hand loslässt, und bis zu den Füßen in der finsteren Öffnung verschwindet. Ich umfasse ihr Fußgelenk mit schweißnassen Fingern.

»Bereit?«

»J-Ja.«

Wir kriechen in die Finsternis, Aiyanas Fußgelenk ist das Einzige, was schwarze Fluten davon abhält, mich in die Tiefe zu ziehen. Eisiger Wind strömt in die entgegengesetzte Richtung. Einem Wolfsmaul gleich schnappt die Öffnung hinter uns zu. Das Abendlicht hinter uns ist fort.

Schatten halten mich gefangen.

Schatten halten mich fest.

Die Luft wird dünn, schier endlose Sekunden kriechen wir in die Finsternis.

»Wir sind am Ende des Ganges.« Das Echo von Aiyanas Wispern wird von den Wänden zurückgeworfen.

Sofort kommen die Wände näher, ich umfasse Aiyanas Fußgelenk fester. »Kannst du …«, stammle ich, »… wie draußen … irgendeine Tür öffnen?«

»Ja«, antwortet sie mit einer Überzeugung, welche die Wände in der Bewegung stoppt. Ich atme aus.

Ein Knistern geht durch die Luft, gefolgt von einem Schaben. Stein auf Stein.

Fahles Silberlicht sticht mir so plötzlich in die Augen, dass ich sie zusammenkneifen muss.

Vor mir setzt sich Aiyana mit einem erleichterten Aufatmen wieder in Bewegung. Ich spüre, dass die Dunkelheit von uns ablässt. Dennoch öffne ich erst die Augen, lasse Aiyanas Fußgelenk erst los, als wir den Gang verlassen haben.

Sie dreht sich zu mir um, ihr sanfter Blick verliert sich in meinem, und mein Herz findet seinen Takt wieder. Sanft legt sie ihre Fingerspitzen auf meine Maske. »Ich habe dir doch gesagt, dass wir das schaffen.«

»Ich weiß«, gebe ich leise zurück.

Sie folgt der Kontur der Maske mit den Fingerspitzen. »Wenn du dieses Ding nicht tragen würdest, würde ich dich jetzt küssen.«

Meine innere Anspannung löst sich. »Dann weiß ich, worauf ich mich freuen kann, wenn wir draußen sind.«

Ihre Augen funkeln verschwörerisch. Sie verschränkt ihre Finger mit meinen, gemeinsam stemmen wir uns auf die Füße.

Mir stockt der Atem. Wir stehen an der rechten Wand des Thronsaals, gegenüber des massiven Throns. Ein Pulsieren geht von ihm aus, als sei er ein atmendes Wesen. Ich merke erst, dass meine Beine sich bewegen, als Aiyana einen erschrockenen Laut ausstößt.

»Unter dem Thron …« Meine Stimme spricht die Worte, welche weit weg klingen.

Das Pulsieren wird stärker, je näher ich dem Thron komme. Die Luft lädt sich elektrisch auf, bereit, sich zu entladen.

Ich strecke eine Hand nach dem Thron aus. Siedend heißer Schmerz durchfährt mich, sofort ziehe ich meine Hand zurück.

›Komm in das Herz des Palasts, Soleya.‹

Die Stimme frisst an mir.

›Dort wartet die Wahrheit auf dich.‹

Worte, die mich einatmen und nichts übriglassen außer schreiender Stille, die hinter meinen Schläfen pocht.

Ein zweites Mal strecke ich meine Finger nach dem Thron aus. Diesmal werde ich in der Bewegung gestoppt, Aiyana umfasst mein Handgelenk.

»Unter dem Thron hast du gesagt?«

Ich nicke, ohne sie anzusehen. Widerstehe dem Drang, mich loszureißen und dem Ruf zu folgen.

Ich spüre, dass Aiyana sich anspannt. Der Thron gleitet zur Seite, als schwebe er über den Boden. Und gibt den Blick auf nichts als roten Samtteppich frei.

»Ich verstehe nicht –«, bringt Aiyana unter keuchenden Atemzügen heraus.

Die elektrischen Funken in der Luft sind präsenter, und verdichten sich um mich herum.

Mit einem Ruck entziehe ich mich ihrem Griff. Ich öffne die seitlich befestigten Schnüre des Kleides, es gleitet zu Boden. Der Dolch aller Welten steckt am Gürtel meiner Stoffhose. In einer fließenden Bewegung zücke ich ihn, und nähere mich der Stelle, an der der Thron gerade gestanden hat. Der Dolch scheint in meinen Händen zu atmen. Ich knie mich hin, spüre kribbelnden Widerstand, der sich auf meinen Körper überträgt. Fremde Hände führen die meinen, als ich die unsichtbare Barriere zerschneide.

Tiefrote Wellen wabern am Boden zu meinen Knien. Unter den Wassermassen spiegelt sich eine Art Treppe, dort, wo der Thron gestanden hat.

›Komm zu mir!‹

Eine vertraute Hand auf meiner Schulter lässt mich aufschauen. Ich atme überrascht ein. Aiyana hat ihre Maske abgenommen, ihr Blick, voller Zuneigung und Entschlossenheit verschlägt mir den Atem. Mit flinken Fingern löst sie das Band meiner Maske, sie gleitet vor mir zu Boden.

»Ich schätze, nach dort unten bin ich nicht eingeladen.« Mit den Fingerspitzen folgt sie den Konturen meines Gesichts, als wolle sie sich jeden meiner Züge einprägen.

Wenngleich ich Aiyana am liebsten an meiner Seite haben möchte, schüttle ich den Kopf. Die Gewissheit, dass der Zugang durch das Portal ihr verwehrt bleibt, haust tief in meinem Inneren.

»Du hältst hier die Stellung«, erwidere ich mit belegter Stimme. »Sei vorsichtig, falls jemand kommt.«

Sie schnaubt belustigt. »*Du* bist diejenige, die sich auf den Weg in magische Katakomben macht.«

Ihre Worte biegen meine Mundwinkel nach oben. »Punkt für dich.«

Ein Funke Traurigkeit flackert in ihren Augen auf, sie beugt sich zu mir, ihre Lippen streichen über meine. »Komm einfach wieder zurück.«

Ich umfasse ihr Gesicht mit beiden Händen, streichle ihre warme weiche Haut, und spüre, dass sie unter meiner Berührung erschaudert. »Versprochen«, flüstere ich gegen ihre Lippen, ehe ich sie für einen letzten Kuss mit meinen verschließe. Erst sanft, dann getrieben von einer Verzweiflung, die mir den Boden unter den Füßen fortgerissen hätte, wenn ich nicht in Aiyanas Armen hocken würde.

Als sie sich von mir zurückzieht, spiegelt sich in ihren Augen derselbe Sturm an Gefühlen, der in meinem Inneren tobt. »Ich warte hier auf dich«, haucht sie. »Und mir geschieht nichts.«

Meine Kehle ist zugeschnürt, Worte zerfasern in meinem Mund. Ich hoffe, in meinem Blick liegt alles, was ich Aiyana in diesem Augenblick nicht sagen kann. Einige Herzschläge sehen wir einander an, dann wende ich mich von ihr ab. Das Gefühl ihrer weichen Lippen und das Funkeln ihrer Augen in meinem Herzen eingeschlossen.

Ich umfasse den Dolch mit der linken, das Buch mit der rechten Hand. Magie flackert unter meiner Haut auf.

›Finde die Wahrheit.‹

Bevor ich es mir anders überlegen kann, steige ich in die Wassermassen und lasse mich fallen, an einen Ort jenseits von Raum und Zeit.

Kapitel 25

Erst die Dunkelheit bringt Licht

Wasser. Finstere Fluten, die mich in die Tiefe ziehen.
Gleißendes Brennen, als tauche ich in flüssige Lava.
Das Wasser zerschlägt meinen Körper in tausende Scherben.
Und setzt sie neu zusammen.
Dort.
Auf der anderen Seite.

Wildblumenduft kitzelt meine Nase. In der Nähe rauscht ein Fluss, vermischt mit dem Rascheln der Blätter in einer warmen Frühlingsbrise. Feuchtes Gras klebt an meiner Wange, seichte Wasserwellen benetzen meine Finger.

Ich fühle mich zerschlagen. Mein Kopf dröhnt und meine Glieder stehen in Flammen.

Schwer atmend öffne ich die Augen. Blinzle gegen goldenes Sonnenlicht an, das durch die Frühlingskronen des Goldwaldes fällt. Ich liege auf einer Lichtung, auf der sich purpurne und zuckerwattenrosa Wildblumen tummeln. Am Ufer des Goldflusses, der meine ausgestreckte Hand umspielt. Als hätte ich in den Fluten nach etwas gesucht. Mit spitzen Fingern taste ich die goldenen Wellen ab. Nichts als Wasser.

Mit einem Ächzen stemme ich mich auf die Füße. Ein veilchenblaues Kleid klebt mir am Körper. Ich erschaudere, bis mir die Zähne klappern. Habe ich nicht gerade noch schwarze Reisekleidung getragen? Nasse dunkelblonde Strähnen fallen mir in die Augen und nehmen mir die Sicht. Rasch streiche ich sie mir hinter die Ohren.

Ich nehme meine Umgebung in Augenschein. Der Goldfluss, nicht weit von Zuhause. Vertrauter Wind, der mein nasses Kleid trocknet.

Irgendetwas daran macht mich stutzig. Unwohlsein prickelt unter meiner Haut, vermischt mit der Gewissheit, etwas vergessen zu haben. Als würde ich durch ein verschmutztes Fenster schauen, hinter dem meine Umgebung verzerrt ist. Etwas zupft an meinem vernebelten Verstand. Leitet mich an, meinen Weg fortzusetzen. Nach Hause.

Ich überquere vertraute Hügel, begleitet vom Rauschen des Goldflusses, Richtung Guldheim. Bis sich die Silhouette meines Heimatdorfes vor dem blassblauen Frühlingshimmel abzeichnet. Häuser, geschaffen aus den Bäumen selbst. Goldene Stämme, an denen erste grüne Knospen den Frühlingseinbruch versprechen. Seichter Wind raschelt im Geäst, und trägt das Zwitschern der Vögel und das Surren erster Bienen zu mir.

Das unangenehme Prickeln unter meiner Haut wird stärker, der Nebel über meinem Verstand dichter. Meine Schläfen pochen, in meinem Kopf hallt die verzerrte Melodie des Goldwaldes nach. Ein Ton fehlt.

Ich ringe die Angst, deren frostiger Atem mir in den Nacken beißt, nieder. Meine Beine zittern, als ich losrenne. Die Grenze nach Guldheim zu überqueren, fühlt sich an, als würde ich durch dickflüssigen Nektar tauchen, der ein ätzendes Brennen auf meiner Haut hinterlässt.

Mein Körper krümmt sich zusammen, ich stolpere, falle in taunasses Gras. Endlose Herzschläge vergehen, bis das Brennen zu einzelnen Funken abklingt, die über meine Haut zucken. Schwer atmend hebe ich den Kopf.

Mit dem Begreifen breitet sich lähmendes Gift in meinen Adern aus.

Das Dorf ist leer. Aus keinem Schornstein steigt Rauch auf, von Kinderlachen oder dem Wispern Erwachsener fehlt jede Spur.

»Soleya, hilf uns!«

Mein Herz schrumpft auf einen Punkt zusammen. Eine Stimme, die ich unter Tausenden erkennen würde.

»Firan!«

»Beeil dich!«

Die Verzweiflung, die seinen Worten innewohnt, treibt mich auf die Beine. Ich folge seinem Rufen, das zu einem schrillen Schreien wird. Nicht mein Bruder! Wer ihm ein Haar krümmt, wird bezahlen!

»Soleya, wo bleibst du?«, mischt sich eine zweite Stimme dazu, die mein Herz endgültig zerreißt. Dahlia.

Eine schwarze Feuersäule schießt vor mir aus dem Boden. So plötzlich, dass ich unsanft auf den Rücken falle. Der Aufprall geht mir durch Mark und Bein, ein hässliches Knacken ertönt.

»Hilfe!«

Mit angehaltenem Atem schaue ich in das Feuer hinein. Es breitet sich aus, formt sich zu einer Wand, welche die Nacht an den blassblauen Frühlingshimmel zeichnet. Dabei streift es mich nicht, als wolle es, dass ich dabei zusehe, wie es den Wald verschlingt.

»Soleya!«

Tränen treten mir in die Augen, der Blick in das alles verzehrende Feuer gleicht tausend Nadelstichen.

Aus dem Feuer formen sich drei Gestalten. Zuerst sind es Silhouetten, dann zeichnen die Flammen ihnen vertraute Gesichter.

Klauen packen mein Herz.

Firan sieht aus wie ein kleiner Junge, jünger als dreizehn, über seine Wangen strömen stumme Tränen.

Dahlias Züge sind angstverzerrt, sie sieht mich mit großen Augen an, wie sie es seit Jahren nicht getan hat.

Daneben hockt Aiyana, auf allen vieren. Ihre Prothese ist verbrannt, und sie ist den Flammen schutzlos ausgeliefert. Kein goldener Funke verirrt sich in ihren Augen, in denen die Nacht hereingebrochen zu sein scheint.

Firan wagt einen Schritt nach vorne, durch die Flammen, und streckt eine Hand nach mir aus. »Hilf uns! Wenn du meine Hand nimmst, kannst du uns helfen!«

Ich gehe einen Schritt nach vorne, da lichtet sich der Nebel über meinem Verstand. Mein Herz hämmert unsanft gegen meine Rippen, als ich begreife. »Aiyana ist nie in Guldheim gewesen. Ihr seid nicht echt und ich bin auf der Suche nach der Wahrheit.«

Reglos verharren die drei Gestalten im Feuer, das ihre Züge verformt. Zurück bleiben drei Wesen aus Schatten, in deren Augen tiefe Abgründe schlummern. Statt Worten, dringen spitze Schreie aus ihren aufgerissenen Mündern.

Mir läuft es eiskalt den Rücken herunter. Ich bin gefangen in meinem eigenen Körper.

Die Wesen lösen sich auf, im nächsten Augenblick durchdringen spitze Klauen die dünne Haut meiner Wangen, und zerreißen mein Kleid. Ich stoße einen Schrei aus, der meine Kehle in Flammen setzt. Zornige Wellen aus Schmerz branden durch meinen Körper. In mir tost ein Meer, das mich seinem Boden nahe zieht, wo spitze Steine auf mich lauern. Schatten sickern in mein Blickfeld, nehmen mir die Sicht.

Etwas zupft an meinem Verstand. Einem Instinkt folgend, greife ich nach dem Schattenarm der Kreatur, die mir am nächsten ist. Meine Fingerspitzen leuchten dort, wo sie die Schatten berühren, golden auf. Ein Kribbeln durchfährt mich. Seltsam vertraut. Der allgegenwärtige Schmerz hindert mich daran, zu begreifen. Funken glimmen in meinem Inneren auf, bis Feuer statt Blut durch meine Adern strömt.

Meine Umgebung brennt. *Ich* brenne.

Die Kreaturen vergraben ihre Zähne tiefer in meinem Fleisch. Bleierne Ohnmacht droht, von mir Besitz zu ergreifen. Ich spüre feuchtes Gras und Schlamm an meiner Wange.

Nicht jetzt!

Ich packe die Kreatur fester und konzentriere mich auf die Funken. Im verzweifelten Versuch, das Feuer in meinem Inneren nach außen zu kehren.

Eine winzige goldene Flamme erhebt sich von meinen Fingerspitzen. Die Kreatur schreit, als das Feuer von ihr Besitz ergreift, und explodiert mit einem markerschütternden Schrei in einem Regen schillernder Funken. Ein Zusammenspiel aus Schatten und Licht. Ich beiße die

Zähne zusammen, ignoriere den Schmerz und packe die zwei anderen Kreaturen. Lichterloh brennend zerfallen sie zwischen meinen Fingern zu goldenem Staub.

Als der letzte Schrei der Kreaturen verklungen ist, verschwinden die Schattenflammen wie ihre aus Licht geborenen Geschwister.

Den Schmerz in meinem Inneren nehmen sie mit sich, das Feuer erlischt.

Eine Mischung aus Aufatmen und Schluchzen dringt über meine Lippen.

Ich drehe mich auf den Rücken und schaue in einen Himmel, der Risse bekommt. Sie formen ein Muster, bis blassblaue Scherben auf mich herabregnen.

Auf einen Schlag stirbt der Frühlingswald um mich herum. Modriger Geruch beißt mir in die Nase, harte Wurzeln drücken unsanft gegen meinen Rücken. Mein Haar und mein Kleid sind trocken, und um mich herum herrscht tiefste Finsternis.

Ich liege in einem schmalen modrigen Gang, in dem tiefe Finsternis haust. Abgestandene Luft verklebt meine Lungen.

Kälte kriecht durch meine Glieder, nur mein Herz schlägt mir bis zum Hals. Ich kneife die Augen zusammen, als könne ich der Dunkelheit auf diese Weise entfliehen.

Der Staub, der in diesem Gang haust, trägt ein Wispern zu mir. Gesprochen wie von Tausenden Zungen.

›Komm zu mir.‹

Schwerfällig stemme ich mich auf die Beine. Erst als ich festen Stand gefunden habe, öffne ich die Augen.

›Ich warte am Ende des Ganges.‹

Ich nehme einen zittrigen Atemzug. Am Ende des Ganges klingt nach fernab der Dunkelheit.

Mit weichen Knien setze ich meine Schritte fort. Instinktiv sende ich mein Bewusstsein nach den Schatten in den Ecken des Ganges aus. Sie leiten mich, stützen mich, und hindern die Tränen, die mir in der Kehle brennen, daran, an die Oberfläche zu gelangen.

Der Gang führt mich, mit seiner steilen Steigung, tief unter die Erde. Staubige dünne Luft sammelt sich in meinen Lungen.

Vor mir flackert ein kleines goldenes Licht auf.

Ich beschleunige meine Schritte, stürme zum Ende des Ganges … und erstarre, als ich dieses erreiche.

Ich befinde mich in einem großen Saal. Mosaiksteine aus Gold, Silber, Bronze und Kupfer bilden ein Schachbrettmuster auf dem Boden. In den vier Ecken des Raumes stehen Statuen der alten Gottheiten, die mich um ein Vielfaches überragen.

Zwischen den Statuen stapeln sich Knochen. Zerfallene Skelette von unmenschlicher Größe, denen die Zeit alles Fleisch von den Knochen gefressen hat. Dazwischen mehrere gut erhaltene, wettergegerbte Schädel. Reißzähne, Geweihe, Hörner, große leere Höhlen statt Augen. Dazwischen Krallen, einzelne Zähne, und verrottende Hautschuppen.

Mein Magen zieht sich zusammen. Neriss' Augen tauchen in meinem Kopf auf. Ich horche auf die Melodie der Schatten in meinem Inneren, die mir zuflüstern, dass es Neriss gutgeht.

Die Fassungslosigkeit hat in mir Wurzeln geschlagen. Drachen. Irgendjemand hat in dieser Höhle Drachen getötet.

Aus dem Augenwinkel sehe ich eine Bewegung, die meine Aufmerksamkeit auf sich zieht. An der hinteren Wand befindet sich ein Spiegel, in Edelmetalle eingefasst, und mit Onyx geschmückt. Ich erwarte, mich darin zu sehen. In einem schmutzigen veilchenblauen Kleid mit Staub im Haar. Stattdessen schaut mich die Soleya an, die im Thronsaal durch das magische Tor gegangen ist. Schwarze Reisekleidung, ein entschlossener Zug um die Lippen, und die tintenschwarze Tätowierung am Handgelenk, die sie mit Neriss verbindet.

Vorsichtig nähere ich mich dem Spiegel, von dem ein Pulsieren ausgeht, das in Wellen durch den Raum brandet.

Die Entschlossenheit meines Spiegelbilds fällt in sich zusammen. Das Mädchen hinter dem Glas sieht mich genauso unsicher an, wie ich mich fühle.

Vor dem Spiegel angekommen, lege ich eine Hand auf das Glas. Siedender Schmerz durchfährt mich, eilig ziehe ich meine Hand zurück.

Mit angehaltenem Atem beobachte ich, wie Nebelschwaden mein

Spiegelbild einhüllen. Hektisch blicke ich mich um. Neben mir ist nichts als staubige Luft.

Mein Spiegelbild löst sich auf und setzt sich neu zusammen.

Eine Frau mit Haar wie aus der Nacht gewoben und Augen, in denen Galaxien hausen, begegnet meinem Blick. Sie ist ungesund bleich, violette Ringe zieren ihre Augen, und unter den scharfkantigen Gesichtszügen schimmert ihre Haut wie von einer feinen Wachsschicht überzogen. Ihre Züge sind alterslos, die eines Kindes und die einer Greisin zugleich. Am Leib trägt sie ein Kleid aus Sternenstaub und Dämmerlicht, das ihren Körper Rauchschwaden gleich umwabert.

»Ich habe dich bereits erwartet. Jetzt, nachdem du meine Prüfung gemeistert und dein Licht entfesselt hast, das dich befähigt, die Flammen zu entzünden, heiße ich dich willkommen, die Wahrheit zu sehen.«

Ihre Lippen bewegen sich, doch ihre Stimme scheint überall. Gesprochen von Tausenden Zungen, erschüttert sie etwas tief in meinem Inneren.

Ein Zittern durchfährt mich. »Du bist Nisha –«

Ein spöttischer Zug umspielt ihren Mund. Ihr Blick zuckt zu Vanyas Statue. »Du hast erwartet, meine Mutter hier anzutreffen.«

Benommen nicke ich. »Nachdem sie mich …« Mir versagt die Stimme.

»… gezeichnet und dir einen Funken reine Magie geschenkt hat«, schließt Nisha. »Die alten Gottheiten sind nur in der Lage zu erscheinen, wenn ein Kind an der Schwelle des Todes steht. Kinder sind reinen Herzens, Erwachsene wiederum sind für Magie und Wunder blind.«

Meine Narbe fängt Feuer. Schützend schlinge ich mir die Arme um den Oberkörper. »Wieso zeichnen sie uns?«, frage ich mit hohler Stimme.

»Du spürst die reine Magie, oder nicht?«

»Das heißt, sie wollen, dass jemand die Artefakte findet.«

Ein Schatten Traurigkeit trübt Nishas Miene. »Sie haben noch immer nicht begriffen, dass sterbliche Körper nicht als Gefäße für Magie geschaffen sind. Sobald man sie mit magischer Energie füllt, läuft sie über, und das Gefäß zerspringt.«

Die wächsernen Gesichter der toten Kinder kreisen durch meine Gedanken. Mein Brustkorb schnürt sich zu. »Wieso –«

»Wieso du am Leben bist, mein Kind?«, zupft sie mir die Worte aus dem Mund. Ihre Gesichtszüge werden weicher. »Du hast nie aktiv nach Magie gesucht, dich vor allen Artefakten gefürchtet, in denen sie schlummert, und keine Sehnsucht nach ihr verspürt.« Ihr Blick huscht zu der Tätowierung an meinem Handgelenk. »Jetzt, nachdem du dich der Suche angenommen hast, schützen dich deine Blutsverbindung zu deinem Drachen und dein Magiespeicher.«

Die Schatten in meiner Brust pulsieren ruhig und gleichmäßig. Mein Herz wummert unsanft gegen meinen Brustkorb. »Was haben die Drachen damit zu tun?«

»Es gibt eine Wahrheit, die ihr Sterblichen nicht erkennt«, beginnt Nisha. »Damals, als der Kontinent noch jung war, sind die alten Gottheiten und die Drachen aus Sternschnuppen entstanden.«

Ich schnappe nach Luft.

»Ich weiß, was ihr Sterblichen euch erzählt. Aber Drachen haben schon immer auf dem Kontinent existiert, schlau genug, sich vor euresgleichen zu verstecken«, fährt Nisha fort. »Den alten Gottheiten und den Drachen wurde vom Kosmos Magie geschenkt. Sie fließt durch die Adern der Drachen und materialisiert sich in den Artefakten, die von den Gottheiten geschaffen wurden.« Ihre Miene verdüstert sich. »Bis die Gottheiten die sterblichen Völker schufen. Sie dürsteten nach Magie und die Gottheiten waren gewillt, sie ihnen mittels ihrer Artefakte zu geben. Doch die sterblichen Völker mit Magie zu versorgen, schwächte die alten Gottheiten. Ihnen wiederum war ein Funke nicht genug, sie wollten mehr, ein Feuer. Das konnten die Gottheiten ihnen mit ihren göttlichen Artefakten als Quelle nicht geben, ohne selbst zu verenden.« Eine rauchschwarze Träne rinnt aus ihrem Augenwinkel. »Also begannen die Gottheiten, sich der Magie der Drachen zu bedienen, sie auf grausame Art zu töten, und den sterblichen Völkern das zu schenken, was sie begehrten: Nicht Magie, sondern Macht, unter der der Kontinent gedieh und wuchs. Wie sonst hätten Städte wie Bellonna oder Orchid entstehen können?« Der Raum erbebt beim Nachhall ihrer Worte. »Die alten Gottheiten und die sterblichen Völker waren zufrieden. Der Kontinent gedieh unter dem Einfluss der Magie der

Drachen, die Drachen starben, einige ergriffen die Flucht, weit über den Ozean hinaus. Und die Gottheiten wurden mächtiger, da sie ihre eigenen göttlichen Artefakte nur noch als Magiespeicher für sich selbst nutzen mussten.« Bedauern trübt ihre Miene und lässt sie jünger wirken. »Ich bin damals noch sehr jung gewesen, doch je älter ich wurde, desto mehr spürte ich das Leiden der Drachen. Also verbündete ich mich ihnen, machte eine Sterbliche zu meinem Sprachrohr in der Welt von ihresgleichen, und zog los, um die vier göttlichen Artefakte in meinen Besitz zu bringen. Die alten Gottheiten durchschauten meine List und versteckten die Artefakte vor mir. Der einzige Weg, der mir blieb, um die alten Gottheiten für ihre Taten zu bestrafen, war es, sie schlafen zu schicken. Denn nur das Göttliche selbst ist in der Lage, das Göttliche zu töten, und meine Waffe, die den göttlichen Artefakten ebenbürtig ist, ist an einem Ort versteckt, den die Nacht nicht erreichen kann.«

Staub füllt meine Kehle, ich muss mehrmals schlucken, bis ich meine Sprache wiederfinde. »Mit den vier göttlichen Artefakten verschwand die reine Magie«, krächze ich. »Sahar –«

Nisha schnalzt missbilligend mit der Zunge. »Ich habe keine Schwester. Das ist ein Mythos, den ihr sterblichen Völker euch erzählt, weil ihr mich gleichermaßen verehrt und fürchtet.« Die Finsternis in ihren Augen bewegt sich, Nebelschwaden gleichend, in denen ich mich verliere. »Denn erst die Dunkelheit ermöglicht es, wirklich zu sehen.« Ihr Blick bohrt sich in meinen. »Die reine Magie verschwand, weil in den Artefakten zwar Drachenblut schlummerte, doch sie waren an ihre Erschaffenden, die alten Gottheiten, gebunden. Ohne sie sind sie bloß Instrumente ohne jemanden, der ihnen eine Melodie zu entlocken vermag. Was ist geschehen, nachdem die alten Gottheiten eingeschlafen sind?«

Ich schlucke. »Als sie in der Finstersten Nacht, wie wir Sterblichen sie nennen, eingeschlafen sind, ist die reine Magie verschwunden und den Drachen, die sich im Kampf gegen die alten Gottheiten, erstmals Sterblichen gezeigt haben, wurde die Schuld gegeben. Die sterblichen Völker fanden viele Sonnenjahre später einen Weg, sich eigenständig an den Drachen zu vergehen und sich ihre Magie zunutze zu machen.

Dieser Weg endete im Krieg, in dem sich die Silberinseln vom Bündnis auf dem Kontinent abspalteten, und dort beuten die Sterblichen noch immer die Drachen aus.« Meine Stimme zerspringt, und passt sich meinem wunden Inneren an. »Was erwartest du jetzt von mir?«

Schwarze Flammen lodern in ihren Augen auf. »Meine Mutter hat dich gezeichnet und du bist im Blute mit einem Drachen verbunden.« Das Spiegelglas, das sie gefangen hält, splittert am oberen Rand des Rahmens. »Du bist eine Tochter reiner Magie, die weder dir noch deinem Drachen den Tod bringt.« Der Riss breitet sich aus, und zerteilt Nishas Gestalt. »Du wirst mein Licht sein, das die vier Flammen entzündet. Die alten Gottheiten müssen erwachen, dafür brauche ich ihre Artefakte. Meine Macht reicht nicht aus, um das, was die Sterblichen den Drachen antun, zu stoppen. Und die alten Gottheiten sollen sehen, was sie angerichtet haben, nachdem sie zu stolz waren, den Sterblichen ihre eigene Magie zu überlassen, und es ist an mir und den Drachen, über sie zu richten.«

Sie streckt eine Hand nach mir aus, mechanisch imitiere ich die Bewegung. Mit dem Spiegelglas als Barriere, berühren wir einander. Mir wird furchtbar heiß. Mit einem Keuchen ziehe ich meine Hand zurück. Sie ist nicht leer, wie ich erwartet habe, ich halte vier Zündhölzer in Kupfer, Bronze, Gold und Silber darin.

Nishas Lächeln brennt sich in mein Innerstes. »Jetzt bist du bereit, die Flammen zu entzünden.«

»Was bedeutet das?«

Das Glas zersplittert wie die feine Eisschicht auf einem zugefrorenen See.

Derselbe stechende Schmerz hallt in meinem Inneren nach, ich falle auf die Knie. Eine fremde Macht schiebt alle Hüllen meines Verstandes zur Seite, bis mein roher, wunder Kern zum Vorschein kommt. Gleißende Funken graben sich dort ein, und entsenden glühende Blitze. Ihr Leuchten sticht mir in die Augen. Ihr Einschlag in meinen Verstand lässt mich zerspringen wie den Spiegel.

›Die Bücher und die Zündhölzer werden dich leiten.‹

Kühles, blassgoldenes Licht steigt um mich herum auf.

›Bring der Welt ihr Licht zurück.‹
Auf einen Schlag ist da nur noch Dunkelheit, in der ich versinke.

Kapitel 26
Die Masken fallen

Flammen lodern unter meiner Haut. Mein Körper fühlt sich an, als fließe Lava statt Blut durch mein Inneres. Ich fühle mich wie ein zerbrochener Spiegel, dessen Scherben jemand falsch zusammengesetzt hat.

Sanft streicht mir jemand das Haar aus der Stirn, die Berührung entzieht meinen Gliedern den Schmerz, langsam klingt er ab. »Soleya.«

Blinzelnd öffne ich die Augen, verliere mich in vertrautem Honigbraun, und ein Schwall angehaltenen Atems verlässt meine Lippen.

Mondlicht bricht in Aiyanas nass glänzenden Augen, als sie meinen Blick bemerkt. Ihre Finger wandern von meinem Haar zu meiner Wange. »Ich hatte Angst, dich verloren zu haben.« Ihre Stimme zittert, sie klingt abgekämpft. »Du bist einfach aufgetaucht, wie aus dem Nichts. Da ist Rauch gewesen und dann … du.«

Zittrig strecke ich eine Hand nach ihrer Wange aus, und fange eine Träne, die zu fließen gewagt hat, mit den Fingerspitzen auf. »Ich bin zurückgekommen«, hauche ich. »Das habe ich dir versprochen.«

Zaghaft formen sich ihre Lippen zu einem Lächeln, und sie atmet aus.

Mein Kopf fühlt sich zu schwer an, um das Geschehene zu begreifen. Dass Aiyana neben mir hockt und dass ich sie berühren kann, zählt.

Was ich herausgefunden habe, erzähle ich ihr später. An einem sicheren Ort. »Zu dir komme ich immer zurück«, flüstere ich, dann ziehe ich sie für einen Kuss zu mir herunter.

Sie atmet überrascht aus, ehe sie mir entgegenkommt, und sich genauso an mir festklammert, wie ich mich an ihr. Ich verliere mich in ihrer Nähe und spüre, nachdem ich an einem Ort ohne Zeit in ständiger Kälte gefangen gewesen bin, wohlige Wärme in mir auflodern.

Die Schatten, die mit meinen Sinnen verwoben sind, zerbrechen den Augenblick. Sie reißen an meinem Verstand, keuchend löse ich mich aus dem Kuss.

Aiyana sieht mich alarmiert an. »Was ist los?«

Ich taste mich an den Schatten im Thronsaal entlang, bis nach draußen. Auf dem Gang spüre ich fünf Schatten, die sich auf den Thronsaal zu bewegen. »Es kommt jemand.«

Aiyana greift nach meiner Hand, und zieht mich auf die Füße. Wir schleichen zu der erstbesten Säule an der Wand, hinter der wir uns, eng aneinandergepresst, ducken.

Mein Körper fühlt sich ausgebrannt an, dennoch packe ich die Schatten, bis sie uns einen schützenden Umhang bieten.

Das Knarzen der Eingangstür dringt an meine Ohren.

»Nein, das ist nicht notwendig.«

Die Stimme jagt mir einen kalten Schauder über den Rücken. Natürlich gibt es nur eine Person, die diesen Raum aufsucht.

»Seid Ihr euch sicher?«, fragt eine zweite weibliche Stimme.

»Ich brauche diesen Moment für mich.« Jeglicher Anflug von Freundlichkeit hat die Stimme der Königin verlassen, sie klingt wie pures Gift.

»Wie Ihr wünscht, Eure Majestät.«

Schritte hallen über den Marmorboden, und die Tür wird mit einem Knall zugezogen. Jedes Zusammentreffen der Absatzschuhe mit dem Marmorboden ist ein Dolch in meinem Herzen. Warum muss die Königin ausgerechnet jetzt hier sein? Warum zieht sie sich während des Yulefests in den Thronsaal zurück?

»Kannst du dafür sorgen, dass wir etwas sehen?«, flüstert Aiyana mir mit angespannter Stimme ins Ohr.

Ich lockere meinen Griff um die Schatten. Die Finsternis vor meinen Augen lichtet sich. Mein Atem geht stoßweise. Ich beiße mir auf die Innenseite der Wange, um keinen Laut von mir zu geben.

Wenn die Königin jetzt in unsere Richtung schaut, sieht sie uns.

Doch ihr Blick ist starr auf das Porträt ihrer Tochter gerichtet, vor dem sie verharrt. Prinzessin Aeryn, die zwischen den ehemaligen Majestäten nichts zu suchen hat, begegnet dem Blick ihrer Mutter mit leerer Miene. Die Schultern der Königin sind gebeugt, die königliche Gestalt in sich zusammengefallen. In ihren zitternden Händen hält sie das Auge der Wahrheit. Allein der Anblick jagt ein Brennen durch meinen Körper.

Ich spüre, dass sich Aiyana neben mir anspannt. Ihre Atemzüge klingen gepresst, als hätte sie die Zähne fest aufeinandergebissen.

Sanft berührt die Königin die gezeichnete Wange ihrer Tochter. Sie zieht die Konturen von deren Gesicht nach, als könne sie Aeryn von den Toten zurückholen.

»Unten im Ballsaal findet der Yuleball statt. Du hast Yule geliebt, erinnerst du dich?« Ihre Stimme ist eine Kerze, deren Flamme mit jedem abgehackten Atemzug, den die Königin tut, stirbt. »Ich wünschte, mir wäre mehr von dir geblieben als das Auge der Wahrheit und eine schwindende Hoffnung.« Ihr Blick zuckt zu dem Anhänger in ihren Händen. »Beinahe hätte ich eine Gezeichnete besessen, die dein Werk vollenden kann … und in Vanyas Diadem schlummert Lebensmagie … für dich.« Sie lässt das Auge der Wahrheit zu Boden gleiten. Tastet nach ihrer Maske. »Du sollst mich sehen dürfen. Wenigstens heute, wenn ich dich sehe, wie du vor dem Unfall gewesen bist, nicht … wie du jetzt bist und dort unten ist es heute zu gefährlich. Du bist alles, was ich je gehabt habe und alles, was mir bleibt.« Ungelenk öffnet sie das Band, das ihre Maske an ihrem Gesicht befestigt hält.

Die Maske fällt zu Boden. Der Anblick dahinter erschüttert mich bis ins Mark.

Verborgen hinter ihrer Maske habe ich die Königin schön und anziehend gefunden. Damals, als eine naive Schneiderin aus Guldheim nur Augen in der Farbe ihrer honigsüßen Worte gekannt hat.

Über den Augen, die mir seltsam vertraut sind, liegt dichter Tränennebel. Doch es ist das Gesicht der Königin, das meine Aufmerksamkeit auf sich zieht. Flammen haben ihre Haut zerfressen, die einst von einem warmen Goldbraun gewesen sein muss, und lassen sie aussehen wie von geschmolzenem Wachs überzogen. Wulstige blutrote Narben heben sich von ihrem Gesicht ab, fransen es an den Rändern aus, als sei sie eine Stoffpuppe, und nehmen ihren scharfkantigen Gesichtszügen die Härte. Tiefe Falten, die sich mitsamt der Narben in ihr Gesicht gegraben haben, lassen Aleydis Vaewing älter wirken, als sie vermutlich ist.

Ich beiße mir auf die Zunge, um keinen Laut von mir zu geben.

Neben mir stößt Aiyana ein gepresstes Knurren aus. Die Schatten, die ich mühsam festzuhalten versuche, entgleiten mir. Instinktiv packe ich Aiyana am Arm, ziehe sie mit mir hinter die Säule, aus dem Sichtfeld der Königin, und atme unruhig ein und aus.

Aiyanas Muskeln drohen zu zerreißen. Goldene Flammen lodern in ihren Augen und zielen auf die Königin.

Aleydis Vaewing wirbelt herum. Ihre leicht geöffneten Lippen wirken verzerrt in ihrem entstellten Gesicht. »Wer ist da?«

Mein Griff um Aiyanas Ärmel wird eisern. Sie bleckt die Zähne, mahlt mit dem Kiefer. Ich erwarte glasige Augen, als ich versuche, ihrem Blick zu begegnen. Augen, die eine Erinnerung an verzehrendes Feuer durchleben, das ihr Zuhause und ihre Großmutter zerstört hat. Ich finde klares Honigbraun.

Die Königin macht einen unsicheren Schritt in unsere Richtung. »Wer ist da?«, fragt sie ein zweites Mal. »Wer wagt es, mich bei diesem gemeinsamen Moment mit meiner Tochter zu stören?«

Aiyana reißt sich so plötzlich von mir los, dass ich das Gleichgewicht verliere. Ihr Ärmel entgleitet mir, und ich sinke, an der Säule entlang, zu Boden. Mein rasendes Herz droht, meinen Brustkorb zu sprengen. Schweiß klebt mir die Kleidung an den Körper.

Aiyana tritt hinter der Säule hervor. Das Kinn gereckt, den Rücken durchgedrückt, steht sie der Königin gegenüber.

Alle Pläne, die wir geschaffen haben, zerrinnen zwischen meinen Fingern zu Staub.

Die Gesichtszüge der Königin entgleiten, Schatten einer verloren geglaubten Hoffnung flackern über ihr Gesicht. Zittrig streckt sie eine Hand in die Höhe. »Aeryn?«, fragt sie mit brüchiger Stimme.

Aiyana beißt die Zähne zusammen. »Früher wäre dir dieser Fehler nicht passiert.« Ihre Stimme ist knisterndes Feuer. »Du bist nicht mehr geübt darin, uns auseinanderzuhalten, was?«

Die Hoffnung der Königin erlischt. Fassungslosigkeit gleitet über ihre Züge. »Aiyana –«

»Immerhin erinnerst du dich an meinen Namen«, zischt sie. »Das ist mehr, als ich hätte hoffen sollen. Nachdem du nach dem Angriff nicht einmal überprüft hast, ob ich noch am Leben bin, *Mutter.*«

Ihre Worte sind winzig kleine Pfeilspitzen, mit denen sie nicht auf mich zielt. Dennoch treffen sie mich, durchdringen meine Haut, und füllen meine Adern mit ätzender Säure. Alles in mir schreit nach Flucht. Ich bin gefangen in einem starren Körper, der innerlich zerreißt wie die Maske, die Aiyana seit unserer ersten Begegnung getragen hat.

Mutter.

Wieso ist mir nie aufgefallen, dass Aiyana und die Königin dieselben honigbraunen Augen und dasselbe rauchschwarze Haar teilen? Jetzt, ohne die Maske, sind ihre Gesichter Spiegelbilder.

Die Königin ist das Zerrbild, Aiyana die Frau, die ihre Mutter einst gewesen ist.

Tränen schnüren mir die Kehle zu, ich wage nicht, sie fließen zu lassen, und gebe keinen Laut von mir. Eine stumme Zuschauerin am Rand, deren Welt, in Tausende Splitter zerbrochen, auf sie herabregnet.

Die Königin weicht einen Schritt zurück. »Ich wusste nicht … ich dachte … dein Bein war komplett verbrannt und …«

»Halt den Mund!«, schneidet Aiyana ihr das Wort ab, und die Königin zuckt zusammen, als hätte sie ihr eine Ohrfeige verpasst. »Du wolltest es nicht wissen. Konntest den Gedanken nicht ertragen, dass ich am Leben bin, während Aeryn gestorben ist.« Sie bleckt die Zähne, ihr Aussehen hat in diesem Augenblick nichts Menschliches. Sie sieht aus wie eine Rachegöttin mit wildem Rauch als Haar und goldenem Feuer in den Augen. »Dass Vater *mich* mit seinem Körper vor dem Feuer und den Angreifenden beschützt und mir zugeflüstert hat, dass ich mich totstellen soll. *Mir*, nicht Aeryn. Vater ist vor meinen Augen gestorben, und was hast du getan? Du hast mich einfach liegenlassen und bist geflohen.« Langsam nähert sie sich ihrer Mutter.

Ein Zucken geht durch Aleydis' Körper. »Wachen!«, ruft sie. Hektisch springen ihre Pupillen zwischen Aiyana und der Tür hin und her.

Ein Windstoß fegt durch den Thronsaal und zielt auf die nächstbeste Säule neben der Tür. Das massive Marmorgebilde stürzt in sich zusammen und versperrt den Ausgang.

Spiegelbilder honigbrauner Augen finden einander. »Was –«, stammelt die Königin.

Aiyana verzieht keine Miene. »Was hast du gedacht, wohin es mich verschlägt, nachdem du mich nicht gewollt hast?« Sie schiebt ihren Ärmel nach oben. »Eine Frau, die für mich wie eine Großmutter geworden ist, hat mich bei sich aufgenommen und mich gesund gepflegt. Zum ersten Mal in meinem Leben habe ich eine Familie gehabt, ein Zuhause.« Ihre Lippen verziehen sich zu einem grimmigen Lächeln. »Schade nur, dass du mich gelehrt hast, mich nie mit dem Erstbesten zufrieden zu geben.« Sie hebt die Hand und dreht ihr linkes Handgelenk so, dass ihre Mutter das weiße Symbol auf der goldbraunen Haut sehen kann.

»Nein!«, keucht die Königin.

»Du bist meine Feindin und die Feinde meiner Feindin sind für mich zu Freunden geworden«, gibt Aiyana zurück. »Drei Jahre lang habe ich es über mich ergehen lassen, dass mich eine andere Frau misshandelt, wie du es getan hast. Der Kontinent kann von Glück reden, dass Larentia und du auf gegenüberliegenden Seiten des Schachbretts steht.«

»Larentia Velaris, die Herrin der Festung, und du?«

»Sie weiß als Einzige in der Festung, wer ich bin«, antwortet Aiyana. »Ihr Plan ist es gewesen, mich zu ihrer Klinge zu formen. Eine Marionette, die sie nach deinem Tod auf den Thron setzen kann.« Sie zückt den Dolch, den der König ihr gegeben hat, und berührt mit den Fingerspitzen dessen Klinge. »Ich habe entschieden, mich selbst zu formen und aus eigener Kraft die Klinge zu werden, die dich vernichtet.« Ein Funke Wehmut huscht über ihre Züge. »Dann ist eine Person in mein Leben getreten, die alles verändert hat.«

Der Kloß in meiner Kehle bohrt sich, tausend Scherben gleich, in mein Inneres. Scherben von gemeinsamen Erinnerungen, schönen Lügen und hässlichen Wahrheiten, die ich zum ersten Mal klar sehe.

»Beinahe hätte ich meine Rache aufgegeben.«

Beinahe …

Das Wort jagt gleißenden Schmerz durch mich hindurch.

Beinahe … aber das hat sie nicht … ich bin nicht genug.

Ich presse mich enger in den Schutz der Säule und spüre, dass Schattenfluten meine angezogenen Knie streifen, als wollten sie mich bitten mitzukommen. Unwissend, dass die Finsternis längt Einzug in mein Herz gefunden hat.

Aiyana lässt den Dolch zurück in die Halterung an ihrem Gürtel gleiten und ballt ihre Hände zu Fäusten. »Das war bevor deine königliche Garde die einzige Heimat, die ich je besessen habe, niedergebrannt und meine Großmutter elendig im Feuer hat ersticken lassen.«

»Orchid?«, fragt die Königin mit erstickter Stimme. »Bist du deshalb ausgerechnet jetzt hierhergekommen?«

Aiyana schüttelt den Kopf.

»Was willst du dann von mir?« Mit klammen Fingern berührt sie die Krone, die auf ihrem Haupt thront. »Geht es dir darum?«

»Wollte ich die Krone, würdest du längst nicht mehr atmen«, antwortet sie. »Du wirst mir bei meinem Triumph zusehen. Der erste Schritt ist, dass du mich zu deiner rechtmäßigen Kronprinzessin erklärst.« Ein süffisantes Lächeln umspielt ihre Mundwinkel, und sorgt dafür, dass Übelkeit in mir aufsteigt. »Der zweite Schritt gefällt mir noch besser. Die Wahrheit über das Verschwinden der reinen Magie hat die ganze Zeit unter dem Palast geschlummert, wusstest du das?«

»Wie hast du –«

»So, wie ich neunzehn Jahre überlebt habe: Ich habe zur richtigen Zeit, am richtigen Ort die richtige Person getroffen.« Die Flammen in ihren Augen lodern auf, bereit, alles zu verzehren, was sich Aiyana in den Weg stellt. »Du hast etwas, das wir brauchen.« Eine winzige Böe genügt, um Aleydis das Auge der Wahrheit zu entreißen. Die Kette gleitet Aiyana in die ausgestreckte Hand und von dort in die Tasche ihrer Stoffhose. »Wir werden die göttlichen Artefakte wiederfinden und dann entscheiden, ob Menschen wie du es wert seid, reine Magie zu besitzen.«

»Wer ist wir?« Aleydis' königliche Maske ist zerbrochen, ihre Stimme splittert mit jedem Wort, und sie presst sich in den Schutz der Wand. Ihre Pupillen huschen durch den Raum, bleiben schließlich an Aiyana haften. »Du bist allein.«

Aiyana schüttelt den Kopf.

Jetzt ist der Moment, in dem ich eine Entscheidung treffen muss.

Die vier Zündhölzer in meiner Hosentasche spenden meinem wunden Inneren einen Funken Wärme, und flüstern mir zu, dass es keine Entscheidung zu treffen gibt. Nicht, solange Aiyana die ganze Wahrheit nicht kennt.

Ich ringe den Schmerz, der tausend Nadeln gleich über mich herfällt, nieder, beiße die Zähne zusammen und schaffe es, die Tränen fortzublinzeln. Mich nicht in dem dunklen Strudel meiner Gefühle zu verlieren.

Sicher, dass ich nicht in Tränen ausbrechen werde, trete ich hinter der Säule hervor. Aiyanas Blick hinterlässt Narben auf meiner Haut, doch es ist jener der Königin, dem ich begegne.

Sie reißt die Augen auf und greift sich mit einer Hand an die Brust. »*Du*?«

Ein triumphierendes Lächeln umspielt Aiyanas Lippen, und mein Magen zieht sich zusammen. »Du solltest dich nach einem Unfall vergewissern, ob eine Person tatsächlich tot ist.«

»Aiyana hat mir das Leben gerettet«, bringe ich zwischen zusammengebissenen Zähnen heraus. »Und mir von deinen wahren Absichten mit mir erzählt.«

Die Königin blinzelt. »Deine Schwester und ich wollten dir nie schaden.«

»Was hat Dahlia damit zu tun?« Meine Stimme ist Stahl, innerlich zittere ich.

»Dahlia hat bei ihrer Arbeit in der Schmiede Guldheims zwei meiner Gardisten bedient und ihre Ohren an Orten gehabt, an denen sie nicht hätten sein sollen«, antwortet sie. »So hat sie von den Gezeichneten gehört, nach denen ich suche. Sie hat den Gardisten sofort einen Brief an mich mitgegeben.« Ihre Gesichtszüge werden weich. »Deine Schwester hat seit deinem kleinen Unfall Angst vor dir gehabt, dabei ist deine Gabe etwas so Wunderbares.«

Tränen pochen hinter meinen Augen. *Es tut mir leid.* Dahlias letzte Worte an mich. Ein stählernes Korsett schnürt mir die Luft ab.

»Ihre Gabe ist nichts, was du besitzen kannst«, ergreift Aiyana das Wort. »Den Weg bis hierhin sind Soleya und ich gemeinsam gegangen. Menschen wie ihre hinterhältige Schwester, Larentia oder dich brauchen wir nicht. Jetzt werden wir gemeinsam dafür sorgen, dass die reine Magie zurückkehrt, und Larentia und du werdet uns dabei zusehen, wie wir etwas Prunkvolles aus der Asche dieser Welt bauen.« Sie streckt eine Hand nach mir aus.

Ich blinzle die Tränen fort, und schiebe Dahlia in den hintersten Winkel meines Verstandes, obschon ihr Verrat schwer auf meinem Herzen wiegt. Mit ihr beschäftige ich mich später, Aiyana ist diejenige, um die ich mich kümmern muss.

Zum ersten Mal begegne ich ihrem Blick, der mich augenblicklich gefangen nimmt. Etwas Flehendes, Unsicheres liegt darin, ein Kontrast zu dem schneidenden Tonfall, welchen sie gegenüber ihrer Mutter angeschlagen hat. Erinnerungen steigen knisternden Funken gleich in mir auf. *Gemeinsam* hat sie gesagt. Doch Aiyana hat ihre Entscheidung getroffen. Und ich meine.

In hölzernen Schritten überbrücke ich die Distanz zwischen uns. Ihre Finger gleiten zwischen meine, mein Blick verliert sich in ihrem und ich habe das Gefühl, an goldenen Flammen zu ersticken. »Zu dir komme ich immer zurück, schon vergessen?«, flüstere ich, stelle mich auf die Zehenspitzen und presse meine Lippen auf ihre.

Ein Seufzen, so erleichtert, dass etwas in mir zerspringt, gleitet über ihre Lippen. Sie legt eine Hand an meine Taille, zieht mich zu sich heran und erwidert den Kuss. Erst zart, dann leidenschaftlicher.

Ihre Lippen schmecken vertraut, wie Blütenhonig. In diesem Augenblick weiß ich, dass ich die ganze Zeit süßes Gift getrunken habe.

Flammen lodern durch meine Adern, drohen, die Gedanken, die mich zu meiner Entscheidung geführt haben, zu verbrennen.

Vorsichtig lasse ich meine Finger ihre Taille hinab gleiten, bis zu ihrer Hosentasche. Ein Blitz jagt durch mich hindurch, als ich das kühle Metall des Auges der Wahrheit fühle, und klärt meinen nebelverhangenen Verstand. Ich umschließe den Anhänger mit den Fingerspitzen, lasse ihn in meine Hosentasche gleiten, und atme ein letztes Mal Aiyanas Nähe ein.

Sie ist mein Anker, der mir Auftrieb gegeben hat, als ich ihn gebraucht habe. Ich habe nicht vor, mich von ihr auf den Grund ziehen zu lassen. Von jetzt an muss ich aus eigener Kraft schwimmen.

Schwer atmend löse ich mich von Aiyana, lasse ihre Hand los, und bringe eine Armlänge Abstand zwischen uns. Mein Herz liegt in Scherben. Ohne ihren Blick loszulassen, taste ich nach den Schatten in den Ecken des Raumes. Vergewissere mich, dass sie mich beschützen werden.

Tränen brennen in meinen Augen, verschleiern meinen Blick, bis Aiyana unscharf wird. »Nur hätte ich nie gedacht, dass wir auf gegensätzlichen Seiten des Schachbretts stehen, wenn ich das nächste Mal zu dir zurückkehre«, schließe ich.

»Soleya … ich …«

Ihr flehender Tonfall verstreut die Scherben meines Herzens in alle Himmelsrichtungen.

»Du bist wie *sie*.« Ich muss die Königin nicht ansehen, damit Aiyana weiß, wen ich meine. Ihre Augen werden glasig, meine Worte schlagen Risse in ihre Abwehrhaltung, und mir ist, als spiegle Aiyanas Anblick den rohen Schmerz in meinem Inneren, der wie eine frische Wunde mit jedem Wort weiter aufreißt. »Du hast mich von Anfang an nur benutzt und meine Gabe gewollt. Nicht mich. Wie soll ich glauben, dass deine Gefühle für mich je echt gewesen sind?« Es auszusprechen und die Wahrheit, die mir seit unserem Kennenlernen verborgen gewesen ist, ans Tageslicht zu befördern, fühlt sich an wie ein Dolch in meinem Herzen. Als würden ihre Lügen an Gewicht gewinnen, wenn ich ausspreche, was sie getan hat. Ich muss all meine Muskeln anspannen, um nicht die Fassung zu verlieren, nicht zu schreien oder weinend zusammenzubrechen. Seit die Königin mich in Guldheim aufgesucht hat, haben mich alle um mich herum ausgenutzt und belogen … nie hätte ich gedacht, dass die Person, die mich dazu animiert hat, meinen eigenen Weg zu gehen, genauso ist wie alle anderen.

Aiyana zuckt zusammen, als hätte ich sie geschlagen, und ein Tränenschleier bildet sich in ihren Augen. In dem warmen Honigbraun spiegelt sich ihr Schmerz. Dass sie von meinen Worten tief getroffen ist, sollte mich mit Genugtuung erfüllen, stattdessen fühle ich mich wie betäubt. »Am Anfang habe ich deine Gabe gewollt, aber dann …«

Ich möchte das nicht hören. Nicht, wenn meine Entscheidung durch Aiyanas Worte ins Wanken geraten könnte. Ob sie Gefühle für mich hat oder nicht, spielt keine Rolle. Ihre Rache ist ihr ohnehin wichtiger als ich.

Ich schüttle den Kopf, was Aiyana zum Verstummen bringt. »Wie soll ich dir je wieder ein Wort glauben?« Meine Stimme bröckelt. »Leb wohl, Aiyana.«

Ich ziehe an den Schatten, die mich umgeben, und lasse mich von ihnen einhüllen.

Die Königin sieht sich zitternd um, auf der Suche nach einer Erklärung, wieso ich mich aufgelöst habe.

»Lass mich alles erklären, Soleya, bitte!«

Meine Umgebung ist in Finsternis getaucht, der Magiespeicher über meinem Herzen brennt. Tapfer halte ich die Schatten fest, drehe mich auf dem Absatz um und umklammere den Dolch aller Welten, als sei er das Einzige, was mich aufrecht hält. Ich trete zu dem magischen Portal unter dem Thron, das mir schon einmal den Weg dorthin gezeigt hat, wo ich sein soll, und lasse mich fallen. In tiefe Dunkelheit. Mein Name, gesprochen von Aiyanas Stimme, ist das Letzte, was ich höre, bevor der aufkommende Wind mich zerreißt.

Epilog

Der Himmel über der Festung ist von schwarzen Wolken überzogen, als hätten er sich der Finsternis in meinem Inneren angepasst. Gischt spritzt mir ins Gesicht, als Neriss‘ Krallen die wogenden Wellen des Blutmeers berühren. Vielleicht mischen sich auch salzige Tränen dazu.

Das Portal hat mich an Neriss‘ Seite gebracht. Als wisse eine höhere Macht von meinem Vorhaben. Neriss‘ vertraute Nähe und die Zuneigung, die sie*er durch das Band zwischen uns sendet, sind das Einzige, was mich davon abhält, zusammenzubrechen. Mich womöglich zurück an Aiyanas Seite zu wünschen und lieber ihre schönen Lügen zu schlucken, statt die hässliche Wahrheit zu akzeptieren. Ein Teil von mir wünscht sich, aus diesem Albtraum aufzuwachen, in Aiyanas Armen, in Orchid, als meine Welt noch nicht in Scherben gelegen hat. Doch ich weiß, dass das keine Option ist und dass ich meinen eigenen Weg gehen muss. Obwohl ich keine Ahnung habe, wie ich das mit dem Loch in meiner Brust schaffen soll …

Lautlos kommen Neriss‘ Klauen auf der steinernen Plattform auf. Ich lasse mich vom Drachenrücken gleiten, und muss nicht lange überlegen, wohin ich gehen soll. Ob ich an diesem Ort nach allem, was geschehen ist, erwünscht bin? Andererseits ist es der einzige Ort, an dem weder Aiyana noch die Königin mich erreichen kann. Unerreichbar für Aiyana zu sein, bedeutet hoffentlich, dass die Scherben meines Herzens irgendwann aufhören, bei jedem Atemzug die Wunden in meinem Inneren aufzureißen.

Eine vertraute Gestalt löst sich aus den Schatten. »Dyrmerth hat euer Kommen bemerkt«, begrüßt mich Larentia, ein wissendes Lächeln auf den Lippen. »Es war richtig, meine Zeit nicht mit der Suche nach dir zu verschwenden. Ich wusste, dass du Aiyana den Rücken kehrst, wenn du die Wahrheit über sie herausfindest, und früher oder später zu mir zurückkommst.« Sie verschränkt die Arme vor der Brust. »Was willst du?«

Aiyanas Name versetzt mir einen Stich. Selbst am einzigen Ort, den sie unter keinen Umständen betreten darf, wird sie mein Schatten bleiben.

»Dir dabei helfen, sie aufzuhalten. Unter *meinen* Bedingungen. Ich bin lange genug Aiyanas Mittel zum Zweck gewesen und davor das der Königin – ich lasse mich nicht länger wie eine Spielfigur behandeln.« Meine Stimme klingt leer, das vertrauensvolle Mädchen, das von Bellonna in die Festung gezogen ist, ist mit Aiyanas Maske gefallen und zerbrochen. Ich strecke Larentia das Auge der Wahrheit und den Dolch aller Welten entgegen. Die Zündhölzer lasse ich in meiner Hosentasche. Larentia muss nicht mehr erfahren als nötig. Ich habe mich lange genug von anderen benutzen lassen. Es wird Zeit, meinen eigenen Weg zu gehen, den Nisha mir geebnet hat. Solange Larentia mein Werkzeug ist und mir Schutz vor Aiyana und der Königin bietet, lasse ich sie gerne in dem Glauben, dass wir auf derselben Seite sind. »Ich will die göttlichen Artefakte finden und alles beenden, bevor Aiyana die Möglichkeit bekommt, es an meiner Stelle zu tun.«

ENDE DES ERSTEN BANDES

Danksagung

Ursprünglich hatte ich geplant, erst den dritten Band mit einer Danksagung zu beenden, aber ohne zahlreiche wunderbare Menschen würdet ihr Soleyas und Aiyanas Geschichte jetzt nicht in den Händen halten, und ich kann nicht länger damit warten, ihnen meinen Dank auszusprechen!

Zuallererst gilt mein Dank meinem Vater. Wenn du mir nicht den Film *Die unendliche Geschichte* gezeigt hättest, hätte ich durch Fuchur nie meine Liebe zu unkonventionellen Drachen entdeckt, die in mir den Wunsch geweckt hat, selbst eine Welt rund um Drachen zu erschaffen.

Der nächste Dank gilt Julia, der ich mit meinen Selbstzweifeln und vor allem mit unserem gemeinsamen Brainstorming für passende Titel vermutlich den letzten Nerv geraubt habe. Und trotzdem bist du meine größte Unterstützerin und auf diesem steinigen Weg stets an meiner Seite geblieben. Dass dieses Buch dir gewidmet ist, sagt wohl mehr als tausend Worte!

Ebenso danke an Charlie, die diese Idee von Anfang an mitverfolgt hat. Danke, dass du mir immer wieder gesagt hast, dass ich diese Geschichte weiterschreiben soll. Ohne dich wäre sie sicher nicht für immer in der Schublade geblieben, aber doch zu lange.

Danke an Annina, du hast die ersten Seiten mit Begeisterung gelesen und mich dazu animiert, diese Geschichte zu beenden.

Ein ganz besonderer Dank geht an Isa raus. Danke, dass du mir den Schubs in Richtung DunkelStern Verlag gegeben hast. Du hast dafür gesorgt, dass dieses Buch dort gelandet ist, wo es hingehört und mich immer auf den Boden der Tatsachen zurückgeholt, wenn ich an mir und meinem Schreiben gezweifelt habe.

Danke an Anna und Lisa, die besten Verlagsleiterinnen, die ich mir wünschen könnte. Ihr habt Soleyas und Aiyanas Geschichte herzlich bei euch aufgenommen und mir ermöglicht, sie mit der Welt zu teilen. Danke für euer Herzblut und dafür, dass ihr mir immer mit Rat und Tat zur Seite gestanden habt. Danke, dass ich gemeinsam mit euch etwas Großartiges schaffen durfte.

Zudem habe ich dank euch mein Autor*innen-Kolleg*innen-Team an meiner Seite! Ihr seid die Besten! Danke für das gemeinsame Schreiben und für alle inspirierenden, Mut machen oder schlichtweg lustigen Gespräche. Danke, dass wir in so kurzer Zeit zu einer echten Gemeinschaft geworden sind und tausend Dank für all eure Unterstützung.

Meine Lektorin Hannah darf natürlich nicht fehlen. Danke, dass du aus einem Rohdiamanten die Geschichte geschliffen hast, die die Leser*innen heute in den Händen halten. Deine Kommentare haben mir immer wieder ein Lächeln auf das Gesicht gezaubert – sei es deine Freude über das erste Auftauchen der Drachen, obwohl Soleya gerade panische Angst hat, oder deine Verzweiflung darüber, wie naiv sie am Anfang ist. Du hast mit mir gemeinsam das Beste aus dieser Geschichte herausgeholt und ich freue mich auf unseren weiteren Weg mit den Folgebänden.

Tausend Dank an Nadine, meine Wunschcoverdesignerin für dieses Projekt. Danke, dass du mir so viel Mitbestimmungsrecht gegeben hast und geduldig mit mir gewesen bist – ich bin leider nicht gut darin, Entscheidungen zu treffen. Dein wunderbares Cover fängt die Atmosphäre des Buches perfekt ein. Es hat mich nicht umsonst zu Tränen gerührt, als ich es zum ersten Mal gesehen habe.

Danke auch an alle Blogger*innen, die diese Geschichte auf dem Weg zur Veröffentlichung begleitet und dabei geholfen haben, sie in die Welt hinauszutragen.

Zuletzt danke an Dich, dass Du diese Reise mit Soleya und Aiyana begonnen hast. Ich hoffe, du bist den Weg gerne mit ihnen gemeinsam gegangen und freust dich auf das, was die Folgebände für sie bereithalten.

Glossar

Dramatis Personae:

In Guldheim:
Soleya – Schneiderin in der Ausbildung aus Guldheim und eine Gezeichnete Vanyas
Callida – Soleyas Mutter, Geschichtslehrerin
Weylin – Soleyas Vater, Schneidermeister
Dahlia – Soleyas jüngere Schwester, Schmiedin in der Ausbildung
Firan – Soleyas jüngerer Bruder
Aislinn – Soleyas beste Freundin

Die Königsfamilie:
Königin Aleydis Vaewing – Königin des Vier-Länder-Bündnisses
König Jeldrik Vaewing – verstorbener Ehemann von Aleydis
Prinzessin Jessamine Vaewing – Zwillingsschwester von Jeldrik
Prinzessin Aeryn Vaewing – verstorbene Tochter von Aleydis und Jeldrik und eine Gezeichnete Vanyas
Kronprinzessin Likah Vaewing – Tochter von Jessamine und Thronerbin des Vier-Länder-Bündnisses

Im Palast der vier Türme:
Elara – Schneidermeisterin der Königsfamilie
Minell – Elaras Lehrling

In der Festung der gestohlenen Künste:
Aiyana – Rekrutin der Festung
Larentia – Herrin der Festung und Aiyanas Lehrmeisterin
Veris – Rekrutin der Festung und eine begnadete Heilerin
Gwyn – Rekrut*in der Festung und Veris‘ beste*r Freund*in
Larkin – Lehrmeister für Schattenmagie

In Orchid:
Khione – (Groß)mutterfigur für Aiyana
Søren – Khiones Enkel und Aiyanas Adoptivbruder

Drachen:
Neriss – Schattengänger, der eine besondere Verbindung zu Soleya knüpft
Camai – Aiyanas Drache und ein Flüsterer
Dyrmerth – Larentias Drache und ein Flüsterer
Nayvrer – Veris' Drache und ein Walddrache
Ceddrar – Gwyns Drache und ein Gewitterdrache
Niorve – Larkins Drache und ein Schattengänger

Gottheiten:
Farren – Göttin des Schicksals
Dusan – Gott der Wahrheit
Íomhair – Gott des Krieges
Vanya – Göttin des Lebens und der Natur
Nisha – Tochter von Vanya und Dusan, Göttin der Nacht
Sahar – Tochter von Vanya und Dusan, Göttin der Sonne

Orte:
Vier-Länder-Bündnis – Kontinent des Geschehens, Herrschaftsgebiet der Krone der Kupferdynastie
Kupferdynastie – Reich im Herzen des Kontinents
Goldene Städte – Reich im Süden des Kontinents
Bronzenes Reich – Reich im Nordwesten des Kontinents
Eisendynastie – Reich im Nordosten des Kontinents
Bellonna – Hauptstadt des Vier-Länder-Bündnisses und der Kupferdynastie
Guldheim – Dorf im Goldwald, wenige Sonnenlängen von Bellonna entfernt

Orchid – Küstenstadt an der Grenze zwischen der Kupferdynastie und dem Blutmeer
Silberinseln – Reich im westlichen Blutmeer, das sich vom Bündnis auf dem Festland abgespalten hat

Drachenarten:
Gewitterdrachen – kontrollieren Gewitter
Flüsterer – seltenste Drachenart, beherrschen Telekinese
Schattengänger – kontrollieren Schatten
Silberflügel – kontrollieren Wasser in allen Aggregatzuständen
Walddrachen – kontrollieren die Natur und sind des Heilens mächtig

Triggerwarnung

Folgende Inhalte werden thematisiert:

- physische und psychische Gewalt
- Verstümmelung/Amputation
- Tod (eines Kindes)
- Trauer
- Kindesmisshandlung
- Aquaphobie (Angst vor dem Ertrinken)
- Feuer
- PTSD
- Gewalt an Tieren
- emotionale Manipulation

Lieber Sternschweif,

bevor du diesen wundervollen Dunkelstern in Händen halten kannst, bedarf es der Arbeit sehr vieler talentierter und engagierter Kreativsterne.
Wir möchten daher diese Seite nutzen, um uns bei diesen Menschen zu bedanken:

Danke,

Lea Diamandis für deine Geschichte und dein Vertrauen.

Jaqueline Kropmanns für das Umschlagdesign.

Leitstern Lisa für den Buchsatz.

Psst...
Bevor du diesen funkelnden Dunkelstern in dein Bücherregal stellst und immer mal wieder sehnsüchtig über den Buchrücken streichst, wollten wir Leitsterne auch noch etwas sagen:

Danke lieber Sternschweif, dafür dass du außergewöhnliche Geschichten liebst und mit uns dafür sorgst, dass der Nachthimmel den Buchmarkt strahlender und bunter machen kann.

Falls du mehr funkelnden Lesestoff suchst, lassen wir dir eine Direktverbindung zu den Sternen hier und wünschen dir viel Spaß beim Stöbern.

Deine Leitsterne und der Nachthimmel